Le cœur des glaces

*

Recherches à haut risque

CINDI MYERS

Le cœur des glaces

Traduction française de
ANDRÉE JARDAT

BLACK ROSE

HARLEQUIN

Collection : BLACK ROSE

Titre original :
CLOSE CALL IN COLORADO

HARPERCOLLINS FRANCE
83-85, boulevard Vincent-Auriol, 75646 PARIS CEDEX 13
Service Lectrices — Tél. : 01 45 82 47 47 - www.harlequin.fr
ISBN 978-2-2804-9700-8 — ISSN 1950-2753

Composé et édité par HarperCollins France.
Imprimé en décembre 2023 par CPI Black Print (Barcelone)
en utilisant 100% d'électricité renouvelable.
Dépôt légal : janvier 2024.

FSC www.fsc.org MIXTE Papier issu de sources responsables FSC® C159065

Pour limiter l'empreinte environnementale de ses livres, HarperCollins France s'engage à n'utiliser que du papier fabriqué à partir de bois provenant de forêts gérées durablement et de manière responsable.

1

Descendre en rappel dans un canyon verglacé ne figurait pas sur la liste des activités que Carrie Andrews aurait aimé pratiquer en ce samedi glacial de mars. Et pourtant, elle était là, équipée de son casque, de son harnais d'escalade et de ses crampons, à attendre son tour de s'élancer, dans le cadre d'un exercice d'entraînement que le service de Recherche et de Sauvetage d'Eagle Mountain exigeait régulièrement de ses membres.

Sheri Stevens, la responsable, vint se placer à côté d'elle.

— Ce sera à toi dès que Tony et Danny seront en sécurité, dit-elle.

Comme plusieurs des membres de l'équipe, Sheri donnait toujours l'impression que ce genre d'exercice, pourtant périlleux, était d'une facilité déconcertante.

Carrie frappa ses mains gantées l'une contre l'autre dans l'espoir de les réchauffer un peu.

— Je ne sais pas pourquoi ces descentes en rappel me rendent toujours aussi nerveuse, dit-elle. Je les ai pourtant faites des dizaines de fois.

— Prends ton temps, lui conseilla Sheri. Notre sécurité doit toujours passer avant la rapidité, même en cas d'urgence absolue. À quoi servirait un secouriste blessé ?

Carrie acquiesça d'un hochement de tête.

— Je sais.

Ce qu'elle savait aussi, c'était qu'elle avait participé à des sauvetages qui avaient mal tourné malgré toutes les précautions prises.

En attendant son tour, elle focalisa son attention sur les deux hommes qui l'avaient précédée. Tony Meisner, le capitaine de l'équipe, et Danny Irwin, infirmier de son état.

Tout comme elle, ce dernier était suffisamment aguerri pour être appelé en cas d'urgence mais, tout comme elle également, il ne grimpait pas pour le plaisir. Physique de play-boy, caractère jovial, toutes les femmes de l'équipe lui étaient tombées dans les bras, à un moment ou à un autre, à l'exception de Carrie qui avait repoussé les avances qu'il lui avait faites dès lors qu'elle avait intégré le service à son arrivée à Eagle Mountain, cinq ans plus tôt. Il n'avait pas insisté et, depuis, ils entretenaient une relation amicale sans pour cela être très proches.

— Tony se donne à fond, aujourd'hui, fit remarquer Sheri. Il va attaquer la partie la plus délicate, celle où la paroi rocheuse s'avance dans le vide.

Les deux femmes le regardaient évoluer, un brin admiratives quand, soudain, elles l'entendirent crier. Au même moment, elles virent avec horreur se rompre la corde qui le sécurisait.

— Bon sang, il a dévissé ! cria Sheri.

Austen Morrisey se précipita pour regarder en bas. Âgé d'une trentaine d'années, il s'était installé à Eagle Mountain après avoir vécu un terrible drame et n'avait intégré le service que quelques mois plus tôt. Son visage blême trahissait le même effroi ressenti par Carrie et Sheri.

— Tout se passait bien... Et puis... et puis... la corde a rompu, balbutia-t-il.

Les cris déconcentrèrent Danny. Il se stabilisa et chercha du regard Tony qui devait se trouver à dix mètres de lui. Le cœur battant, il vit que la corde qui le sécurisait n'était plus là. Tony non plus.

— Tony ! cria-t-il. Tony !

— Tu le vois ? Qu'est-ce qu'il s'est passé ?

La voix fébrile de Sheri lui était parvenue par radio.

— Je ne sais pas.

Danny s'était figé, incapable d'imaginer l'impensable. Il avait effectué des dizaines de fois des escalades similaires, lors d'entraînements ou de sauvetages réels et même s'il était un grimpeur chevronné, il n'était jamais très à son aise. Son rôle était de fournir une aide médicale sur place et il faisait de son mieux afin qu'on ne dise pas de lui qu'il était le maillon faible.

— Descends et vois si tu le trouves ! lui intima Sheri.

Il passa en revue les différentes possibilités qui s'offraient à lui pour arriver en bas le plus rapidement possible. Avant de se lancer, il fouilla encore du regard autour de lui, s'attendant à voir son ami la tête en bas, les jambes brisées par la violence de la chute. Mais il ne vit rien d'autre qu'un rocher recouvert de neige et de glace.

Était-ce bon signe ou au contraire devait-il s'inquiéter des affleurements rocheux, nombreux à cet endroit, auxquels Tony pouvait s'être gravement cogné ou au contraire, raccroché ?

Quelques minutes plus tard, il arrivait au fond du canyon sans avoir trouvé trace de Tony. C'est alors qu'il le vit, inanimé, près d'un filet d'eau. Il se dégagea de ses cordes et de son harnais et se précipita vers lui. Son ami gisait, les jambes repliées sous lui, le visage blafard. Ses cordes d'escalade, toujours attachées à son harnais, le recouvraient à moitié.

— Tony, c'est Danny. Tu m'entends ?

Il sortit son matériel médical de son sac tout en continuant à lui parler.

— Tu l'as trouvé ? s'enquit de nouveau Sheri.

— Oui. Il est vivant mais il m'a l'air sérieusement blessé. Envoie tout de suite une équipe avec une civière et demande un hélico.

Il caressa doucement la joue de Tony.

— Si tu m'entends, ouvre les yeux.

Tony laissa échapper un gémissement plaintif puis battit plusieurs fois des cils avant de pouvoir ouvrir les yeux. Danny vérifia aussitôt ses pupilles. Elles étaient normalement dilatées. Il remarqua que le casque était intact, signe que, même si Tony s'était cogné, sa tête avait été préservée.

— Que s'est-il passé ? demanda-t-il tout en lui tâtant le pouls.

Là non plus, il ne trouva pas de signaux alarmants. Les battements étaient irréguliers mais forts.

— La... la... cor... corde s'est dé... détachée.

Prononcer ces quelques mots lui avait demandé un effort considérable. Danny ne chercha pas à le faire parler plus. Il poursuivit son examen médical en silence. Quand vint le moment de lui faire bouger délicatement les jambes, Tony poussa un gémissement plus fort.

Là encore, Danny n'insista pas. Il regarda pensivement son ami. Comment un tel accident avait-il pu se produire ? Tony avait vingt ans d'expérience au sein du SRS. Il avait formé des dizaines et des dizaines de stagiaires. Il connaissait le protocole par cœur. Il n'aurait jamais pu commettre la moindre imprudence.

Comment cette corde avait-elle pu se détacher ? Tout le matériel était méticuleusement vérifié avant et après chaque utilisation. Pour plus de sécurité, il était changé régulièrement, qu'il présentât ou non des signes d'usure.

Et pourtant, malgré toutes ces précautions, la corde avait lâché. Devait-il y voir une défaillance humaine ? Il secoua la tête, impuissant à trouver une réponse à ses interrogations.

Quand Hannah, Carrie, Eldon et Austen le rejoignirent, Danny avait perfusé Tony puis lui avait administré une bonne dose de morphine.

— Comment va-t-il ? s'enquit Carrie, la capitaine adjointe.

— Le scanner nous en dira plus mais il souffre de fractures multiples aux jambes, aux côtes et probablement au bassin.

Il s'était efforcé de parler d'une manière factuelle – comme il l'aurait fait pour n'importe quel blessé –, mais c'était loin de refléter la compassion et l'inquiétude qu'il ressentait intérieurement.

— Il faut le libérer de ses cordes. Eldon, tu me donnes un coup de main ?

Les deux hommes s'appliquèrent à dérouler délicatement l'enchevêtrement de liens qui entravait encore Tony. La main de Danny s'immobilisa soudain sur le dernier cordage en même temps que son regard se fixait dessus.

— Qu'est-ce que tu as vu ? s'enquit Carrie.

— Tony m'a affirmé que les cordes s'étaient détachées. Je n'ai rien dit, mais je ne l'ai pas cru. Regarde.

Il lui brandit les deux extrémités effilochées sous le nez.

— Nous regarderons cela de plus près pendant le débrief, décida Carrie. Il y avait peut-être un défaut de fabrication qui nous aura échappé.

Il opina d'un hochement de tête. Elle avait raison. Il ne pouvait pas y avoir d'autre explication, de toute façon.

— Qui est en haut avec Sheri ? demanda-t-il.

— Ryan et Ted, répondit Hannah tout en plaçant un collier cervical autour du cou de Tony.

Comme Sheri, Ryan était un passionné d'escalade, même

s'il souffrait encore des séquelles de « l'accident », comme il appelait la tentative d'assassinat dont il avait été victime quelques mois plus tôt. Quant à Ted, le doyen du groupe, il était un grimpeur expérimenté et compétent malgré ses soixante printemps. Aussi, le choix qu'avait fait Sheri d'envoyer Austen, considéré encore comme novice au sein de l'équipe, à sa place, le surprenait.

— Ted l'a eu mauvaise de devoir rester là-haut, expliqua Carrie qui semblait avoir lu dans ses pensées. Mais Sheri voulait sans doute qu'Austen s'exerce en situation réelle.

— Concentrons-nous sur Tony plutôt que sur l'ego de Ted, intervint Austen de manière un brin abrupte. Que s'est-il passé exactement ? Tony a pu parler ?

— D'après lui, ses cordes auraient lâché, répondit Danny.

— L'hélico est en route ?

— Sheri appelait le central au moment où je descendais, répondit Carrie.

— Je ne comprends pas comment ces cordes auraient pu se détacher, ajouta Eldon. Je l'ai vu les vérifier avant de se lancer en rappel. S'il avait eu le moindre doute, il ne serait pas descendu.

— Nous verrons cela plus tard, répéta Carrie. Tony est prêt à être remonté ?

Avant de répondre, Hannah tira sur les sangles qui maintenaient Tony dans sa civière puis vérifia si sa perfusion était bien en place.

— C'est bon, dit-elle finalement. Nous pouvons y aller.

Combien de fois Danny avait-il vécu ce genre de situation, parfois au cours de sauvetages réels, le plus souvent au cours d'exercices d'entraînement ? Mais cette fois, il s'agissait de sauver Tony, leur capitaine. Le chef du SRS ; celui qui, habituellement, dirigeait chaque mission. Mais c'était aussi son ami. Un ami proche. Le fait qu'il soit dans un état grave l'ébranlait bien plus qu'il ne voulait l'admettre.

Tandis qu'Eldon accompagnait Tony, Danny et les autres rassemblèrent tout le matériel. Carrie et lui furent les derniers à remonter. Ils arrivèrent juste au moment où l'hélicoptère décollait avec Tony à bord.

— Ils le transportent à l'hôpital de Junction, les informa Sheri.

— Savons-nous s'il y a des proches à prévenir ? s'enquit Austen. Une petite amie ? Ses parents ?

— Je ne l'ai jamais entendu mentionner une quelconque petite amie, répondit Sheri. Quant à ses parents, ils vivent en Floride.

— Nous sommes sa famille, répliqua Carrie. J'irai à l'hôpital cet après-midi. Je pourrai peut-être le voir.

— J'irai avec toi, décida Danny.

Elle le dévisagea en silence. De toute évidence, cette perspective n'avait pas l'air de l'enchanter.

— Tu n'es pas obligé, dit-elle finalement.

— Non. Mais je veux aller le voir, moi aussi.

Son expression se radoucit.

— Bien sûr, acquiesça-t-elle. Finalement, ce sera mieux si nous y allons à deux. Apparemment, tout le monde est parti. Tu veux que je te ramène en ville ?

Il n'avait pas spécialement envie de parler mais il n'avait pas vraiment le choix, s'il ne voulait pas rentrer à pied.

— Je n'arrive toujours pas à croire que ce soit arrivé, dit-elle aussitôt qu'elle se fut mise en route. Tu l'as vu tomber ?

— Non. En général, je suis concentré sur ma propre descente.

Il lui coula un regard en biais. Il ne savait pas grand-chose d'elle sauf qu'elle était architecte, qu'elle était divorcée et qu'elle élevait seule ses deux enfants. Il faut dire que quand les autres et lui-même aimaient à s'attarder à chaque retour de mission, elle préférait rentrer directement chez elle. Une fois, il l'avait invitée à sortir avec lui mais elle lui avait clairement fait comprendre que l'attirance n'était pas réciproque. Il se l'était donc tenu pour dit et n'avait jamais retenté sa chance.

— L'escalade n'est pas ce que je préfère dans ces missions de sauvetage, poursuivit-elle. Je me force à la pratiquer parce que cela fait partie du boulot.

— Il n'est pas rare que des stagiaires finissent par renoncer parce qu'ils ont peur. Il n'y a pas de quoi avoir honte. Ce n'est pas donné à tout le monde d'être fait pour ce travail.

— Moi, au contraire, je persiste parce que j'ai peur. Et j'ai besoin de surmonter mes peurs.

« Mes peurs. » Combien en avait-elle ? En d'autres circonstances, il lui aurait posé la question. Mais, pour l'heure, il était concentré sur le vide énorme que l'accident de Tony avait creusé dans son ventre.

Quand ils arrivèrent au QG du service, tout le monde était déjà là, occupé à ranger le matériel.

— Je voudrais jeter un coup d'œil aux cordes de Tony, dit-il aussitôt à Carrie.

— Nous voulons tous les voir, renchérit Sheri.

Carrie posa son sac au centre de la table et en sortit les cordages qu'elle déroula sous le regard attentif des membres venus faire cercle autour d'elle.

— Elles n'ont pas été sectionnées, dit Ted en examinant les extrémités effilochées.

— En tout cas, il y avait une faiblesse à ce niveau-là, rétorqua Carrie. Le reste de la corde est en bon état.

Danny les prit à son tour pour les examiner de plus près. Les deux cordes s'étaient rompues juste avant le nœud d'arrêt.

— On dirait que la fibre est décolorée à cet endroit, fit remarquer Eldon.

— Il n'y a rien d'inhabituel à ça, précisa Sheri. Elles se décolorent sous l'effet conjugué de l'eau, du soleil et de la sueur.

Pas vraiment convaincu, Danny porta les cordes à ses narines pour les sentir. Une odeur d'acide lui picota le nez. Il se tourna vers Eldon.

— Tu peux me passer la troisième corde dont s'est servi Tony, s'il te plaît ?

Il la sentit aussi. Elle avait une odeur de poussière de roche mais pas celle de l'acide.

— Quoi ? demanda Carrie à qui son trouble n'avait pas échappé.

— Je ne suis pas sûr...

Il lui tendit la corde effilochée.

— Dis-moi si tu sens quelque chose.

Carrie renifla la corde à son tour.

— Je sens comme une odeur d'acide, dit-elle.

— Tu penses que quelqu'un aurait versé de l'acide sur les cordes de Tony ? demanda Sheri.

— Je ne sais pas. Mais l'acide aurait fragilisé la fibre sans que cela ne se voie trop.

— Comment de l'acide se serait retrouvé sur ces cordes ? s'étonna Eldon. Il y en aurait dans les produits que nous utilisons pour les nettoyer ?

— Impossible, rétorqua Carrie. Ces produits ne contiennent rien d'aussi nocif.

— Si ce n'est pas un accident, alors... Cela veut dire que quelqu'un voulait que Tony y reste ? pointa Ted.

— Exactement, répondit Danny. Ces cordes ont été sabotées.

2

« Sabotées. » Ce mot tournait en boucle dans la tête de Carrie depuis un moment quand elle réalisa que tous les regards étaient fixés sur elle. En tant que capitaine adjointe, elle était tenue de remplacer Tony à la tête du SRS. C'était donc à elle qu'il revenait de diriger l'équipe.

— Examinons les autres cordes, décida-t-elle. Nous verrons bien s'il y a quelque chose d'anormal.

Chacun se mit donc à passer en revue les cordages utilisés ce jour-là.

— Je n'ai rien trouvé de suspect, dit Sheri la première.

— Moi non plus, fit Ted.

— Il se peut que ce soit accidentel, ajouta Eldon. Un produit se sera répandu sur les cordes sans que Tony s'en aperçoive.

— Peut-être, admit Carrie sans grande conviction. Mais une telle imprudence, venant de Tony...

— Si nous appelions l'hôpital pour savoir comment il va ? suggéra Sheri.

Carrie attrapa son portable et appela l'établissement en mode haut-parleur.

— Bonjour, j'aimerais prendre des nouvelles d'un patient qui a été transporté chez vous par hélicoptère ce matin, commença-t-elle à expliquer. Il s'appelle Tony Meisner, il a été blessé au cours d'un entraînement d'escalade à Eagle Mountain.

— Êtes-vous un membre de sa famille ? s'enquit une voix féminine.

— Non, mais je...

— Dans ce cas, je ne peux vous communiquer aucune information.

Sur ce, la femme mit fin à l'appel. Carrie fixa son portable en silence, médusée.

— Allons à Junction, proposa Danny. Nous aurons peut-être plus de chance une fois sur place.

Carrie passa un coup de fil à sa mère pour lui annoncer qu'elle ne serait pas rentrée avant deux heures et s'assurer qu'elle pouvait s'occuper des enfants. Rassurée sur ce point, elle gagna sa voiture, talonnée par Danny. Il s'installa sur le siège passager, sa grande taille remplissant tout l'espace. Ce n'était pas qu'elle ne l'aimait pas – ils s'entendaient plutôt bien – mais il la mettait mal à l'aise. Il était trop beau, trop charmeur, trop viril. Trop sûr de lui. Pourtant, le voir affecté par l'état de Tony l'avait chamboulée. Elle avait réalisé que, derrière la façade de tombeur, Danny Irwin était un homme sensible, moins superficiel qu'elle ne le croyait. Il ne se résumait pas à des remarques flatteuses et à un sens de l'humour malicieux.

— Je ne crois pas une seconde à la thèse de l'accident, dit-il au moment où elle s'engageait sur l'autoroute. Tony n'a pas pu commettre d'erreur, c'est impensable.

— Si nous en parlions à la police ?

— Pour leur dire quoi ? Que nous pensons que quelqu'un du service a volontairement saboté le matériel de Tony ? Qui ? Pour quelle raison ?

Elle trouvait inacceptable l'idée qu'un membre de l'équipe ait pu en vouloir à Tony au point de souhaiter sa mort.

— Je ne peux pas y croire, dit-elle en s'exhortant à refouler ces pensées terribles. Aucun d'entre nous n'aurait pu faire une chose aussi horrible.

— Nous, non. Mais quelqu'un de l'extérieur ? Quelqu'un qui se serait introduit au QG une fois nous avoir vus partir en mission de sauvetage.

— Le bâtiment est censé être fermé à clé.

Et pour cause. Tout le matériel de sauvetage était stocké là et il y en avait pour pas mal d'argent. Sans compter les médicaments qui pourraient attirer des junkies en mal de substances illicites.

— Il est possible que dans la précipitation nous ayons oublié de verrouiller la porte.

— Pourquoi quelqu'un du service pourrait en vouloir à Tony ?

— Ce n'était peut-être pas lui la cible. Nous utilisons tous des cordes. Celui qui les a endommagées pouvait juste vouloir faire du mal à n'importe lequel d'entre nous.

Un frisson lui parcourut l'échine.

— Qui pourrait vouloir tuer l'un d'entre nous ?

— Je ne sais pas. Un ex-conjoint ? Un ex-amant ? Un ancien volontaire qui se serait fait virer pour une raison ou pour une autre. Ou pour toucher indirectement Tony. En tant que capitaine, il se serait senti responsable, et coupable, de ne pas avoir su prévenir l'accident.

— Je persiste à penser qu'il faudrait en parler à la police. Mais avant, essayons d'y voir plus clair. Nous pourrons alors leur présenter des éléments concrets.

Il opina, visiblement dubitatif.

— Te souviens-tu de la dernière fois où un accident aussi grave impliquant un membre du service s'est produit ?

— Il y a eu la fois où Ryan et moi nous sommes retrouvés

pris dans une avalanche. C'était l'année dernière, au cours d'un exercice d'entraînement.

Elle se souvenait encore avec acuité de la terreur ressentie quand l'énorme coulée de neige avait dévalé sur eux, les avalant instantanément. Heureusement, grâce à leurs balises, ils avaient été localisés et dégagés en un temps très court.

— Et il y a eu aussi la fois où Ryan a été poussé dans le vide par Charlie Cutler, le tueur en série qui avait échappé aux forces de police. Mais, toi aussi, il a essayé de te tuer, non ?

— Pour moi, ça n'a pas été aussi grave que pour Ryan. Je m'en suis tiré avec quelques hématomes et une entorse du genou.

— Il y a eu également Barb et Cecil Kellog qui se sont retrouvés emportés par les rapides au cours d'une mission de sauvetage. Ils ont eu tellement peur qu'ils ont quitté l'équipe peu de temps après.

Ils laissèrent s'installer un silence durant lequel leurs pensées dérivèrent vers Tony.

— Il se peut qu'il ne s'en sorte pas, dit Danny le premier. Si on lui découvre une hémorragie interne…

— Il s'en sortira, assura-t-elle avec fermeté.

Elle se refusait à imaginer ne plus voir Tony. Son modèle, son maître. Celui qui l'avait aidée à tenir quand le doute la submergeait.

— Depuis combien de temps fais-tu partie de l'équipe ? demanda-t-elle, soucieuse de changer de sujet.

— Sept ans. À ce moment-là, ils manquaient de bénévoles ayant un bagage médical. Je me suis lancé en me disant que même si je ne restais pas, ce serait une expérience intéressante.

— Tu fais partie du groupe depuis plus longtemps que moi, alors.

— Je me souviens très bien de ton premier jour. J'aurais

parié que tu ne tiendrais pas bien longtemps. Je te dois des excuses d'avoir cru cela de toi.

Elle risqua un regard vers lui. Il esquissait un sourire amusé.

— Qu'est-ce qui te faisait penser que je ne m'accrocherais pas ?

— Le fait que la plupart de nos volontaires sont des alpinistes issus du milieu médical ou militaire. Et qui vivent la vie de plein air depuis longtemps.

— Si je comprends bien, tu m'avais vue comme une citadine qui ne connaissait rien à la vie rurale. En fait, j'ai un brevet de secouriste et j'ai été formée à la réanimation cardiopulmonaire. En plus, j'adore les randonnées. Intégrer le service me permettait de concilier mon amour pour la nature et mon envie d'aider les gens en détresse.

— Avoir des enfants ne te pose pas de problème ?

— Que veux-tu dire ? demanda-t-elle d'un ton pincé.

— Que les entraînements et les missions de sauvetage prennent déjà beaucoup de temps. Avec ton métier d'architecte en plus, comment fais-tu pour tout gérer ?

Insinuait-il que ses activités l'empêchaient de s'occuper correctement de ses enfants ? Qu'elle les négligeait ?

— Mes enfants comprennent qu'être membre du SRS est important pour moi. Et j'ai la chance d'avoir ma mère pour m'aider.

— Je comprends.

Non. Il ne pouvait pas comprendre. Quand elle s'était installée à Eagle Mountain après son divorce, elle s'était sentie complètement perdue. Elle ne savait pas ce qu'elle allait faire de sa vie en dehors de son travail d'architecte. Elle avait ressenti le besoin de pratiquer une activité parallèle qui la rendrait plus sûre d'elle et plus forte. Aussi, quand elle avait vu les affiches du SRS appelant à recruter de nouveaux bénévoles, elle n'avait pas hésité.

— J'aime me lancer de nouveaux défis, résuma-t-elle sommairement. Et j'adore ce travail d'équipe.

— Tu es très douée. Je le pense vraiment.

Elle haussa vaguement les épaules, ne sachant trop s'il la baratinait ou s'il était sincère.

— Et toi ? Pourquoi as-tu rejoint l'équipe ? J'ai bien compris que tu as pris ça comme une expérience intéressante mais, depuis toutes ces années, tu en as tiré autre chose, j'imagine.

— Je travaille par tranches de douze heures, trois fois par semaine dans un service de chirurgie, expliqua-t-il. Je dispose du reste de la semaine pour faire ce que je veux. Le SRS a comblé mes attentes. Et puis, nous sommes tous devenus plus ou moins accros aux montées d'adrénaline que déclenchent ces missions de sauvetage.

Elle acquiesça. Sans être vraiment accro, elle tirait un certain plaisir à prendre des risques pour sauver des vies. Une mission réussie était pour elle une source de satisfaction infinie.

— Carrie, je ne voulais pas me montrer insultant. Je t'admire. Je t'admire vraiment. Et je suis heureux que tu ne te sois pas découragée.

Il lui adressa alors un sourire qui lui fit battre le cœur plus vite. Un frisson de désir la parcourut tout entière. Cette réaction épidermique la surprit tant qu'elle en fit une légère embardée sur le bas-côté de la route.

Elle se ressaisit très vite. Danny avait l'habitude qu'aucune femme ne résiste à son charme. Avec elle, il en serait encore une fois pour ses frais. Car il y avait une chose qu'il ignorait : son divorce l'avait rendue imperméable à toute tentative de séduction.

Tu as encore perdu une occasion de te taire, mon pauvre vieux.

Voilà ce que se disait Danny alors qu'ils approchaient de la périphérie de Junction. D'habitude, il était à l'aise avec les femmes et son charme opérait sur elles sans problème. Sauf avec Carrie, qui lui avait clairement fait comprendre dès le premier jour qu'il n'y aurait jamais rien d'autre entre eux qu'une relation amicale. Ce n'était pas plus mal, maintenant que son propos moralisateur le faisait sans doute passer à ses yeux pour un crétin macho.

Aussitôt garés dans le parking de l'hôpital, ils se rendirent au bureau d'accueil où officiait une femme aux cheveux gris d'aspect revêche.

— Bonjour, la salua Carrie avec son plus beau sourire. Nous aimerions avoir des nouvelles de Tony Meisner qui a été admis ici ce matin.

La réceptionniste pianota sur le clavier de son ordinateur puis, ayant trouvé ce qu'elle cherchait, fronça les sourcils.

— M. Meisner est en soins intensifs. Vous êtes de la famille ?

— Nous..., commença Danny.

— Je suis sa sœur, le coupa Carrie.

Nouveau froncement de sourcils, plus appuyé.

— Un instant, je vous prie. Je vérifie son dossier.

Danny ne prit pas la peine d'attendre. Il prit Carrie par le bras et l'entraîna vers le bloc d'ascenseurs.

— Pourquoi veut-elle vérifier le dossier de Tony ? s'enquit-elle.

— Pour voir si nous sommes de sa famille, répondit-il en cherchant du regard le service des soins intensifs.

L'ayant trouvé, il poussa Carrie dans la cabine et appuya sur le bouton du bon étage.

— Le truc, ajouta-t-il, c'est d'agir de manière naturelle. Comme si nous savions exactement où nous allons. J'aurais dû penser à prendre ma blouse. Pour le coup, nous serions passés inaperçus.

— Tu as travaillé dans cet hôpital ?

— Non. Je travaille dans un centre chirurgical de Delta. Mais je suppose que les choses ne sont pas très différentes d'un hôpital à un autre.

En effet, un court instant plus tard, ils arrivaient dans l'unité de soins intensifs. Le nom des patients étant inscrit sur chaque porte, ils trouvèrent facilement la chambre de Tony.

Danny entra le premier, suivi de près par Carrie. Ils s'approchèrent du lit aussi silencieusement que possible puis s'arrêtèrent, le regard fixé sur Tony. Lui qui était une force de la nature, il paraissait si faible et vulnérable, relié comme il l'était à toutes sortes de tubes et de tuyaux. Il avait un bras et une jambe plâtrés et sans doute des pansements sur tout le corps, que leur dissimulait sa couverture remontée jusqu'aux épaules. Ses paupières closes étaient soulignées de larges cernes noirs. Son visage était blême.

Choquée par ce qu'elle voyait, Carrie se couvrit la bouche des deux mains. Elle resta ainsi un long moment avant de murmurer :

— Tony ? Tu m'entends ?

La porte s'ouvrit soudain derrière eux. Une femme brune aux cheveux tirés en un chignon serré entra. Elle portait la blouse bleue du personnel soignant. Son regard interrogateur alla de l'un à l'autre.

— Bonjour, dit-elle, attendant clairement la réponse à sa question muette.

— Bonjour, répondit Danny. Voici Carrie, la sœur de Tony. Et moi, je suis son mari, Danny. Je suis infirmier à Delta.

Les traits de l'infirmière se détendirent un peu.

— Votre frère est sorti du bloc opératoire, il y a une

trentaine de minutes. Le chirurgien qui l'a opéré l'a placé sous sédatifs.

— Comment va-t-il ? s'enquit Carrie. Quelle est l'étendue de ses blessures ?

— Nous étions avec lui quand l'accident s'est produit, ajouta Danny dans l'espoir de toucher la corde sensible de l'employée. Ça a été un sacré choc pour nous aussi.

— Il faisait de l'escalade, c'est bien ça ?

— Il descendait en rappel dans un canyon.

L'infirmière secoua la tête, exprimant ainsi son incompréhension.

— Je me demande bien quel intérêt ces jeunes hommes trouvent à risquer leur vie comme ça.

Danny aurait pu rétorquer que l'intérêt en question était de sauver des vies mais il s'abstint. Le temps pressait. La réceptionniste pouvait à tout moment leur envoyer la sécurité et les faire virer des lieux sans ménagement.

— Pouvez-vous nous dire de quoi il souffre exactement ? s'enquit-il.

— Fractures ouvertes de la jambe et du bras droits. Il a également plusieurs côtes cassées, l'une a perforé un poumon. Il souffre aussi de diverses contusions et entorses. Son état est stable mais toujours critique.

— Y a-t-il quelque chose que nous puissions faire ? demanda Carrie. Je ne sais pas... comme donner de notre sang, peut-être ?

— Rien pour l'instant, répondit l'infirmière en vérifiant la perfusion. Sauf limiter votre visite à cinq minutes. Même s'il est sous sédatifs, il peut être conscient de votre présence et cela pourrait le fatiguer.

Une fois seuls, ils ne se dirent pas un mot. Danny essayait d'évaluer la situation comme il le ferait pour n'importe quel patient à Delta. En vain. Tony était son ami et, de ce fait, Danny manquait d'objectivité.

— Il faut y aller, dit Carrie.

Ce ne fut qu'une fois dans la voiture et installée derrière son volant qu'elle se tourna à demi vers lui.

— Mon mari ? s'étonna-t-elle.

— J'ai pensé que ce serait plus crédible qu'un frère. Et, en tant que mari, j'avais toute légitimité à accompagner mon épouse dans un moment aussi difficile. Au fait, j'ai pris une photo du tableau accroché à son lit.

— Et... ?

— Et il y a inscrit dessus le numéro direct du poste des infirmières. Maintenant, tu pourras appeler pour prendre des nouvelles sans passer par le standard. Donne-moi ton numéro, je te transfère la photo.

Ses traits s'adoucirent. Une ébauche de sourire se dessina sur ses lèvres. Elle ne le prenait peut-être pas pour un crétin macho, finalement.

— Merci, dit-elle.

— Si nous allions manger un bout et prendre un café ? proposa-t-il.

— D'accord. Mais vite fait, alors. Il faut vraiment que je rentre. Ma mère a beau être géniale, nous sommes samedi et elle a une vie, elle aussi. Et puis, j'aimerais passer un peu de temps avec mes enfants.

— Bien sûr.

Ils roulèrent jusqu'à un fast-food où ils prirent chacun un hamburger-frites qu'ils mangèrent dans la voiture, le chauffage poussé à fond.

— Parle-moi de tes enfants, demanda-t-il.

Elle lui coula un regard en biais.

— Tu veux vraiment savoir ?

— Oui.

— Dylan a neuf ans et Amber, huit. Ils sont formidables tous les deux. Je sais que c'est ce que disent tous les parents de leur progéniture mais c'est vrai. Ils sont intelligents, gentils... Bref, géniaux.

— Tu les as eus très jeune.

— J'avais dix-neuf ans quand Dylan est né et j'ai eu Amber treize mois plus tard. J'ai épousé mon ex un mois après la fin de nos études secondaires.

— Waouh !

— Comme tu dis.

— Depuis combien de temps es-tu divorcée ? Si ma question n'est pas trop indiscrète, bien sûr.

— Six ans et demi. J'ai découvert qu'il me trompait alors que j'étais enceinte de notre fille.

— Aïe.

— Notre entourage nous avait mis en garde. C'était de la folie, nous étions trop jeunes, blablabla... Moi, j'étais forte du modèle de ma mère qui m'a eue à dix-huit ans. Mon père et elle se sont mariés deux ans plus tard. Ils ont été heureux pendant vingt ans, jusqu'à ce que papa soit tué par un chauffard ivre.

— Je suis désolé pour toi.

— Merci. Je pense que si le père de mes enfants et moi avons divorcé, ce n'était pas pour une question de maturité. C'est juste qu'il ne supportait pas l'engagement que demande un mariage.

— Tu le vois toujours ?

— Occasionnellement. Il entre et sort de la vie de ses enfants comme il l'entend. Moi, cela me rend folle de rage mais eux ont l'air de s'y être résignés. Heureusement que je ne dois pas compter sur lui pour les élever !

Elle avait parlé d'un ton teinté d'une pointe d'amertume qu'il jugeait justifiée.

— Et toi ? Tu as déjà été marié ?

— Pas du tout.

Elle éclata d'un rire léger.

— Vas-y, je t'écoute.

— Je ne crois pas au mariage.

— Dans ce cas, tout est dit, résuma-t-elle en souriant.

Elle tourna la clé dans le contact.

— Prêt ?

— Prêt.

Ils firent le chemin du retour sans se parler, chacun perdu dans ses pensées. Il tourna légèrement la tête vers elle pour pouvoir la regarder sans qu'elle le surprenne. Elle était vraiment jolie avec ses traits délicats qu'encadraient ses cheveux blonds comme les blés, attachés ce jour-là en une natte dont s'échappaient quelques mèches récalcitrantes. Malgré son jeune âge, il émanait d'elle une gravité sans doute due à son statut de maman divorcée. Il savait d'elle qu'elle était architecte – son nom figurait sur la plaque d'un cabinet de Main Street qui avait pignon sur rue. Le seul parmi une liste de noms masculins. S'en souciait-elle ou n'y prêtait-elle même pas attention ?

Lui qui se vantait de sa capacité à lire en ses conquêtes comme à livre ouvert, il n'avait jamais su déchiffrer Carrie. Il n'aimait pas l'admettre mais c'était ainsi. Cette femme restait pour lui une énigme.

Ils virent la lumière des gyrophares alors qu'ils attaquaient la côte qui débouchait sur le quartier général du SRS. Un kaléidoscope d'ombres et de lumières. Deux camions de pompiers, deux véhicules du bureau du shérif ainsi que des voitures appartenant à des bénévoles occupaient presque tout le parking.

— Qu'est-ce qu'il se passe ? demanda Carrie d'une voix étranglée.

Sheri vint à leur rencontre, suivie de son mari, l'inspecteur Erik Lester de la patrouille d'État du Colorado. Carrie arrêta le moteur et baissa sa vitre. L'air glacial s'engouffra dans l'habitacle, en même temps qu'une odeur âcre de fumée et de métal chaud.

— Qu'est-ce qu'il se passe ? répéta-t-elle plus haut.

— La jeep du service a brûlé, répondit Sheri.

La jeep, qu'ils s'amusaient tous à surnommer La Bête, était le principal moyen de transport des bénévoles. Bien qu'ancienne, elle présentait l'avantage de pouvoir contenir tout l'équipement dont les membres avaient besoin lors d'une intervention. S'il avait été question de la remplacer, le SRS, toujours à court d'argent, avait dû renoncer.

Lester se pencha à la vitre.

— J'ai cru comprendre que c'est vous qui remplacez Tony, dit-il à Carrie.

— Comment va-t-il ? s'enquit aussitôt Sheri.

— Il est sorti du bloc. Son état est stationnaire mais encore critique.

— Nous n'avons pas pu lui parler, il est sous sédatifs, précisa Danny.

— Madame, reprit Erik Lester, connaissez-vous quelqu'un qui pourrait en vouloir au service de Recherche et de Sauvetage ou à l'un de ses membres ?

— Je ne comprends pas, dit Carrie. Quel est le rapport avec cet incendie ?

— Il se pourrait bien qu'il soit criminel.

3

Il fallut un moment à Carrie pour que les mots qui avaient pénétré son esprit prennent tout leur sens.

— Un incendie criminel ? répéta Danny qui, pas plus qu'elle, ne semblait croire à une telle réalité. Vous voulez dire que quelqu'un aurait délibérément mis le feu à ce véhicule ?

Lester acquiesça.

— Nous en saurons plus après le rapport final de l'enquêteur mais, pour l'instant, tout porte à croire que c'est le cas.

— Je lui ai parlé de Tony, dit Sheri. Là encore, il se pourrait bien que ce ne soit pas un accident.

— Sheri m'a dit que vous pensez que les cordes d'escalade ont été endommagées afin de provoquer une chute mortelle.

L'arrivée du shérif Travis Walker, venu les rejoindre, ne lui permit pas de répondre.

— Où était garée la jeep la dernière fois que vous l'avez vue ? lui demanda-t-il.

— À sa place habituelle. Juste à côté de la porte. Comment se fait-il que le feu ne se soit pas propagé au bâtiment ?

— Parce que la jeep ne se trouvait pas là au moment où on l'a incendiée, répondit Walker. Elle était sur la route qui mène à Caspar Canyon. Garée sur le bas-côté.

— Qui possède les clés du véhicule ? s'enquit Lester.

— Elles sont accrochées dans l'entrée, répondit Sheri. N'importe qui peut les prendre.

— N'importe qui en possession d'une clé du bâtiment, rectifia Carrie.

— C'est-à-dire ? questionna Travis.

— Tous les membres actuels du SRS. Et sans doute aussi d'anciens, ajouta-t-elle après une courte hésitation.

Travis fronça les sourcils, signe manifeste de sa profonde désapprobation.

— Nous devons être en mesure de répondre à une urgence à tout moment, se justifia Carrie. Et d'être réactifs.

— J'aimerais jeter un coup d'œil aux cordes de Tony, dit Travis.

— Vous pensez vraiment qu'il y a un lien entre les deux événements ?

Alors qu'elle posait la question, Carrie eut conscience de la note de désespoir qui avait pointé dans sa voix. Mais comment ne pas être désespérée alors que quelqu'un s'acharnait sur eux ?

Elle conduisit les deux officiers de police à l'intérieur du bâtiment. Il flottait dans l'air une odeur mêlée de café et de détergent.

— Remarquez-vous quelque chose d'anormal ? s'enquit Lester.

Elle balaya l'endroit du regard. Une partie du matériel était suspendue à des crochets, une autre rangée dans des bacs placés le long d'un des murs. Les tables étaient bien à leur place, encombrées de brochures de recrutement, de tasses à café vides et, sur l'une d'elles, des cordes de Tony qu'ils avaient laissées là après les avoir examinées. Le reste de l'espace était occupé par un vieux canapé défraîchi et des chaises pliantes disparates.

— Tout a l'air en ordre, finit-elle par dire.

— Pouvez-vous me montrer les cordes d'escalade ? insista Travis.

— Elles sont là, répondit Danny en pointant du menton la table où elles se trouvaient.

Il attrapa une des cordes et la soumit au regard pénétrant du shérif.

— Regardez. On voit très bien l'endroit où les fibres se sont rompues, précisa-t-il en montrant les brins effilochés. Elles sont décolorées. Et si vous les sentez, il s'en dégage une odeur d'acide.

Travis renifla la corde puis hocha la tête.

— Vous pouvez envoyer ces cordes au labo ? demanda-t-il à Lester.

— Bien sûr. Je vais chercher un sachet à scellés.

— Avez-vous une idée de qui aurait pu faire ça ? questionna-t-il en regardant Lester quitter la pièce.

— Non, répondit Carrie. Chacun de nous sait où est stocké le matériel et y a accès librement.

Une boule d'angoisse s'était formée au creux de son ventre. Car si c'était une chose d'évoquer entre eux la responsabilité de chacun dans cette affaire, c'en était une autre de voir que la police lui donnait un caractère officiel. Elle avait une confiance aveugle en chacun des membres du service. Ensemble, ils formaient une équipe soudée. À la vie à la mort. Qui était le traître parmi eux ?

— Quelqu'un de l'extérieur aurait pu y avoir accès, souleva Danny. Quelqu'un qui aurait surveillé le canal d'urgence et se serait introduit dans le bâtiment en sachant que nous nous trouvions en mission de sauvetage.

— Nous sommes censés fermer à clé à chaque fois, bien sûr, intervint Sheri. Mais une négligence est toujours envisageable.

— Et la jeep ? demanda Carrie. Pourquoi n'aurait-elle

pas pris feu suite à un problème mécanique ? Elle tombe régulièrement en panne.

— Nous aurons un rapport complet dans quelques jours, rétorqua Travis. Mais l'équipe des pompiers dit avoir senti une forte odeur de gasoil, comme c'est le cas dans tous les incendies criminels.

Carrie enroula ses bras autour d'elle. Elle frissonnait mais ce n'était pas de froid. La main de Danny vint se poser sur son épaule, et la pressa doucement dans un geste qui se voulait réconfortant.

— Ça va ?

Elle eut soudain une conscience accrue de sa présence à ses côtés. Il aurait été si facile de se reposer sur cette épaule rassurante. Pourtant, au lieu de se laisser aller contre lui, elle fit retomber ses bras le long de son corps et se tint bien droite.

— Ça va, mentit-elle. C'est le choc mais ça va passer.

— Tu devrais rentrer chez toi.

— Oui. Toi aussi.

Ils attendirent que tout le monde ait quitté les lieux pour partir à leur tour.

Moins de quinze minutes plus tard, elle se garait le long du trottoir, devant la maison qu'elle partageait avec sa mère.

— J'ai entendu les pompiers, tout à l'heure, dit Becky venue l'accueillir sous le porche. Je craignais que tu ne sois appelée sur une mission.

— Je t'aurais prévenue si cela avait été le cas.

Elle accrocha son manteau à la patère de l'entrée et posa son sac à main et ses clés sur le guéridon, tout près.

— Les enfants sont couchés ?

— Oui. Ils ont fait de la luge avec les petits Morris. Ils étaient épuisés.

Elle longea le couloir sur la pointe des pieds et jeta un

coup d'œil dans la première chambre. Dylan dormait sur le dos, une main sur la poitrine, une jambe en dehors de la couette. Des mèches de ses cheveux blonds lui retombaient sur le front. Un sourire attendri aux lèvres, elle se rendit ensuite dans la chambre de sa fille, qui se trouvait en face. Amber était couchée sur le côté, sa couette remontée jusqu'au cou. Sa veilleuse diffusait une douce lumière rose qui conférait à la pièce une ambiance paisible.

Elle se rendit ensuite dans la cuisine où sa mère avait mis de l'eau à chauffer.

— Je me prépare du thé. Tu en veux ?

— Volontiers.

Elle se laissa tomber sur une chaise. Les émotions de la journée l'avaient épuisée.

— Comment va Tony ? demanda Becky. Tu as pu le voir ?

— Il a été opéré. Tout s'est bien passé. Mais je n'ai pas pu lui parler, il n'était pas encore sorti du coma artificiel.

— Tu as mangé ?

— Oui, nous avons pris un hamburger sur la route.

Un sourire se dessina sur les lèvres de Becky.

— « Nous » ? Je suis contente d'apprendre que quelqu'un t'accompagnait.

Becky prit le temps de tremper les sachets de thé dans la théière avant de demander d'un ton faussement désinvolte :

— Qui était-ce ? Je le connais ?

— Non. Il s'appelle Danny Irwin. Il faisait équipe avec Tony quand il a décroché. Il n'a rien dit, mais je pense qu'il a été très secoué.

Becky hocha la tête tout en posant sur la table deux tasses et la théière fumante qui exhalait un délicieux arôme de menthe. Le remède miracle, selon elle. Celui qui vous soignait les maux du corps et de l'esprit.

— J'espère que Tony va s'en sortir, dit Becky. Il est tellement gentil ! Comment cet accident est-il arrivé ?

— Nous n'en sommes pas sûrs, mais... il se peut que les cordes aient été endommagées exprès pour se rompre pendant l'exercice.

Becky ouvrit des yeux ronds.

— C'est affreux ! Qui pourrait vouloir la mort de Tony ?

— Aucune idée.

Elle hésita à lui annoncer la suite. Mais Eagle Mountain était une petite ville où les nouvelles allaient bon train. Autant qu'elle l'apprenne de la bouche de sa fille.

— Les voitures de pompiers que tu as entendues tout à l'heure..., dit-elle. Quelqu'un a incendié la jeep du SRS.

Becky écarquilla un peu plus les yeux.

— Tu plaisantes. Pourquoi en voudrait-on à ce service qui ne vise qu'à aider les gens ?

— J'aimerais bien plaisanter, maman. Malheureusement, c'est la vérité. Cette jeep nous était indispensable. Il faudrait la remplacer mais nous n'avons pas l'argent nécessaire.

— Il vous suffira d'organiser une ou deux collectes de fonds, suggéra Becky. Les gens seront sensibles à ce qui vous est arrivé. Ils sauront se montrer généreux.

Carrie acquiesça en même temps qu'elle se levait.

— Je suis éreintée. Je vais prendre une douche et me coucher. Bonne nuit, maman.

— Dors bien, ma chérie.

Elle acquiesça de nouveau, pour la forme. Car rien n'était moins sûr. Elle risquait de ne pas dormir non seulement cette nuit mais sans doute aussi les nuits suivantes.

Danny ne fut pas surpris de recevoir un texto de Carrie l'informant de la tenue d'une réunion spéciale à laquelle il était prié d'assister. D'habitude, il passait ses dimanches à patrouiller sur le domaine skiable, mais après les événements de la veille il avait demandé au dispatcheur de ne pas compter sur lui. Il avait besoin d'une journée pour se retrouver seul avec lui-même et faire le vide dans son corps comme dans son esprit. Pourtant il se rendrait à cette réunion. Elle serait l'occasion d'être informé des avancées de l'enquête.

Au moment de partir de chez lui, son téléphone sonna. Un mélange familier de panique et d'angoisse l'envahit tandis qu'il fixait l'identifiant de l'appelant. Il inspira profondément puis décrocha.

— Hé, Joy ! Comment vas-tu ?

— Pas très bien.

Le nœud d'angoisse se resserra un peu plus.

— C'est maman, poursuivit Joy. Elle dit qu'elle veut arrêter son traitement mais, vu son comportement, je me demande si elle ne l'a pas déjà fait.

— Tu as bien un suivi de ce qu'elle prend, non ?

— Oui, mais tu la connais. Elle est capable de prendre ses comprimés devant moi et de les recracher dès que j'ai le dos tourné. Je t'assure qu'elle ne tourne pas rond. Depuis que je m'occupe d'elle, je vois bien qu'elle a franchi un cap.

— Je vais lui parler.

— Elle n'est pas là. Elle est partie ce matin rejoindre des amis, soi-disant. Le problème, c'est qu'elle n'a pas d'amis alors je ne sais pas où elle est allée. Et je n'arrive pas à la joindre au téléphone. Elle ne me répond pas.

Son anxiété grimpa d'un cran.

— J'appellerai ce soir. Tu en as parlé à son médecin ?

— Bien sûr. Il dit qu'il pourrait la faire hospitaliser pour quelques jours. Si maman est d'accord, bien sûr.

C'était bien là où le bât blessait.

— Je lui parlerai, répéta-t-il.

— Super.

Sur ce, sa sœur raccrocha. Elle devait être déprimée. S'occuper d'une mère malade, de surcroît peu coopérative, avait de quoi vous miner le moral. Que pouvaient-ils faire ? Sa mère et Joy vivaient dans l'Iowa et lui dans le Colorado. Plus de mille kilomètres les séparaient. Ils faisaient tous du mieux qu'ils pouvaient sauf que, depuis quelques mois, Danny avait cessé de prétendre que c'était suffisant.

Il programma un rappel sur son smartphone puis se rendit au QG du service. Quand il arriva peu avant midi, il ne fut pas surpris de constater que le parking était plein. Apparemment, tout le monde avait répondu présent. Comme lui, tous espéraient avoir des nouvelles rassurantes de Tony.

— Merci d'être venus si nombreux, dit Carrie une fois que les portes furent refermées. Je sais que vous êtes très inquiets pour notre capitaine. Aussi, je ne vais pas vous faire attendre plus longtemps. Je viens d'avoir l'hôpital. Tony est sorti du coma et, même s'il souffre encore beaucoup, il fait preuve d'une grande combativité.

— Dis-lui qu'il est trop super pour mourir, lança Ryan, ce qui lui valut quelques rires de l'assistance.

— Où est Austen ? demanda soudain Eldon. Pourquoi n'est-il pas venu ?

Carrie fronça les sourcils. Visiblement, ce retard l'inquiétait.

— Il m'a pourtant confirmé qu'il viendrait.

— Ted n'est pas là non plus, fit remarquer Sheri. Mais ça n'est pas grave. Ils ne vont pas tarder. Carrie, parle-nous plutôt de l'avancée de l'enquête. La police a-t-elle du nouveau ?

— J'ai appelé le shérif mais il n'a rien pu me dire. Il faudra attendre quelques jours, que les résultats du labo leur parviennent.

— À propos de la jeep, c'est peut-être quelqu'un qui veut nous empêcher de secourir les personnes en détresse.

— Laissons faire la police, répliqua Carrie. En attendant de pouvoir remplacer la jeep, nous allons devoir utiliser nos véhicules personnels. J'ai contacté notre compagnie d'assurances ce matin. D'après eux, nous ne pourrons pas espérer toucher grand-chose comme indemnisation. Quelques milliers de dollars à peine. Pas suffisant pour en acheter une autre.

La porte s'ouvrit brusquement sur Ted qui laissa s'engouffrer un souffle d'air froid. Du bout des doigts, il épousseta la neige qui se trouvait sur sa veste.

— Désolé pour le retard, dit-il, un brin essoufflé. J'ai raté quelque chose d'important ?

— Nous parlions de la jeep, répondit Sheri.

— Ce véhicule a été spécialement modifié pour les opérations de sauvetage, expliqua Danny. Le remplacer va nous coûter bien plus que quelques milliers de dollars.

— Nous devons trouver l'argent, déclara Carrie. Nous n'avons pas le choix. Nous allons passer un appel à contribution aux donateurs qui nous ont soutenus par le passé. Ensuite, nous allons réfléchir à des moyens de collecter des fonds. Qui veut participer ?

Sheri leva le doigt la première, suivie de près par Eldon, puis par d'autres. Au total, une douzaine de membres se porta volontaire.

— Je vous remercie, dit Carrie. Pour en revenir à l'enquête, le shérif m'a demandé de dresser une liste de toutes les personnes qui possèdent une clé du bâtiment ainsi que de ceux qui pourraient y avoir accès.

Son regard s'arrêta sur Ted.

— Ted, je compte sur toi pour m'aider. Tu es membre depuis plus longtemps que n'importe qui d'autre ici.

— Je ne vois pas l'intérêt de dresser une telle liste, rétorqua Ted. Ce n'est pas l'un de nous qui a fait ça. Nous, les anciens, nous nous sommes tous tellement investis pour recueillir la somme nécessaire à l'achat de notre jeep. Quant aux membres plus récents, ils savent bien que ce véhicule nous est indispensable.

— Il est possible que ce soit un ami ou un proche d'un bénévole qui en aurait assez de ses sorties intempestives et voudrait y mettre fin, pointa Danny.

— Ou un cinglé qui aura trouvé amusant de mettre le feu à une jeep, répliqua Eldon.

— Ce qui est arrivé à Tony a été réfléchi, contra Carrie. Préparé à l'avance.

— Dans ce cas, il s'agirait d'une tentative de meurtre avec préméditation, rétorqua Eldon.

Un murmure indigné parcourut l'assemblée. Puis chacun y alla de son commentaire. Danny ne dit pas un mot. Il observait Carrie qui restait silencieuse. Seule une légère crispation de la bouche trahissait son inquiétude. Ils avaient de la chance de l'avoir comme capitaine en remplacement de Tony. Contrairement à l'idée qu'il se faisait d'elle, elle avait toutes les qualités d'un leader. Elle était exactement la personne dont ils avaient besoin en pareilles circonstances. Calme, pondérée, sachant imposer son autorité sans provoquer de réactions hostiles.

— Ted, je veux que tu établisses une liste de toutes les personnes qui ont été membres du SRS dans le passé, dit-elle quand les discussions animées se furent un peu calmées. Danny, tu me feras de ton côté une liste de toutes les personnes qui côtoient ou ont côtoyé Tony, de près ou de loin. Amis, parents, employés. Essaie de savoir qui pourrait avoir une dent contre lui au point de vouloir le tuer.

— Je veux bien, mais pourquoi moi ?

— Parce que c'est toi qui le connais le mieux. Et comme, maintenant, tu as accès au service des soins intensifs, tu pourras aller lui demander en personne s'il a une idée de qui pouvait vouloir le voir mort.

— Ça, c'est un travail de flics, objecta Eldon. Je veux dire… fouiller dans le passé des gens, les interroger. Je me trompe ?

— Disons qu'en menant notre petite enquête parallèle, nous ne faisons que les aider, rétorqua Carrie. Tony est l'un des nôtres. Je veux qu'il sache que nous faisons notre possible pour faire arrêter le coupable et, ainsi, l'empêcher de recommencer.

— Tu penses que c'est la même personne qui a endommagé les cordes et mis le feu à la jeep ? interrogea Sheri.

— Pour le moment, nous n'avons aucune certitude. Mais ces listes nous permettront peut-être d'établir des recoupements.

— Chacun de nous ici figurera sur les deux listes, fit remarquer Eldon.

Un silence de plomb se fit. Ils avaient probablement tous pensé la même chose – que le coupable se trouvait parmi eux –, mais le formuler à haute voix donnait à la chose une réalité terrible.

— Peu importe, dit Danny le premier. C'est à nous que les flics vont s'intéresser en priorité, de toute façon. Et nous n'avons rien à nous reprocher, n'est-ce pas ?

À ce moment même, la porte s'ouvrit à la volée. Ils se retournèrent tous d'un même mouvement vers Austen Morrisey qui entrait en titubant. Du sang coulait d'une blessure qu'il avait à la tête.

Sheri se précipita vers lui la première.

— Austen ! Que t'est-il arrivé ?

— Je roulais pour venir ici quand un chauffard m'a foncé

dessus. Il m'a fait quitter la route. J'ai eu tellement peur ! J'ai réussi à sortir de la voiture et je me suis mis à courir dans le fossé. En courant, je suis tombé. J'ai dû me cogner la tête contre un rocher.

Il porta une main à sa blessure puis fixa ses doigts pleins de sang.

— Je crois bien que quelqu'un a essayé de me tuer.

4

— Viens par ici, intima Danny à Austen. Je vais t'examiner.

Il le prit par le coude et le conduisit jusqu'à une chaise où il le fit asseoir.

— Faut-il appeler une ambulance ? s'enquit Carrie.

— Non, ça va aller, protesta Austen en faisant le geste de se lever.

Danny le repoussa doucement en arrière puis vérifia ses pupilles. Elles étaient normalement dilatées.

— Je vais nettoyer ta plaie. Il se peut que tu aies besoin de quelques points de suture.

Carrie lui apporta un flacon de sérum physiologique et un paquet de compresses de gaze. Une fois le sang nettoyé, il s'avéra que l'entaille était superficielle.

— Ça n'a pas l'air trop grave, déclara Danny. Les blessures à la tête sont impressionnantes car elles saignent toujours beaucoup.

Il agita la main devant Austen.

— Combien comptes-tu de doigts ?

— Trois. Honnêtement, je vais bien. Je suis juste secoué.

— Que s'est-il passé ? demanda Ted au nom du groupe qui était venu faire cercle autour d'eux.

— J'avais attaqué la côte pour venir ici quand une voiture est arrivée en face en pleins phares. Je lui ai fait des appels de phare mais il a continué à m'éblouir. Quand j'ai réalisé qu'il fonçait droit sur moi, j'ai donné un coup de volant à droite et je me suis retrouvé dans le fossé.

— Tu as pu voir le conducteur ? demanda Carrie. C'était un homme ?

— Je n'ai rien pu voir. Entre la neige qui tombait et les phares qui m'éblouissaient… Je ne peux même pas dire quel type de véhicule c'était.

— Et ta voiture ? demanda Danny à son tour.

— Je l'ai laissée dans le fossé pour venir directement ici à pied.

Il baissa les yeux sur ses vêtements trempés, maculés d'un mélange de boue et de sang.

— Je suppose que ce n'était pas la chose la plus intelligente à faire.

— Il faut appeler le shérif, décida Carrie en sortant son smartphone de sa poche.

— Ils ne pourront rien faire, objecta Austen. Je n'ai rien vu. Je ne pourrai pas leur dire grand-chose.

— Peut-être qu'eux sauront trouver un indice quelque part. Et, de toute façon, je veux que ton témoignage soit enregistré de manière officielle.

Pendant que Carrie s'éloignait pour appeler le bureau du shérif, Danny appliquait une compresse sur la blessure d'Austen.

— Tu as mal quelque part ?

— Oui. Ma fierté. Elle en a pris un coup.

Tous sourirent à ce trait d'humour.

— Un adjoint est en route, annonça Carrie, revenue vers eux.

Elle observa un court instant de silence avant de reprendre :

— J'imagine que tu dois être chamboulé. Surtout, après ce que tu as déjà vécu.

— J'admets que j'ai comme une impression de déjà-vu. Un cauchemar.

Danny lança à Carrie un regard interrogateur. De quoi parlaient-ils ? Elle secoua la tête avant d'articuler en silence : « Plus tard. »

— Austen, je suis venu avec ma fourgonnette, annonça Eldon. On pourrait essayer de sortir ta voiture du fossé une fois que l'adjoint y aura jeté un coup d'œil.

— Merci, dit Austen, visiblement touché par toute cette sollicitude dont il était l'objet. Est-ce qu'on a du café ? J'en prendrais bien une tasse.

— Je vais t'en chercher, fit Sheri.

Tandis que tous donnaient leur avis sur ce nouveau drame, Danny et Carrie se retrouvèrent devant l'armoire à pharmacie, au fond de la salle.

— Je ne pense pas qu'Austen soit en état de conduire, dit-elle. Il s'occupera de sa voiture demain. Tu pourrais le ramener chez lui ? Cela me rassurerait que ce soit toi, au cas où il souffrirait d'autre chose.

— Bien sûr. À quoi faisiez-vous allusion, tous les deux ? Vous parliez d'un accident ?

Elle vérifia par-dessus son épaule qu'Austen ne pouvait pas l'entendre avant de répondre :

— Tu ne t'en souviens pas ? C'était en été, il y a deux ans. Sa petite amie et lui, je crois même qu'ils étaient fiancés, ont eu un terrible accident sur Briar Patch Road. Leur voiture a quitté la route et a basculé dans les gorges de Poughkeepsie. Austen s'en est miraculeusement sorti avec une fracture à l'épaule mais sa petite amie a été grièvement blessée. Elle est morte durant son transfert à l'hôpital.

— Oui, j'en ai entendu parler, en effet. Mais cet été-là, j'avais dû m'absenter un mois pour régler des problèmes familiaux. Austen vivait à Eagle Mountain à cette époque ?

— Non. Ils étaient en vacances. Il s'est installé ici plus tard. Il avait été tellement touché par le travail du SRS qu'il a voulu en faire partie.

— Je comprends que ce qu'il vient de vivre l'ait secoué, alors.

La porte s'ouvrit de nouveau, cette fois sur Jake Gwynn, l'un des adjoints au shérif et nouvelle recrue du service.

— Il paraît qu'il y a eu un nouveau problème, dit-il, les yeux fixés sur le pansement d'Austen.

— Un chauffard m'a foncé dessus, m'obligeant à quitter la route, expliqua Austen. Malheureusement, je n'ai rien pu voir.

Jake tira une chaise à lui et s'assit face à Austen.

— Racontez-moi quand même comment les choses se sont passées.

Austen répéta alors ce qu'il avait déjà expliqué aux autres, sans fournir plus de détails malgré les questions de Jake.

— Je m'arrêterai jeter un coup d'œil sur place, dit Jake en fourrant dans la poche de sa veste le carnet sur lequel il avait pris des notes. Mais avec la neige qui tombe, il y a peu de chances que les traces de pneus soient encore visibles.

— J'avais dit à Carrie que ce n'était pas la peine de vous déranger. Avec un temps pareil, en plus.

— Il fallait que ton témoignage soit enregistré de manière officielle, précisa-t-elle. Voilà qui est fait. Jake, vous êtes au courant de ce qu'il s'est passé au sein de l'équipe ces derniers jours ?

Jake acquiesça.

— Je sais que les cordes d'escalade de Tony ont été sabotées et que la jeep du service a été incendiée. Il y a autre chose ?

— Rien avant l'attaque dont vient d'être victime Austen.

— Qu'est-ce qui vous fait penser qu'il y a un lien entre cet accident et le reste ?

— Austen a dit que la voiture a quitté sa voie de circulation pour foncer sur lui, rétorqua Carrie.

— Ce pourrait être un conducteur ivre, objecta Jake. Ou quelqu'un qui n'aurait vu Austen qu'au dernier moment dans la tempête de neige. Dans ces deux cas, ni l'un ni l'autre ne pouvaient savoir qui était Austen ni qu'il était membre du SRS.

— Il n'y a aucune construction autour de ce bâtiment. Ceux qui montent ou descendent la côte font forcément partie du service.

— Celui qui commet ces actes sait tout de nous, renchérit Sheri. C'est certain.

— Je vais regarder ça de plus près, déclara Jake. Mais je vous avoue que ce que nous avons est assez maigre.

— Et les cordes d'escalade ? Et la jeep ? Et Austen ? s'indigna Eldon. Ce ne sont pas des indices suffisants ? Nous sommes directement visés, c'est sûr.

Le regard de Jake fit le tour de l'assemblée. Tous les visages reflétaient la colère, l'inquiétude, l'agacement ou un mélange de ces trois émotions.

— Réfléchissez à qui pourrait vous en vouloir, finit-il par dire. Quelqu'un qui voudrait vous faire payer la mort d'un proche que vous n'auriez pas pu sauver.

— Les gens nous sont reconnaissants de ce que nous faisons pour eux, parfois au péril de notre vie. Même quand il s'agit de ramener une dépouille, les familles sont soulagées parce qu'elles vont pouvoir faire leur deuil.

Jake acquiesça d'un hochement de tête.

— Continuez à réfléchir là-dessus. De notre côté, nous faisons notre possible. En attendant, soyez vigilants.

Une fois Jake parti, Austen se leva de sa chaise.

— Eldon, nous allons voir ma voiture ?

— Ta voiture peut attendre jusqu'à demain, dit Danny.

Tu as entendu Jake. Il va s'arrêter y jeter un coup d'œil, mais à mon avis les flics n'en ont pas fini avec elle. Je vais te ramener chez toi. C'est plus raisonnable.

Austen hésita un instant.

— Je ne sais pas...

— Écoute Danny, lui conseilla Carrie. En admettant qu'Eldon arrive à sortir ta voiture du fossé, tu n'es pas en état de conduire, de toute façon.

— OK.

Un court instant plus tard, Austen embarquait dans la voiture de Danny, une vieille Honda vert bouteille qui avait connu des jours meilleurs mais qui lui rendait encore bien des services. Ils roulèrent en silence jusqu'à un nouveau lotissement situé en périphérie.

— Dans quel domaine travailles-tu ? s'enquit Danny. Je ne crois pas l'avoir jamais su.

— Dans l'immobilier, répondit Austen. C'est moi qui gère ces appartements.

— Qu'est-ce qui t'a poussé à intégrer le SRS ?

Sans trop savoir pourquoi, il avait envie de connaître la version d'Austen.

— Le service de Recherche et de Sauvetage d'Eagle Mountain m'a sauvé la vie, dit-il. Il y a deux ans, j'ai eu un grave accident de la route. Ma voiture a basculé dans les gorges de Poughkeepsie. Mais je pensais que tu le savais.

Il remarqua qu'Austen n'avait pas fait mention de sa petite amie. Mais peut-être que la perte de cette femme qu'il aimait était encore si douloureuse qu'il ne pouvait pas l'évoquer ?

— Cette année-là, j'ai dû gérer pas mal d'affaires de famille, ce qui m'a conduit à m'absenter souvent d'Eagle Mountain, expliqua-t-il sommairement.

— J'ai pensé qu'intégrer le service m'aiderait à surmonter cette terrible épreuve, poursuivit Austen. Et ça a été le cas.

Il détacha sa ceinture de sécurité et entrouvrit sa portière.

— Tu veux entrer boire un café ?

— Avec plaisir.

Partager ce moment d'intimité serait l'occasion d'en savoir plus sur cette recrue qu'il n'avait jamais beaucoup côtoyée jusque-là.

Austen le précéda dans une entrée qui donnait directement sur un vaste salon ouvrant sur une cuisine ultramoderne.

— Installe-toi. Je vais préparer le café.

Pendant qu'il s'affairait, Danny regarda autour de lui. Alors que son propre appartement était très encombré, celui-ci avait l'apparence d'une suite d'hôtel de luxe ou d'une maison témoin. Les meubles de couleur neutre s'harmonisaient parfaitement avec le blanc des murs et le blond du parquet en chêne. Danny ne vit ni livres ni bibelots. La seule note personnelle était une photo encadrée disposée sur une table d'appoint en bout de canapé.

Il scruta la jolie jeune femme qui souriait à l'objectif.

— C'est Julia, ma fiancée, expliqua Austen revenu avec deux tasses de café fumant qu'il posa sur la table basse.

— Excuse-moi. Je ne voulais pas être indiscret.

— Elle était avec moi dans la voiture. Malheureusement, elle n'a pas survécu à l'accident. C'est la raison pour laquelle je suis venu m'installer à Eagle Mountain. Je voulais prendre un nouveau départ.

Danny prit une gorgée de café, cherchant une réponse appropriée.

— Cela a dû être terrible, dit-il, faute de mieux.

— Oui. J'ai eu beaucoup de mal à m'en remettre.

Un silence embarrassé s'installa entre eux, que Danny fut le premier à rompre.

— Je ne travaille pas demain. Je peux passer te chercher et t'emmener jusqu'à ta voiture, si tu veux.

— Merci, mais j'appellerai O'Brien pour qu'il m'envoie une dépanneuse.

Un sourire forcé se dessina sur ses lèvres.

— C'est à ça que servent les assurances, non ? J'aurais dû y penser avant, d'ailleurs. L'appeler tout de suite, rentrer à la maison sans rien dire.

— Mais non. Tu as bien fait de venir nous voir et de nous en parler.

Austen esquissa une moue grimaçante.

— Tu as entendu Jake. Il pense que c'est un conducteur imprudent. Mais je sais que cette voiture a foncé sur moi délibérément.

Il se pencha en avant et posa les coudes sur les genoux.

— J'aimerais tellement qu'on trouve le salaud qui nous en veut à ce point.

— Jake a peut-être raison. Quelqu'un veut se venger du SRS pour ne pas avoir été retenu.

— Cela arrive souvent ?

— Tout le monde n'est pas capable d'obéir aux exigences que requièrent les entraînements. Parfois aussi, des gens veulent intégrer le service pour de mauvaises raisons. Pour passer pour des héros. Mais, en fait, ils n'ont pas l'esprit d'équipe. La qualité première de ce service est le don de soi.

— J'avoue que depuis que j'ai intégré l'équipe, j'ai du mal avec les irresponsables qui se retrouvent en difficulté à cause de leur imprudence.

— Je comprends ; mais, tu verras, on finit par apprendre à ne plus juger.

Sur ce, il se leva, conscient qu'il était temps pour lui de partir.

— Je vais y aller. Tu dois être fatigué. Merci pour le café.

— Merci à toi de m'avoir raccompagné. Le SRS est un peu ma famille aujourd'hui.

Il marqua une courte pause avant d'ajouter :

— Aussi, si je mets la main sur celui qui s'acharne sur nous, crois-moi, je m'assurerai personnellement qu'il ne fera plus jamais de mal à personne.

Dans son regard brûlait une lueur de colère qui mit Danny mal à l'aise.

— Ma chérie, tu devrais te ménager un peu.

Becky couvait sa fille d'un regard soucieux. Carrie connaissait par cœur le léger plissement du front, le rétrécissement des yeux, la bouche pincée, autant de signes indiquant que sa mère s'inquiétait pour elle. Parfois, elle se surprenait à avoir la même expression quand elle se faisait du souci pour ses enfants.

— Tout va bien, maman, lui assura-t-elle.

Elle repoussa la pile de paperasseries qu'elle était en train d'étudier. Le volume de tâches administratives à accomplir au sein du SRS la laissait toujours perplexe.

Elle adressa à sa mère un sourire qui se voulait rassurant.

— Tu sais bien que j'aime m'occuper l'esprit.

— Au détriment de ta vie privée, non ?

Elle détestait quand sa mère voulait l'entraîner sur ce terrain-là. Alors, autant couper court à la discussion tout de suite.

— Maman, ma vie privée se résume à mes enfants, à toi, à mon travail et à mon action au sein du SRS. Crois-moi, c'est amplement suffisant.

— Ma chérie, tu es jeune. Tu devrais sortir plus souvent, rencontrer quelqu'un.

— Dit celle qui refuse tout rendez-vous galant depuis dix ans, ironisa-t-elle gentiment.

— Je n'ai pas vingt-neuf ans.

— Quarante-huit. Toi aussi tu es jeune. Tu as encore l'âge de refaire ta vie.

— Ce n'est pas pareil. Aucun homme ne pourra jamais remplacer ton père.

Elles auraient pu en rester là, mais Becky n'était pas du genre à jeter l'éponge. Carrie aurait dû le savoir.

— Tu vis dans une ville où les hommes sont deux fois plus nombreux que les femmes, insista Becky. Tu n'aurais que l'embarras du choix.

— Maman, pourquoi insistes-tu autant ? Il s'est passé quelque chose ?

Les signes d'inquiétude s'accentuèrent.

— J'ai entendu Amber parler avec son amie Kiley, aujourd'hui, alors que nous rentrions toutes à pied de l'école. Kiley a demandé à Amber où était son papa et pourquoi il ne vivait pas avec vous. Amber a répondu que c'était parce que sa maman ne voulait pas de papa dans leur vie. La pauvre petite était au bord des larmes.

Ce n'était pas la première fois qu'un de ses enfants se plaignait de sa situation de mère célibataire mais elle ne s'y habituait pas pour autant. Son cœur se serrait à chaque fois.

— Tu crois qu'ils préféreraient que je sorte avec des hommes différents jusqu'à trouver « le bon » ? Moi, je préfère attendre qu'ils soient plus âgés.

— Je ne parlais pas de papillonner mais de te donner une chance de tomber amoureuse.

Becky planta son regard dans celui de sa fille.

— De quoi as-tu peur, à la fin ? Ce n'est pas comme cela que je t'ai élevée.

Cette remarque la piqua au vif.

— Je n'ai pas peur, rétorqua-t-elle. Et j'agis exactement comme tu m'as appris à le faire. Je surmonte mes peurs. Je fais face, je fais front. Je me ressaisis et je me lance.

— En effet, tu es la personne la plus courageuse quand il s'agit de mettre ta vie en danger pour te porter au secours de personnes en détresse.

Becky prit la main de sa fille dans la sienne et la pressa doucement, dans un geste infiniment tendre.

— Vois les relations avec les hommes comme un défi à relever, lui conseilla-t-elle d'un ton radouci. Comme tu le fais lorsque tu dois escalader un sommet ou descendre en rappel dans un canyon. Mais cette fois, ce serait ta vie que tu sauverais.

Carrie eut beau chercher elle ne trouva rien à répondre à un argument aussi imparable. Elle cherchait encore quand on sonna à la porte.

Becky jeta un coup d'œil à sa montre.

— Il est plus de 19 heures, dit-elle. Tu attends quelqu'un ?

— Non.

Elle se leva pour aller vérifier par l'œilleton. Ted. Elle lui ouvrit la porte, un brin intriguée de le voir là.

— Ted ? Il y a un problème ? J'ai raté un appel ?

— Non, répondit-il.

Il enfonça les mains dans les poches de sa parka. Il semblait embarrassé.

— Je peux entrer ? Je voudrais te parler de quelque chose.

— Bien sûr.

Elle s'écarta pour le laisser passer puis le conduisit dans le salon.

Il ôta le bonnet vert en polaire qu'il portait et passa une main dans sa tignasse blanche.

— Je ne te dérange pas ?

— Pas du tout. De quoi voulais-tu me parler, Ted ?

Pour toute réponse, il regarda autour de lui, semblant chercher à fuir son regard.

— Tu as eu des nouvelles de Tony ? demanda-t-il.

— Oui. Il a quitté le service des soins intensifs. Ils l'ont placé dans une chambre particulière. J'ai prévu d'aller le voir demain.

Il hocha la tête.

— C'est une bonne nouvelle. Je me souviens de son premier jour au SRS comme si c'était hier. C'était encore un jeune adolescent ; le plus jeune membre que nous ayons eu jusqu'alors. C'est terrible ce qu'il s'est passé. Ces cordes endommagées exprès...

— Ted, tu sais qui a fait ça ? C'est pour ça que tu es là ?

Il la regarda alors fixement, lui donnant l'impression qu'elle l'avait fait sortir brusquement de ses pensées.

— Non. Pas du tout. Je voulais te parler de la manière dont les autres me tiennent à l'écart du groupe. Je suis pourtant le plus expérimenté mais parce que je ne suis plus tout jeune on me confine à des rôles secondaires. Je trouve ça injuste.

— Asseyons-nous, dit-elle en lui faisant signe de s'installer à côté d'elle sur le canapé. Ted, tout le monde a une grande admiration pour l'homme que tu es. Pour beaucoup d'entre nous, tu as même été un mentor.

— Je me fiche d'avoir été un mentor. Je veux être considéré comme un sauveteur à part entière. Comme un membre actif et pas un conseiller. Déjà, avant son accident, Tony avait commencé à me reléguer à des tâches secondaires.

— Je ne crois pas que Tony ait fait cela.

— Ah bon ? Pourtant, il savait que je rêvais d'être responsable de la formation. Mais c'est à Sheri qu'il a donné le poste. Tout ça parce que j'ai raté une fois un nœud d'arrêt. Une fois en trente ans.

Elle avait entendu parler de cet incident. Ted avait commencé à descendre en rappel avant d'attacher l'extrémité de sa corde avec un nœud d'arrêt. Le genre d'erreur qui aurait pu lui coûter la vie.

Mais que Carrie s'en souvienne, il n'avait jamais commis aucun autre faux pas. Simplement, force était de constater qu'il avait pris de l'âge et qu'il était souvent à la traîne dans les longues randonnées. Et puis, il se fatiguait plus vite aussi.

— Ted, tu l'as dit, tu es au SRS depuis longtemps, commença-t-elle en y mettant les formes.

— Trente ans, oui, répéta-t-il. Tu n'étais même pas née.

— Durant tout ce temps, ton corps a été mis à rude épreuve. Il a subi de longues heures de randonnées difficiles, d'ascensions, de descentes en rappel, de stress.

— Je ne m'en suis jamais plaint. Ça fait partie du boulot.

— Ce que j'essaie de te dire, Ted, c'est qu'à un moment, il faut lever le pied. Notre corps nous y oblige, qu'on le veuille ou non.

— Et moi, je m'y refuse !

Il se leva d'un bond et lui jeta un regard noir.

— C'est de la discrimination, et si vous me forcez à aller devant les tribunaux, je n'hésiterai pas à le faire !

— Il ne s'agit pas que de toi. Pense un peu que ton orgueil pourrait mettre en danger un de tes équipiers. Au lieu d'essayer de rivaliser avec des gens de trente ans plus jeunes que toi, utilise ton expérience à des fins qui nous seront tout aussi utiles. Comme coordonner nos efforts de recherche, analyser les situations ou encore communiquer avec d'autres organismes. Nous avons vraiment besoin de quelqu'un pour gérer tout ça et tu serais parfait dans ce rôle.

Elle ne savait pas d'où lui était venue cette idée mais elle tenait là la solution idéale pour conserver une place à Ted au sein de l'équipe tout en ménageant son ego. Il faudrait qu'elle soumette l'idée à Tony et aux autres mais elle savait déjà que tous accepteraient, trop heureux de pouvoir garder un élément aussi précieux que Ted.

— Je n'ai rien à faire de ta condescendance, lança-t-il d'un ton brusque.

— Il ne s'agit pas de condescendance, rétorqua-t-elle. Il s'agit de te confier un vrai poste de responsable des opérations de secours. Réfléchis-y, au moins.

Il allait riposter quand leurs téléphones se mirent à vibrer en même temps et Carrie lut le SMS à voix haute.

Randonneur disparu, Grizzly Ridge.

— Il faut que j'appelle, dit-elle.

En attendant que la régulatrice réponde, elle enfila ses bottes et attrapa ses clés.

— Je te retrouve au QG, dit-elle. Nous reprendrons cette discussion plus tard.

Becky arriva juste à ce moment-là avec, dans les mains, la parka et le sac à dos de sa fille.

— Je t'ai entendue, dit-elle. Bonjour, Ted.

— Bonjour, Becky. À tout de suite, Carrie.

Carrie prit ses affaires des mains de sa mère au moment où la régulatrice prenait son appel.

— Salut, Carrie. Il s'agit d'un couple, George et Angela Dempsey, de Dallas. Monsieur est âgé de cinquante-quatre ans et madame de cinquante-deux. Ils sont partis en randonnée cet après-midi et devaient retrouver des amis pour dîner mais ils ne se sont pas présentés à l'heure prévue. Leur véhicule se trouve toujours garé sur le parking du départ du sentier.

— Problèmes de santé particuliers ? s'enquit-elle alors qu'elle enfilait sa parka.

— D'après leurs enfants, aucun. Ils sont tous les deux en bonne santé, mais il y a l'altitude à prendre en compte.

— OK, merci. Nous partons sur-le-champ.

Elle mit fin à l'appel tout en récapitulant la liste du matériel dont ils auraient besoin. La nuit n'allait pas tarder à tomber, ce qui allait entraîner une chute brutale des températures. Tout était envisageable : hypothermie, fractures... Le temps qu'ils les retrouvent, tout pouvait arriver. S'ils étaient perdus, il faudrait peut-être suspendre les recherches jusqu'au lever du jour car partir en hors-piste de nuit serait stupide et dangereux.

C'est ce qu'elle aurait dû dire à sa mère, songeait-elle alors qu'elle démarrait sa voiture. Elle n'était pas lâche. Elle était prudente. Elle n'était pas seule. Elle avait Amber et Dylan à protéger. En limitant les risques, elle protégeait ses enfants autant qu'elle-même.

5

— Un premier groupe va partir tout de suite, décida Carrie. Danny, tu viens avec moi. Il me faut une troisième personne.

— Moi, proposa aussitôt Ted.

— OK. Mais tu resteras en haut. Tu dirigeras les opérations.

— Sheri ou Ryan s'en chargeront. Moi, je viens avec vous.

Tout le monde retint son souffle. Comment Carrie allait-elle gérer ce refus d'obtempérer qui frisait l'insubordination ? Tony aurait fait taire Ted ou l'aurait renvoyé chez lui. Chacun pouvait lire sur le visage de Carrie la lutte intérieure qu'elle se livrait : céder à Ted, au risque de saper son autorité, ou l'affronter, au risque de perdre un temps qui leur était précieux.

— Je veux bien prendre la place de Ted, offrit Sheri. Cela ne me dérange pas.

— Très bien, accepta Carrie. Allons-y.

Danny se glissa sur le siège passager du SUV de Carrie tandis que Ted s'installait à l'arrière. Il régnait dans l'habitacle une tension à couper au couteau. Ted avait dépassé les bornes mais en faire toute une histoire n'aurait probablement fait qu'empirer les choses.

Ted fit comme si de rien n'était. Il se pencha en avant

pour les éclairer de ses conseils, comme il avait l'habitude de le faire.

— Il y a un endroit aux deux tiers du sentier plein de pins fragilisés par une espèce particulière de coléoptères. Si l'un des arbres est tombé, le sentier est bloqué, ce qui obligerait à faire un détour. Quelqu'un qui ne connaît pas bien les lieux pourrait s'égarer.

— J'en prends note, rétorqua Carrie.

Un mélange de pluie et de neige commença à tomber. Elle mit les essuie-glaces en marche.

— Si ça continue, cette humidité va se transformer en neige, prédit-elle.

— Et nos disparus risqueront l'hypothermie, renchérit Danny.

— Il y a une corniche à environ trois kilomètres du début du sentier, ajouta Ted. Si nous ne les trouvons pas d'ici là, nous pourrions aller vérifier si l'un d'eux n'a pas glissé et serait tombé dans le vide.

— Merci, Ted, dit Carrie.

Elle avait parlé d'un ton neutre mais son visage restait fermé.

— Vous voyez bien que je vous suis plus utile ici qu'en haut, fanfaronna Ted. Personne dans l'équipe n'a ma connaissance de ces sentiers.

— Tu aurais pu nous dire tout ça par radio, fit remarquer Carrie.

— « Les actes valent mieux que les paroles », cita-t-il, semblant n'avoir aucune conscience de la colère contenue de Carrie. Vous pouvez me croire.

Ils firent le reste du trajet en silence. Une fois sur l'aire de stationnement, Carrie se gara à côté du Toyota 4-Runner blanc du couple. Au moment où ils descendaient de voiture, un véhicule de police vint se ranger à côté d'eux. Le sergent Gage Walker en sortit.

— Je peux faire quelque chose ? s'enquit-il.

— Pas encore. Merci, en tout cas.

Elle actionna sa radio pour appeler Sheri.

— Nous nous mettons en route, dit-elle.

— OK. Ryan, Jake et Eldon vont vous rejoindre.

— Dis-leur de se tenir au départ du sentier. Je rappellerai si nous trouvons les Dempsey. Je leur dirai alors où nous nous trouvons et ce dont nous aurons besoin.

Elle accrocha sa radio à la bandoulière de son sac puis tous trois se mirent en route. Comme elle l'avait prédit, la pluie s'était transformée en neige qui, à présent, tombait dru. Danny regardait de manière presque hypnotisée les flocons voleter dans le faisceau de sa lampe frontale. Ils avançaient prudemment sur la croûte verglacée du sol. Pourtant, Danny ne tarda pas à entendre la respiration haletante de Ted, qui fermait la marche.

Carrie, qui avait dû entendre elle aussi, se tourna vers Ted.

— Ça va ? s'enquit-elle.

— Oui, oui. Ça va. Ne m'attendez pas. Je vais aller à mon rythme.

Pressés par le temps, Danny et Carrie le laissèrent en arrière. Après avoir enchaîné des lacets sur une centaine de mètres, ils attaquèrent une côte plus douce. Carrie s'arrêta et appela, à l'aide de son porte-voix :

— Angela ! George !

Seul un silence abyssal leur répondit. Ils appelèrent encore deux fois. Toujours rien.

— Nous réessaierons dans un moment, décida-t-elle.

Ils se remirent en marche mais, quand ils s'arrêtèrent de nouveau, Danny réalisa que Ted n'était plus derrière eux.

— Ted ! cria-t-il.

— J'arrive !

La réponse leur était parvenue de loin, comme à travers un filtre.

Danny lança un coup d'œil à Carrie mais son visage restait impassible.

Il leur fallut attendre deux bonnes minutes avant que Ted n'apparaisse, presque titubant. Quand il arriva à leur hauteur, il se courba en avant, les mains sur les genoux, peinant à retrouver son souffle.

Carrie consulta son smartphone.

— Nous n'avons fait qu'un kilomètre, annonça-t-elle. À cette allure, nous n'avancerons pas.

Ted leva les yeux sur eux. Son visage affichait une profonde colère.

— Vous le faites exprès, gronda-t-il. Vous essayez de prouver que vous êtes en meilleure forme physique que moi.

— Je fais ce qu'une équipe envoyée en éclaireur doit faire, lui asséna-t-elle sèchement. C'est-à-dire, arriver le plus rapidement possible sur les lieux d'une disparition.

— Nous n'avons aucun élément à notre disposition, s'entêta Ted. Nous ignorons où se trouvent ces gens ni s'ils sont blessés. Ce n'est pas la peine de courir comme ça.

— Nous savons déjà qu'ils sont perdus. C'est une raison suffisante, non ?

Sur ce, elle se retourna et reprit la route, ne ralentissant que lorsqu'ils atteignirent une section plus escarpée dans un paysage d'arbres morts dont les troncs noirs scintillaient de givre.

— C'est l'endroit dont tu parlais tout à l'heure ? demanda-t-elle à Ted qui, une fois de plus, s'était laissé distancer. En tout cas, les Dempsey n'auront pas eu à faire de détour. Il n'y a pas d'arbre en travers du sentier.

Elle prit sa torche dans son sac à dos et balaya les bords de la piste avec.

— Tu vois des traces de pas, Danny ? J'aimerais m'assurer qu'ils sont bien passés par là.

Un court instant plus tard, ils trouvaient deux empreintes. L'une assez grande pour être celle d'un homme et l'autre, plus petite et moins profonde qui pouvait être celle d'une femme.

— Cela pourrait bien être eux, dit Danny. Je vais chercher Ted ?

— Oui. J'espère qu'il n'a pas fait de malaise cardiaque.

Au moment même où Danny lui tournait le dos, un chapelet d'injures annonça l'arrivée de Ted. Sans un mot, il s'adossa à un tronc et sortit une gourde de son sac. Mais il était si épuisé qu'il n'avait même pas la force d'en dévisser le bouchon. Il restait là, les yeux fermés, le corps affaissé.

Alarmé, Danny se précipita vers lui. Il l'aida à se mettre en position assise sur le sol mouillé puis lui prit le pouls.

— Tu ressens une douleur à la poitrine ?

— Je ne fais pas de crise cardiaque, si c'est ce que tu cherches, râla le vieil homme.

Carrie l'ignora.

— Tu crois qu'il peut attendre ici pendant que nous continuons ?

— Je vais d'abord l'examiner.

Joignant le geste à la parole, il poursuivit son examen malgré les bougonnements incessants de Ted.

— Un peu de fatigue mais rien de grave, conclut-il au bout de quelques minutes. Mais je ne pense pas que ce soit une bonne idée de le laisser continuer.

Carrie hocha la tête.

— Tu attendras ici, trancha-t-elle. Je vais demander par radio que quelqu'un vienne te chercher.

Ted émit de nouvelles protestations pimentées de quelques jurons bien sentis qu'elle préféra ne pas relever.

— Je n'ai pas le temps de discuter, lança-t-elle sèchement. Tu restes ici. C'est un ordre.

Elle appela Sheri pour lui exposer le problème.

— J'envoie Eldon, dit Sheri.

Estimant le problème réglé, elle se remit en marche, talonnée par Danny.

Ils marchèrent en silence un long moment avant qu'elle ne dise la première :

— Tu crois que j'ai bien fait de le laisser tout seul ? Tu es sûr qu'il ne risque rien ?

— L'examen n'a rien révélé d'anormal et il est en bonne forme physique. Eldon sera auprès de lui dans moins d'une heure. D'ici là, il aura récupéré.

— Je suis furieuse contre lui. J'aurais dû insister pour qu'il reste au départ du sentier. C'est ce que Tony aurait fait.

— Ted ne se serait jamais opposé aussi ouvertement à Tony.

— Tu penses qu'il me met à l'épreuve parce que je suis une femme ? Ou parce que je suis capitaine ?

— Les deux, probablement.

— Il est passé chez moi, ce soir.

— Que voulait-il ?

— Se plaindre du fait que nous le tenons soi-disant à l'écart à cause de son âge. Il en veut à Tony d'avoir choisi Sheri comme responsable de la formation. Il se sent poussé vers la sortie.

— Que lui as-tu répondu ?

— J'ai souligné l'importance pour le groupe de bénéficier de sa longue expérience et de sa connaissance de la région. J'ai ensuite mis l'accent sur le fait qu'il nous serait très utile comme coordinateur des opérations de sauvetage.

— Ce qui est plutôt une bonne idée.

— Oui. Sauf qu'il est monté sur ses grands chevaux. Il ne veut pas en entendre parler. Tu as bien vu comment il a réagi quand j'ai suggéré qu'il endosse ce rôle ce soir. Non seulement son entêtement l'a mis en danger mais, en plus, il nous manquera deux personnes.

— Je t'avoue que je préfère être à ma place qu'à la tienne. En tout cas, laisse-moi te dire que tu te débrouilles très bien. Tu as toutes les qualités requises pour faire un bon capitaine d'équipe.

Découvrir cet aspect de sa personnalité avait été pour lui une véritable révélation. Avant, il ne voyait en elle qu'une femme très séduisante. Maintenant, il avait d'elle une vision beaucoup plus complexe.

— Merci. Ça me touche beaucoup.

Elle inspira profondément.

— Et maintenant, il nous faut trouver les Dempsey.

Elle dégaina une nouvelle fois son haut-parleur.

— Angela ! George !

Après les deux appels précédents infructueux, le miracle se produisit enfin. Une voix féminine leur répondit.

— À l'aide ! À l'aide !

— Angela ?

— Oui, c'est moi. Mon mari est blessé. Il ne peut pas bouger.

— Où êtes-vous ?

— Sur une corniche en contrebas du sentier. George a glissé sur le verglas. J'ai réussi à descendre pour rester avec lui.

— Continuez à me parler, Angela. Je m'appelle Carrie. Je suis accompagnée de Danny. Nous faisons partie du service de Recherche et de Sauvetage d'Eagle Mountain. Nous sommes là pour vous porter secours.

Danny sortit sa lampe torche de son sac et en braqua le faisceau lumineux en contrebas tout en marchant pas à pas, suivi de près par Carrie qui continuait à parler à Angela. Un court instant plus tard, la lampe éclairait le visage blafard d'une femme, à une dizaine de mètres de profondeur. Une forme sombre gisait à côté d'elle.

— Dieu merci, dit Angela d'une voix tremblante d'émotion.

— Ne bougez pas, lui intima Carrie d'une voix ferme mais empreinte de douceur. Une autre équipe va venir nous rejoindre avec l'équipement adéquat.

— Mon mari souffre beaucoup. Je crois qu'il s'est cassé une jambe.

— Voyez-vous un os dépasser de la peau ? s'enquit Danny.

— Non.

Une voix forte gronda soudain :

— Dépêchez-vous ! J'ai mal, mais surtout on se gèle ici !

Danny esquissa un sourire amusé.

— Ne vous inquiétez pas. Nous avons pris de quoi vous réchauffer.

Carrie avait déjà appelé Sheri et, après lui avoir indiqué où ils se trouvaient, lui dispensa ses ordres. Il fallait du matériel d'escalade, des attelles pour stabiliser la jambe de George, une civière, de la nourriture et des boissons chaudes. Il faudrait également une ambulance pour transporter le blessé jusqu'à l'hôpital de Junction.

Danny et Carrie passèrent l'heure suivante à discuter avec les Dempsey. Ils avaient pu leur faire passer des couvertures de survie et des packs chauds pour parer au plus pressé, à savoir leur éviter l'hypothermie.

Jake fut le premier à les rejoindre.

— J'ai laissé Eldon avec Ted, comme Sheri me l'a demandé. Il va le ramener en haut. Que s'est-il passé ? Il jurait comme un charretier. Il avait l'air d'en avoir sacrément après toi.

— Ne t'occupe pas de Ted, rétorqua-t-elle. L'important c'est de sortir les Dempsey de là. Danny, tu descends avec Jake. J'attends les autres.

— Ils ne vont pas tarder. Ils étaient juste derrière moi.

En effet, Jake n'avait pas fini de sortir le matériel de son sac que Ryan et Hannah arrivaient à leur tour. Tous se mirent au travail dans une coordination parfaite, chacun sachant le rôle qu'il avait à jouer dans cette opération de sauvetage. Une heure plus tard, le petit groupe faisait le chemin en sens inverse avec Angela, un peu remise de ses émotions, et George, solidement arrimé à la civière.

Il était un peu plus de 2 heures du matin quand George fut embarqué à bord de l'ambulance, accompagné de son épouse.

— Ça s'est plutôt bien passé, dit Sheri en suivant des yeux l'ambulance qui s'éloignait.

— C'est vrai, acquiesça Carrie.

L'adrénaline retombée, elle ressentait avec acuité le froid et le manque de sommeil.

— Il y a eu un problème avec Ted ? s'enquit à son tour Sheri. Quand je lui ai posé la question, il m'a fusillée du regard et a demandé à Eldon de le ramener au QG.

— Il n'arrivait pas à nous suivre. C'est ma faute. J'aurais dû lui tenir tête et l'obliger à rester ici, comme coordinateur des opérations. Quand j'y pense ! Il aurait pu faire un malaise cardiaque, ce qui nous aurait considérablement retardés et les choses auraient alors pu mal tourner pour les Dempsey.

— Ted ne t'aurait pas écoutée, de toute façon, commenta Danny. Il n'en aurait fait qu'à sa tête.

Il accusait la fatigue, lui aussi. En attestaient ses traits tirés et les cernes noirs qui soulignaient ses yeux.

— Au moins, cela m'aura permis de l'examiner et d'en tirer des conclusions, poursuivit-il. Si Ted est en meilleure forme que la plupart des hommes de son âge, en revanche, il n'est plus en mesure de nous suivre sur le terrain.

— Nous pourrions le garder comme consultant, plaida Carrie. Il connaît la région comme personne et ses trente ans d'expérience pourraient nous être utiles.

— Chacun doit jouer un rôle actif au sein du groupe, objecta Sheri. S'il ne peut plus le faire, il doit quitter le groupe.

Carrie hocha la tête.

— Ted en a bien conscience, dit-elle. C'est pour cela qu'il réagit aussi violemment. J'en parlerai à Tony quand je le verrai demain.

Le sujet étant clos, tout le monde s'affaira à répartir le matériel dans le coffre des véhicules personnels.

Ils allaient repartir quand Danny posa sur son épaule une main qui se voulait sans doute réconfortante.

— Tu fais du bon boulot, Carrie. Ne laisse pas Ted t'en faire douter.

Cette sollicitude la toucha tant qu'elle en eut les larmes aux yeux. Pourtant, elle préféra mettre cet accès de sensibilité sur le compte de la fatigue.

— Merci, murmura-t-elle avant de détourner vivement la tête.

Elle se sentait trop vulnérable pour lui faire face. Trop proche de lui révéler à quel point ses mots lui faisaient du bien. À quel point elle avait besoin que quelqu'un s'intéresse à elle et la soutienne. Même si l'idée que cet intérêt venait d'un homme comme lui – un serial dragueur qui passait d'une femme à une autre sans état d'âme – avait de quoi la déprimer.

6

Lorsque Danny avait proposé à Carrie de l'accompagner à l'hôpital pour rendre visite à Tony, il s'était attendu à essuyer un refus. Mais, à sa grande surprise, elle avait accepté.

— À quoi passes-tu ton temps libre ? demanda-t-il alors qu'ils roulaient en direction de Junction. Quelque chose de divertissant, je veux dire.

Carrie avait insisté pour qu'ils prennent sa voiture. Il s'était laissé faire sans protester. Elle semblait aimer conduire. Sans compter que son SUV était largement plus confortable que sa vieille Honda.

— De divertissant ? répéta-t-elle.

Elle haussa les sourcils, signe manifeste d'incompréhension.

— Oui. Que fais-tu pour te détendre quand tu ne travailles pas ? précisa-t-il.

Elle laissa échapper un petit rire plein d'ironie.

— Si tu crois que j'ai le temps de me détendre ! On voit bien que tu n'as pas d'enfants.

— Je ne sais pas comment tu peux tout gérer sans t'aérer un peu la tête. Parce que, si je comprends bien, tu n'as que des obligations.

— Disons que mon activité au SRS me permet d'évacuer le

stress. De me changer les idées. Et puis, ça me fait vraiment du bien d'aider les autres.

— Je te comprends. Quand je me suis inscrit, je pensais que ce serait juste pour un temps, pour aider en cas de besoin. Mais, très vite, je suis devenu accro. Et puis, ça impressionne toujours les femmes quand je leur dis que, en dehors de mon travail, j'essaie de sauver des vies.

— C'est vrai, je suis très impressionnée, se moqua-t-elle gentiment.

Il éclata de rire et elle aussi. Un vrai rire, cette fois. Fort de ce pouvoir sur elle qu'il venait de se découvrir, il poursuivit sur sa lancée.

— Elles m'admirent jusqu'à ce que je doive annuler un rendez-vous pour répondre à un appel du service. La première fois, elles comprennent. Ensuite, ça ne les amuse plus du tout. Pour finir, elles vont voir ailleurs.

— Raison de plus pour rester célibataire, rétorqua-t-elle.

Il crut comprendre dans ces paroles prononcées plus bas, comme pour elle-même, qu'il n'était pas le seul dont elle avait repoussé les avances.

— Moi aussi, j'aime bien être seul, au bout du compte. Mais parfois, cette solitude me pèse.

— Moi, je ne suis pas seule. Je vis avec mes enfants mais aussi avec ma mère. Si cela a des bons côtés, je t'avoue qu'il y a des jours où je donnerais n'importe quoi pour me retrouver en tête à tête avec moi-même.

Il n'aurait su dire si elle était sincère ou si elle cherchait à le provoquer.

— Reste le problème du sexe, ajouta-t-il en guettant sa réaction.

Il la vit rougir un peu.

— Oui… C'est un problème, admit-elle.

Depuis combien de temps un homme ne l'avait-il pas

tenue entre ses bras ? Il se dégageait d'elle un mélange de féminité et de force qui attirait les hommes, c'était certain. Une sensualité cachée sous des dehors de madone. Il s'exhorta à chasser les images qui lui venaient à l'esprit pour aborder un sujet moins dangereux.

— Sais-tu s'il y a du nouveau du côté du shérif ?

— Non. Rien. Ni sur l'incendie de la jeep ni sur les accidents de Tony et d'Austen.

— Je ne crois pas une seconde à la thèse de l'accident, rétorqua-t-il. Ni dans un cas ni dans l'autre. L'idée qu'un assassin en puissance rôde autour de nous n'est pas très rassurante.

— Je t'avoue que, à plusieurs reprises au cours de notre dernière mission, je me suis sentie nerveuse. Il nous faudra redoubler de vigilance à chaque fois que nous partirons en sauvetage et vérifier notre équipement plutôt deux fois qu'une. Quand j'ai parlé à Tony au téléphone, hier, il m'a dit ne pas se souvenir des moments qui ont précédé sa chute, mais je suis sûre que s'il avait remarqué quelque chose d'anormal, il l'aurait signalé avant de descendre.

— Espérons que la mémoire lui revienne.

Un court instant plus tard, Carrie garait son SUV au parking réservé aux visiteurs. Cette fois, ils se rendirent directement au bloc d'ascenseurs, sans passer par le bureau d'accueil.

Ils trouvèrent Tony dans sa chambre, assis dans un fauteuil roulant près du lit. Ses membres étaient toujours plâtrés et il émanait de lui le même air de vulnérabilité que la dernière fois où ils l'avaient vu. Il était fraîchement rasé et ses cheveux humides bouclaient autour de ses oreilles.

Carrie se pencha pour le serrer dans ses bras, dans un geste maladroit.

— Ça fait plaisir de te voir assis, dit-elle d'un ton enjoué. Tu as l'air d'aller déjà mieux.

— Je suis dans un sale état mais c'est quand même mieux que d'être mort, parvint-il à plaisanter. Ils ont trouvé qui m'a fait ça ?

— Nous n'avons pas eu de nouvelles.

Danny alla s'appuyer aux barreaux du lit, face à Tony.

— Tu aurais une idée de qui pourrait en avoir après toi au point de vouloir te voir mort ?

— J'ai eu tout le temps d'y réfléchir mais non, je ne vois vraiment pas. Ça n'a peut-être rien à voir.

— Tu plaisantes ! Pour brûler tes cordes à l'acide, il fallait que quelqu'un ait accès à notre matériel.

Ce qui sous-entendait un membre de l'équipe. Faire comme si cette hypothèse était impossible ne ferait pas avancer les choses.

— Ted est contrarié par la manière dont certains problèmes sont gérés, commença prudemment Carrie.

— Comment ça ?

— Il est venu chez moi, hier soir. Il était furieux que tu ne l'aies pas choisi à la tête de la formation. Il a interprété ta décision comme une manière de le pousser vers la sortie.

Tony se renfrogna.

— Pas du tout. Mais il est évident qu'il n'est plus au top de sa forme. Il n'est plus en mesure de relever les défis physiques qu'exigent nos missions de sauvetage et nos entraînements. Je voulais lui trouver un rôle qui mettrait en valeur ses compétences sans gêner notre travail.

— Ted n'a jamais eu un caractère facile, releva Danny. Tu crois qu'il serait capable de commettre un meurtre ?

Le visage de Tony se décomposa d'un coup.

— Bien sûr que non ! Il donnerait sa vie pour le service. Je te rappelle qu'il a été l'un des fondateurs du groupe. Et même si, je l'admets, il n'est pas facile, je ne le vois pas vouloir faire de mal à l'un d'entre nous.

— Et toi, Carrie, qu'en penses-tu ?

Elle se dandina d'un pied sur l'autre, visiblement mal à l'aise.

— Il était très en colère, hier, finit-elle par répondre. Il nous a accusés de discrimination et a menacé de nous poursuivre en justice.

Tony écarquilla les yeux, semblant ne pas croire à ce qu'il venait d'entendre.

— Vraiment ? Il devait en avoir vraiment gros sur le cœur, alors, parce que je ne l'ai jamais vu violent. Tu as réussi à le calmer ?

— Pas vraiment. J'ai suggéré que ses compétences et son expérience feraient de lui un parfait responsable des opérations mais sa colère a empiré. Ce n'est pas tout. Toujours hier soir, nous avons dû nous porter au secours d'un couple de randonneurs portés disparus, et Ted a insisté pour faire partie de l'équipe d'intervention rapide.

— Et… ?

— Et ça n'a fait que confirmer ce que nous pensons tous. Ted n'a pas pu nous suivre. Comme il nous ralentissait, je lui ai donné l'ordre d'attendre sur place que quelqu'un vienne le chercher. Du coup, cela faisait deux personnes en moins. C'est ma faute. Je n'aurais jamais dû céder.

— Tu lui as peut-être rendu service, rétorqua Tony. Il aura réalisé par lui-même que ses capacités physiques sont désormais limitées. Tu lui as parlé aujourd'hui ?

— J'ai essayé de l'appeler ce matin pour prendre de ses nouvelles mais il ne m'a pas répondu. J'ai laissé un message mais il ne m'a toujours pas rappelée.

— Dimanche matin, il est arrivé en retard à la réunion, rappela Danny. Juste avant Austen. On ne te l'a pas encore dit mais Austen a eu un accident. Une voiture lui a foncé dessus, l'obligeant à quitter la route.

— Ted a dit qu'il était en retard à cause du mauvais temps. C'est vrai qu'il neigeait pas mal à ce moment-là.

— Ça pourrait être lui le chauffard, insista Danny. En éblouissant Austen avec ses phares, il savait qu'il ne pourrait pas être reconnu. Une fois Austen dans le fossé, il avait largement le temps de se rendre à la réunion comme si de rien n'était.

— Ne tirons pas de conclusions hâtives, tempéra Tony. Ted a beaucoup de défauts mais il est très dévoué à notre cause. Ça n'aurait aucun sens qu'il veuille éliminer certains d'entre nous.

— Tu as raison, dit-elle. Je voudrais juste que la police mette la main sur le coupable et que nous puissions partir en sauvetage sans craindre qu'il arrive quelque chose à l'un d'entre nous.

— Nous sommes tous sur les nerfs avec ces histoires, renchérit Danny. Mais, finalement, cela rendra la tâche plus difficile à notre homme au cas où il aurait dans l'idée de récidiver.

— Et la jeep ? Vous en êtes où ?

— La compagnie d'assurances doit nous envoyer un chèque de cinq mille dollars, répondit-elle. C'est loin d'être suffisant mais c'est plus que ce à quoi je m'attendais. Pour le complément, nous envisageons diverses actions pour récolter de l'argent.

— Nous devrions demander une participation au comté, suggéra Tony. Tout le monde profite du service que nous apportons.

— Tu t'en chargeras quand tu seras sorti d'ici ?

— Pourquoi attendre ? Je m'ennuie ferme entre ces

quatre murs. Je commencerai à passer des coups de fil dès que vous serez partis.

Le visage de Carrie s'éclaira.

— Ce serait formidable. Et cela nous ferait gagner un temps précieux.

L'entrée d'une petite rousse en blouse d'infirmière interrompit leur discussion.

— C'est l'heure de votre séance de rééducation, monsieur Meisner, annonça-t-elle, toute souriante.

— Pas de « monsieur » entre nous, vous voulez bien ? plaisanta encore Tony. J'ai l'impression que vous parlez à un vieil homme.

— Très bien, Tony. Maintenant, dites au revoir à vos amis. Il est temps de s'y mettre.

— Merci d'être passés, dit-il en leur souriant. Surtout, tenez-moi au courant de l'évolution de la situation.

— Nous n'y manquerons pas, assura-t-elle.

Danny attendit qu'ils soient de nouveau en voiture pour poser la question qui le turlupinait depuis un moment.

— Tu crois possible que ce soit Ted ?

— Tout ce que je sais, c'est qu'il s'est mis dans une colère noire hier soir. Tu as eu l'occasion de t'en rendre compte par toi-même, il était toujours aussi furieux au cours de la mission de sauvetage.

Il acquiesça d'un hochement de tête. Il avait mis sur le compte du caractère versatile de Ted ses récents accès de colère. Mais la frustration d'un homme sur le déclin entrait également en ligne de compte. Était-ce un motif suffisant pour tenter d'assassiner un de ses amis les plus proches ?

— Il ne nous reste plus qu'à ouvrir l'œil, dit-il. Et à noter tout ce qui pourrait nous sembler suspect.

Il la regarda en douce. Des mèches de cheveux s'échappaient

de sa tresse, qu'il brûlait de coincer derrière son oreille. Juste pour vérifier si sa peau était aussi douce qu'il le supposait.

— Par précaution, je pense qu'il serait bon que tu évites de rester seule avec lui, pour le moment, ajouta-t-il.

— Tu crois qu'il pourrait me faire du mal ? Sérieusement ?

— Si c'est lui le coupable, je ne vois pas ce qui pourrait l'arrêter. En plus, il aurait une bonne raison de s'en prendre à toi, maintenant que tu l'as mis sur la touche.

— Tu as raison. Mais comme je te l'ai dit, je ne suis jamais seule. Que ce soit à la maison, au travail ou au SRS. Je suis toujours entourée de gens.

— Et là ? Nous sommes seuls, non ?

Un silence assourdissant lui répondit. Puis elle tourna la tête à demi vers lui, un sourire aux lèvres.

— Oui. Mais tu ne me fais pas peur.

Il lui sourit en retour et s'enfonça dans son siège. Il ne le lui dirait jamais mais, pour être tout à fait honnête, il avait du mal à la chasser de ses pensées, ces derniers temps. Au point même que l'idée qu'il puisse lui arriver quelque chose lui était insupportable.

Carrie était en pleine réunion de travail, le mardi matin, quand son téléphone se mit à vibrer dans la poche de sa veste. Elle s'exhorta à l'ignorer pour se concentrer sur la présentation que faisait Greg Abernathy, le grand patron du cabinet d'architectes où elle travaillait, concernant les changements qu'un de leurs clients voulait apporter au projet initial de développement d'un condominium situé en périphérie d'Eagle Mountain.

— Si nous installons la salle communautaire où il le souhaite, nous devrons supprimer une douzaine de places de parking, objecta-t-elle. Et nous ne serons plus en conformité avec le règlement du comté.

— Il pense qu'il pourra obtenir une dérogation, dit Greg. Et je vous rappelle que notre travail consiste à dessiner les plans selon les désirs de nos clients.

Bien qu'implicite, le message était on ne peut plus clair. Carrie n'avait pas son mot à dire dans les décisions à prendre. Elle devait juste faire ce qu'on lui disait de faire. Elle n'avait pas le choix. Ce cabinet d'architectes était le seul de la ville. En plus, elle avait obtenu de partir plus tôt quand elle était appelée sur des missions de sauvetage ou de travailler à domicile quand ses enfants avaient besoin d'elle et que sa mère n'était pas disponible pour s'en occuper. Lorsqu'il l'avait embauchée, Greg lui avait dit apprécier sa jeunesse, qui donnerait d'eux une image plus moderne, plus progressiste. Mais il avait omis de faire éloge de ses talents d'architecte.

Elle n'avait rien dit, jugeant que le fait d'être proche de chez elle et de pouvoir disposer de son temps comme elle l'entendait valait bien quelques sacrifices.

La réunion terminée, elle se rendit dans son bureau et lut le numéro qui s'était affiché sur l'écran de son téléphone. Numéro inconnu. Sourcils froncés, elle pressa la touche de rappel.

— Bureau du shérif du comté de Rayford, bonjour, lui répondit une voix féminine.

— Bonjour. Carrie Andrews. Vous m'avez appelée sans laisser de message.

— Ne quittez pas, je vous prie. Je vous mets en attente.

Un court instant plus tard, elle avait Jake Gwynn en ligne :

— Bonjour, Carrie. Merci de m'avoir rappelé.

— Bonjour, Jake. Tu as du nouveau ?

— Nous avons reçu les rapports concernant l'incendie

de la jeep et les résultats des tests effectués sur les cordes d'escalade. Tu peux passer au bureau de police pour en discuter ?

Elle lança un coup d'œil à l'horloge murale. Elle avait prévu de quitter le bureau à 16 heures pour assister au match de crosse de Dylan. Si elle partait avec une demi-heure d'avance, elle devrait pouvoir parler à Jake et arriver au match à l'heure, ou presque.

— 15 h 30, ça t'irait ?

— Parfait. Tu peux venir avec un autre membre de l'équipe si tu veux.

Elle fixa son téléphone un long moment, hésitant à appeler Danny. Finalement, elle jugea que ce n'était pas une bonne idée. Elle allait le déranger dans son travail et puis, elle était une grande fille. Elle n'avait pas besoin qu'il lui tienne la main. Quoique… C'était pourtant bien ce qu'il avait fait jusqu'à présent. Depuis des jours, il lui offrait sa présence ainsi qu'un soutien sans faille. Il la rassurait, la réconfortait et l'encourageait à chaque fois qu'elle en avait besoin.

Ce n'était pas ainsi qu'elle avait imaginé ce tombeur. Un tombeur comme il y en avait beaucoup dans le coin. De beaux hommes sportifs, séduisants, charmeurs, athlétiques qui n'avaient aucun mal à séduire toutes les femmes qu'ils voulaient mais se refusaient à s'engager dans une relation sérieuse. Les épouses et les enfants qui allaient avec, très peu pour eux.

Elle se rappela que Hannah était sortie avec lui quelque temps avant de rencontrer Jake. Ils avaient réussi à rompre sans faire trop d'histoires, probablement parce que Danny n'avait pas dû s'investir sérieusement dans cette relation.

Un exemple qu'elle allait suivre. Non pas qu'elle ait rêvé d'une relation amoureuse avec Danny. Elle n'était pas si bête même si, d'un certain point de vue, il aurait pu être l'homme idéal. Il était beau, facile à vivre et il avait à peu près son âge. Ils partageaient un intérêt commun pour le SRS et surtout, comme elle, il ne souhaitait pas s'engager dans une relation sérieuse. L'idée d'avoir dans sa vie quelqu'un avec qui sortir, partager des vacances, des voyages et le sexe était séduisante.

Mais elle se connaissait trop bien. Elle se savait incapable de faire l'amour sans amour. Elle ne pourrait pas coucher avec un homme de manière détachée, sans se poser de questions, juste pour le plaisir que cela pouvait procurer.

Quand elle arriva au bureau du shérif, elle attendit moins d'une minute à l'accueil avant que Jake ne vienne la chercher pour la conduire dans le bureau de Travis Walker.

— Bonjour, Carrie, la salua le shérif en se levant.

— Bonjour, shérif.

Pourquoi se sentait-elle aussi nerveuse ? Elle n'avait aucune raison de l'être, même si elle ne comprenait pas pourquoi elle était reçue par le chef de la police en personne.

Jake l'invita à s'asseoir sur une chaise puis s'installa à côté d'elle.

Tandis que Travis ouvrait le dossier qui se trouvait devant lui, elle jeta un coup d'œil à la pièce. Très ordonnée, meublée sommairement d'une table de travail et d'un classeur à tiroirs métallique. Elle remarqua dans un angle du bureau la photo encadrée d'une belle femme brune qui posait, souriante, au pied d'une montagne dans un paysage bucolique.

— L'officier chargé d'enquêter sur la jeep a rendu son rapport, commença Travis. Il s'agit bien d'un incendie criminel. Malheureusement, le feu a effacé toutes les empreintes que l'incendiaire aurait pu laisser et, à ce jour, nous n'avons trouvé aucun témoin pouvant attester de la présence d'un ou de plusieurs individus sur place.

— Il faut dire que le QG du service est assez éloigné de tout, intervint Jake. Le coupable devait savoir qu'il ne risquerait pas d'être surpris.

— Est-ce que l'un de vous se souvient d'avoir vu quelqu'un du service être là alors qu'il n'aurait pas dû s'y trouver ? reprit Travis.

— Non. Tout le monde était reparti depuis plusieurs heures. Moi-même, je me trouvais à l'hôpital où j'étais allée rendre visite à Tony Meisner. Danny Irwin m'accompagnait.

— Quelqu'un aurait donc pu revenir en sachant qu'il n'y avait plus personne ? pointa Travis.

— C'est possible, en effet.

Ces mots, prononcés à voix haute, prenaient tout à coup une réalité affreuse.

— Nous avons également reçu les résultats des tests effectués sur les cordes d'escalade, poursuivit Jake. Les fibres étaient imprégnées d'acide chlorhydrique.

Il se tut un instant avant de reprendre :

— Pour que Tony ait pu descendre aussi bas avant que les cordes ne se rompent, c'est que l'acide a été versé soit juste avant le passage en revue de son matériel par Tony, soit tout de suite après.

— Mais nous étions là ! Nous aurions vu si quelqu'un versait quelque chose sur les cordes.

— Pas nécessairement, dit Jake. Nous parlons d'une petite quantité. Moins d'une demi-tasse à café. Le coupable aurait pu l'avoir dans un petit flacon, dans sa poche, et en verser le contenu sur les cordes sans que personne ne s'en aperçoive. Avez-vous remarqué si un membre de l'équipe a aidé Tony, ce jour-là ?

Elle fouilla sa mémoire dans l'espoir de revivre la scène le plus précisément possible.

— Nous avons l'habitude de nous entraider, dit-elle finalement. J'attendais mon tour de descendre après Tony et Danny. En tant que responsable de la formation, Sheri supervisait l'opération. Ryan, Austen, Eldon et Ted veillaient aussi à ce que tout se déroule au mieux. Il y avait Hannah, aussi. Vous devriez aller parler à Tony. Hier, il ne se souvenait pas des moments qui ont précédé sa chute mais quelque chose lui sera peut-être revenu.

— J'ai prévu de passer le voir, dit Jake.

— Y avait-il quelqu'un qui ne faisait pas partie de l'équipe sur les lieux, le jour de cet exercice d'entraînement ?

— Non.

— Vous en êtes certaine ?

— Oui. J'en suis sûre. Je me rappelle même m'être dit que nous étions privilégiés d'avoir le canyon pour nous seuls.

Elle laissa passer quelques secondes avant d'ajouter, d'une voix que l'angoisse étranglait :

— Ce qui veut dire que le coupable est forcément parmi nous.

— Avez-vous des raisons de penser que quelqu'un du groupe a voulu tuer Tony ? Quelqu'un qu'il aurait remis à sa place ou avec qui il aurait eu des mots ?

— Non.

Mais, au moment où elle prononçait ce mot, l'image de Ted surgit. Elle le revit accusant Tony de vouloir le pousser vers la sortie.

— Comment peut-on se procurer cet acide ? s'enquit-elle.

— Un peu partout, répondit Jake. Bien que considéré comme un produit dangereux, il n'est pas interdit à la vente. Nous ferons le tour des magasins où on peut en trouver. Le problème, c'est que le coupable pouvait déjà en avoir chez lui, acheté depuis longtemps.

Cette discussion lui parut soudain surréaliste. Elle secoua la tête, cherchant à rassembler ses esprits.

— Et l'accident d'Austen ? Vous avez trouvé quelque chose ?

— Non, admit Jake. La neige a effacé toutes les traces de pneus. Et puis, nous n'avons rien qui pourrait nous permettre d'établir un lien entre cet accident et les deux événements précédents. Il est possible que le conducteur du véhicule ait mal amorcé son virage ou qu'il ait perdu le contrôle et qu'il ait paniqué en se retrouvant face à une autre voiture. Nous n'avons rien pu tirer du véhicule d'Austen puisqu'il n'a fait que glisser dans le fossé. Il n'y a pas eu de choc, pas de dégâts matériels qui auraient pu nous mettre sur une piste quelconque.

Travis referma le dossier. Visiblement, l'entretien était terminé.

— C'est tout ce que nous avons pour l'instant, dit-il en guise de conclusion. N'hésitez pas à nous contacter si vous pensiez à quelque chose qui pourrait faire avancer l'enquête.

— Oui, bien sûr.

Elle se leva, légèrement sonnée. Il lui tardait de sortir d'ici ; de retrouver l'air frais du dehors.

Jake la raccompagna jusqu'à l'accueil où elle marmonna un vague au revoir avant de se précipiter dehors. Elle se dirigea vers sa voiture, l'esprit en ébullition. Les révélations que Travis et Jake venaient de lui faire tournaient en boucle dans sa tête.

Il y avait un tueur parmi eux. Un des leurs avait essayé d'assassiner Tony et sans doute Austen. Qui serait le prochain sur la liste ?

Un froid glacial l'envahit.

7

Après sept ans passés à travailler comme infirmier au centre chirurgical, Danny avait des réflexes gravés dans le corps. Il devait agir selon un protocole bien établi qui était devenu chez lui un automatisme. Il aimait ce travail, mais il aimait aussi le temps libre que ce travail lui laissait. Enchaîner douze heures trois fois par semaine lui permettait d'avoir le reste du temps une vie parallèle qui l'épanouissait totalement. Au fil des ans, il avait eu l'occasion de voir certains de ses collègues obtenir des promotions ou occuper des postes plus prestigieux. Lui se fichait de ces considérations ambitieuses. Il n'était pas carriériste, ne l'avait jamais été, et visait plutôt un bonheur personnel, qu'il avait trouvé en se partageant entre ce travail et son engagement au sein du SRS.

Ce mercredi-là, alors qu'il s'apprêtait à quitter le service pour rentrer chez lui, il consulta les prévisions météo sur son smartphone. Une habitude qu'il avait prise en intégrant le service. Les sauvetages changeaient selon les saisons. L'été apportait son lot de randonneurs égarés, d'accidents de véhicules tout-terrain et de kayakistes en détresse. L'hiver, ils avaient affaire aux grimpeurs et aux skieurs immobilisés par des fractures dues à de mauvaises chutes. Aux avalanches meurtrières aussi.

Le mois de mars était une période intermédiaire avec des alternances de neige, de soleil et de pluie. C'était la saison où les marcheurs partis sous un soleil radieux se faisaient surprendre sur les sommets par des chutes de neige aussi subites qu'intenses. Encore quelques semaines et ils pourraient ajouter à la liste déjà longue des incidents les coulées de boue, les éboulements et les crues parfois dévastatrices.

Ce soir, les prévisions météo annonçaient des températures en dessous des normales de saison. Autant dire glaciales. La neige qui avait commencé à fondre allait se transformer en verglas. Ils auraient de la chance s'ils arrivaient à passer la semaine sans être appelés au moins une fois pour un sauvetage.

Une heure plus tard, il s'apprêtait à placer un plat de lasagnes dans le four à micro-ondes quand son téléphone vibra, lui annonçant l'arrivée d'un SMS. Une voiture avait quitté la route au niveau de Dixon Pass. Il remit son dîner dans le frigo et alla rassembler son matériel. Quelques minutes plus tôt, la perspective de la soirée tranquille qui l'attendait le réjouissait. Il avait suffi de ces quelques lignes pour que l'adrénaline monte en puissance et efface toute trace de fatigue. Le message n'indiquait pas l'endroit où avait eu lieu l'accident mais certains points de la route menant à Dixon Pass étaient généralement le théâtre d'accidents spectaculaires.

Quinze minutes plus tard, il rejoignait l'équipe au QG du service. Ou plutôt, la partie de l'équipe qui avait pu répondre présente.

— Nous ne serons pas nombreux ce soir, les informa Carrie alors qu'ils se rassemblaient autour d'elle. Hannah a la grippe, Sheri et son mari sont à Denver et Ted ne répond pas à mes appels. Nous sommes six. Nous prendrons deux voitures. Allons-y.

Quand ils arrivèrent, deux véhicules de police étaient déjà sur place. Le sergent Gage Walker vint à leur rencontre.

— Un automobiliste a remarqué les traces de dérapage sur la neige et a appelé pour les signaler, commença-t-il à expliquer.

Il montra du doigt les marques de pneus qui s'arrêtaient net au bord du précipice.

— J'ai braqué un projecteur en contrebas et j'ai pu voir ce que je pense être le toit d'un véhicule, poursuivit-il. J'ai crié mais personne ne m'a répondu.

Tous, à l'exception de Jake, encore trop novice, étaient déjà descendus dans cette partie du canyon. Eldon et Austen commencèrent à décharger le matériel que Jake et Danny passèrent aussitôt à la loupe.

De leur côté, Carrie et Ryan sortaient des civières, des casques supplémentaires, des attelles et du matériel médical.

— Nous avons appelé une ambulance, ajouta Gage. Elle est en route. Un hélico est prêt à décoller en cas de transfert urgent vers Junction.

Il fut décidé que Danny, infirmier spécialisé, descendrait en premier avec Eldon, tous deux chargés des soins de première urgence. Carrie resterait en haut pour diriger l'opération tandis que Ryan, Austen et Jake s'occuperaient des cordes et du transport du matériel. Enfin, Eldon se chargerait des chaînes et des ancres susceptibles d'être utilisées pour stabiliser le véhicule.

— Ne vous précipitez pas et ne prenez pas de risques inutiles, leur recommanda Carrie tandis que Danny et Jake finissaient de boucler leur harnais.

Un court instant plus tard, les deux hommes se trouvaient à côté du véhicule, un monospace couché sur le côté sur une corniche rocheuse à mi-chemin de la rivière en contrebas. Ils balayèrent la scène de leurs projecteurs.

— Est-ce que quelqu'un m'entend ? cria Danny.

— À l'aide ! lui répondit une voix. S'il vous plaît, à l'aide !

— Ne bougez pas ! Nous sommes là pour vous secourir mais d'abord, nous devons stabiliser votre véhicule.

Ensemble, ils calèrent les roues puis Eldon se glissa sous le monospace et fixa autour d'un essieu une chaîne dont il enroula l'extrémité autour d'un rocher.

Dès qu'Eldon fit signe à Danny qu'il avait fini, celui-ci se hissa sur le pneu avant gauche puis sur le capot. De sa torche, il balaya l'habitacle.

Le conducteur était à sa place, inconscient, le front contre le volant. Du sang coulait d'une blessure à la nuque. La passagère, allongée contre la portière, grimaçait de douleur.

— Tenez bon, lui dit-il.

Avec l'aide d'Eldon, il tenta d'ouvrir la portière côté conducteur. Ils bataillèrent un long moment. En vain. Elle était verrouillée. Eldon sortit alors une barre métallique de son sac, ordonna à la femme de fermer les yeux et abattit la barre de toutes ses forces sur le pare-brise. La vitre vola en éclats. Danny balaya les fragments de verre, passa une main gantée à l'intérieur et ouvrit la portière.

Il pressa deux doigts sur la carotide de l'homme. Les pulsations étaient bonnes.

— Il est vivant, dit-il à la femme qui, à présent, sanglotait. C'est votre mari ?

La femme acquiesça d'un hochement de tête.

— Nous allons le sortir de là et ensuite nous vous aiderons à sortir aussi. Vous êtes blessée ? Vous avez mal quelque part ?

— Mon bébé…, gémit-elle.

Danny regarda à l'arrière. Il n'y avait pas de siège-auto, rien qui pouvait laisser penser qu'un enfant avait été là.

— Quel bébé ? demanda-t-il.

— Mon bébé…, répéta-t-elle en se recroquevillant sur elle-même.

Il dirigea le faisceau de sa lampe frontale vers elle, et c'est alors qu'il vit le renflement de son ventre. Le ventre d'une grossesse déjà bien avancée. Il déglutit avec peine et s'exhorta à rester calme.

— Quand devez-vous accoucher ?

— Dans un mois.

Elle fixa sur lui un regard de bête traquée, mouillé de larmes d'effroi.

— J'ai peur…, fit-elle avec peine.

— Vous avez mal quelque part ?

— J'ai… J'ai des contractions.

— D'accord, parvint à dire Danny d'une voix mesurée. Nous allons sortir votre mari de la voiture et ensuite nous nous occuperons de vous et de votre bébé. Tenez bon.

Aidé d'Eldon, il équipa l'homme d'un collier cervical et d'une civière dorsale puis le sortit de l'habitacle. Ils l'enveloppèrent de couvertures puis Danny appela Carrie.

— Nous avons un homme, le conducteur, inconscient avec une blessure au niveau de la nuque. Tu peux envoyer deux personnes avec une civière pour le remonter et l'embarquer sans attendre dans l'ambulance. La passagère est enceinte de huit mois. Il semblerait que l'accident ait déclenché l'accouchement.

Un silence pesant lui répondit.

— Bien, reprit Carrie. Je suppose que tu as déjà pratiqué des accouchements ?

— Non. Je te rappelle que je travaille dans un centre chirurgical.

— Tu es en train de me dire que tu ne saurais pas t'y prendre ?

Il avait étudié le sujet au cours de ses études d'infirmier, bien sûr. Il avait même vu un film détaillant tout le processus. Mais de là à accoucher lui-même une femme dans les conditions extrêmes dans lesquelles ils se trouvaient…

— Je vais déjà voir où en est le travail, éluda-t-il. Avec un peu de chance, nous aurons le temps de la transférer à l'hôpital.

Il laissa Eldon auprès de l'homme pour retourner dans l'habitacle.

— Je m'appelle Danny, commença-t-il. Je suis infirmier. Je vais m'occuper de vous. Ne vous inquiétez pas. Tout va bien se passer.

L'expérience lui avait appris qu'il était important de parler aux gens qu'ils secouraient et de leur expliquer quelles seraient les différentes étapes du sauvetage.

— Je vais couper votre ceinture de sécurité puis je vous aiderai à sortir de la voiture. Comment vous appelez-vous ?

— Rosa. Mon mari… Est-ce qu'il…

— Il va s'en sortir, lui assura-t-il. Deux membres du SRS sont en train de le remonter. Il sera tout de suite pris en charge par des urgentistes.

À vrai dire, il ignorait si le futur papa allait être sauvé mais à quoi bon rajouter de l'angoisse à une situation déjà très anxiogène ?

Quinze minutes plus tard, Rosa était extraite de l'habitacle et étendue sur une couverture, sur une surface à peu près plane.

— À quelle fréquence sont vos contractions ? s'enquit-il aussitôt.

— Très rapprochées. Je crois que le bébé n'est pas loin.

— C'est votre premier enfant ?

Elle secoua la tête.

— Non, c'est le troisième. Les deux autres sont venus très vite aussi.

L'espoir de Danny de la voir, au mieux, accoucher dans une ambulance se dissipa d'un coup. Il allait devoir faire face à une situation inédite.

Il prit une profonde inspiration puis examina le col. Il était en effet très dilaté. Rosa avait perdu les eaux. L'arrivée du bébé était imminente.

Il se mit à l'écart pour appeler de nouveau Carrie.

— Envoie un urgentiste tout de suite, dit-il. Ce bébé va naître d'un instant à l'autre.

— Il ne descendra pas, déclara-t-elle.

— Comment ça, il ne descendra pas ?

— Ils disent qu'ils ne sont pas formés à l'escalade et que c'est trop risqué pour eux. Ils n'ont pas tort.

Elle laissa passer quelques secondes avant d'ajouter d'un ton ferme :

— Je descends. À deux, nous arriverons bien à faire en sorte que tout se passe bien.

— Toi ?

— Oui. Je ne suis pas médecin mais j'ai eu deux enfants. J'ai une petite idée de la manière dont se déroule un accouchement. Dis à Eldon de remonter prendre ma place. Il sera plus utile ici.

— D'accord. Et merci.

En attendant Carrie, il retourna auprès de Rosa et fit de son mieux pour tenter de l'apaiser.

— Où sont vos enfants ? demanda-t-il pour la distraire autant de ses angoisses que de la douleur de ses contractions.

— Avec ma mère. Nous les lui avions confiés pour nous offrir une escapade en amoureux. Malheureusement, en fait d'escapade, c'est un véritable cauchemar.

Les larmes ruisselaient sur ses joues, autant de souffrance que de tristesse.

— Je n'ai jamais eu aussi peur de ma vie, poursuivit-elle entre deux contractions.

Danny l'examina de nouveau. Il lui sembla bien que la tête du bébé affleurait.

— Vous avez assez chaud ? s'enquit-il.

— Vous plaisantez ? Je suis en nage.

En effet, il remarqua les gouttes de sueur qui se mêlaient à ses larmes.

Quand, enfin, Carrie arriva, il se précipita vers elle pour l'aider à retirer son harnais.

— Bon sang, je n'ai jamais été aussi heureux de te voir ! s'écria-t-il.

Elle esquissa un sourire amusé.

— Tiens, dit-elle en lui tendant un sac dans lequel il trouva un kit d'accouchement. Ce sont les ambulanciers qui me l'ont donné. Ils ont dit que ça pourrait nous être utile.

— Génial.

Et tandis que Carrie prenait la relève auprès de Rosa, il sortit de la trousse les divers éléments du kit qu'il disposa à proximité.

— Bonjour, Rosa, je m'appelle Carrie. Tout va bien se passer. Nous allons aider ce bébé à venir au monde, et bientôt il ira rejoindre vos deux autres enfants.

Rosa opina en grimaçant de douleur.

— Je vois sa tête, Rosa. Allez-y, poussez.

Pendant que Carrie continuait à prodiguer à Rosa ses conseils d'une voix lénifiante, Danny se positionnait de manière à accueillir le bébé.

Cinq minutes plus tard, il avait entre ses mains le nouveau-né qui se raidit en poussant un grand cri. Rosa se mit à sangloter à chaudes larmes, libérant un flot d'émotions où se mêlaient étroitement joie, soulagement et peur. Danny emmaillota le bébé dans un linge chaud et le plaça sur le ventre de sa mère.

— Il faut les remonter tout de suite, dit-il en les enveloppant de couvertures.

Carrie dispensa ses ordres par radio. Cinq minutes plus tard, la mère et l'enfant étaient solidement sanglés dans une civière et hissés hors du canyon.

— Merci d'être venue m'assister, dit-il alors qu'ils s'affairaient à rassembler le matériel épars. Je pense que le fait d'avoir une femme avec elle a vraiment aidé Rosa. Et moi aussi, d'ailleurs. Je ne me sentais pas du tout à l'aise.

— Tu t'en es très bien tiré. Au point que personne n'aurait pu dire que c'était ta première fois.

— Et toi ? Comment se sont passés tes accouchements ?

— Dylan est né par une nuit pluvieuse d'octobre. Mon mari et moi étions terrifiés. L'accouchement a duré vingt heures. Au moment de la délivrance, j'étais tellement éreintée que je n'ai pas apprécié ce moment à sa juste valeur. Pour Amber, les choses ont été plus faciles. J'ai eu une péridurale, et six heures après elle était là. Je pense que la plupart des femmes ne se souviennent pas des détails de leur accouchement. Elles ne retiennent que le miracle qui se produit à ce moment-là.

Il comprenait à présent ce qu'une naissance avait d'extraordinaire. Encore tout ému, il enlaça Carrie et l'attira à lui. À sa grande surprise, elle ne chercha pas à se soustraire à cette étreinte. Ils restèrent un long moment ainsi, immobiles et silencieux, unis par une complicité qu'il n'avait jamais connue jusque-là avec aucune autre femme.

— Tu es prête à remonter ? lui demanda-t-il quand il la sentit frissonner de froid contre lui.

— Oui, répondit-elle.

Une fois arrivés en haut, ils furent accueillis par Jake.

— J'ai renvoyé tout le monde au QG, annonça-t-il. Quant à Gage et Prentice, ils ont été appelés sur un cambriolage mais ils ont rouvert la route avant de partir.

— Rosa et le bébé se portent bien ? demanda Danny.

— Parfaitement bien. Ils sont en route vers l'hôpital de Junction. Le papa a repris connaissance. D'après les urgentistes, c'est plutôt bon signe.

Sur ce, tous trois s'affairèrent à rassembler le matériel puis, quand ils eurent presque terminé, Carrie les laissa.

— Je vais démarrer la voiture et mettre le chauffage en marche, annonça-t-elle.

Elle était presque arrivée à son véhicule quand ils l'entendirent pousser un cri.

— Quoi ? cria Danny qui avait tout lâché pour se précipiter vers elle, suivi de près par Jake.

Elle pointa ses pneus du doigt.

Danny fixa sans rien dire les entailles visibles sur les flancs des deux pneus avant. Il fallait une sacrée force pour enfoncer une lame, même bien aiguisée, aussi profondément. La force de quelqu'un – le tueur ? – porté par un mélange de colère et de haine.

8

Jake appela par radio le bureau du shérif pendant que Carrie attendait à côté de sa voiture avec Danny. Il y avait dans ce geste quelque chose de si violent – qui ressemblait à de la haine – qu'elle en était encore choquée. Elle resserra les bras autour d'elle, frissonnante d'angoisse et de froid.

— Ça va ? s'enquit Danny.

Elle acquiesça d'un hochement de tête. Danny, qui se tenait tout près d'elle, lui communiquait une chaleur réconfortante.

— Travis nous renvoie Gage, annonça Jake, revenu vers eux.

— Bon sang, dit-il. Je suis resté là tout ce temps et je n'ai vu personne s'approcher de ta voiture.

— Nous étions tous là, rétorqua Danny. Je ne vois pas comment quelqu'un d'étranger au groupe aurait pu passer inaperçu.

— Sans compter Gage et Dwight qui géraient la circulation, et les urgentistes.

— Ce n'est pas la peine de se voiler la face, répliqua Carrie. Nous en sommes presque sûrs aujourd'hui. C'est quelqu'un de chez nous.

Personne ne se serait méfié de l'un d'entre eux et ils étaient tous munis de canifs tranchants susceptibles de couper cordes, ceintures de sécurité ou branches gênant leur progression.

Quinze longues minutes plus tard, Gage venait se garer derrière le SUV de Carrie.

Il examina les pneus tout en écoutant Jake lui faire un résumé sommaire de la situation.

— Vous avez reçu des menaces récemment ? demanda-t-il à Carrie.

— Non.

— Vous vous êtes disputée avec quelqu'un ? Un collègue de travail ? Votre ex-mari ?

— Non plus.

— Ted était très en colère contre toi, l'autre soir, lui rappela Danny.

Trois paires d'yeux se fixèrent sur lui.

— Ce n'est pas que j'accuse Ted, se justifia-t-il.

— Pourquoi Ted était-il en colère contre vous ? questionna Gage.

— Il était à la traîne alors que nous étions en mission de sauvetage. Je lui ai ordonné de renoncer à nous suivre parce qu'il nous ralentissait. Depuis, je ne lui ai pas reparlé.

— Il n'était pas là, ce soir, déclara Jake.

— Qui était là ?

Elle énuméra le nom des personnes présentes, sans omettre celui des ambulanciers.

Gage referma le calepin dans lequel il avait consigné tous les noms.

— Même si nous trouvons des empreintes digitales sur votre véhicule, il y a de fortes chances que ce soient celles d'un membre de l'équipe qui avait toute légitimité à être là, dit-il. Il n'y a pas d'empreintes de chaussures distinctes mais je vais quand même demander que les pneus soient examinés pour voir s'ils trouvent ce qui les a coupés, mais, en toute honnêteté, je ne pense pas que cela donne grand-chose.

— Très bien, dit Danny qui avait compris qu'ils n'avaient plus rien à faire ici. Jake, tu peux nous ramener au QG ? Ma voiture est là-bas. Ensuite, je reconduirai Carrie chez elle. Enfin... Si tu es d'accord.

— Bien sûr.

Elle lui était même reconnaissante de lui éviter une discussion de courtoisie avec Jake. Danny et elle étaient suffisamment à l'aise l'un avec l'autre pour rouler dans la même voiture sans se parler s'ils n'en avaient pas envie.

Une fois au QG, ils rangèrent le matériel, chacun d'eux sachant ce qu'il avait à faire.

Lorsqu'ils eurent terminé, elle jeta un dernier coup d'œil à la pièce.

— Voilà. C'est tout ce que nous pouvons faire pour l'instant.

— Ça ira ?

— Oui. Plus j'y pense et plus je me dis que cet acte malveillant n'était pas spécialement dirigé contre moi.

— Tu crois ?

— Personne d'autre que Ted n'a de raison de m'en vouloir. Or, il se trouve qu'il n'était pas présent sur les lieux. Il n'aurait jamais pris un risque pareil. Tout le monde l'aurait remarqué. Je pense que ma voiture a été visée parce qu'elle était là, tout simplement. C'était une cible facile.

Elle secoua la tête.

— Le pire, c'est de savoir que le tueur est très probablement parmi nous.

— Mais qui, bon sang ? Qui peut nous en vouloir à ce point ? Je ne peux pas imaginer Ted dans la peau d'un assassin. Il n'est pas facile en ce moment, mais c'est parce qu'il réagit à une situation qu'il a du mal à accepter.

— Écartons Ted. Ce n'est pas toi non plus, tu descendais dans le canyon avec Tony au moment où l'accident s'est produit. Et puis tu es le seul à avoir remarqué que les cordes avaient été sabotées. Quel intérêt aurais-tu eu à nous faire part de ta découverte ? D'autre part, j'étais avec toi quand la jeep a pris feu et, plus tard, quand Austen a été victime d'un chauffard.

— Nous ignorons encore si ce dernier incident est à relier aux autres.

— C'est exact. Je pense que nous pouvons également écarter Jake. Il n'était pas présent au moment des faits, avant celui-ci.

— Sheri n'est pas en ville ce soir. C'est ce qu'elle a dit mais nous n'avons aucune raison de mettre sa parole en doute.

— En plus, elle a perdu des amis au cours d'escalades qui ont mal tourné. Je ne la vois pas préméditer un meurtre. Sans compter qu'elle adore Tony.

— Hannah m'a assuré avoir la grippe mais elle aurait pu mentir et se faufiler jusqu'au canyon. Quiconque l'aurait vue aurait pensé que son sens du devoir l'avait sortie du lit pour venir nous aider.

— Sauf qu'elle est la fiancée de Jake et qu'elle n'a pas pu lui jouer la comédie. Je suis peut-être naïve mais, elle non plus, je ne peux pas l'imaginer en meurtrière.

— En vérité, personne n'a de mobile. Ryan et Eldon s'entendent avec tout le monde. Austen est le bénévole le plus dévoué que nous ayons eu depuis des années.

— Et quand il a quelque chose sur le cœur, il le dit sans détour. Au début, il avait une propension à juger qui m'agaçait un peu mais il s'est calmé là-dessus. En fait, nous avons affaire à quelqu'un qui nourrit une rancune tenace à l'égard du SRS, dont nous ignorons l'origine.

Elle étouffa un bâillement, imitée de près par Danny.

— Je crois qu'il est temps de rentrer, dit-il en souriant. Nous avons eu une dure journée, et débattre de la culpabilité ou de l'innocence des uns et des autres ne nous mènera pas à grand-chose.

— Tu as raison.

En plus, il lui tardait de retrouver le cocon familial et de s'assurer que tout son petit monde allait bien. Elle s'inquiétait rarement pour sa propre sécurité mais l'idée qu'il puisse arriver quelque chose à sa famille la glaçait d'effroi.

Ils roulèrent en silence jusque chez elle.

— Je te raccompagne jusqu'à ta porte, décida Danny en coupant le moteur.

— Merci, mais ce n'est pas la peine. Tu t'es garé juste en face de la maison.

— S'il te plaît.

Tandis qu'ils marchaient côte à côte, elle le vit lancer par-dessus son épaule des coups d'œil furtifs qui n'étaient pas faits pour la rassurer.

— Arrête. Tu vas finir par me faire peur.

— Excuse-moi. Ce n'était pas le but.

Elle s'arrêta en bas des marches qui menaient au porche.

— Ça ira, dit-elle. Merci de m'avoir raccompagnée.

— De rien.

Il hésita un court instant avant de l'attirer à lui et de l'envelopper de ses bras. Elle se laissa aller contre son torse, savourant le plaisir immense que lui procurait cette étreinte.

Elle inclina légèrement la tête sur le côté pour l'observer en douce. Une barbe naissante ombrait ses joues. Ses traits étaient tirés, sans doute comme les siens.

— Tu as été formidable, le félicita-t-elle. Tu te rends compte ! Tu as mis un bébé au monde.

— C'est toi qui as été géniale.

— Je n'ai fait qu'essayer d'apaiser Rosa. C'est toi qui as fait tout le reste. Et ce n'était pas rien.

Un sourire attendri se dessina sur ses lèvres tandis qu'elle revoyait ce minuscule petit être entre les grandes mains robustes de Danny.

— C'était un beau bébé, dit-elle encore.

— Oui.

Elle leva la tête vers lui et fixa sa bouche avec des yeux brûlants de désir. Quel goût pouvaient avoir ses lèvres ? Il y avait si longtemps qu'elle n'avait pas laissé un homme l'embrasser.

La lanterne du porche s'alluma brusquement, baignant leurs corps enlacés de sa lumière crue. Puis la voix de Becky se fit entendre à travers la porte.

— Carrie ? Que fais-tu ? Tu ne rentres pas ?

Danny s'écarta au bruit que faisait la clé en tournant dans la serrure.

— Je ferais mieux d'y aller, dit-il.

Sur ce, il regagna sa voiture à grandes enjambées. Carrie arriva sur le perron juste au moment où sa mère lui ouvrait la porte.

— Carrie... J'ai entendu parler. Qui était avec toi ?

— Danny. Il m'a raccompagnée.

— Où est ta voiture ? Tu as eu un accident ? Tu vas bien ?

— Oui, maman, je vais bien. Et la voiture aussi. Enfin... une fois que j'aurai fait changer les pneus avant.

— Que s'est-il passé ?

— C'est une longue histoire, que je te raconterai devant un bon thé chaud.

Elle disait presque tout à sa mère. Sauf que, maintenant, elle se rapprochait de plus en plus de Danny Irwin au lieu de s'en détacher, comme la raison devrait la pousser à le faire. Car si Danny était d'une compagnie très agréable, il n'était guidé, dans ses relations avec les femmes, que par la frivolité. Contrairement à elle qui lorsqu'elle donnait son corps donnait aussi son cœur.

Vendredi matin, Sheri appela Carrie pour l'inviter à déjeuner.

— Il y aura aussi Hannah, dit-elle. Elle est remise de sa grippe et nous voulons que tu nous fasses un rapport circonstancié des événements de mercredi soir.

— Il n'y a pas grand-chose à en dire. Qui sait, même, s'il ne s'agit pas d'un acte de vandalisme gratuit ?

— Nous sommes les seules femmes du SRS. À ce titre, nous devons nous serrer les coudes. Allons déjeuner et nous essaierons de réfléchir à tout cela ensemble.

— Bonne idée.

Carrie mit fin à l'appel, le cœur léger. Sheri avait raison. À trois, elles découvriraient peut-être des choses qui leur avaient échappé jusque-là.

Elles se retrouvèrent comme convenu au Kate's Kitchen, à deux pas du bureau de Carrie.

— C'est l'heure de ma pause, expliqua Sheri. Et je n'ai pas cours avant 15 heures.

— Et moi, j'ai pris mon après-midi, répliqua Hannah.

— J'ai deux heures devant moi, annonça Carrie à son tour. Mais j'aurais besoin que l'une de vous deux m'emmène chez Butch récupérer ma voiture, un peu plus tard.

— Moi, puisque je suis libre, proposa Hannah.

Elles choisirent une table à l'écart et commandèrent chacune une salade accompagnée d'un thé glacé.

— Vas-y, Carrie, nous t'écoutons, l'encouragea Sheri. Nous voulons tout savoir.

— Et pas seulement ce qui est arrivé à ta voiture, renchérit

Hannah. Il paraît que Danny et toi avez aidé une femme à accoucher.

— Oui. C'était un petit garçon.

Ce souvenir suscita en elle la même émotion, intacte.

— Les parents et l'enfant se portent bien, mais cela tient du miracle.

— Des détails, s'il te plaît, la pressa Sheri.

Elle se lança alors dans le récit détaillé de ce qu'il s'était passé cette nuit-là, depuis l'appel du régulateur jusqu'au moment où elle avait découvert ses pneus crevés.

— Jake m'a dit que celui qui a fait ça y est allé de bon cœur, rapporta Hannah. Bon sang ! Qui cela peut-il être ?

Carrie attendit que le serveur venu leur apporter leurs commandes soit reparti pour poursuivre :

— Jake est resté en haut, tout près de l'endroit où nous étions garés, durant tout le temps qu'a pris le sauvetage. Lui, mais également les ambulanciers et les officiers de police, tous ont affirmé qu'ils n'avaient vu personne s'approcher de ma voiture. À l'exception des membres de notre équipe, bien sûr, puisqu'il fallait décharger le matériel du coffre.

— Et si quelqu'un avait abîmé tes pneus avant que tu prennes ta voiture ? suggéra Sheri.

Elle secoua la tête.

— Impossible. Les entailles sont très profondes. Les pneus ont dû se dégonfler tout de suite. Je n'aurais pas pu rouler, ne serait-ce que quelques mètres, sans m'en apercevoir.

— Que dit la police ? Que c'est l'un des membres de l'équipe présents ce soir-là qui aurait fait ça ?

— Ils n'ont rien dit mais c'est ce que nous pensons tous, non ?

— Jusque très récemment, je n'y croyais pas une seconde mais il faut bien avouer qu'il n'y a pas beaucoup d'autres possibilités.

Elle marqua une courte pause avant de reprendre :

— Ted en a vraiment contre nous tous, en ce moment. Il était à l'épicerie, hier, mais dès qu'il m'a vue, il est parti dans la direction opposée. C'était évident qu'il cherchait à m'éviter.

— Il n'était pas avec nous, mercredi, rétorqua Carrie. Et je ne vois pas comment il aurait pu venir sans se faire remarquer.

— Et Danny ? Qu'est-ce qu'il en pense ?

— Danny ? répéta-t-elle d'un ton qu'elle s'appliqua à garder désinvolte.

— En tout cas, ça ne peut pas être lui le coupable puisqu'il était avec toi dans le canyon, dit Sheri.

— Idem quand la jeep a pris feu, répliqua Hannah. Et puis, il prend son activité au sein du SRS très au sérieux. D'ailleurs, c'est à peu près la seule chose qu'il fait sérieusement.

Carrie n'allait pas rater l'opportunité d'en savoir plus sur la relation qu'avaient entretenue Danny et Hannah. En la faisant parler du couple qu'ils avaient formé, elle en apprendrait peut-être davantage sur lui.

— Vous êtes sortis ensemble un certain temps, n'est-ce pas ? demanda-t-elle d'un ton qu'elle voulait dégagé.

— Cinq mois. C'est un type vraiment adorable. Je dirais même le petit ami idéal, tant que tu n'attends pas de lui qu'il s'engage dans une relation sérieuse. C'est pour cette raison que nous avons rompu. Et puis, j'ai rencontré Jake.

Prononcer le nom de Jake la fit aussitôt plonger dans une douce rêverie.

— Moi aussi je suis sortie avec Danny, dit Sheri. Mais c'était une relation en pointillé. Il disait que je l'intimidais mais c'était une sorte de jeu entre lui et moi. Le problème avec lui, c'est qu'il ne supporte pas d'être mis au pied du mur. S'il avait une devise ce serait : pas de stress, pas de pression. Il a vraiment à cœur d'être toujours dans le contrôle. C'est pour cette raison qu'il est si efficace en mission de sauvetage. Franchement, ce n'était pas ce que j'attendais d'un homme. Je les aime plus… Comment dire ? Fougueux. Dans l'action permanente.

— C'est pour ça que tu as épousé un flic ? souligna Hannah, un brin taquine.

— Deux fois, même, répliqua Sheri en riant.

En effet, elle avait convolé en deuxièmes noces avec son ex-mari, Erik Lester, au terme d'une enquête qu'il avait menée sur la disparition d'une fillette à Eagle Mountain.

— Tu ne nous as pas dit ce que Danny pensait de tout ça ? demanda de nouveau Hannah.

— La même chose que nous : il ne comprend pas et il se refuse à croire que le tueur est parmi nous.

— Ryan a été absent d'Eagle Mountain un bon moment après son agression mais il a l'air d'avoir bien récupéré, déclara Sheri, jugeant sans doute bon de changer de sujet. Il m'a dit qu'il allait se remettre aux compétitions dès que possible.

— Eldon se plaint toujours du froid, dit Hannah. Mais c'est normal, il vient d'Hawaï. En fait, je me demande si ce n'est pas un prétexte pour pouvoir se vanter d'être originaire de là-bas. Parce qu'il s'est très bien adapté. Il adore skier.

— Et Austen ? Toujours en train de râler après les gens qui se mettent en danger à cause de leur légèreté.

— Il n'a pas encore compris que nous ne sommes pas là pour les juger, dit Sheri. Cela dit, il a fait des progrès. Et puis, il est vraiment dévoué.

— Nous le sommes tous, sans quoi nous ne pourrions pas faire ce que nous faisons.

Elles mangèrent en silence jusqu'à ce que Sheri dise :

— Et si ce n'était pas nous le problème ?

— Que veux-tu dire ? demanda Carrie.

— Si notre homme voulait pointer du doigt l'équipement du SRS ? Si saboter les cordes était une façon d'attirer notre attention sur le fait qu'il est grand temps que nous le renouvelions ?

— Drôle de façon de nous alerter, tout de même ! s'indigna Hannah. Je te rappelle que Tony a failli y rester.

— Et la jeep, continua Sheri, visiblement bien déterminée à exposer sa théorie jusqu'au bout. C'est une grosse perte, bien sûr, mais au fond de nous, si nous voulons être honnêtes, qui la regrettera vraiment ? Depuis des mois, elle tombe en panne sans arrêt et elle nous coûte les yeux de la tête en réparations. En la détruisant, l'incendiaire nous oblige à trouver un moyen d'en changer.

— OK, admit Carrie. Mais l'attaque sur Austen ? Et mes pneus crevés ?

— Pour Austen, ça n'a peut-être rien à voir avec le reste. Il est possible que l'accident soit dû à un conducteur imprudent. Quant à tes pneus, ce serait une nouvelle tentative pour attirer notre attention sur la vétusté de notre matériel.

— C'est un peu tordu, non ? pointa Hannah.

Sheri haussa les épaules.

— J'essaie juste de voir les choses sous un autre angle.

— Nous avons avancé sur les différentes manières de collecter des fonds ? s'enquit Carrie.

— L'*Eagle Mountain Examiner* a accepté de publier un article pour lancer un appel aux dons. De notre côté, nous allons tenir un stand pendant le carnaval de printemps, la semaine prochaine, où nous vendrons des T-shirts. Nous avons fait appel au comté qui a dit pouvoir nous allouer deux mille dollars.

— Je demanderai à Tony d'établir les spécifications d'un

nouveau véhicule, dit Carrie. Je voulais que Ted l'assiste mais, après ce qu'il s'est passé, je ne sais pas si cela se fera.

— Laisse-lui le temps de digérer, conseilla Sheri. Une fois calmé, il reviendra vers nous, c'est certain.

L'arrivée du serveur interrompit leur discussion.

— Désirez-vous autre chose, mesdames ?

Carrie vérifia l'heure à sa montre.

— Non, merci.

Puis, s'adressant à Sheri et Hannah, elle ajouta :

— Je dois retourner au bureau.

Il était temps de se concentrer sur ses plans, l'une des rares choses qu'elle parvenait encore à contrôler.

9

Danny s'était porté volontaire pour patrouiller sur les pistes de ski le samedi matin. Il arriva avec un léger retard à la réunion qui se tenait au QG, en début d'après-midi. Lorsque Carrie déclara la séance ouverte, il s'installa sur une chaise au fond de la salle et se mit à observer les membres de l'équipe présents ce jour-là. L'une de ces personnes, à qui il avait littéralement confié sa vie à un moment ou à un autre, pouvait-elle vraiment vouloir nuire à l'un d'eux ou, du moins, au SRS ? Il rejeta chaque personne à tour de rôle. Il ne pouvait imaginer aucune d'elles dans la peau d'un tueur. Il remarqua que Ted n'était pas là. Avait-il quitté le groupe pour de bon ?

Son regard s'attarda sur Carrie. Elle avait l'air tendue. Plus pâle. Mais peut-être qu'il ne faisait que projeter ses propres angoisses sur elle. Voir l'acharnement que le vandale avait mis à crever ses pneus l'avait vraiment ébranlé. À tel point qu'il avait réalisé pour la première fois qu'ils étaient tous en danger. La voix de Carrie le ramena sur terre.

— Tout d'abord, je vous rappelle l'exercice d'entraînement organisé par le SRS de l'État du Colorado qui aura lieu le 25 juin, dit-elle. Jake et Austen, je vous conseille vivement de vous y inscrire.

Elle s'interrompit pour consulter le carnet de notes qui se trouvait devant elle.

— Le comté de San Miguel organise également un stage mais sur plusieurs jours, cet été. Je vous recommande également de vous pencher plus attentivement sur ce projet qui ne peut être que bénéfique, même pour les plus chevronnés d'entre nous.

La porte s'ouvrit soudain sur Tony, installé sur une chaise roulante poussée par Ted.

Des exclamations de surprise et de joie fusèrent des quatre coins de la salle.

— Je me suis dit qu'il fallait que je me montre pour vous recadrer un peu, dit-il, un sourire amusé aux lèvres. Alors, j'ai appelé Ted et je l'ai convaincu de me faire sortir du centre de rééducation pour quelques heures.

À son passage, tous lui serrèrent les mains ou lui tapotèrent l'épaule, dans un geste qui se voulait plein d'affection. Derrière lui, Ted affichait un visage rayonnant.

Bravo, Tony. Il n'y avait que toi pour faire revenir Ted à de meilleurs sentiments.

Forcément. Ces deux-là se connaissaient depuis la création du service, entreprise par Ted. Et ce dernier était pour Tony une espèce de mentor. Même s'il y avait parfois eu des tensions entre eux, ils n'étaient jamais restés fâchés bien longtemps.

— Désolé pour le retard, s'excusa Tony lorsque l'excitation générale fut retombée. Mais Ted a mis un peu plus longtemps que prévu pour faire rentrer ce fauteuil dans sa camionnette.

— Ce n'est pas grave, dit Carrie. C'est si bon de te voir. De vous voir tous les deux, ajouta-t-elle en souriant à Ted.

— Je t'en prie, continue, dit Tony. Je n'ai pas l'intention d'intervenir.

— À l'allure où tu te remets, tu seras en mesure de reprendre ta place d'ici peu, rétorqua-t-elle sur le mode de la plaisanterie.

Tony balaya ce commentaire d'un geste de la main.

— Quel était le point à l'ordre du jour ? s'enquit-il.

— Nous parlions de notre participation au carnaval de printemps pour lever des fonds. Nous avons prévu de tenir un stand où vendre des T-shirts à l'effigie du SRS. Sheri, je crois que tu avais quelque chose à ajouter à ce sujet.

— Les T-shirts ont été commandés. Ils nous seront livrés d'ici peu. Alors, faites passer le message à vos amis et à vos familles.

— Nous aurions pu commander des sweats, aussi, intervint Ted. Si c'est comme l'an dernier, le temps risque de tourner à la neige.

— Bonne idée, pointa Carrie. Nous la retenons pour l'année prochaine. Nous avons établi une fiche d'inscription. N'oubliez pas de la remplir afin que chacun puisse être relayé. Autre chose ?

— Tammy Patterson de l'*Eagle Mountain Examiner* va te contacter. Elle aimerait voir avec toi avant de publier l'article concernant la levée de fonds.

Puis elle ajouta, s'adressant à Austen :

— Elle m'a dit aussi qu'elle voulait te parler. Elle voudrait écrire un papier sur toi. Elle voudrait ton témoignage en tant que personne secourue qui a intégré le SRS.

— Bien sûr, acquiesça Austen. Pas de problème.

— Alors, je crois que nous avons fait le tour, dit Sheri. À moins que quelqu'un pense à autre chose.

— Merci, Sheri, dit Carrie. Eh bien, je crois que nous pouvons conclure la séance sur ces mots.

— Attends, dit Austen. A-t-on des nouvelles de l'enquête ?

J'ai entendu dire que quelqu'un s'en était pris à ta voiture. C'est vrai ?

— Qu'est-ce que c'est que cette histoire, encore ?

La voix de Tony s'était élevée, couvrant le brouhaha général.

— Quelqu'un a crevé mes pneus, répondit Carrie. Mais je ne pense pas que j'étais spécialement visée.

— C'était quand ? s'enquit Ted.

— Mercredi soir, après le sauvetage de Dixon Pass.

— Que disent les flics ? L'enquête avance ? demanda Eldon avec un brin d'impatience dans la voix.

— En ce qui concerne ma voiture, ils n'ont pu que constater que mes pneus ont été crevés sur place à l'aide d'un grand couteau. Ils n'ont trouvé aucune empreinte, aucune trace et personne n'a été vu traînant par-là.

— Il n'y a aucune logique dans ces attaques, fit remarquer Hannah. Nous nous trouvons face à une tentative d'assassinat, un véhicule incendié, un chauffard qui a forcé Austen à se retrouver dans un fossé, des pneus crevés.

— C'est comme si le coupable n'avait pas de plan défini, rétorqua Eldon. Comme s'il agissait un peu en fonction des opportunités qui se présentent.

— Il y a une chose que ces incidents ont en commun, pointa Danny.

Tous les regards se fixèrent sur lui.

— Quoi ? demanda Sheri.

— Le coupable est parmi nous, lâcha-t-il. C'est évident. Personne d'autre que nous n'a accès à notre matériel. Même chose pour les clés de la jeep. Elles sont accrochées ici et jamais ailleurs. En ce qui concerne la route qui mène au QG, personne d'autre que les membres de l'équipe ne l'emprunte puisqu'il n'y a aucune habitation autour. Quant aux pneus de Carrie, tout le monde a certifié que seuls les membres de l'équipe étaient présents sur place.

Cette déclaration, énoncée de manière factuelle, provoqua un remous dans la salle. Mais Danny s'en félicita. Il fallait bien que quelqu'un dise tout haut ce que tout le monde pensait tout bas. Car, malgré les protestations, le doute et la méfiance se lisaient sur tous les visages.

— OK, dit Ryan. Et maintenant ? Que fait-on ?

— Je ne dis pas qu'il faut s'accuser les uns les autres, soutint Danny qui avait bien conscience que sa sortie les accusait tous. Je dis juste qu'il va falloir se montrer très prudents.

— Comme si on ne l'avait pas déjà compris, railla Austen.

Carrie quitta l'endroit où elle se tenait pour aller se placer à côté de Danny.

— Cette prise de conscience nous bouleverse tous, dit-elle. Mais nous avons un atout en notre faveur.

— Quoi ? s'enquit Ted.

— Nous formons une équipe soudée. Nous sommes entraînés à travailler ensemble et à veiller les uns sur les autres. Le coupable sait désormais que nous serons nombreux à lutter contre lui. Le groupe sera toujours plus fort qu'un individu isolé. Qui que soit cet individu, il ne sera pas de taille à nous vaincre tous.

Tandis que Carrie parlait, Danny scrutait les visages. Une forte détermination brillait dans les regards. Certains hochaient la tête en signe d'approbation.

— Bravo, Carrie, s'enthousiasma Sheri. Tu as raison.

— Bien dit ! renchérit Eldon.

Personne n'affichait la moindre crainte ou la moindre

culpabilité. À croire que le tueur en puissance avait en plus de sacrés dons de comédien.

— On peut avoir de la barbe à papa ? demanda Amber.

Dylan et elle marchaient en sautillant à côté de Carrie sur le chemin qui menait au parc où se tenait le carnaval de printemps. Depuis la dernière réunion au QG du service de sauvetage, la semaine s'était déroulée sans incidents. Aucun méfait n'avait été commis ; aucun acte de vandalisme signalé. À croire que les discours de Carrie et Danny avaient fait fuir le coupable. Ou le faisaient se tenir à carreau.

Elle chassa ces idées sinistres de son esprit. Aujourd'hui était un jour de fête et elle avait bien l'intention d'en profiter sereinement avec ses enfants. De plus, contrairement aux prévisions pessimistes de Ted, le temps était au beau fixe. Les premières jonquilles pointaient même le bout de leur nez le long des bordures du parc.

— On pourra aller aussi au stand des maquillages ? renchérit Dylan. J'aimerais bien me faire peindre une grosse araignée sur la figure. Ou un scorpion.

— Barbe à papa et bestiole répugnante accordées, répondit Carrie en souriant. Mais d'abord, je dois passer au stand du SRS.

— M'man..., gémit Dylan. Tu vas pas aller sauver quelqu'un aujourd'hui, dis ?

— J'espère que non. Je veux juste aller vérifier que mes amis ont bien tout ce dont ils ont besoin.

Elle-même avait prévu de prendre le relais à 13 heures, une fois sa mère libérée de ses propres obligations.

Une grande banderole sur le devant du stand proclamait en lettres capitales rouges : « Aidez le SRS à racheter un véhicule de fonction ! Faites un don ! » Sur un fil tendu étaient accrochés les différents modèles de T-shirts mis à la vente. Ils se balançaient doucement sous l'effet de la brise, semblables à des étendards.

— Alors ? Ça se passe bien ? s'enquit-elle, confiante.

— Nous n'avons vendu qu'un T-shirt, déplora Hannah.

— Oui, mais les gens se montrent généreux, rétorqua Jake en secouant la boîte métallique dans laquelle il gardait l'argent récolté. Ils font des dons.

— Espérons qu'il n'y a pas que des pièces de monnaie, là-dedans.

La voix de Danny la fit légèrement tressaillir. Elle se retourna vers lui, le cœur battant.

— Il y a des billets et des chèques aussi, répondit Jake.

— Tu n'es pas en service aujourd'hui ? lui demanda Danny.

— Je commence à 11 heures. Mon uniforme est dans la voiture.

— Tu sauves des gens, toi aussi ?

Carrie baissa les yeux sur son fils. Il fixait Danny avec insistance.

Danny fléchit les genoux pour se mettre à la hauteur du petit garçon.

— Oui.

Il pointa Carrie du menton.

— C'est ta maman ?

— Oui.

Carrie posa une main sur l'épaule de son fils.

— Je te présente Dylan. Et voici Amber, sa sœur.

— Bonjour, Dylan et Amber. Moi, c'est Danny. Je fais partie de l'équipe du service de Recherche et de Sauvetage avec votre maman.

— Maman a promis qu'on irait manger de la barbe à papa et qu'on irait se faire peindre le visage, fit Amber.

— D'ailleurs, il est grand temps que nous y allions, dit Carrie.

Ce n'était pas qu'elle voulait garder Danny à distance de sa vie privée mais elle avait senti la curiosité des enfants. Une curiosité silencieuse. Se cherchaient-ils un père potentiel à travers lui ? Probablement. Sans doute désiraient-ils autant qu'elle le redoutait qu'elle ait un homme dans sa vie.

— Cela vous dérange si je fais quelques pas avec vous ? s'enquit-il.

— Non, répondit Amber à la place de sa mère. Tu peux venir.

— Je vais me faire peindre une araignée ou un scorpion sur la joue, proclama Dylan. J'ai pas encore décidé.

— Sérieux ? C'est trop cool.

— Moi, je trouve ça dégoûtant, rétorqua la petite en grimaçant.

Dylan lui opposa une moue dédaigneuse.

— Pfff. C'est parce que tu es une fille.

— Pas du tout. C'est parce qu'avoir une araignée sur la figure, c'est répugnant.

Dylan adressa à Danny un sourire qui se voulait sans doute complice.

— Qu'est-ce qui est le plus effrayant, tu crois ? Les araignées ou les scorpions ?

— Les deux. Une fois, à l'hôpital où je travaille, nous avons eu un patient qui s'était fait mordre au pied par une tarentule. Il a dû être opéré en urgence parce que la morsure s'était infectée.

— Tu es docteur ? demanda Amber.

— Non. Je suis infirmier.

— On a dû lui couper le pied ? s'inquiéta Dylan qui semblait boire chacune des paroles de Danny.

— Non. Heureusement, ça s'est bien terminé. Après quelques jours d'antibiotiques il a pu rentrer chez lui.

Dylan hocha la tête. Visiblement, ce n'était pas la fin qu'il espérait.

Lorsqu'ils furent arrivés au stand de maquillage, Carrie confia ses enfants aux deux jeunes pom-pom girls qui œuvraient là afin de récolter les fonds nécessaires à un voyage universitaire au Rose Bowl Stadium de Pasadena.

— J'ai l'impression que tu as fait bonne impression sur Dylan, lui confia Carrie en souriant.

— Les petits garçons adorent avoir peur.

— C'est vrai. Dylan et tous ses copains raffolent des aventures du Capitaine Bobette.

Elle lança un regard attendri à son fils qui décrivait à grands gestes l'énoooorme bestiole qu'il voulait se voir peindre en travers de la joue.

— Ton discours était vraiment super, l'autre jour, la félicita-t-il soudain.

Elle l'observa, cherchant une trace de moquerie dans son regard clair.

— Tu plaisantes ?

— Pas du tout. Je suis sincère. Depuis, nous avons cessé de nous méfier les uns des autres. Nous sommes de nouveau une équipe soudée.

Ce compliment lui fit chaud au cœur. Elle avait tant d'incertitudes !

— Plus j'y pense et plus je me dis que nous avons affaire à un détraqué qui frappe un peu à l'aveuglette, ce qui prouve que le coupable ne peut pas être quelqu'un de chez nous. À l'exception de Tony qui pourrait ne plus être là aujourd'hui, le reste relève plus du vandalisme que de la volonté de tuer.

— Espérons qu'il en reste là.

— Mais que la police lui mette quand même la main dessus. Histoire de lui faire passer l'envie de recommencer.

Dylan, venu vers eux en courant, mit un terme à leur discussion.

— Maman, regarde ! C'est une veuve noire. Il paraît que c'est l'araignée la plus dangereuse du monde entier !

— Elle est très réussie, mon chéri. Pour un peu, j'aurais presque peur.

En effet, l'hyper-réalisme du dessin était assez effrayant.

— Je l'ai faite d'après la rubrique *images* de mon smartphone, expliqua la jeune fille. J'en avais la chair de poule rien qu'en la peignant.

Danny éclata de rire tandis que Carrie payait en incluant un généreux pourboire. Quelques minutes plus tard, Amber irradiait à son tour de fierté en tendant sa joue gauche où s'était posé un gracieux papillon bleu.

— Tu es magnifique, la complimenta Danny.

Amber rosit de plaisir.

— Tu aimes la barbe à papa ? demanda-t-elle.

— J'adore, répondit-il.

— Alors, tu viens avec nous ?

Il interrogea Carrie du regard.

— Bien sûr, accepta-t-elle.

Ils traversèrent le parc qui, à cette heure-là, grouillait de visiteurs. Carrie se réjouit du succès que rencontrait ce festival. Plus il y aurait de monde, plus ils auraient de chances de récolter de l'argent.

— Tu aimes vraiment la barbe à papa ? demanda-t-elle à Danny alors qu'ils attendaient leur tour d'être servis au stand des rafraîchissements.

— En réalité, je vais faire un gros effort. Mais il y a bien pire.

Elle esquissa un sourire amusé.

— Pour moi, *c'est* le pire, rétorqua-t-elle. J'ai vraiment l'impression d'avaler du coton.

Ce fut à son tour de rire sous cape.

Il poussa le zèle jusqu'à commander la même barbe à papa, énorme, qu'Amber tandis que Dylan choisissait une longue barre fruitée orange et blanc, et Carrie un bretzel.

— Tu as raison, dit Danny en mâchonnant un gros bout de sa barbe à papa. On dirait vraiment du coton. Mais en plus savoureux, quand même.

Cette comparaison fit rire Amber aux éclats.

— Tu as déjà mangé du coton ? se moqua-t-elle.

— Je suis célibataire, alors je mange tout et n'importe quoi, feignit-il de se plaindre.

Dylan n'écoutait déjà plus. Il venait de repérer les stands de jeux.

— M'man… S'il te plaît ! supplia-t-il en pointant les stands du doigt.

— D'accord. À quelle heure tiens-tu le stand du SRS ? s'enquit-elle.

— À 13 heures.

Elle ressentit alors quelque chose qui ressemblait à de l'excitation.

— Comme moi, dit-elle.

Il esquissa un sourire en coin.

— À vrai dire, ce n'est pas vraiment le fruit du hasard.

— Comment cela ?

Elle détestait se sentir comme une adolescente à son premier rendez-vous.

— Disons que je me suis arrangé pour que nous soyons ensemble.

— Vraiment ? Pourquoi ? s'étonna-t-elle d'un ton faussement dégagé.

— Parce que j'aime être avec toi. Je pensais que c'était réciproque.

— Ça l'est.

Où voulait-il en venir exactement ? Était-il sur le mode de la séduction ? Elle repensa à leur presque baiser le soir où il l'avait raccompagnée jusqu'à sa porte. Elle était tiraillée entre la frustration de ne pas savoir jusqu'où elle aurait été capable d'aller et la satisfaction de ne pas avoir eu le temps d'embrasser un homme pour qui les relations féminines ne duraient qu'un temps, en général très court. Elle avait deux enfants. Elle ne pouvait pas se permettre des aventures d'un soir.

— Qu'est-ce que tu préfères ?

La voix de Danny la fit revenir brutalement sur terre.

— Pardon ?

Il fit un geste vers le tableau où étaient inscrits les tarifs.

— Les tickets. Je prends un carnet entier ? C'est moi qui invite, mais tu connais tes enfants mieux que moi.

— Je ne veux pas que tu paies pour nous, Danny, protesta-t-elle.

Il haussa les épaules.

— De toute façon, j'en aurais acheté. J'aime bien m'essayer au lancer de base-ball et à d'autres choses de ce genre.

Carrie trancha. Ils prendraient un carnet entier mais elle en paierait la moitié. Ils passèrent l'heure suivante à pêcher des canards en plastique, à faire passer des balles de base-ball à travers des anneaux métalliques et à rire de voir Amber et Dylan qui, en équilibre sur une poutre, essayaient de se faire tomber en se battant à coups d'oreiller. Ils firent match nul, chutant en même temps dans un lit profond de copeaux de bois.

Ils flânèrent encore un peu puis achetèrent des hot-dogs et des cornets de frites qu'ils allèrent manger à une table de pique-nique, à l'ombre d'un peuplier. Ils venaient de terminer quand le téléphone de Danny vibra dans sa poche. Il fronça les sourcils devant le numéro qui s'était affiché.

— Un problème ? s'inquiéta Carrie.

— Non, non. Tout va bien.

Mais il continuait à fixer l'écran sans prendre l'appel.

— Tu peux répondre, dit-elle. Les enfants, venez, nous...

— Ce n'est pas la peine, Carrie. Je rappellerai plus tard.

Il passa le reste du temps replié sur lui-même, l'air soucieux. À quoi – à qui ? – était dû ce brusque changement d'humeur ? Elle décida de ne pas chercher à savoir.

À 12 h 50 Carrie reçut un texto de sa mère qui l'informait qu'elle arrivait. En effet, cinq minutes plus tard, elle les avait rejoints.

— Bonjour, Danny, dit-elle un large sourire aux lèvres.

— Bonjour, Becky, répondit-il en lui souriant en retour.

Soucieuse de ne pas laisser sa mère exprimer sa curiosité naturelle, Carrie fit mine de consulter sa montre.

— C'est l'heure, lâcha-t-elle.

Elle serra contre elle ses enfants qui, derrière l'excitation, commençaient à montrer des signes de fatigue.

— Soyez sages avec votre grand-mère.

Danny tendit son poing serré à Dylan puis Amber qui, chacun leur tour, le cognèrent du leur en riant.

— Merci pour ce bon moment passé avec vous, dit-il.

Pour toute réponse, les enfants affichèrent un large sourire de contentement. Cette joie manifeste serra le cœur de Carrie.

Ne vous attachez pas à lui, mes chéris, aurait-elle voulu leur dire. *Demain, il ne sera peut-être plus là.*

Mais, en réalité, c'était à elle que ces mots s'adressaient.

— Qu'est-ce qu'il se passe encore ?

Elle était si profondément plongée dans ses pensées

qu'elle n'avait pas remarqué la foule qui se pressait autour de leur stand. Parmi eux se trouvait Jake, en uniforme, accompagné d'un autre officier de police. Ils coururent jusqu'au stand, pressentant le pire.

— Qu'y a-t-il ? demanda Carrie à une Sheri bouleversée.

Derrière elles, Danny parlait avec Jake mais le bruit des voix environnantes couvrait leurs paroles.

— Tout l'argent que nous avons récolté... On nous l'a volé.

10

— La boîte qui contenait l'argent a disparu, expliqua Jake.

Il portait son uniforme kaki, signe qu'il était en service quand il avait pris l'appel. Wes Landry l'accompagnait.

— N'importe qui aurait pu partir avec, poursuivit-il.

— Je jetais un œil dessus régulièrement, protesta Sheri. Si quelqu'un s'en était approché, je l'aurais vu.

— À quel moment vous êtes-vous aperçue qu'elle n'était plus là ? s'enquit Wes.

— Environ quinze minutes après qu'un homme nous a acheté un T-shirt et laissé vingt dollars de plus, répondit Austen à sa place.

— À ce moment-là, la boîte était toujours là où je l'avais mise, reprit Sheri. Je suis formelle. C'est moi qui ai placé l'argent dedans. Ensuite, je me rappelle avoir parlé avec un groupe d'étudiants. C'est peut-être pendant ce moment d'inattention que l'argent a été volé.

— À quoi ressemblait cette boîte ? s'enquit Wes.

— C'était une boîte métallique recouverte de photos de nos missions de sauvetage, répondit Jake.

— C'est la mère de Hannah qui l'avait faite pour nous, il y a quelques années, poursuivit Sheri. Nous y tenions beaucoup. Nous la considérions tous comme une espèce de porte-bonheur.

— Le problème c'est qu'elle était très reconnaissable, souleva Danny. Le voleur savait ce qu'il prenait en partant avec cette boîte.

— Vous avez une idée de la somme d'argent qu'il y avait ?

— Je ne sais pas exactement. Deux cents dollars, répondit Sheri.

— Je pense qu'il y avait plus, pointa Austen. Je dirais plutôt dans les trois cents.

— Quelles sont nos chances de récupérer cet argent ? demanda Carrie, restée silencieuse jusque-là.

Jake secoua la tête.

— Infimes, je ne vous le cache pas. Mais si nous retrouvons la boîte, elle nous conduira peut-être à notre voleur.

— Je vais faire le tour du parc, décida Sheri. On ne sait jamais.

Austen lui emboîta le pas.

— Je viens avec toi, dit-il.

Restés seuls, Danny et Carrie se regardèrent un moment sans rien dire.

— Ne nous laissons pas abattre, lança Danny d'un ton qu'il voulait enjoué. Nous avons deux heures devant nous pour inciter les gens à donner encore.

Il regarda autour de lui. Un court instant plus tard, il avait trouvé ce qu'il cherchait. Un casque d'escalade qui servirait de nouvelle boîte. Il le renversa, y déposa un billet de cinq dollars et plaça le tout sur le comptoir devant eux.

— L'argent attire l'argent, non ?

Carrie acquiesça en lui souriant.

— Tu crois que c'est un voleur à la sauvette qui a fait ça ou celui qui nous harcèle depuis des semaines ?

— Je pense que c'est le fait du hasard. Quelqu'un qui aura vu Sheri ou Austen mettre de l'argent dans la boîte et aura saisi l'occasion de se faire un peu de bénéfices à bon compte. L'argent de la vente des T-shirts est toujours là, lui. Regarde.

Il se baissa pour prendre le sac zippé qui se trouvait par terre et en vérifia le contenu. L'argent était bien là.

— Tu vois. Si le voleur était quelqu'un du SRS, il aurait aussi pris ce sac.

Elle acquiesça sans grande conviction.

— Tu ne m'enlèveras pas de l'idée que c'est une drôle de coïncidence. Après tout ce qui s'est déjà passé...

Un couple venu se renseigner sur les cours d'escalade mit un terme à leurs supputations. Puis d'autres personnes vinrent se joindre à eux, et le temps fila sans qu'ils s'en rendent compte.

— Tu as eu une bonne idée, dit-elle en pointant le casque qui, maintenant, débordait de billets. Nous devrions mettre cet argent en sécurité et ne laisser que quelques petites coupures. Au cas où notre voleur aurait dans l'idée de recommencer.

— Tu as raison.

Il se baissait pour prendre le sac quand des éclats de voix retentirent.

— Qu'est-ce qu'il se passe encore ? dit Carrie en regardant Sheri et Austen qui semblaient en avoir après Ted.

Ted qui avait à la main la boîte volée.

Tous trois se dirigèrent d'un pas vif vers le stand.

— Et avant que vous ne me le demandiez, oui, elle est vide ! s'écria Ted qui posa la boîte sur le comptoir entre deux piles de T-shirt.

— Où l'as-tu trouvée ? demanda Carrie.

— Sur le couvercle de la poubelle des toilettes pour hommes.

— Il aurait dû appeler le shérif, déclara Sheri d'un ton

offensif. S'il y avait des empreintes digitales, maintenant c'est fichu, elles sont brouillées.

— À croire que c'était intentionnel, renchérit Austen.

— J'ignorais que cette boîte était là et pourquoi, se défendit Ted. Jusqu'à ce que vous m'agressiez en me traitant de voleur !

Austen le fixa d'un air suspicieux.

— Il faut dire que la coïncidence est troublante, dit-il. L'argent disparaît pile quand tu as une dent contre le SRS qui estime que tu n'es plus en mesure d'assurer des missions de sauvetage.

Ted s'avança vers lui l'air menaçant.

— Je suis en meilleure forme que vous ne le serez jamais, gronda-t-il d'une voix sourde.

Danny le calma d'une main posée sur son épaule.

— C'est vrai, insista lourdement Austen. C'est le seul qui ait de bonnes raisons de nous en vouloir.

— Il n'aurait pas pu voler cette boîte sous notre nez, pointa Sheri. Nous le connaissons tous. Nous aurions tout de suite remarqué sa présence.

— Il était peut-être tapi quelque part et attendait le bon moment pour nous voler. Nous devrions le fouiller pour voir.

Fou de rage, Ted s'élança, prêt à en découdre. Cette fois il fallut qu'ils s'y mettent à deux pour le ceinturer.

— Ça suffit ! cria Carrie.

Surpris par la violence du ton, tous se figèrent. Ils fixèrent cette femme qui était leur capitaine et à qui ils devaient obéir. Danny ne se souvenait pas de l'avoir un jour entendue hausser le ton et encore moins perdre son sang-froid. Mais là, son visage avait viré au cramoisi et elle semblait avoir bien du mal à ne pas laisser exploser sa colère.

— Personne ne va fouiller qui que ce soit, trancha-t-elle fermement. En vous voyant vous écharper les uns les autres, vous ne comprenez pas que vous jouez le jeu du coupable ? Qu'il vise à semer la zizanie parmi nous ?

Tous prirent un air contrit, à l'exception de Ted et Austen qui, même s'ils se taisaient, continuaient à se fusiller du regard.

Sheri s'empara de son smartphone.

— J'appelle le bureau du shérif, dit-elle.

— Je suis désolé, s'excusa Ted. J'ai peut-être effacé les empreintes du voleur mais je ne pouvais pas savoir. J'ai cru que vous aviez jeté la boîte parce qu'elle était cassée puis, quand j'ai vu qu'elle était intacte, je me suis demandé ce qu'elle faisait là et j'ai décidé de vous la rapporter.

— Tu as bien fait, Ted, le rassura Carrie en lui tapotant l'épaule.

— Jake dit qu'il passera récupérer la boîte, annonça Sheri en mettant fin à l'appel. Il est possible qu'ils trouvent des empreintes qui ne seraient pas les nôtres.

Elle ajouta, s'adressant à Ted :

— Excuse-moi de m'être emportée contre toi. Je n'aurais pas dû. Il faut dire que nous sommes tous un peu à cran, en ce moment.

— Ce n'est pas grave, répondit Ted. Au moins, tu ne m'as pas traité de voleur, comme Austen. Où est-il passé, d'ailleurs ?

— Il est parti, répondit Danny. Sans doute, pour ne pas avoir à t'affronter.

Il s'était éclipsé de manière furtive, sans se faire remarquer alors qu'ils avaient tous concentré leur attention sur leur boîte retrouvée. Sans doute avait-il réalisé qu'il avait dépassé les bornes en accusant Ted ouvertement comme il l'avait fait.

Au moment où les autres partaient, Jake arriva.

— Nous ne trouverons sans doute rien, dit-il, mais on

ne sait jamais… Et puis, nous allons mener une enquête ici, au cas où quelqu'un aurait vu un homme entrer dans les toilettes avec cette boîte à la main.

À 15 heures tapantes, Eldon et Ryan arrivèrent pour prendre la relève. Carrie les mit aussitôt au courant des derniers événements.

— Voilà notre nouvelle boîte, dit-elle en leur montrant le casque. Videz-le de temps en temps et mettez l'argent dans le sac. Mieux vaut être prudent.

— Ce casque me rappelle de mauvais souvenirs, dit Ryan. C'est celui que je portais quand Cutler m'a poussé dans le vide. Après ça, je l'avais mis au rancart.

Tous hochèrent la tête en silence.

— À l'heure de la fermeture, n'oubliez pas de rapporter l'argent au QG, dit-elle encore au moment de partir.

Sur ce, Danny se dirigea vers le parking avec elle.

— Tu as prévu quelque chose, maintenant ? demanda-t-il.

— Ma mère m'a envoyé un message pour me dire qu'elle était rentrée avec les enfants. Je vais aller les rejoindre. Et toi ? Un rendez-vous galant ?

— Non.

Il était rare qu'il passe tout un week-end en tête à tête avec lui-même. Il avait toute une liste de femmes sur lesquelles il savait pouvoir compter pour passer une bonne soirée. Curieusement, il n'avait envie de voir aucune d'elles.

— Je voulais que tu saches que j'ai passé un très bon moment, tout à l'heure, avec toi et tes enfants.

— Moi aussi, j'ai passé un bon moment.

Elle rougit un peu et agita ses clés, dans un geste qui semblait trahir une grande nervosité. Puis, d'un coup, elle se raidit.

— Qu'est-ce qu'Austen fait près de ma voiture ?

En les voyant approcher, Austen, qui s'était adossé à la portière arrière, se redressa vivement.

— Hé, Carrie ! Je voulais m'excuser d'avoir perdu mon sang-froid avec Ted. Mais j'étais tellement bouleversé ! J'avoue que je me sens un peu coupable aussi de ne rien avoir vu alors que j'étais venu pour donner un coup de main.

— Tu devrais parler à Ted.

— Je le ferai. Mais je ne voulais pas que vous partiez en pensant du mal de moi.

— Je ne pense pas de mal de toi.

Elle actionna le système de déverrouillage de sa clé électronique mais Austen ne bougea pas d'un pouce.

— Ce que tu as dit, tout à l'heure, sur le coupable qui cherche à nous diviser… Tu le penses vraiment ?

— Oui. Et c'est ce qui va arriver si nous ne nous serrons pas les coudes.

Austen se tut mais n'esquissa toujours pas le geste de partir. Il baissa les yeux sur le sol, toujours muré dans un silence qui devenait pesant.

— Tu n'as pas peur ? finit-il par demander.

Visiblement, la question la surprit.

— De quoi ?

— Ce type a crevé tes pneus. Et il a essayé de tuer Tony. Vu que tu es la capitaine en attendant son retour, tu n'as pas peur qu'il s'en prenne à toi ? Physiquement, je veux dire.

À quoi jouait-il ? Cherchait-il à effrayer délibérément Carrie ou était-il stupide au point de ne pas réaliser l'impact que ses mots pouvaient avoir sur elle ?

Carrie afficha un visage impassible.

— Non, je n'ai pas peur, affirma-t-elle. Je n'ai pas peur parce que ce pauvre type est pathétique.

— Pathétique ?

— Oui. Je trouve insignifiantes toutes ces actions, censées, j'imagine, nous terroriser. C'est vrai, Tony aurait pu mourir mais je ne suis pas certaine que ce soit ce que voulait le coupable. À mon avis, là encore, comme pour la jeep ou mes pneus, c'était un acte de vandalisme. Malheureusement, les choses ont dégénéré. Quant à voler de l'argent destiné à une bonne cause, c'est digne d'un adolescent qui veut se rendre intéressant.

Elle lui tapota l'épaule.

— Va t'excuser auprès de Ted et ne t'inquiète pas pour l'argent. Je te verrai à la prochaine réunion du SRS, si ce n'est avant.

Enfin, Danny le vit s'écarter de la voiture.

— Attends demain pour aller voir Ted, dit-il. Laisse la pression et la colère retomber un peu.

Austen le regarda fixement, sourcils froncés.

— Je te le demanderai, quand j'aurai besoin de tes conseils, lança-t-il.

Puis il s'éloigna à grandes enjambées sans lui laisser le temps de rétorquer.

Carrie reconnaissait à sa mère le mérite d'avoir attendu la fin du repas pour aborder le sujet qui semblait lui brûler les lèvres : Danny Irwin.

— Je n'avais pas réalisé que Danny et toi étiez amis à ce point, attaqua-t-elle.

Toutes deux rangeaient la cuisine tandis que les enfants regardaient un dessin animé en attendant l'heure d'aller se coucher.

— Je te rappelle que nous intervenons ensemble sur des missions de sauvetage, répondit-elle d'un ton qu'elle voulait dégagé. Cela crée des liens, en effet.

— Certes. Mais une sortie en famille avec lui, c'est autre chose, non ?

— Maman !

— Les enfants ont l'air de beaucoup l'apprécier, continua Becky, feignant d'ignorer le ton exaspéré de sa fille. Ils m'ont parlé de lui tout l'après-midi. Amber m'a même demandé si c'était ton petit ami.

— Non, ce n'est pas mon *petit* ami. C'est un ami tout court. Un ami de travail.

— Il n'y aurait rien de mal à ce que vous soyez plus que cela.

— Maman, je ne veux pas avoir cette discussion. De toute façon, Danny ne s'intéresse pas à moi sous cet angle-là.

— Que veux-tu dire ? Sexuellement ?

— Maman !

Becky éclata d'un rire léger.

— Tu es une jeune femme très séduisante ; et lui un beau mâle viril. Il n'y aurait rien d'étonnant à ce qu'il ait une idée derrière la tête. Il n'en faut pas beaucoup plus pour débuter une relation.

— Je ne veux pas débuter de relation. Tu le sais bien.

— C'est ce que tu affirmes, oui. Mais je ne suis pas certaine que tu en sois vraiment convaincue.

Le problème n'était pas d'être convaincue ou pas. Bien sûr, elle trouvait Danny attirant. Bien sûr, elle trouvait important que ses enfants l'apprécient et qu'ils soient appréciés en retour. Mais à trop aimer, elle s'était brûlé les ailes. Elle n'était pas prête à revivre une telle expérience. Ne le serait sans doute jamais. Car Danny ne s'en cachait pas : il n'avait aucune envie de s'engager. Il ne pensait qu'à s'amuser, pas à fonder une famille. Carrie était tout le contraire. Elle voulait vivre le même amour que ses parents. Un amour inconditionnel ; pour la vie. OK. Rien ne pouvait garantir ce genre de chose. Mais regarder ensemble dans la même direction était le minimum exigé.

Carrie était bien loin de ce genre de considérations quand Greg Abernathy la fit appeler dans son bureau, le lendemain matin. Une pièce qui faisait le double de la sienne et dont le mobilier ultramoderne prenait des accents anachroniques dans cette maison de style victorien.

— Asseyez-vous, Carrie, dit-il en pointant du menton l'un des deux sièges qui se trouvaient face à sa table de travail. Il faut que je vous parle du projet Cornerstone.

Cornerstone était un complexe de quatre bureaux qui allaient être construits sur le site d'un immeuble détruit par un incendie, un an plus tôt. Le promoteur, Miles Lindberg, avait insisté pour que ce soit Carrie qui en conçoive les plans.

— Oui, bien sûr, dit-elle. M. Lindberg a eu l'air satisfait de l'avant-projet que je lui ai envoyé.

À tel point qu'il songeait à ajouter des bâtiments au projet initial.

— Il y a un problème ? demanda-t-elle en voyant la mine chiffonnée d'Abernathy.

— Non, non. Pas du tout. C'est juste que j'ai décidé d'associer Vance à ce projet.

— Pourquoi ? Ce projet m'a été confié par notre client en personne.

— Oui, mais compte tenu du fait que Lindberg veut agrandir, vous ne serez pas trop de deux pour avancer plus vite. Et puis, je ne vous cache pas que ce sera là l'occasion pour Vance de se familiariser avec nos clients les plus importants. Il en aura besoin s'il veut gravir les échelons.

« Gravir les échelons. » Abernathy entendait par là devenir un associé à part entière, ce qu'il ne lui avait jamais proposé, malgré le projet Cornerstone qui était un marché très important pour le cabinet.

— Vance n'est pas le seul à vouloir gravir les échelons, rétorqua-t-elle. Il se trouve que moi aussi.

Abernathy la fixa d'un air perplexe.

— Je pensais que vous étiez satisfaite de notre accord, dit-il. Vous avez été très claire à ce sujet. Je me trompe ?

— Pouvez-vous être plus précis ?

— Dès le début, vous avez indiqué que vous attendiez de nous une grande flexibilité afin de pouvoir vous libérer pour vous occuper de vos enfants. Nous avons accepté vos conditions, même si cela n'a pas toujours été facile pour nous. Nous avons dû nous adapter.

— Vous n'avez jamais eu à vous plaindre de moi. Je termine toujours mon travail dans les délais impartis et mes clients sont très satisfaits.

— C'est vrai. Mais c'est sans doute parce que vous n'avez jamais eu affaire à des clients très exigeants. Certes, Lindberg est content de votre travail mais ce marché est énorme. Nous ne pouvons pas nous permettre le moindre couac. C'est pourquoi je pense qu'il est bon que Vance vous assiste dans ce projet. Au cas où vous auriez des obligations familiales... Je vous laisse le soin de le lui annoncer. Je n'ai rien à rajouter.

Elle se leva, ravalant sa colère et sa frustration. Elle se contenta d'acquiescer en silence et de regagner son bureau sans faire de vagues. À quel degré Abernathy était-il responsable de ce qui venait de se passer ? N'avait-elle pas sa part de responsabilité en ayant fait le choix de faire passer sa famille avant ses ambitions professionnelles ?

Elle n'eut pas le temps de se pencher plus longtemps sur la question. Car à peine venait-elle de s'asseoir à son bureau que Vance passait la tête par la porte.

— Greg m'a dit qu'avec l'emploi du temps chargé que vous aviez, vous auriez besoin d'un coup de main ?

Pourquoi une remarque qui pouvait passer pour de la sollicitude passait dans la bouche de Vance pour une vacherie ? Elle décida de mettre sa fierté de côté et invita Vance à passer en revue les détails de ce qui avait été jusqu'à ce jour son plus gros projet en solo.

Trois heures plus tard, elle quittait son bureau, les mâchoires crispées de s'être trop forcée à sourire alors qu'elle avait eu envie de hurler. Elle décida de rester positive. Puisque Abernathy pensait d'elle qu'elle travaillait en dilettante, autant profiter pleinement de la liberté qu'il lui accordait.

Quand elle arriva à sa voiture, elle eut une impression de déjà-vu. Comme la veille, Austen l'attendait, appuyé contre la portière arrière.

— Austen ? Qu'est-ce que tu fais là ?

Il repoussa en arrière une mèche de cheveux qui lui tombait sur le front puis lui sourit. Il avait l'air particulièrement jeune habillé comme il l'était d'un jean et d'un sweat à capuche et chaussé de mocassins qu'il portait sans chaussettes.

— Je ne voulais pas te déranger au bureau, commença-t-il à expliquer. J'ai préféré t'attendre ici.

— Qu'est-ce que tu veux ?

Le ton était plus brusque qu'elle n'avait voulu mais elle était fatiguée. Elle avait son compte de contrariétés pour la journée. Austen allait sans doute vouloir se plaindre de Ted ou du SRS ou de Dieu sait quoi encore, et elle n'était pas d'humeur à l'écouter.

Visiblement, il en fallait plus pour décourager Austen qui poursuivit, toujours tout sourires.

— Je voulais t'inviter à dîner. Vendredi.

Elle ne chercha pas à cacher son étonnement. Elle le dévisagea ouvertement.

— Tu me proposes un rencart ?

— Oui. Pourquoi pas ? Nous sommes tous les deux célibataires, nous avons presque le même âge et je me suis rendu compte que nous avons beaucoup de choses en commun.

Il marqua une courte pause avant de poursuivre :

— J'admets que l'approche est un peu maladroite mais j'ai perdu l'habitude. Il faut dire que je ne suis sorti avec personne depuis que j'ai perdu ma fiancée.

Sa spontanéité – et son courage, car elle imaginait bien ce que cela avait dû lui coûter de se lancer pour la première fois depuis la tragédie qui l'avait frappé – la toucha en même temps qu'elle la mettait mal à l'aise. Elle parvint pourtant à esquisser un sourire sincère.

— Moi non plus, je n'ai plus l'habitude, dit-elle. Je ne suis sortie avec personne depuis mon divorce, il y a plusieurs années.

Cette déclaration, prononcée à voix haute, résonna comme un aveu pathétique.

Austen se dandina d'un pied sur l'autre.

— Ah bon ? Je croyais que Danny et toi...

Elle se sentit rougir comme une adolescente prise en faute.

— Non, répondit-elle.

— Cela dit, c'est mieux pour toi. Quand je l'ai vu chez Mo, l'autre soir...

— Tu l'as vu chez Mo ? Avec quelqu'un ?

Pourquoi l'imaginer en galante compagnie la bouleversait à ce point ? Elle connaissait pourtant bien Danny. Sa réputation de tombeur. Et puis, il était libre de voir qui il voulait.

— Il m'a dit qu'il attendait quelqu'un. Ça devait être une

nouvelle conquête. Chaque fois que je le vois là-bas, il est avec une fille différente.

Cette réponse ne la surprit pas. Elle ne devait rien attendre de Danny. Il était temps de passer à autre chose.

— Je suis très flattée par ton invitation, dit-elle. Mais entre mon travail, le SRS et mes enfants, je n'ai pas de temps à consacrer à autre chose. En tout cas, si je change d'avis, je te le ferai savoir.

— Nous pourrions juste être amis, si tu préfères, insista-t-il. Ce serait bien d'aller dîner avec toi de temps en temps, histoire de ne pas toujours manger seul.

Essayait-il de la culpabiliser pour arriver à ses fins ?

— Non, je ne peux vraiment pas.

Elle déverrouilla sa voiture mais, comme la veille, Austen ne bougea pas. Pis, même, alors qu'elle passait devant lui pour ouvrir sa portière, il l'attrapa par le bras.

— Prends le temps de réfléchir, quand même. Je suis sûr que ça collerait entre nous.

La compassion qu'il lui inspirait jusque-là se transforma soudain en agacement.

— Je t'ai dit non. N'insiste pas.

Elle dégagea son bras d'un geste brusque, se glissa derrière son volant et claqua la portière sur elle. Tandis qu'elle s'éloignait, elle jeta un coup d'œil à son rétroviseur. Austen était planté au milieu de la rue, les yeux rivés sur elle.

Grand bien lui fasse ! Elle avait son compte des hommes pour la journée !

11

La saison du dégel arriva avec des températures plus clémentes qui généraient leur lot de coulées de boue, d'inondations et d'accidents en tout genre. Une semaine après le festival du printemps, le dimanche après-midi, le SRS reçut un appel leur signalant qu'une voiture avait été emportée dans le lit d'une rivière en crue.

— Pour le moment, on ignore combien il y a de passagers exactement et s'ils sont coincés dans le véhicule, rapporta Carrie aux autres membres de l'équipe.

— Je vais chercher la pince de désincarcération, dit Ryan.

Une cisaille hydraulique de plus d'un mètre dont l'ensemble pesait pas loin de cinquante kilos.

Eldon lui emboîta le pas.

— Je vais te donner un coup de main, dit-il.

Pendant ce temps, Danny se lançait dans l'inventaire de la trousse de secours.

— Savons-nous à peu près combien de personnes se trouvaient dans le véhicule ? demanda-t-il.

— L'appelant du 911 a fait mention de cinq ou six personnes, répondit Carrie.

Danny rajouta des colliers cervicaux et des attelles à la trousse.

— C'est là que nous voyons que la jeep nous manque

vraiment, déplora Sheri. C'était quand même bien pratique d'avoir l'essentiel de notre matériel regroupé dans un seul véhicule. Je pense aux civières, notamment.

— Nous pouvons prendre ma camionnette, proposa Ted. Nous pourrons y stocker une grande partie de l'équipement.

— Merci, dit Carrie qui semblait avoir à cœur de ménager leur doyen.

— Carrie ?

Ryan revenait vers eux, visiblement aussi agité qu'inquiet.

— Oui. Qu'y a-t-il ?

— Quelqu'un a déplacé la pince de désincarcération ?

— Non. Elle doit être à sa place habituelle.

— Justement, non. Elle n'y est pas. Viens voir par toi-même.

Carrie et Austen leur emboîtèrent le pas, suivis de près par Danny. Tous trois ne purent que constater que le local réservé à la pince était vide.

— Vous croyez qu'on nous l'a volée ? s'enquit Eldon.

— Pour en faire quoi ? Ce n'est pas une paire de cisailles qu'on peut emporter partout avec soi. Nous parlons d'un engin du genre encombrant avec lequel on ne peut pas passer inaperçu.

— Sauf si c'est celui qui en a après nous qui a fait le coup, pointa Austen.

— Le problème reste le même. Comment venir chercher et transporter un outil pareil sans se faire voir ? souleva Carrie. Sans compter que nous avons besoin de cette pince pour notre mission de sauvetage. J'appellerai le shérif en route pour lui demander s'ils n'auraient pas un extracteur à nous prêter. Ça pourrait nous dépanner. Allons-y.

Il fut décidé qu'ils se répartiraient dans trois véhicules. Danny et Austen montèrent avec Carrie, Sheri avec Jake et Ryan et Eldon avec Ted, dans sa camionnette.

Ils trouvèrent un barrage de police juste avant les débordements de la rivière qui recouvraient en partie la route de ses eaux boueuses.

Quand il les vit, Wes Landry se dirigea tout droit vers la voiture de Carrie.

— Vous ne pourrez pas aller plus loin, prévint-il. La route est inondée. Vous allez devoir vous garer sur le bas-côté et vous rendre à pied jusqu'au lieu de l'accident.

Il pointa du menton l'endroit, à quelques mètres de là, où se tenaient Gage Walker et Jamie Douglas.

— C'est un minivan, poursuivit-il. Il y avait deux adultes et quatre enfants à bord. Le véhicule est coincé sur un affleurement rocheux, de l'autre côté de la rivière.

— Les occupants ont pu sortir du véhicule ?

— Oui. Mais ils sont cernés par l'eau. Ils ne peuvent pas prendre le risque de traverser. Il y a trop de courant et ça n'est pas près de se calmer, vu que l'eau doit encore monter. Sans compter les troncs d'arbres et autres débris meurtriers que la rivière charrie.

— OK, dit Danny. Merci pour l'info.

Un court instant plus tard, ils rejoignaient les deux officiers de police qui gardaient les yeux fixés sur les naufragés. Les eaux tumultueuses écumaient autour du rocher dans un rugissement qui étouffait tout autre son.

— Il faut envoyer quelqu'un de l'autre côté afin de mettre en place une ligne de traversée, pointa Sheri. Ryan, Ted, Carrie et moi avons été formés aux sauvetages en eaux vives. Je propose que deux d'entre nous se portent volontaires.

— Moi, dit Ted le premier.

Carrie secoua la tête.

— Non. Sheri et moi irons. Je veux que tu restes ici pour coordonner l'opération.

Ted lui lança un regard noir.

— Mais je...

— Ted, il n'y a pas à discuter. C'est un ordre. Ryan et Austen, vous établissez la ligne à partir d'ici. Eldon et Jake vous donneront un coup de main. Danny, tiens-toi prêt à intervenir si nous avons besoin d'une assistance médicale.

— Où est Hannah ? demanda Sheri.

— Elle n'a pas pu venir. Elle est de garde au Samu, aujourd'hui. Elle a envoyé un message pour nous prévenir qu'elle était en route pour l'hôpital de Junction et qu'elle ne serait pas disponible.

Quelques minutes plus tard, Carrie et Sheri, équipées de leurs gilets de sauvetage et de leurs casques se rendirent plus haut sur la route, pour tenter d'évaluer la situation.

Dix minutes plus tard elles retournaient vers le groupe.

— Nous avons repéré des arbres coincés en travers de la rivière. Ils forment comme une passerelle. Nous allons les utiliser pour passer de l'autre côté et ensuite nous descendrons jusqu'à l'affleurement rocheux.

— Si vous tombez à l'eau, vous serez emportées par le courant, fit remarquer Danny. Le risque est trop important.

L'idée qu'il puisse arriver quelque chose à Carrie lui retournait l'estomac. Il aurait voulu insister sur le danger qu'il y avait à choisir cette option mais ce serait peine perdue. Il savait d'avance qu'elle n'en ferait qu'à sa tête.

— Nous ne sommes pas des novices, rétorqua-t-elle en effet. Je pense que nous pouvons réussir.

Elles s'encordèrent afin d'être retenues si, par malchance, leur pont de fortune cédait sous leur poids. Danny et Ted les regardèrent ramper sur le premier tronçon puis se relever tout doucement pour marcher en équilibre jusqu'à l'extrémité déchiquetée du tronc. Restait à franchir l'espace qui le séparait du second. Sheri se lança la première. Avec succès.

Elle se retourna vers Carrie, un large sourire aux lèvres, puis leva son pouce en signe de victoire et d'encouragement.

— Elle va finir par tomber à l'eau si elle continue comme ça, grommela Ted.

— Tu ne serais pas un peu jaloux, toi ? le taquina Danny.

— J'ai trop de jugeote pour prendre ce genre de risques. La preuve : on n'arrive pas à mon âge en faisant n'importe quoi.

Sheri était arrivée de l'autre côté. Elle se retourna pour regarder Carrie finir sa traversée. Carrie sembla hésiter puis finit par s'élancer à son tour. Malheureusement, son pied en heurtant le coin du tronc lui fit perdre l'équilibre. La peur au ventre, Danny la regarda tomber à la renverse dans l'eau.

— Non ! cria-t-il.

Le cœur battant, il courut jusqu'à l'endroit où Ryan et les autres étaient en train de tendre une ligne de traverse. Il entendit derrière lui les pas précipités de Ted qui martelaient le sol. Sheri avait couru porter assistance à Carrie qui s'agrippait au tronc comme elle le pouvait.

— Il faut envoyer quelqu'un les aider, décida Austen.

— Ça ne sera pas la peine, rétorqua Ted.

Tous fixèrent alors Carrie qui, avec l'aide de Sheri, parvenait à se hisser sur le tronc. Elle resta allongée un instant, les yeux fermés.

— Vous croyez qu'elle va bien ? demanda Eldon.

— Elle risque l'hypothermie si elle ne met pas de vêtements secs, avertit Danny.

Il mit ses mains en porte-voix et cria dans sa direction :

— Carrie ! Reviens !

Carrie se redressa et regarda par-dessus son épaule.

— Reviens ! cria de nouveau Danny.

Pour toute réponse, elle lui fit un signe de la main et suivit Sheri.

— J'y vais, déclara Danny. Je dois aller m'assurer qu'elle va bien.

Il esquissa le geste d'aller la rejoindre mais Ted le retint par le bras.

— Attends que la ligne de traverse soit installée, dit-il. Ils ont presque fini. Ce sera plus prudent. Regarde, elle a l'air d'aller bien.

En effet, Carrie continuait de suivre Sheri d'un pas alerte. Un court instant plus tard, toutes deux se trouvaient auprès de la famille naufragée. Encore quelques minutes et Carrie contacta Ted par radio.

— Le conducteur semble souffrir d'un traumatisme crânien, dit-elle. J'aimerais que Danny vienne l'examiner. Quelques-uns des enfants ne sont pas loin de l'hypothermie mais nous allons les emmitoufler aussi chaudement que possible. Ça devrait aller en attendant qu'on les évacue.

— OK, dit Ted.

Dix minutes plus tard, alors que tout le monde se tenait bien à l'écart de la cible, Eldon tira sur le lanceur et envoya un ruban de polypropylène se dérouler à travers l'étroite gorge. Aussitôt que le projectile toucha le rocher, Sheri se jeta dessus pour l'attacher à l'ancrage que Carrie avait déjà mis en place. Eldon fit de même de son côté.

Danny put alors s'accrocher à la ligne et se laisser glisser comme sur une tyrolienne. Une fois de l'autre côté, il se précipita sur Carrie.

— Tu vas bien ? demanda-t-il. Tu dois être gelée.

— Ça va.

Elle n'avait même pas levé les yeux sur lui tant toute son attention était concentrée sur le jeune enfant tremblant de froid qu'elle enroulait dans une couverture.

— Il faut que tu t'occupes du père, ajouta-t-elle, la tête toujours baissée.

Il aurait voulu prendre soin d'elle ; lui faire passer des vêtements secs, lui faire boire une boisson chaude. Au lieu de ça, il se détourna d'elle pour aller rejoindre l'homme qui, il le découvrit très vite, présentait des signes de commotion cérébrale grave.

— Il faut faire venir un hélico, retourna-t-il dire à Carrie quand il eut terminé son examen médical. Demande qu'on envoie une civière.

Pendant que Carrie transmettait l'information à Ted par radio, Danny et Sheri expliquaient au reste de la famille de quelle manière ils allaient être évacués.

— C'est votre papa qui partira en premier dans une civière, commença Sheri. Ensuite, vous traverserez à l'aide de cette espèce de tyrolienne. Vous n'aurez rien à faire, ce sont les secouristes qui vous tireront à l'aide d'un système de poulies. Vous porterez tous des gilets de sauvetage et des casques, et vous serez attachés pour ne pas tomber.

Les deux aînés avaient l'air excités par cette perspective, contrairement au plus jeune qui s'accrochait à sa mère, son pouce dans la bouche, l'air apeuré. Tout en aidant à installer M. Hamilton dans la civière, Danny lançait de temps en temps des coups d'œil furtifs, et inquiets, en direction de Carrie. Elle devait être gelée dans ses vêtements trempés. Pourtant, elle continuait d'agir comme si de rien n'était.

Enfin, tout le monde fut prêt à traverser et, vingt minutes plus tard, se trouvait en sécurité sur la terre ferme. M. Hamilton fut embarqué sans attendre à bord de l'hélicoptère qui piqua en direction de l'hôpital de Junction.

— Va mettre des vêtements secs, dit-il à Carrie d'un ton sans appel. Et ne fais pas comme si de rien n'était. Tu trembles comme une feuille et tes lèvres sont bleues.

Contre toute attente, elle ne chercha pas à discuter. Elle lui tourna le dos et partit se changer.

— Mon mari va s'en sortir, n'est-ce pas ? s'enquit Mme Hamilton dont la voix chevrotante traduisait une profonde angoisse.

— Tout ira bien, ne vous inquiétez pas. Il est entre de bonnes mains. Quant à vous et vos enfants, les secouristes vont vous examiner. C'est juste une question de précaution.

Il conduisit la petite famille auprès des ambulanciers puis partit rejoindre ses collègues qui s'affairaient à rassembler le matériel.

— Où est Carrie ? demanda-t-il soudain. Elle devrait être revenue, maintenant.

Sheri leva les yeux de la pile de gilets de sauvetage qu'elle était en train de ranger dans un sac en plastique.

— Je ne sais pas. C'est vrai. Je ne l'ai pas vue depuis un moment.

Danny regarda autour de lui.

— Ted, tu as vu Carrie ?

— Non. Mais elle ne doit pas être loin.

Le cœur battant, il courut jusqu'au SUV de Carrie. Il était vide. La panique le gagna. C'est alors qu'il vit Jamie Douglas lui faire signe.

— Si c'est Carrie que vous cherchez, elle est là, dit-elle en pointant de l'index l'habitacle de la voiture de patrouille.

En effet, Carrie était assise dans le siège passager, enveloppée d'une couverture, ses deux mains serrées autour d'une boisson fumante.

— Elle va bien, ajouta Jamie. Je dois y aller. On m'attend pour rétablir la circulation.

Carrie laissa glisser la couverture de ses épaules et sortit de la voiture.

— Merci, Jamie.

Cette dernière lui répondit par un petit signe de la main puis s'éloigna.

— Carrie, laisse-moi t’examiner, s’il te plaît, dit Danny en lui prenant le bras.

— Ce n’est pas la peine, rétorqua-t-elle. Je vais bien, je te dis.

Ignorant ses réticences, il posa l’index et le majeur sur sa carotide. Sa peau était douce et chaude sous ses doigts. Il brûla alors du désir violent de presser sa bouche là où pulsaient les battements réguliers de son cœur.

— Danny…, fit-elle dans un murmure.

Il la regarda dans les yeux, l’air grave.

— Je crois que je n’ai jamais eu aussi peur de ma vie, avoua-t-il. Quand je t’ai vue tomber à l’eau…

— Moi aussi, dit-elle.

Elle esquissa un sourire tremblant. Il vit alors passer dans ses yeux une lueur d’effroi. Sous ses dehors désinvoltes, elle savait avoir frôlé la mort de près.

Incapable de résister plus longtemps, il se pencha vers elle et pressa ses lèvres sur les siennes, dans un baiser où se mêlaient étroitement tendresse et passion. Leurs bouches toujours scellées, elle se plaqua un peu plus étroitement contre lui, s’agrippant à sa veste comme une naufragée le ferait à une bouée de sauvetage.

— Je vais bien, lui assura-t-elle après s’être écartée de lui la première. Vraiment.

Il acquiesça en silence.

— Je le sais maintenant. Mais, s’il t’était arrivé quelque chose, je…

Elle le fit taire d’une main posée sur sa bouche.

— Chuuut…

— D’accord. Mais ne me refais jamais une peur pareille.

Elle éclata d’un rire léger.

— Malheureusement, tant que je serai membre du SRS je ne peux pas te le garantir.

Elle marqua une brève pause avant de poursuivre :

— Rentre chez toi. Je vais rester encore un peu m'assurer que tout est bien bouclé.

— Je peux rester avec toi, si tu veux.

— Merci, mais je pense qu'il vaut mieux que tu t'en ailles. Juste pour l'instant, ajouta-t-elle d'une voix pleine de douceur. S'il te plaît.

— D'accord.

Il la regarda alors lui tourner le dos et s'éloigner d'une démarche souple et sexy qui alluma en lui les feux d'un désir ardent.

— Tu peux me ramener ? demanda-t-il à Eldon qui rejoignait sa voiture, un rouleau de cordage sur chaque épaule. Carrie doit rester encore un peu et je dois rentrer.

— Bien sûr, répondit Eldon.

Il rechignait à quitter Carrie mais elle avait raison. Ils avaient besoin d'espace. Il tremblait encore à l'idée qu'il aurait pu la perdre. Que devait-il comprendre lui qui, jusque-là, avait toujours chéri son indépendance ? Était-il possible que sa vision de la vie ait changé en un claquement de doigts ?

12

— Le vol de notre collecte de fonds a ralenti notre projet d'acheter un nouveau véhicule, déclara Sheri lors de la réunion qui se tint le samedi suivant. Nous n'avons plus que cinq cents dollars.

— À ce rythme-là, on n'y arrivera jamais, geignit Austen.

— Ne soyons pas pessimistes. Nous n'avons qu'à considérer cela comme un fâcheux contretemps. Eldon, Ryan et moi avons réfléchi à d'autres manières de récolter l'argent qui nous manque.

Elle fit un signe de tête à Ryan qui s'avança alors vers elle, une feuille de papier à la main.

— Nous allons envoyer la lettre que voici - il tendit la feuille devant lui - à tous nos anciens donateurs pour leur demander une contribution spéciale. J'aimerais que chacun de vous la signe. Ensuite, je l'imprimerai en plusieurs exemplaires que j'enverrai par voie postale.

Il posa la feuille sur la table et retourna s'asseoir, cédant la place à Eldon qui brandit devant lui une affiche titrant : « Grand Bal de Charité ».

— Kate a proposé de se charger des menus. À nous de nous occuper de la mise en place, du service et ensuite du nettoyage. La musique sera assurée par un groupe de Junction, les Mountain Rose. Nous pensons faire payer soixante-quinze dollars pour une personne seule et cent pour un couple.

— Nous en profiterons pour organiser une vente aux enchères, ajouta Sheri. Évidemment, pour que cette soirée soit une réussite, il faudra que chacun de nous mette la main à la pâte.

— Vous avez trouvé le lieu ? demanda Ted.

— Oui.

D'un geste large, Sheri engloba la salle.

— Ici même, dit-elle dans un large sourire. Il faudra la décorer et trouver suffisamment de tables et de chaises pour accueillir le plus de monde possible. Cet espace présente l'avantage d'être assez vaste pour y aménager en plus une piste de danse. Nous demanderons l'aide d'entreprises locales pour tout le reste.

— Bravo, vous avez fait un travail formidable, les félicita Carrie.

Un tonnerre d'applaudissements crépita.

— Bravo ! reprit l'assemblée en chœur.

— Vous pensez que l'argent récolté sera suffisant pour acheter aussi une nouvelle pince hydraulique ? s'enquit Austen.

— Chaque chose en son temps, décida Carrie.

— Avons-nous une idée de ce que cet outil est devenu ? demanda Eldon à son tour. C'est tout de même incroyable qu'un engin pareil se soit volatilisé dans la nature sans attirer l'attention de qui que ce soit.

— C'est vrai. C'est un mystère.

— Vous avez signalé le vol au bureau du shérif ?

— Oui, mais jusque-là, ça n'a rien donné. Comme pour le reste.

— J'ai fait le tour de tous les marchés du coin, déclara

Jake. Malheureusement, je n'ai trouvé aucune trace de votre pince.

L'enthousiasme était retombé d'un coup. Les membres de l'équipe, d'ordinaire assez bavards, gardaient le silence, leurs visages affichant un mélange de colère, de frustration et de découragement.

— Allons, allons, dit Sheri d'un ton enjoué pour tenter de remonter le moral des troupes. Ce n'est pas le moment de nous laisser abattre. Nous avons du pain sur la planche.

Elle disposa sur la table quatre feuilles sur lesquelles figuraient des tableaux portant la désignation des différentes catégories proposées ainsi que le nom des membres de l'équipe.

— Voici les tableaux d'inscription pour la décoration, la mise en place, le service et le nettoyage, expliqua-t-elle. J'attends de vous que vous vous inscriviez à deux catégories minimum.

— Et n'oubliez pas de signer la pétition, ajouta Ryan.

Carrie donna l'exemple en signant la première puis en cochant deux cases. Mise en place et nettoyage. Cette dernière catégorie lui permettrait d'assurer elle-même la fermeture des lieux et peut-être d'éviter de nouvelles catastrophes.

— Où est Danny ? s'enquit soudain Austen qui attendait son tour à côté d'elle.

— Il m'a prévenue qu'il devait s'absenter et ne serait pas présent à la réunion.

Ils ne s'étaient pas revus ni même parlé depuis le baiser brûlant qu'ils avaient échangé, le soir de leur mission de sauvetage. Son silence – ou sa fuite ? – la chamboulait plus qu'elle n'aurait voulu. De toute évidence, ce moment d'intimité n'avait pas changé grand-chose dans la vie de Danny. Évidemment. Pourquoi aurait-elle été l'exception à la règle ?

— Tu sais où il est allé ?

— Non. Il ne me l'a pas dit.

— Je pensais que toi, au moins, tu serais au courant.

— Eh bien, non !

Elle regretta tout de suite son ton brusque.

— Excuse-moi. La journée a été rude.

En effet, elle avait commencé par un coup de fil de Vance qui s'opposait à toutes les propositions qu'elle préconisait pour le projet Cornerstone.

La prenant par surprise, Austen lui caressa le dos, dans un geste qui se voulait sans doute réconfortant mais qui ne fit que la hérisser.

— C'est vrai que ce n'est pas facile pour toi, en ce moment, dit-il.

— Il faut que j'aille parler à Sheri, répliqua-t-elle en lui tendant le stylo.

Elle s'éloigna d'un pas vif pour aller rejoindre Sheri qui se trouvait un peu plus loin en compagnie d'Eldon.

— Merci. Vous avez vraiment fait un travail formidable, les félicita-t-elle encore.

— Espérons que l'argent va rentrer, surtout, dit Eldon.

— Je n'en doute pas un instant, le rassura-t-elle.

— Tout va bien ? demanda Sheri. Tu as l'air contrariée.

Elle l'était. Par sa relation difficile avec Vance, par sa relation non moins facile avec Danny, par les vols subis, par l'attitude d'Austen qui devenait bien trop familière à son goût. Elle secoua la tête.

— Je suis juste fatiguée, éluda-t-elle.

— Je m'occupe de faire bouger tout ce petit monde, décida Sheri. Nous avons tous besoin de rentrer tôt chez nous.

Carrie et Eldon la suivirent des yeux un instant.

— Ces accidents et ces vols nous font tous un peu flipper, non ? dit Eldon. D'autant que tout indique que c'est un membre de l'équipe qui est derrière tout ça. Bon sang, je n'arrive pas à y croire !

Elle opina.

— Je sais.

Elle balaya l'assemblée du regard. Chacun avait intégré ce groupe, poussé par une raison personnelle. Dans ce cas, pourquoi vouloir lui nuire ? Cela n'avait aucun sens.

— Votre attention, s'il vous plaît ! cria Sheri. Bougez-vous un peu ! Je veux que d'ici à quinze minutes tout le monde ait rempli ces cases et signé cette pétition. Merci !

Une demi-heure plus tard, les listes étaient bouclées, les chaises rangées et les lumières éteintes. Carrie se chargea elle-même de verrouiller la porte. Dans quelques minutes, elle serait chez elle. En se dépêchant un peu, elle arriverait à temps pour coucher ses enfants. Ensuite, elle se coulerait dans un bain débordant de mousse parfumée, un verre de vin à portée de main.

Elle reçut l'appel du 911 alors qu'elle se glissait derrière son volant.

— Darcie Davis, se présenta la régulatrice d'appels. Un véhicule a quitté la route sur Dakota Ridge, près de la borne kilométrique 32.

Sheri et Eldon, qui avaient reçu l'alerte du 911 sur leur smartphone, attendaient que Carrie en ait terminé avec le central.

— Nous sommes au courant, dit Sheri quand Carrie eut baissé sa vitre.

— Nous n'avons plus qu'à retourner au QG et attendre les autres, répliqua Carrie.

— Le SMS indique juste qu'une voiture a quitté la route. Tu as plus d'infos ?

— Non. Nous ne savons rien sur le type de véhicule ni sur le nombre de personnes impliquées.

— Si je me souviens bien, il y a une falaise par-là mais elle n'est pas très abrupte.

— Il nous faudra probablement le matériel d'escalade.

— C'est quand même embêtant que nous n'ayons plus de pince de désincarcération, pointa Eldon. Comment fera-t-on si on en a besoin ?

Le portable de Carrie sonna, l'empêchant de répondre. En voyant le nom de Ted s'afficher, elle mit l'appel en mode haut-parleur.

— Bonsoir, Ted, fit-elle.

— Je suis à moins d'un kilomètre du lieu de l'accident, dit-il. Je vous attends là-bas.

— OK. Il doit déjà y avoir un officier de police sur place.

Hannah et Jake furent les premiers à arriver. Hannah commença à compléter une trousse de secours tandis que Jake et Eldon chargeaient des civières dans le véhicule utilitaire d'Eldon. Arrivé entretemps, Ryan aida Sheri à rassembler le matériel d'escalade. De leur côté, Carrie et Austen veillaient à ce que rien ne soit oublié. Moins de vingt minutes après l'alerte, ils étaient en route vers le lieu de l'accident, à bord de trois véhicules.

Quand ils arrivèrent, plusieurs voitures de police étaient déjà là. Ce fut l'adjoint Dwight Prentice qui vint à leur rencontre.

— J'ai essayé de regarder en bas mais il fait nuit noire. Ma lampe torche n'est pas assez puissante pour que j'y voie quelque chose.

— Je vais chercher les projecteurs, annonça Jake.

— Je vais avec toi, dit Eldon.

— Où est Ted ? s'enquit Carrie. Il devrait être ici. Je vois sa camionnette, garée derrière une de vos voitures.

— Il a dit qu'il descendait jeter un coup d'œil.

Hannah pointa du doigt un faisceau de lumière en mouvement qui flottait dans l'obscurité.

— Ce doit être lui, fit-elle.

Carrie mit ses mains en porte-voix.

— Ted ! cria-t-elle.

Pas de réponse. La lumière continuait à se déplacer, s'éloignant d'eux.

Carrie dégaina sa radio.

— Ted, tu m'entends ?

Un crépitement, puis la voix légèrement essoufflée de Ted lui répondit.

— Je suis arrivé à la voiture, annonça-t-il. C'est une Mini Cooper. Elle est couchée sur le côté, le toit orienté vers le bas de la colline. La conductrice est toujours à l'intérieur. Je vais voir ce que je peux faire.

— Ted, je te l'interdis ! J'envoie une équipe stabiliser le véhicule.

Pas de réponse.

— Ted, réponds-moi.

Toujours rien. L'arrivée de Jake et Austen venus placer les projecteurs l'empêcha d'insister. En quelques minutes, la zone fut inondée d'une lumière aussi crue que puissante. Carrie repéra aussitôt Ted qui se tenait près de la voiture. Trop près.

— Ted, recule et attends, lui ordonna-t-elle par radio. C'est un ordre.

La radio grésilla de nouveau.

— Il n'y a qu'une personne dans le véhicule, annonça-t-il comme s'il n'avait pas entendu. C'est une jeune femme. Elle est coincée par sa ceinture de sécurité. Elle a une blessure à la tête. Elle est inconsciente.

— Dis-lui que nous arrivons, dit Sheri qui était prête à descendre.

— Ted ?

Encore une fois, il prit le parti de ne pas lui répondre. Une profonde colère commençait à l'envahir quand un craquement sinistre les fit tous se figer sur place. Ils regardèrent, interdits, la voiture basculer en roulant au fond du précipice.

— Ted ! hurla Carrie.

Quelques secondes d'un silence de mort pesèrent sur eux avant que, enfin, la voix de Ted se fasse entendre.

— C'est bon. Je vais bien.

Carrie était tellement choquée qu'elle se retrouva incapable de prononcer le moindre mot.

— Que s'est-il passé ? demanda Jake à sa place.

— J'ai pu sortir la conductrice à temps, répondit Ted qui continuait à faire comme s'il n'entendait pas ce qu'on lui disait.

Carrie, portée par la colère, retrouva vite ses esprits.

— Je t'avais dit d'attendre !

— Il fallait bien que je la sorte de là, se défendit Ted. J'avais bien vu que la voiture pouvait basculer à tout instant. Je ne pouvais pas attendre que vous arriviez.

Carrie inspira profondément trois fois puis dispensa ses ordres.

— Sheri, Eldon et Hannah, allez-y. Ryan, tu y vas aussi avec la civière.

Elle porta la radio à ses lèvres et ajouta sèchement à l'adresse de Ted :

— Tu remontes immédiatement.

Puis elle coupa la communication pour ne lui laisser aucune chance de discuter.

Quarante-cinq minutes plus tard, la jeune femme, qui avait repris connaissance, était à bord de l'ambulance qui allait la transporter à l'hôpital de Junction.

Tandis que le véhicule s'éloignait, Carrie prit Hannah à part.

— Ce que Ted a fait – je veux dire, sortir cette jeune femme de la voiture –, est-ce que cela a causé d'autres blessures ? demanda-t-elle.

Hannah secoua la tête.

— Non. Mais cela aurait pu se produire s'il y avait eu des lésions internes ou des fractures au niveau de la colonne vertébrale.

Forte de ce renseignement, elle se mit en quête de Ted. Elle le trouva assis sur le pare-chocs de sa camionnette, grattant la boue de la semelle de ses bottes avec le bout d'un bâton.

— Ted, tu as violé tous les protocoles d'intervention, commença-t-elle. Des protocoles que, je te le rappelle, tu as contribué à établir.

Il leva les yeux sur elle, l'air maussade.

— Il s'agissait de sauver une vie, répliqua-t-il. Dans l'urgence, il faut agir. Il n'y a plus de protocole qui tienne.

— Si elle avait été touchée à la colonne vertébrale, tu aurais pu aggraver son cas. Et la voiture a sans doute basculé parce que tu l'as fait bouger en montant dessus.

— J'ai fait ce que j'avais à faire, répéta-t-il obstinément.

— Tu as désobéi à un ordre direct.

Pour toute réponse, il la regarda fixement. Ses traits étaient tirés, son visage très pâle dans la lumière de sa lampe frontale.

— Nous sommes une équipe, pointa-t-elle. À ce titre, personne ne doit agir seul. À partir de cet instant, je te relève de tes fonctions.

Il déplia sa longue carcasse, les yeux toujours rivés sur elle.

— Tu n'as pas le droit de faire ça.

— Je suis votre capitaine, souligna-t-elle d'une voix ferme.

— Non, c'est Tony notre capitaine.

— Malheureusement, il n'est pas là et c'est moi qui le relaie dans ses fonctions. Rentre chez toi, Ted.

— J'ai sauvé la vie de cette fille, plaida-t-il encore.

Elle remarqua soudain que les autres avaient fait cercle autour d'eux.

— Fais ce qu'elle te dit, Ted, l'appuya Ryan. Rentre chez toi.

— Vous êtes tous contre moi, alors ? Vous prenez son parti ?

— C'est notre capitaine, déclara Sheri. C'est elle qui décide.

Les autres acquiescèrent.

Elle se mordit l'intérieur des joues pour ne pas pleurer. Des larmes qui auraient été d'épuisement, de fierté et de gratitude. Comme les autres, elle regarda Ted monter dans sa camionnette puis s'éloigner.

Sheri lui passa un bras autour des épaules.

— Tu as fait ce que tu devais, assura-t-elle.

Elle hocha la tête. Elle savait qu'elle avait pris la bonne décision mais ça n'en était pas plus facile pour autant.

— Merci à tous, dit-elle d'une voix forte qu'elle voulait assurée. Il est temps de rentrer chez nous.

Malgré l'épuisement, elle savait qu'elle dormirait mal. Car, curieusement, des journées difficiles comme celle qu'elle venait de vivre avaient tendance à se répéter la nuit. Comme si une fois ne suffisait pas.

Quand Danny arriva au QG pour aider au service, comme il s'y était engagé, il eut du mal à reconnaître les lieux. La décoration était parfaite. Des plantes vertes, des guirlandes d'ampoules multicolores, des nappes blanches, rien ne manquait pour donner à cet endroit des airs de fête.

— Nous sommes complets, lui annonça Sheri dans un large sourire.

Tout en l'aidant à placer les bougies sur les tables et à redresser les chaises, il chercha Carrie du regard. Il ne l'avait pas revue depuis le soir où ils s'étaient embrassés, après leur mission de sauvetage. Il n'avait pas non plus cherché à l'appeler pendant les dix jours qu'il avait passés chez sa mère, puis pendant les heures de permanences qu'il avait enchaînées au centre chirurgical pour rattraper son absence. Cela dit, elle non plus. Depuis qu'il la connaissait, elle tenait les hommes à distance. Pourquoi serait-il l'exception à la règle ?

La voix de Hannah interrompit brusquement le fil de ses pensées.

— Waouah ! s'exclama-t-elle. Tu es très beau !

Il se tourna vers elle en souriant. Elle aussi était très séduisante dans la robe bustier qu'elle portait. Une tenue très féminine qui était bien loin de son habituel uniforme d'ambulancière.

— Et toi, tu es superbe.

Il la prit dans ses bras, heureux de la savoir heureuse avec Jake.

— Si c'est Carrie que tu cherchais, dit-elle, elle est derrière. Elle parle avec les traiteurs.

— Je voulais lui expliquer pourquoi je n'ai pas été très présent ces derniers jours.

Hannah lui lança un regard interrogateur.

— Elle nous a dit que tu étais parti quelque temps pour régler des problèmes familiaux. Tout va bien, j'espère ?

Danny avait pour règle absolue de ne pas parler de sa famille.

— Oui, ne t'inquiète pas. J'ai entendu dire que c'était plutôt calme, ici.

— Oui. Nous n'avons eu qu'un seul appel. Une fille qui a quitté la route mais tout s'est bien terminé. Enfin… Pour elle.

Elle baissa la voix pour ajouter sur le mode de la confidence :

— Tu as aussi entendu parler de l'histoire qu'il y a eu avec Ted ?

— Ryan m'a mis au courant, oui. Quelle mouche l'a piqué ? Depuis le temps qu'il est au service, il sait bien qu'on ne travaille jamais en solo.

Hannah haussa les épaules.

— Il a dit qu'il n'avait pas le choix. Mais va savoir s'il ne cherchait pas plutôt à se prouver qu'il est toujours dans le coup. Depuis, il n'a plus donné de nouvelles.

— J'essaierai de passer le voir. Je n'étais pas là, ce jour-là ; ce sera peut-être moins gênant pour lui de parler si c'est moi qui y vais.

— Ce serait génial. Tiens, voilà Carrie. Parle-lui. Depuis cette histoire avec Ted, elle n'est pas très bien.

En la voyant approcher, sublime dans une robe qui lui allait si parfaitement qu'on eut dit qu'elle avait été cousue sur elle, il oublia d'un coup tous les beaux discours qu'il s'était répétés mentalement.

— Danny ! s'exclama-t-elle dans un sourire irrésistible.

— Carrie… C'est bon de te revoir. Tu es magnifique.

— Merci. Tu n'es pas mal non plus.

— Carrie, je suis désolé de ne pas m'être manifesté pendant mon absence, se lança-t-il sans trop savoir comment il allait poursuivre. Je voulais te dire que…

— Carrie ! Où doit-on mettre la table qui va servir pour la vente aux enchères ?

— Excuse-moi, je dois y aller, dit-elle avant de le planter là.

Il n'eut plus l'occasion de la voir seule. Il eut à se concentrer sur l'accueil des invités puis sur la prise des commandes de boissons et enfin sur le service. Mais pas une seule seconde, et alors qu'il était pourtant si affairé, son esprit ne quittait Carrie.

— C'est la plus belle soirée caritative que nous ayons jamais organisée, affirma Carrie.

Debout à côté de Sheri, elle regardait les couples se trémousser sur une musique pop.

— Et la plus lucrative, aussi, pointa Sheri. Nous avons déjà récolté deux mille cinq cents dollars et nous devrions engranger bien plus avec la vente aux enchères. Sans compter notre appel au peuple qui a été entendu. Nous commençons à avoir pas mal de retours de nos généreux donateurs. Je suis de plus en plus confiante quant à la réalisation de notre objectif.

Austen vint les rejoindre, un large sourire aux lèvres. Comme tous les membres organisateurs, il portait un costume sombre mais qu'il avait assorti d'un gilet en brocart de soie or et argent qui lui donnait des airs de notable du Far-West.

— C'est une belle réussite, non ?

— En effet, approuva Carrie.

— Sans compter que notre oiseau de mauvais augure semble avoir renoncé à nous harceler.

— Ne parle pas de malheur, répliqua Sheri.

— Carrie, m'accorderais-tu cette danse ?

— Allez-y, dit Sheri. J'ai à faire. Amusez-vous bien.

Austen la prit par la main pour l'entraîner sur la piste.

— Tu es très en beauté ce soir, la complimenta-t-il.

— Tout le monde est beau, ce soir, dit-elle en lui souriant. Je ne t'aurais jamais imaginé porter une tenue pareille. Elle te va très bien.

— Il y a encore beaucoup de choses que tu ignores sur moi, lâcha-t-il, un brin énigmatique.

Elle aurait pu dire la même chose de chacun des membres du service présents ce soir-là. À commencer par Danny. Que savait-elle de lui ? Rien. Ou si peu. Elle ne savait même pas où il avait disparu pendant ces deux dernières semaines. Tout à l'heure, elle l'avait senti prêt à lui donner une explication mais elle ne savait pas si elle avait envie de savoir.

— Carrie ? Tu as entendu ce que je t'ai dit ?

— Excuse-moi. Que disais-tu ?

— Je te demandais si tu avais une petite idée de qui se cache derrière notre harceleur.

Elle secoua la tête.

— Non. Et, si tu veux bien, je préférerais que nous parlions d'autre chose.

— Je suis désolé. Je ne voulais pas te contrarier.

— Excusez-moi.

Le cœur battant, elle se retourna vers Danny.

— Si tu permets...

Sans attendre la réponse d'Austen, il prit la main de Carrie et la fit passer dans ses bras.

— Hé ! protesta Austen en regardant son rival entraîner Carrie loin de lui.

— J'ai été très impoli ? demanda Danny, visiblement pour la forme.

— Juste un peu, répondit-elle en lui souriant.

— Je me trompe peut-être mais tu avais l'air ennuyée. Tu français même les sourcils.

— C'est vrai ? Il faut dire qu'il voulait me parler de celui qui nous harcèle. Je lui ai dit que ce n'était pas le moment.

— Tu as bien fait. Cette soirée est trop réussie pour

engager une discussion pareille. Nous avons tant de choses positives à célébrer.

— Comme quoi, par exemple ? Tout l'argent que nous avons déjà récolté ?

— Cela. Et aussi le fait que, grâce à toi, à tes talents de capitaine, nous sommes restés une équipe très soudée malgré ce qui est arrivé.

Elle aurait dû se réjouir de ce compliment. Pourtant, une ombre ternissait le tableau.

— Il manque Ted, dit-elle avec une pointe de regret dans la voix. Le SRS est toute sa vie.

— J'ai appris ce qu'il s'était passé. Carrie, tu as fait ce qu'il fallait.

— Oui. Mais j'ai détesté devoir le faire.

— Je me disais que je pourrais passer lui parler un de ces soirs. Il me donnera peut-être son sentiment là-dessus.

— Oh oui. Ce serait merveilleux. Merci.

Sur ce, elle détourna les yeux, autant pour regarder ce qu'il se passait autour d'eux que pour ne pas avoir à soutenir son regard. Un regard pénétrant qui allumait en elle les feux d'un désir qu'elle n'avait pas ressenti depuis bien longtemps.

— Le succès de cette soirée me va droit au cœur, dit-elle. C'est bien la preuve que la population d'Eagle Mountain est consciente des efforts que nous faisons. Elle nous soutient.

— Elle a surtout conscience qu'elle peut avoir besoin de nous à tout instant. Nous pourrions l'inscrire sur nos T-shirts : « SRS, ça marche aussi pour les locaux. »

Cette plaisanterie la fit rire de bon cœur. Elle sentit se dissiper un peu de l'angoisse qui lui nouait le ventre. Ce n'était pas la discussion sérieuse que Danny et elle devaient avoir mais c'était un pas dans la bonne direction.

La soirée prit fin à minuit. Les derniers invités repartis, tous se mirent à ranger et à nettoyer, même ceux qui ne s'étaient pas inscrits sur la liste. En l'espace d'une demi-heure, les tables et les chaises prêtées par la municipalité furent mises de côté, les décorations retirées et les plantes vertes qui leur avaient été confiées pour la soirée prêtes à repartir le lendemain matin chez le fleuriste.

Danny s'attarda jusqu'à rester seul avec Carrie.

— Tu peux y aller, dit-elle. Je fermerai.

Pour toute réponse, il lui prit la main et la garda dans la sienne.

— Carrie, il faut que je te parle de quelque chose, commença-t-il.

— Tu ne me dois aucune explication, protesta-t-elle.

Pourtant, elle ne chercha pas à dégager sa main.

— Et moi, je pense que si.

Il l'entraîna vers le vieux canapé qui avait retrouvé sa place initiale et la fit asseoir à côté de lui.

— Si j'ai quitté la ville, c'était pour régler des problèmes familiaux.

— C'est ce que tu disais dans ton texto, en effet.

— C'était la vérité. Je suis resté vague parce que c'est un sujet que je n'aborde jamais.

— Tu n'es pas obligé de m'en parler.

— Je veux t'en parler, au contraire.

Il voulait qu'elle connaisse ce secret qu'il n'avait partagé jusque-là avec personne.

— Je suis allé voir ma mère. Elle vit dans l'Iowa. Elle a… Elle a des problèmes de santé mentale. Plusieurs diagnostics ont été posés, aussi lourds les uns que les autres. Mais peu importe le nom de cette maladie. Tout va bien quand elle prend son traitement. Disons qu'il l'aide à fonctionner à peu près normalement. C'est ma sœur, Joy, qui s'occupe d'elle. Elles vivent ensemble dans la maison familiale. Le problème se pose quand maman décide d'interrompre ce traitement, contre l'avis de son médecin, bien sûr. À ce moment-là, tout devient compliqué. Ma sœur est dépassée, ne sait pas gérer ces crises et elle m'appelle au secours. En général, quand j'interviens, tout rentre assez vite dans l'ordre. J'ai ce pouvoir sur notre mère de la convaincre de se soigner.

— Oh ! Danny… Ce doit être terrible à vivre pour vous trois.

Cet élan de compassion lui alla droit au cœur.

— Nous y sommes habitués. Nous vivons avec cela depuis longtemps.

Quand il était adolescent, il avait beaucoup de mal à accepter que sa mère soit différente de celle de ses amis. En passant à l'âge adulte, il avait fini par comprendre qu'il ne servait à rien de se révolter. Sa mère n'était pas responsable de ce qui lui arrivait. Il ne pouvait que se résigner et l'aider du mieux qu'il pouvait.

— Comment va-t-elle, maintenant ?

— Elle est rentrée à la maison après avoir passé une semaine à l'hôpital. Elle m'en veut de l'avoir forcée à se soigner et elle refuse de me parler pour l'instant, mais Joy me dit qu'elle va bien.

Elle lui pressa doucement la main, dans un geste qui se voulait sans doute réconfortant.

— Ensuite, continua-t-il, quand je suis revenu à Eagle Mountain, j'ai enchaîné les heures de garde pour compenser mes jours d'absence. Je ne t'ai pas appelée parce que j'avais besoin de digérer ce qu'il s'était passé.

— Je comprends.

— Mais j'avais en tête de te parler à un moment ou à un autre.

Il marqua une pause pendant laquelle il inspira

profondément, comme il le faisait avant de s'élancer en rappel dans un canyon vertigineux. Ou avant d'affronter quelque chose qui l'effrayait.

— Ce baiser que nous avons échangé... Je veux que tu saches qu'il a été important pour moi. Je n'ai pas arrêté d'y penser quand j'étais loin de toi.

— Pour moi aussi, il a été important.

Pour preuve de ce qu'elle avançait, elle se pencha vers lui et pressa ses lèvres sur les siennes, dans un baiser plein de tendresse et de douceur qui lui fit battre le cœur plus vite.

Il n'osait pas bouger, craignant la tempête d'émotions qui menaçait de les submerger tous les deux. C'est à un moment comme celui-ci qu'il s'était raccroché quand sa mère s'était emportée contre lui et s'était débattue comme une furie alors qu'il essayait de l'empêcher de se faire du mal.

Comme si elle avait lu dans ses pensées, elle l'enveloppa de ses bras, faisant fondre leurs dernières réticences. Il aurait eu tant de choses à lui dire ! Malheureusement, il ne trouvait pas les mots. Il essaya alors de faire passer dans ce baiser toute la force de ses sentiments pour elle. Tout le désir trop longtemps refoulé. Leurs bouches toujours scellées, elle l'attira sur elle d'une jambe enroulée autour de sa cuisse.

— Si nous allions chez moi ? murmura-t-il contre sa bouche.

Elle lui répondit par un sourire aussi sexy que taquin qui accéléra un peu plus les battements de son cœur.

— Nous sommes bien ici, non ?

Pourquoi pas, après tout ? Le canapé était assez confortable et la lumière tamisée conférait une certaine intimité à l'endroit. Et puis, quelle importance avait l'endroit où ils se trouvaient ?

— Donne-moi une seconde, dit-il.

Il se leva et alla fouiller dans une des trousses médicales. Il savait y trouver des préservatifs que, faute de mieux, il leur arrivait parfois d'utiliser comme garrots de fortune ou pour se protéger les doigts.

— Tu crois que quelqu'un y a déjà pensé avant toi ? demanda-t-elle en le regardant revenir vers elle.

— En tout cas, moi, c'est la première fois. Je te le jure.

Elle lui prit le paquet des mains et pointa la porte du menton.

— Tu veux bien aller fermer à clé ?

Quand il lui eut tourné le dos, elle retira sa robe et ses sous-vêtements. Le regard brûlant de désir qu'il posa alors sur elle lui fit oublier la gêne de se retrouver totalement nue devant un homme. Cela faisait si longtemps qu'elle n'avait pas fait l'amour !

Danny se montra à la hauteur de sa réputation d'amant doué. À la fois tendre et attentionné, sensuel et audacieux, il lui donnait du plaisir en en prenant lui-même.

Lorsqu'il vint s'asseoir à califourchon sur elle, elle vibrait d'impatience de sentir son sexe en elle. Elle ferma les yeux et s'abandonna totalement au plaisir intense qu'il y avait à se mouvoir en parfaite osmose avec le bon partenaire. Un court instant plus tard, elle était secouée par les spasmes violents d'un orgasme explosif qu'elle aurait aimé voir s'éterniser.

Lorsqu'elle rouvrit les yeux, Danny la couvait d'un regard si tendre qu'elle dut se mordre les lèvres pour s'empêcher de lui avouer qu'elle l'aimait.

Car ce serait bien là le meilleur moyen de le faire fuir.

Ils s'allongèrent dans les bras l'un de l'autre, les couvertures drapées sur eux. Elle se blottit étroitement contre lui, luttant contre l'envie de rester là toute la nuit. Au lieu de ça, elle se força à relever un peu la tête et à lui dire :

— J'aimerais pouvoir rester mais je dois rentrer chez moi.

C'était une des raisons pour lesquelles elle avait décliné son invitation à aller chez lui. Quitter son lit aurait été bien plus difficile que de se lever de ce vieux canapé.

Il hocha la tête en signe de compréhension.

— Je compte rendre une petite visite à Ted, demain matin. Je pourrais passer te faire un compte rendu, ensuite ? Qu'en dis-tu ?

Elle lui répondit par un baiser léger sur sa joue.

— Merci.

— C'est moi qui te remercie, dit-il. De te montrer aussi compréhensive avec moi. J'ai vraiment cru que mon silence avait tout gâché entre nous. Mais c'est juste que j'ai tendance à me montrer prudent dans mes relations.

— Moi aussi.

Sauf que ces deux petits mots véhiculaient chez elle un tombereau d'émotions. Elle aurait voulu lui demander ce qu'elle pouvait espérer après ce qu'ils venaient de vivre mais elle n'osa pas. Elle n'était pas prête à l'entendre dire qu'il refusait de s'engager, encore moins avec une femme, mère de deux enfants ; ou qu'il serait heureux de passer du bon temps avec elle tant qu'elle ne deviendrait pas trop exigeante.

Ils s'habillèrent en silence, arrangèrent la couverture et retapèrent les coussins. Danny la raccompagna jusqu'à sa voiture et lui donna un baiser qui aurait pu lui laisser croire qu'il partageait ses sentiments.

Heureusement, elle était lucide. Elle ne se permettrait pas d'espérer.

13

Danny se réveilla bien trop tôt, regrettant que Carrie ne soit pas à ses côtés. L'idée qu'il pourrait tomber amoureux d'elle le réjouissait en même temps qu'elle le terrifiait. Pourquoi vouloir compliquer les choses alors que Carrie semblait dans de bonnes dispositions pour vivre ce début de relation sur le mode qu'il privilégiait ?

Tout à ses pensées, il se leva, s'habilla puis, après avoir bu un café et avalé un bagel, prit la direction du Lazy S Ranch au volant de sa voiture. De ce qu'il savait, Ted ne s'occupait plus d'élevage. Il louait une partie de la propriété à un jeune homme qui y faisait paître du bétail une partie de l'année.

La camionnette de Ted était là, garée devant la maison, une longue bâtisse en cèdre qui avait besoin d'un bon coup de peinture. Ted ouvrit la porte alors que Danny était à mi-chemin de l'allée.

— Qu'est-ce que tu fais là ? grogna-t-il en guise de bonjour.

— Je suis venu te demander ta version des faits, répondit Danny en toute franchise. Et, accessoirement, prendre un café avec toi. J'ai apporté des doughnuts.

Ted ouvrit la porte en grand et s'écarta pour le laisser entrer. Il lui fit traverser un salon sombre puis le conduisit jusqu'à une cuisine au papier peint défraîchi. Au milieu trônait une table métallique entourée de chaises disparates.

Il remplit deux tasses de café puis s'attabla, invitant Danny à faire de même.

— Alors ? Qu'est-ce qu'on t'a raconté ? attaqua-t-il d'un ton bourru.

— Que tu es arrivé le premier sur les lieux de l'accident et que tu n'as pas attendu les autres pour intervenir.

— J'ai vu tout de suite que la voiture était à deux doigts de basculer dans le vide. Et que la conductrice allait y rester si je n'agissais pas vite.

— Qu'aurais-tu dit à un novice s'il avait fait ça ?

— Je ne suis pas un novice, répliqua-t-il en haussant le ton. J'ai plus d'expérience que n'importe lequel d'entre vous. Cela devrait me valoir le bénéfice du doute, non ?

— Quand j'ai intégré le groupe, la première chose que tu m'as apprise, c'était de ne pas essayer de jouer les héros. Que ce service était basé sur l'esprit de groupe.

Ted regarda fixement le fond de sa tasse.

— Carrie m'a relevé de mes fonctions, dit-il finalement.

— Oui. Mais elle n'a pas fait de rapport officiel.

— Tout le monde sait ce qu'il s'est passé.

— Tout le monde te respecte, Ted. Nous sommes tous conscients que tu as joué un rôle important dans la création de ce service. Que tu t'es donné sans compter.

— Qu'est-ce que je dois faire ? Démissionner ?

— N'est-ce pas mieux que d'attendre qu'on te mette à la porte ? Tu mérites mieux que ça, non ? Pars la tête haute, Ted. De ton propre chef. Afin que chacun de nous garde une belle image de toi.

Un silence infini s'étira entre eux que Ted fut le premier à rompre.

— Il faudra penser à apporter les cordes usées à Luray Elgin.

— C'est la femme qui fabrique des tapis avec les fibres de ces vieux cordages ?

— Exactement. Tu as vu ce qu'elle est capable de faire ?

Danny secoua la tête.

— C'est vraiment étonnant. Et très beau. En échange, elle donne 20 % de ses bénéfices au SRS.

— Dans ce cas, je vais veiller personnellement à ce que cet échange de bons procédés continue.

Ted approuva d'un hochement de tête.

— Que vas-tu faire de ton temps libre ? s'enquit gentiment Danny.

— Écrire un livre, peut-être. Ça fait un bout de temps que cette idée me trotte dans la tête.

Danny eut du mal à cacher sa surprise.

— Toi ? Écrivain ?

Un sourire amusé se dessina sur les lèvres de Ted.

— Je ne suis pas qu'un indécrottable cow-boy ignare, dit-il. Je lis beaucoup. J'ai toujours beaucoup lu. J'aimerais bien écrire l'histoire du service de Recherche et de Sauvetage d'Eagle Mountain.

— Tu es le mieux placé pour ça.

— Je le pense aussi.

Ils continuèrent à discuter de tout et de rien sur un mode léger jusqu'au moment du départ.

— Comment s'est passée la soirée ? s'enquit Ted alors qu'il le raccompagnait à la porte.

— Très bien. Nous avons récolté plusieurs milliers de dollars et nous recevons toujours de l'argent des donateurs que nous avons sollicités.

— Tant mieux. C'est une bonne chose. Dis à Carrie que je lui remettrai ma lettre de démission dans quelques jours. Qu'elle organise une fête en mon honneur !

— Tu auras la plus belle. Tu le mérites.

Il le pensait sincèrement. Certes, Ted avait fait une erreur mais cela n'effaçait rien de tout ce qu'il avait apporté au service pendant tant d'années.

Quand il arriva au QG, Carrie était là, qui l'attendait. Dès qu'elle le vit, elle vint se blottir dans ses bras et lui donna un baiser passionné qui alluma aussitôt en lui les feux d'un désir incandescent.

— Je n'ai qu'une heure avant de rentrer chez moi, le prévint-elle. Et nous devons rapporter ces plantes au fleuriste.

Il cacha sa déception pour s'activer à transporter les pots jusque dans le SUV de Carrie.

— Tu es allé voir Ted, ce matin, comme tu avais prévu de le faire ? demanda-t-elle quand ils eurent terminé.

— Oui. Il s'est bien calmé.

Il lui fit alors le récit détaillé de la discussion qu'ils avaient eue.

— Nous lui ferons une belle fête, dit-elle, émue aux larmes. Et je m'assurerai en personne qu'un article lui soit dédié dans l'*Eagle Mountain Examiner*. Un article qui lui rendra l'hommage qu'il mérite.

— Il va adorer. Et s'il donne suite à son idée d'écrire un livre sur le SRS, tu n'as pas fini d'entendre parler de lui.

— Ce serait merveilleux.

— Autre chose… J'aimerais jeter un coup d'œil aux cordes usées que Ted a mises de côté pour Luray. Il m'a dit qu'il les stockait dans la chaufferie.

— Oui, bien sûr. Allons voir.

Elle le précéda jusqu'à une porte qui portait l'inscription « Chaufferie ». Danny alluma, révélant dans un angle de la pièce un enchevêtrement de cordages.

— On dirait bien que Ted n'a rien livré à Luray depuis un bon moment, dit-il.

Il essaya de bouger la caisse qui les contenait. Sans succès.

— Tu n'y arriveras pas tout seul, dit Carrie. C'est trop lourd. Essayons plutôt de les dérouler.

Ils parvinrent à trouver une extrémité et, unissant leurs efforts, tirèrent dessus jusqu'à ce qu'une masse lourde retombe bruyamment sur le sol.

— Qu'est-ce que c'est ? demanda-t-elle en désignant le bout de métal qui était apparu.

Danny se pencha pour mieux voir et écarta les cordages qui dissimulaient à demi un engin métallique. Ils se regardèrent, médusés. Ils venaient de mettre au jour la pince hydraulique.

— Tu crois que c'est Ted ? demanda-t-elle.

— Je n'en sais rien. Mais nous n'allons pas tarder à le savoir.

Ted ouvrit à Carrie et Danny, une tasse de café à la main. Son regard interrogateur passa de l'un à l'autre.

— Qu'est-ce que vous voulez ?

— Nous devons te parler, répondit Carrie. S'il te plaît.

— J'ai déjà tout dit à Danny. Je me suis même excusé. Je n'ai plus envie d'écouter vos leçons de morale.

— Il ne s'agit pas de leçons de morale, Ted, dit Carrie.

Elle ne lui en voulait plus d'avoir désobéi à ses ordres. Personne n'était mort, finalement. En revanche, il allait devoir s'expliquer plus sérieusement sur la disparition de la pince qu'ils avaient retrouvée dans un local où lui seul avait de bonnes raisons d'aller.

— Nous avons retrouvé la pince de désincarcération, annonça Danny.

— Bonne nouvelle. Où était-elle ?

— Ted, nous pouvons entrer ?

Sans dire un mot, il les conduisit dans la cuisine.

— Un café ? proposa-t-il alors qu'il remplissait sa tasse vide.

— Non, merci, fit Carrie.

— Moi non plus, répondit Danny.

Ted pointa les chaises du menton.

— Asseyez-vous, dit-il.

Il laissa passer quelques secondes avant de reprendre :

— Vous avez une de ces têtes ! Qu'est-ce qu'il vous arrive ?

— Nous avons retrouvé la pince hydraulique.

— Je sais. Vous l'avez déjà dit. Et vous ne m'avez toujours pas dit où.

— Dans la chaufferie, répondit Carrie. Sous les cordages que tu réservais à Luray.

— Qu'est-ce qu'elle faisait là-dessous ?

Carrie lança un coup d'œil à Danny. Ce qui leur était apparu si évident dans la chaufferie l'était beaucoup moins maintenant. Ted était-il capable de jouer la comédie à ce point-là ?

— Justement, nous nous disions que tu le saurais peut-être.

Ted comprit soudain ce dont il était accusé.

— Vous me croyez vraiment capable de faire une chose pareille ?

Il paraissait accablé plutôt qu'offensé.

Portée par un élan de compassion, Carrie lui pressa doucement la main.

— À vrai dire, je ne sais pas quoi penser, admit-elle. Saurais-tu quelque chose qui pourrait nous aider ?

Il secoua la tête.

— Te souviens-tu de la dernière fois où tu es entré dans la chaufferie ? demanda Danny à son tour.

— Non.

— Fais un effort. Essaie de te rappeler. La pince a disparu il y a trois semaines. Y es-tu allé avant ou après sa disparition ?

Ted reposa sa tasse.

— C'était avant. Juste après l'accident de Tony, quand nous avons vérifié toutes les cordes. Sheri, Ryan et moi en avons mis certaines de côté que j'ai rangées avec les autres, pour Luray. Depuis, je n'y ai pas remis les pieds.

— Tu n'as vu personne y aller ? insista Danny.

— Non. Après... Je ne suis pas le seul à y avoir accès.

— De toute évidence, la pince était cachée sous un enchevêtrement de cordes. Quelqu'un venu pour une autre raison ne l'aurait pas vue.

— Ce n'est pas moi, je vous dis ! Heureusement que tu m'as viré, Carrie, parce que, crois-moi, après ça, je ne serais pas resté une seconde de plus.

Il avait parlé avec un tel accès de sincérité que Carrie ne douta plus de son innocence.

— Je sais que tu ne ferais de mal à aucun de nous, assura-t-elle. Pendant des années, tu as été le pilier de cet organisme, donnant de ton temps et de ta personne sans compter. Aussi, je vais m'assurer que personne ne l'oublie.

Jugeant l'entretien terminé, elle se leva, imitée de près par Danny. Ted resta assis. Il semblait très abattu.

— Ce n'est pas moi qui suis derrière ces attentats et j'espère que vous mettrez très vite la main sur le coupable. Parce que si personne n'est mort jusqu'à présent, on ne peut jurer de rien. Tant que le coupable sera dans la nature, le risque est grand que nous ayons un jour à déplorer d'autres victimes.

Elle opina. Si la plupart des événements qui s'étaient produits semblaient insignifiants, il n'en restait pas moins qu'il y avait eu tentative d'assassinat sur Tony et que cacher la pince de désincarcération aurait pu se révéler dramatique s'ils en avaient eu besoin pour un sauvetage.

— Nous allons faire notre possible pour l'arrêter.

Mais au moment même où elle prononçait ces mots, elle comprit que ce n'était pas suffisant.

Elle attendit d'être installée dans la voiture pour livrer à Danny le fond de sa pensée.

— Nous ne pouvons pas attendre sans rien faire qu'un autre drame se produise, dit-elle.

— Que veux-tu que nous fassions ?

— Je ne sais pas trop. Je pensais que tu aurais une idée.

Il esquissa un sourire charmeur.

— J'ai plein d'idées mais elles n'ont rien à voir avec ça.

Elle répondit à ce trait d'humour par un clin d'œil qui se voulait complice.

— Nous pourrions faire une liste récapitulant tous les incidents qui ont eu lieu et tenter de trouver un fil conducteur. Comme, par exemple, voir si un membre de l'équipe se trouvait sur les lieux à chaque fois.

— Bonne idée. Mais pour l'instant je dois rentrer chez moi. Ma mère a prévu de sortir avec des amis et je ne peux pas laisser les enfants seuls.

— J'ai prévu d'aller apporter les cordages à Luray. Je pourrais passer prendre quelque chose à manger et te retrouver dans quelques heures ?

Elle hésita à accepter. Recevoir Danny chez elle, dans son intimité, en présence de ses enfants, donnerait un caractère plus officiel à leur relation.

— Il y a un problème ?

— Non. Aucun. Dylan et Amber vont être ravis de te revoir.

Et moi de passer une soirée avec toi.

Incident 1 : Chute de Tony.

Personnes présentes : Carrie, Danny, Ted, Sheri, Ryan, Eldon, Hannah, Austen, Tony.

Incident 2 : Incendie de la jeep.

Personnes présentes : ?

Incident 3 : Accident Austen.

Personnes présentes : Austen. Tous les autres membres sont à la réunion. Retard de Ted.

Incident 4 : Vol de la cagnotte.

Personnes présentes : Austen, Sheri et d'autres bénévoles.

Incident 5 : Disparition de la pince hydraulique.

Personnes présentes : tout le monde sauf Hannah.

Incident 6 : crevaison des pneus de Carrie.

Personnes présentes : tout le monde sauf Sheri, Hannah et Ted.

Carrie et Danny étudièrent ensemble la liste qu'ils avaient établie. L'odeur des plats chinois que Danny avait apportés flottait encore dans l'air. Dylan et Amber jouaient aux dames dans la pièce d'à côté. À entendre les cris de victoire que poussait Amber à intervalles réguliers, il ne faisait aucun doute que c'était elle qui menait la partie. Quand Danny était arrivé, les enfants avaient échangé des regards lourds de sous-entendus qu'ils avaient accompagnés de clins d'œil de connivence. Était-ce parce qu'elle avait invité un homme à la maison ou parce que c'était cet homme-là en particulier, elle n'aurait su le dire. Quoi qu'il en soit, elle avait pris le parti de faire comme si de rien n'était, tout comme Danny qui semblait n'avoir rien remarqué.

— Presque tous les sauveteurs étaient sur les lieux de la plupart des incidents ou à proximité, pointa Carrie. Jake,

Hannah et toi étiez absents une partie du temps, mais je ne vous ai jamais soupçonnés. Tout comme Sheri et Hannah.

— C'est bien là le problème. Nous ne voulons suspecter aucun d'entre nous. À mon avis, Ted est quand même le plus à même d'être le coupable. Et tu seras d'accord avec moi qu'il a eu un comportement étrange, ces derniers temps.

— Ça ne fait pas de lui un criminel, objecta-t-elle.

Elle baissa les yeux sur la liste et la regarda fixement.

— En fait, je ne peux croire coupable personne d'entre nous.

— Si nous parlions à Jake ? Il pourrait nous dire si l'enquête a avancé. Et, tant qu'à faire, ajouter au dossier la disparition de la pince hydraulique.

— Tu as raison. Je l'appellerai demain pour fixer un rendez-vous.

Il consulta sa montre.

— Il se fait tard. Je vais te laisser. Merci pour le dîner.

Elle esquissa un sourire amusé.

— Merci à toi. C'est toi qui l'as apporté.

— Merci pour cette bonne soirée, alors. Au fait, tes enfants sont super.

— C'est vrai. J'ai beaucoup de chance.

Elle le raccompagna à la porte, consciente du silence qui s'était fait dans la pièce d'à-côté. Danny enfila son blouson, lui donna un baiser furtif sur la joue puis partit. Elle attendit qu'il soit dans sa voiture pour aller rejoindre ses enfants. Ils avaient les yeux fixés sur l'échiquier.

— Arrêtez votre petit numéro, tous les deux, dit-elle d'un ton faussement sévère. Je sais très bien que vous nous espionniez.

Dylan fronça le nez.

— De toute façon, c'était pas un vrai baiser, dit-il.

— Qu'est-ce que tu en sais, toi ? rétorqua Amber.

Elle ajouta, dans un sourire plein d'espoir qui serra le cœur de Carrie :

— Tu sais, maman, je l'aime beaucoup.

Très émue, elle leur ouvrit les bras.

— Venez un peu ici.

Ils allèrent se blottir contre elle, ce que Dylan avait de plus en plus de mal à faire.

— Danny, c'est ton amoureux ? demanda Amber.

L'était-il ? s'interrogea-t-elle.

— Peut-être. Mais, quoi qu'il en soit, vous serez toujours les premiers dans mon cœur. Souvenez-vous toujours de cela.

Ils opinèrent, l'air grave, puis se dégagèrent doucement de l'étreinte maternelle.

— Tu peux lui dire de revenir quand il veut avec des plats asiatiques.

Ils entendirent la porte d'entrée s'ouvrir puis la voix de Becky s'élever, guillerette :

— C'est moi !

Une poignée de secondes plus tard, elle rejoignait sa famille dans le salon.

— Comment s'est passée ta soirée ? s'enquit Carrie la première.

— Très bien, ma chérie. Merci. Et vous ?

— Danny est venu et on a mangé chinois ! s'exclama Amber, tout excitée d'apprendre la bonne nouvelle à sa grand-mère.

— Et il a embrassé maman avant de partir, ajouta Dylan d'un air faussement dédaigneux.

Contents de leur petit effet, le frère et la sœur s'esclaffèrent.

Carrie maudit intérieurement sa propension à rougir pour un rien.

— Je crois bien qu'il est l'heure d'aller au lit, dit-elle.

Elle passa la demi-heure suivante à coucher ses petits.

Quand elle retourna dans le salon, sa mère s'y trouvait toujours. Évidemment. Elle était penchée sur la liste qu'ils avaient établie.

— C'est un récapitulatif des événements qui se sont produits au SRS ? s'enquit-elle en levant les yeux sur sa fille.

— Oui. Danny et moi nous disions que ça nous aiderait peut-être à établir des recoupements.

— C'est bon d'être épaulée, non ?

Carrie comprit que, à travers cette interrogation, sa mère l'invitait à lui en dire plus sur la relation qu'elle entretenait avec Danny.

— Danny et moi nous… nous apprenons à nous connaître. Mais ce n'est que le début, maman. Aussi, ne te fais pas trop d'illusions.

— Je ne m'en fais pas, ma chérie. Mais c'est bon de te voir heureuse.

L'était-elle ? Elle se sentait souvent le cœur léger. Mais tout aussi souvent plongée en pleine confusion. Ou nerveuse à l'idée de nourrir de faux espoirs.

Finalement, tout se déroulait normalement, selon ses propres critères.

14

Le lundi matin, Danny sortait de chez Mo où il était allé chercher un café à emporter quand il tomba sur Jake Gwynn.

— Salut, Jake. Carrie t'a appelé ?

— Oui. Elle m'a dit que vous aviez retrouvé la pince hydraulique.

— Nous n'avons aucune idée de qui a pu faire ça. Et de votre côté ? L'enquête avance ?

Jake secoua la tête, l'air navré.

— Malheureusement, nous n'avons toujours rien. Il faut dire qu'il n'y a pas de ligne conductrice. Ces événements semblent dissociés les uns des autres. Le fait que le coupable n'ait laissé aucune empreinte nulle part ne nous aide pas.

— Vous pensez également qu'il s'agit de quelqu'un de chez nous ?

— Disons que c'est la piste que nous privilégions. Je ne vois pas bien comment quelqu'un de l'extérieur aurait pu perpétrer ces forfaits sans se faire remarquer par l'un ou l'autre membre de l'équipe. Cela dit, les soupçons ne suffisent pas. Il nous faut des preuves. Quelque chose qui tiendrait la route devant un tribunal.

Danny but une gorgée de son café, cherchant désespérément s'il avait le début du début d'une preuve. Malheureusement, rien ne lui vint.

— En tout cas, notre homme ne s'est pas manifesté depuis un moment. Il semblerait qu'il se soit lassé. À moins que quelque chose – ou quelqu'un – l'ait fait renoncer à récidiver.

— Ce n'est quand même pas très rassurant de savoir qu'il y a parmi nous un individu qui serait prêt à nous nuire pendant une mission de sauvetage. Tony aurait pu mourir. Il s'agit bel et bien d'une tentative d'assassinat.

— Seul le tribunal sera à même de juger. Pour le moment, il s'agit de mettre la main sur le coupable.

Ils venaient d'arriver au parking où Danny avait garé sa voiture.

— Je dois retourner au travail, dit-il. C'était bon de te parler, même si les nouvelles ne sont pas celles que j'avais envie d'entendre.

— Je te le ferai savoir si nous avons du nouveau. Nous ne lâcherons rien.

L'humeur de Danny ne changea pas tout au long du trajet qui le conduisait au centre chirurgical. Il avait toujours le même sentiment de laisser tomber Carrie. Il détestait cette impression qu'il avait, avec ses proches, de ne jamais en faire assez pour eux. D'être impuissant à les aider. C'était exactement ce qu'il ressentait avec sa mère. Et même s'il savait qu'il avait tort, il ne pouvait se défaire du sentiment de culpabilité qui lui pesait sur les épaules la plupart du temps.

Il était en train de se changer dans le vestiaire réservé au personnel quand Helen, sa chef de service, passa la tête par la porte.

— Danny, vous pourrez passer me voir dans mon bureau quand vous aurez fini ?

Un nœud d'angoisse se forma aussitôt au creux de son ventre. Quand votre supérieure vous convoquait sans vous y avoir préparé à l'avance, ça ne pouvait être que pour vous annoncer une mauvaise nouvelle.

— Bien sûr, répondit-il d'un ton qu'il voulait égal.

Quand il la rejoignit dans son bureau, un court instant plus tard, elle affichait un large sourire.

— Ne soyez pas si inquiet, le rassura-t-elle. Et asseyez-vous.

Il prit la chaise qu'elle lui indiquait, en face d'elle.

— C'est une bonne nouvelle, poursuivit-elle.

— Vraiment ? dit-il, toujours méfiant.

— Un poste de superviseur vient de se libérer. Et j'ai pensé à vous.

— De quoi s'agit-il exactement ?

D'ordinaire, quand un poste se libérait, des rumeurs couraient avant toute annonce officielle.

— Je suis mutée à l'hôpital de Junction, précisa-t-elle. J'aimerais que ce soit vous qui preniez ma place ici.

Ces deux annonces majeures (le fait qu'elle parte puis celui qu'elle lui offre sa place) eurent de quoi le surprendre.

— Je ne vous ai jamais caché qu'un poste de superviseur ne m'intéressait pas, avança-t-il prudemment.

— C'est ce que vous avez toujours soutenu, en effet. Mais ce poste est fait pour vous. Vous avez toutes les qualités requises. Il s'agit d'une promotion, Danny. Vous serez augmenté en conséquence.

Aucun de ces deux arguments ne le persuada. Il secoua la tête.

— Je ne suis toujours pas intéressé.

— Prenez quand même le temps d'y réfléchir.

Elle marqua une brève pause avant de lui asséner l'argument fatal.

— Vous n'êtes plus si jeune.

En d'autres termes : il est temps de grandir.

De mener une vie plus stable, plus rangée ; de prendre

des responsabilités. À quoi bon ? Pourquoi prendre de tels risques quand la vie qu'il menait lui convenait parfaitement ?

La conversation téléphonique que Carrie venait d'avoir avec Jake lui laissa un goût amer dans la bouche. Si avec tous les moyens dont ils disposaient – tests médico-légaux, accès aux bases de données informatiques –, les forces de police n'arrivaient à rien, quelles chances avaient-ils, eux, de mettre le doigt sur le début d'une piste ?

Elle y pensait toujours quand elle s'assit à son bureau, plus tard dans la matinée. Un post-it était collé sur l'écran de son ordinateur.

Il faut que je vous voie au sujet du projet Cornerstone.

Le mot n'était pas signé mais il n'avait pas besoin de l'être. Elle savait qu'il avait été griffonné par Greg Abernathy en personne. Elle se rendit donc dans son bureau sans attendre.

— Vous vouliez me voir ?

Abernathy leva les yeux de son ordinateur. Comme toujours, il était impeccable. Habillé comme une gravure de mode.

— Miles Lindberg m'a fait savoir que le projet que vous lui avez soumis n'allait pas, finalement, attaqüa-t-il sans préambule.

Elle attendit, rongeant son frein pour ne pas lui lancer à la figure que les plans envoyés n'étaient pas ceux qu'elle avait dessinés et qui, eux, avaient suscité l'enthousiasme de leur client.

— Il va falloir les refaire.

— Vous a-t-il dit ce qu'il veut changer exactement ?

— Il veut une passerelle entre l'ancienne et la nouvelle partie.

— C'était ce que je lui avais proposé. Avant que Vance ne change tout.

— De quoi parlez-vous ?

Elle exhala un profond soupir.

— Je vais appeler Miles et voir directement avec lui ce qu'il veut.

— Je vous l'interdis !

Abernathy se leva et, les deux mains posées à plat sur sa table de travail, se pencha vers Carrie, comme pour mieux se faire comprendre.

— C'est Vance qui s'en chargera, poursuivit-il sur le même ton offensif.

— La réussite d'un projet tient à la relation qu'on établit avec les clients, objecta-t-elle. J'ai besoin de l'avis de Lindberg pour aller dans le bon sens.

— Vance vous dira quoi faire. Désormais, ce projet est le sien. Vous ne ferez que l'assister.

Cette injustice flagrante lui fit monter les larmes aux yeux autant qu'elle la révolta. Une boule se forma dans son ventre à la seule pensée de se retrouver en présence d'Abernathy et de Vance.

Elle ne pourrait plus le supporter.

Elle en avait la certitude. Certes, ce cabinet d'architectes était le seul de la ville. Et y en aurait-il un autre qu'on ne lui octroierait sans doute pas les mêmes avantages. Qu'est-ce qui l'empêchait de changer tout cela ? Elle était libre d'ouvrir son propre cabinet et d'y fonctionner selon ses propres règles. L'idée s'immisça dans son esprit, aussi excitante qu'angoissante. C'était de la folie ! Elle avait une famille à nourrir. Une réputation à se faire.

Sur ce dernier point, Abernathy ne lui serait d'aucune aide. Elle ne ferait que travailler dans l'ombre de Vance, maintenant. Vance qui n'hésiterait pas à utiliser ses talents pour gravir les échelons à sa place. Sans aucun scrupule et avec la bénédiction d'Abernathy, en prime.

Sa décision était prise.

Elle le regarda droit dans les yeux.

— Vous aurez ma lettre de démission dans une heure, déclara-t-elle, surprise de pouvoir exprimer avec un tel calme une décision aussi importante.

— Quoi ?

Le mot était sorti de la bouche d'Abernathy, proche d'un coassement.

— Vous ne pouvez pas démissionner !

— Personne ne peut m'en empêcher.

Sans attendre plus longtemps, elle tourna les talons et se rendit dans les toilettes, le seul endroit où elle était sûre qu'Abernathy ne la suivrait pas. Là, elle sortit son téléphone de sa poche et appela sa mère.

— Carrie ? Tout va bien ?

Elle devina l'inquiétude qui pointait dans sa voix. Normal. Carrie ne l'appelait jamais à son travail.

— Je viens de démissionner.

— Tu as bien fait.

La réaction de sa mère l'étonna.

— Tu m'approuves ?

— Bien sûr. Tu aurais dû le faire depuis longtemps, même. Ces machos ne reconnaîtront jamais ton mérite, de toute façon.

— Pourquoi ne m'as-tu jamais dit ce que tu pensais ?

— Parce que je ne m'en sentais pas le droit. Mais maintenant, je peux te dire que tu as pris la bonne décision.

— Maman... Je pense à ouvrir mon propre cabinet.

— C'est une excellente idée, ma chérie.

— Il me faudra un certain temps pour démarrer et gagner de l'argent.

— J'ai des économies. Tu peux compter sur moi pour t'épauler. Nous nous en sortirons très bien, tu verras.

Le calme et la confiance de sa mère déteignirent sur elle. Elle se sentit soudain portée par une forte détermination. Plus rien ne pouvait l'arrêter dans sa démarche, maintenant.

— Merci, maman. Je te laisse. Je vais écrire ma lettre de démission.

— Tiens bon, ma chérie. Ne les laisse pas t'influencer et te faire revenir sur ta décision.

Abernathy ne chercha pas à la retenir et Vance ne prit même pas la peine de passer à son bureau la saluer et lui souhaiter bonne chance. Un moment plus tard, elle laissait sa lettre de démission sur la table de travail d'Abernathy puis elle quittait les lieux avec, sous le bras, la boîte en carton dans laquelle elle avait rassemblé ses affaires.

Elle se glissa derrière son volant, tremblante et un peu étourdie par la soudaineté des événements. Ce brusque changement de vie suscitait en elle un mélange d'excitation et de peur. Elle sortit de son sac fourre-tout un carnet dans lequel elle commença à consigner toutes les démarches qu'elle allait devoir entreprendre. Trouver un bureau, contacter sa banque, dresser un plan d'action, prévoir un budget, contacter des promoteurs, se mettre en quête de clients. Passer une annonce dans le journal local, peut-être, histoire de se faire connaître ? Elle était tellement absorbée dans sa tâche qu'elle n'entendit l'appel du SRS qu'à la dernière sonnerie.

— Bonjour, Carrie, la salua Rayanne. On vient de nous signaler un alpiniste en détresse dans Horse Thief Canyon. Il se trouve à la hauteur de la borne kilométrique 6, là où la départementale 31 longe la gorge.

Carrie nota l'emplacement sur son carnet.

— La personne qui vous a appelés vous a donné des détails ? demanda-t-elle.

— Malheureusement, non. La communication a été très brève. Nous n'avons pas eu le temps d'enregistrer le numéro et nous n'avons même pas son nom. Un officier de police est déjà en route. Vous le retrouverez là-bas.

— Merci, Rayanne.

Carrie mit fin à l'appel et envoya un SMS groupé à tous les membres de l'équipe. Ainsi, tous ceux qui seraient disponibles répondraient. Elle relut les indications qu'elle avait notées sur son carnet. Le lieu de l'accident était très proche de celui où Tony avait eu son accident. Un frisson la parcourut.

Elle tourna la clé dans le contact au moment où son téléphone sonna de nouveau. Cette fois, c'était Austen.

— Carrie ? J'ai besoin de toi.

Il parlait d'une voix hachée qui laissait à penser qu'il était essoufflé. Ou qu'il avait peur.

— Austen, que se passe-t-il ?

— Je viens de recevoir ton message. Comme j'étais à proximité, j'y suis allé. J'entends des cris, en contrebas. C'est horrible. Je ne sais pas quoi faire, Carrie.

— Garde ton calme. Une équipe va se rendre sur place. Elle ne va pas tarder à arriver.

— Tu ne peux pas venir tout de suite, toi ? Je n'ai pas assez d'expérience. Je t'avoue que je suis un peu affolé.

— Je suis en route pour le QG. Je n'en ai pas pour longtemps.

— S'il te plaît, viens directement. Les autres se chargeront d'aller chercher le matériel, de toute façon. Carrie... Viens.

Il avait l'air vraiment désespéré. Elle repensa à ses propres débuts au sein du SRS. Elle aussi s'était retrouvée un jour dans la même position. Elle comprenait l'anxiété d'Austen.

— OK. J'arrive.

Danny était en poste depuis trois heures quand il reçut le message du SRS.

— C'est un appel du service ? lui demanda Helen quand elle le vit lire le texto.

— Oui. Apparemment, un alpiniste aurait fait une chute dans Horse Thief Canyon.

— Nous ne sommes pas vraiment débordés. Vous pouvez y aller.

— Merci.

Il fila vers sa voiture et prit sans tarder la direction du QG où il devait passer chercher sa trousse de secours.

Vingt-cinq minutes plus tard, il se garait sur le parking réservé aux membres du service et fonçait vers l'entrée. Il actionna la poignée. La porte résista. Elle semblait verrouillée. Pourtant il avait reconnu la Toyota de de Hannah et la Subaru de Sheri sur le parking, signe qu'elles étaient déjà là.

— Quelqu'un peut venir m'ouvrir ? cria-t-il en tambourinant à la porte.

Il entendit un bruit de pas puis la voix de Sheri qui lui disait à travers la porte :

— La porte est bloquée. On ne peut pas ouvrir. Il semble que ce soit la serrure.

Il essaya de nouveau. La porte ne s'ouvrait toujours pas.

— Nous sommes entrés sans problème, mais une fois à l'intérieur nous n'avons plus pu sortir, expliqua Sheri.

— Vous avez appelé un serrurier ? Ou le shérif ?

— Nos portables ne passent plus. Nous n'avons pas de réseau.

Il vérifia son téléphone. L'écran affichait : « Aucun service. »
À moins que l'émetteur soit en panne, cette histoire n'avait pas de sens.

— Quelque chose doit brouiller le signal téléphonique, ajouta Ryan, venu rejoindre Sheri.

Un mauvais pressentiment l'envahit.

— Où est Carrie ? Elle est avec vous ?

— Non, répondit Sheri. Elle nous a prévenus qu'elle ne passerait pas par ici et qu'elle allait rejoindre directement Austen sur les lieux de l'accident.

— Pourquoi Austen n'est-il pas passé par le QG ?

Novice au sein du service, il n'était pas en mesure de faire grand-chose sur place.

— Je ne sais pas, dit Sheri. Carrie lui a envoyé un texto pour lui dire qu'elle le rejoignait là-bas.

— Si je comprends bien, elle est seule avec Austen, là-bas ?

Un profond malaise l'étreignit.

— Normalement, le shérif a dû envoyer un de ses hommes.

— Je vous laisse. J'ai un coup de fil à passer.

Il courut jusqu'à sa voiture et prit la direction de Horse Thief Canyon, le cœur battant.

15

Les gyrophares d'une voiture de police guidèrent Carrie qui se gara derrière la camionnette d'Austen, sur la bande d'arrêt d'urgence. Elle avait fait un rapide détour par chez elle, le temps d'enfiler un pantalon technique, un haut en polaire et des bottes. Aussitôt qu'il l'aperçut, Austen courut à sa rencontre.

— Merci d'être venue. Je m'inquiète vraiment pour cet homme.

Il lui prit le bras et l'entraîna vers une sorte de dégagement où des cordes d'escalade gisaient sur le sol.

— Certaines sont à moi, expliqua-t-il. Mais la plupart étaient déjà là quand je suis arrivé. Elles doivent appartenir à notre homme.

Carrie regarda autour d'elle.

— J'ai vu la voiture de patrouille mais pas l'officier de police. Où est-il ?

— Il m'a dit que son téléphone ne captait pas très bien et qu'il allait remonter la route pour essayer d'avoir plus de réseau.

Du menton, il pointa les profondeurs du canyon.

— Je n'ai pas pu voir l'homme mais j'ai entendu ses cris. Ils viennent de là. Juste en dessous.

Comme pour appuyer les dires d'Austen, un cri épouvantable s'éleva du canyon.

— Il crie comme ça depuis que tu es arrivé ?

— Oui. J'ai essayé de le rassurer mais je ne sais pas s'il m'entend.

— Il grimpait seul ?

— Je ne sais pas. Il n'y avait qu'un seul jeu de cordes quand je suis arrivé mais peut-être qu'il était avec quelqu'un, que cette personne a paniqué quand l'accident s'est produit et qu'elle est partie. C'est peut-être elle qui a signalé l'accident.

— Les grimpeurs sont très solidaires. En cas d'accident comme celui-ci, ils restent auprès des blessés jusqu'à l'arrivée des secours.

L'alpiniste poussa un nouveau hurlement qui lui fit froid dans le dos. Mais elle voulut y voir le signe qu'il avait encore suffisamment de forces pour résister.

— L'un de nous deux devrait descendre voir si on peut faire quelque chose en attendant les autres, suggéra Austen.

— Cela ne servirait à rien. Nous n'avons pas de matériel médical.

Elle scruta la route, espérant les voir arriver d'une minute à l'autre. Un long moment plus tard, ils n'étaient toujours pas là et l'officier de police n'était toujours pas de retour.

— Qui est le policier qui a été envoyé ?

Elle pria pour que ce soit Jake. Formé aux missions de sauvetage, il serait une aide précieuse supplémentaire.

— Un officier de réserve, je crois. Je ne le connais pas. Je ne l'ai jamais vu.

Elle consulta sa montre. 11 h 30. Une demi-heure s'était écoulée depuis qu'elle avait lancé l'alerte. Le QG ne se trouvait qu'à une quinzaine de minutes de là. En comptant dix minutes de trajet pour chacun, plus dix minutes supplémentaires pour rassembler le matériel, ils ne devraient plus tarder, maintenant.

— Ils vont arriver d'une seconde à l'autre, dit-elle.

— Si tu veux te rendre auprès du blessé, je resterai ici à les attendre. Je ne serai pas seul, l'officier de police ne va pas tarder à revenir.

— Je te l'ai dit, sans trousse de secours, je ne pourrai rien faire. Je préfère attendre que ce soit Sheri ou Ryan qui descendent. Ils sont plus expérimentés que moi. Ils seront en bas en un rien de temps.

Comme pour contrecarrer sa décision, un nouveau cri de souffrance s'éleva des profondeurs de la gorge.

— On ne peut pas le laisser souffrir comme ça, dit Austen. Sans compter qu'il est peut-être en état de choc. J'ai quelques produits de premiers secours dans mon sac à dos. Il doit y avoir des bandages, une minerve, des compresses chauffantes et une attelle gonflable. De quoi, peut-être, le soulager un peu.

Il passa les sangles de son sac sur ses épaules.

— Si tu as trop peur, je vais y aller, moi, lança-t-il avec détermination.

— Je n'ai pas peur. C'est la procédure, c'est tout.

— Soulager les souffrances de quelqu'un – peut-être même lui sauver la vie – est plus important que n'importe quelle procédure. D'autant plus que, tu viens de le dire, les autres vont arriver d'une minute à l'autre.

Comme pour lui donner raison, un bruit de moteur se fit entendre. Malheureusement, c'était un SUV qui dépassa les véhicules garés sur le bas-côté et continua sa route.

— OK. J'y vais.

Austen avait raison. L'urgence l'emportait sur la procédure. Et si cet homme était en état de choc, le réchauffer maintenant pouvait lui sauver la vie.

Elle enfila donc le harnais et le casque qu'Austen lui tendait puis s'attela à fixer son système d'ancrage dans les anneaux placés sur la paroi rocheuse. Elle vérifia par deux fois qu'il était bien arrimé. Austen lui fit passer ensuite la corde d'escalade à l'extrémité de laquelle elle fit un nœud plat puis elle l'accrocha à son harnais à l'aide d'un mousqueton. Ceci fait, elle enfila l'autre bout de la corde dans les anneaux de rappel des ancres, rassembla les deux cordes et exécuta un nœud d'arrêt.

— Tout a l'air bien, assura Austen après avoir tout vérifié. Tu peux y aller.

Elle scruta de nouveau la route.

— Je ne comprends pas pourquoi personne n'est encore arrivé, dit-elle.

— Ce n'est qu'une question de secondes, ne t'inquiète pas. Ils seront là que tu ne seras pas encore auprès du blessé.

Elle acquiesça d'un hochement de tête, prit une profonde inspiration et s'élança. Elle laissa filer les premiers mètres en se penchant en arrière pour vérifier que la corde du dessous était bien tendue, les nœuds d'arrêt toujours bien serrés. La sécurité en escalade reposait en grande partie sur un double, voire un triple contrôle. Lorsqu'elle se fut assurée que tout était sous contrôle, elle détacha son système d'ancrage personnel et fit son premier pas en rappel.

— C'est bon, ici ! lui cria Austen alors qu'elle était à environ trois mètres de profondeur. Tu t'en sors très bien. Bravo !

Elle se sentait à l'aise. Ce qui l'inquiétait, en revanche, c'était le silence de plomb qui l'entourait. Les cris de l'homme s'étaient tus. Avait-il perdu connaissance ? Était-il mort ? Elle chassa ces pensées pour se concentrer sur sa descente. Se concentrer sur tout ce qu'on lui avait appris était essentiel pour mener une mission à bien sans se mettre en danger.

Elle était descendue un peu plus bas quand un bruit

lui fit lever la tête. Austen n'était plus là. S'était-il éloigné, pour une raison ou pour une autre, ou était-il simplement devenu hors de vue ?

— Austen ?

Pas de réponse. Un frisson la parcourut. Où était-il ? Les autres étaient enfin arrivés et il était allé les retrouver pour les mettre au courant de la situation, se raisonna-t-elle. Quelle autre raison pouvait-il y avoir ? Toute cette roche dont elle était entourée devait faire rempart au moindre bruit, voilà tout.

Elle continua sa lente descente, s'obligeant à ne pas regarder en bas. C'était la première fois qu'elle descendait en rappel la première. Et surtout sans coéquipier ni personne en bas pour l'accueillir, la stabiliser et l'aider à se détacher. Elle regarda sur sa gauche pour tenter d'évaluer la distance qu'il lui restait à parcourir. Un soupir de découragement lui échappa. Elle n'avait même pas effectué la moitié de la descente. Elle avait toujours envié Sheri et Tony qui, lorsqu'ils descendaient en rappel, semblaient flotter dans les airs. Cet exercice lui demandait, à elle, une volonté physique et mentale énorme.

— Tout va bien ?

Austen ! Dire que, l'espace d'un instant, elle avait pensé... Elle esquissa un sourire de soulagement.

— Oui ! cria-t-elle. Je suis presque à mi-chemin.

— Tu as de la chance. Ta chute sera moins longue.

De quoi parlait-il ? Il devait plaisanter. Son esprit se ferma soudain à l'impensable.

— Austen, qu'est-ce que tu racontes ? Ce n'est pas drôle. Les autres sont enfin arrivés ?

— Malheureusement, je crains bien qu'ils ne puissent pas venir.

— Bien sûr qu'ils vont venir. Arrête un peu avec tes blagues stupides.

— Ce n'est pas une blague. Pas du tout.

Elle le vit tendre la main en avant.

— Je vais te dire au revoir, Carrie. Je ne vais pas pouvoir m'attarder. Je dois partir.

Un mélange de terreur et de panique l'envahit.

— Austen, arrête, dit-elle d'un ton qu'elle s'exhorta à garder calme.

— Je vais continuer, au contraire. Comme je l'ai fait avec Tony, je vais verser de l'acide sur tes cordes. Avec un peu de chance, tu vas pouvoir descendre un peu plus, mais ça ne le sera jamais assez pour que tu t'en sortes. Et pour éviter un ratage, cette fois, c'est la fiole entière que je vais déverser dessus.

Elle crut que son cœur s'arrêtait de battre. Elle ne pouvait plus bouger ni respirer. C'était donc lui le coupable ? Lui qui avait tenté d'assassiner Tony, qui avait incendié la jeep, qui avait caché la pince hydraulique ?

— Pourquoi, Austen ?

— J'aimais Julie, répondit-il. Je l'aimais tellement ! Le SRS était censé la sauver, non ? Mais vous n'avez rien fait. Vous l'avez laissée mourir. Vous allez tous payer pour sa mort !

Elle comprit qu'aucun discours ne pourrait soulager son esprit égaré. Qu'il n'entendrait pas si elle lui assurait qu'ils avaient tout mis en œuvre pour la sauver mais qu'elle n'avait pas survécu à ses blessures.

— Austen, ne fais pas ça ! dit-elle à la place.

— Adieu, Carrie !

Elle le vit alors pencher la fiole sur les cordages.

Danny fit défiler les noms de son répertoire jusqu'à ce qu'il trouve le numéro de Jake. Il appuya sur le bouton d'appel tout en démarrant sa voiture.

— Allô ?

— Jake, c'est Danny. Quelqu'un a bloqué le système d'ouverture central du QG. Des membres de l'équipe sont coincés à l'intérieur. Leurs téléphones ne fonctionnent plus non plus.

— Où es-tu ?

— En route pour Horse Thief Canyon.

— J'ai reçu le message de Carrie. C'est là où il y a eu l'accident d'escalade.

— Oui. Les autres étaient allés au QG récupérer le matériel quand ils se sont retrouvés piégés à l'intérieur. J'étais au centre chirurgical, c'est pourquoi je suis arrivé après tout le monde. Entre-temps, Carrie a reçu un appel d'Austen lui demandant de le rejoindre sur les lieux. Elle s'y est rendue directement, sans passer par le QG. La savoir seule là-bas avec lui m'inquiète, je te l'avoue.

— Tu penses que c'est Austen qui est à l'origine des incidents de ces dernières semaines ?

— Je ne sais pas. Mais, dans le doute, je préfère que Carrie ne soit pas seule avec lui. Et puis, comment expliques-tu que les autres soient enfermés au QG sans pouvoir en sortir et sans moyen de communication avec l'extérieur ?

— Je vais venir mais je patrouille dans le sud du comté, l'informa Jake.

À l'opposé du canyon, donc.

— Je vais contacter l'officier que Travis a envoyé sur place, poursuivit Jake. Je te mets en attente.

— OK.

Danny se concentra sur sa conduite, une main agrippée sur le volant, l'autre sur son téléphone, s'exhortant à ne pas imaginer le pire. Austen était-il vraiment le coupable ? Lui qu'ils pensaient trop reconnaissant au SRS de l'avoir sauvé pour faire peser le moindre soupçon sur lui.

— Danny ?

— Je t'écoute.

— Je n'arrive pas à le joindre. Il ne répond ni à la radio ni à son téléphone portable. Je vais aller voir ce qu'il se passe mais je ne serai pas sur place avant une bonne vingtaine de minutes.

— Moi, j'y suis presque.

— Je préfère que tu attendes que les forces de police soient arrivées. Si Austen est le coupable, il nous a prouvé qu'il était capable du pire.

Danny acquiesça pour ne pas inquiéter Jake. Mais il était hors de question qu'il reste les bras croisés alors que Carrie était sans doute en danger.

— Peux-tu envoyer des hommes au QG voir ce qu'ils peuvent faire pour libérer ceux qui sont enfermés là-bas ?

Sans attendre de réponse, il mit fin à l'appel et lança son téléphone sur le siège passager, pile au moment où il se remettait à sonner. Il l'ignora. Il ne s'agissait pas de perdre du temps. Chaque seconde était bien trop précieuse. Il repensa aux événements du mois qui s'était écoulé. Si c'était Austen le coupable, cela signifiait qu'il serait allé jusqu'à simuler un accident pour éloigner les soupçons ?

De colère, de frustration et de dépit, il frappa son volant du plat de la main. Bon sang ! Comment n'y avait-il pas pensé avant ? Austen était le seul présent à chacun des incidents qui s'étaient produits.

Ils s'étaient tellement focalisés sur Ted, à leurs yeux le coupable idéal, le seul qui avait des raisons valables de leur en vouloir. Quelles seraient les motivations d'Austen ? Nourrissait-il de la rancune envers le groupe, une rancune tenace qui l'aurait poussé à attendre son heure pour agir dans l'ombre ? Pour se venger ? Se venger de quoi ?

Et maintenant ? Quelle était la meilleure façon de l'appréhender ? S'il débarquait sans crier gare, il risquait de surprendre Austen et, par ricochet, de le faire paniquer. Et, on le savait, la peur n'était pas bonne conseillère. Il pensa soudain à l'officier de police envoyé par le shérif. Qu'était-il devenu ? Pourquoi ce silence inexpliqué ?

Quand il arriva, la voiture de patrouille était toujours là, gyrophares allumés. Il se gara à bonne distance, empocha son téléphone et chercha des yeux quelque chose qui pourrait lui servir d'arme. Malheureusement, il ne trouva rien. La seule chose qui pouvait jouer en sa faveur était sa taille. Beaucoup plus grand et fort qu'Austen, il pourrait avoir le dessus sans trop de mal. Psychologiquement aussi. Il possédait un mental d'acier qui devait faire défaut à Austen, rongé par la rancune comme il l'était.

S'il se trompait ? Si ce n'était pas Austen le coupable ? Si, emporté par son imagination, il s'était fait des idées ? Il se représenta Carrie et Austen unissant leurs efforts pour sauver un pauvre diable en détresse, bien loin d'imaginer les supputations sinistres qui l'agitaient.

Il traversa la route, se déplaçant à l'abri des arbres pour ne pas être aperçu, cherchant à évaluer la situation. En approchant du véhicule de l'officier de police, il vit qu'il était vide mais le gyrophare était toujours en action. Juste derrière la camionnette d'Austen garée sur la bande d'arrêt d'urgence se trouvait le SUV de Carrie. C'est alors qu'il vit Austen, accroupi au bord du Canyon. Que faisait-il, là ?

La gorge nouée d'angoisse, Danny observait la scène, caché derrière les branches basses d'un pin. Où était Carrie ? Son regard se fixa sur les cordes et sur les ancres qui dépassaient du rocher. Austen tenait quelque chose à la main. Un couteau ? Non. Quelque chose qui ressemblait à une fiole, plutôt. Son cœur se mit à cogner fort dans sa poitrine.

— Non ! hurla-t-il.

Il s'élança hors des arbres et traversa la route au pas de course.

— Arrête-toi, tout de suite ! lui enjoignit Austen. Ne fais pas un pas de plus ou ce n'est pas sur les cordes que je verse l'acide mais sur elle !

Il s'arrêta net, freinant des deux pieds.

— D'accord. Je reste où je suis. Mais toi, écarte-toi de là.

Austen secoua la tête.

— C'est trop tard. Et n'espère pas m'arrêter. Si tu tentes quoi que ce soit, je me jette dans le vide et je vous entraîne tous les deux dans ma chute. Ce n'est pas ce que tu veux, n'est-ce pas ?

— Danny, je t'en supplie, ne fais pas ça !

Carrie ! Elle était vivante ! Le cœur de Danny se gonfla de soulagement.

— Carrie ! Tu vas bien ?

Il réalisa au moment où il prononçait ces mots ce qu'ils pouvaient avoir de stupide. Comment pouvait-elle aller bien avec la menace d'Austen qui planait sur elle ?

— Va-t'en ! lui cria Austen.

Danny fit comme s'il n'avait pas entendu.

— C'est toi qui as voulu tuer Tony, dit-il en guise de réponse.

— Malheureusement, ça n'a pas marché. Je n'ai pas versé assez d'acide. Je ne referai pas la même bêtise deux fois, tu peux me croire.

Sur ce, il pencha la fiole et la vida entièrement à la base des cordes qui retenaient Carrie.

— Non !

Son hurlement se perdit dans le silence de la nuit. Mais il était trop tard. L'acide se répandit sur les fibres torsadées, dégageant une odeur âcre. Il serra les poings, son impuissance le faisant trembler de rage et de frustration.

Le bruit soudain d'une portière claqua comme un coup de feu. Austen tourna vivement la tête vers le bruit puis jura tout haut.

Danny comprit qu'il devait profiter de ce bref moment de distraction pour agir vite. Il se rua sur Austen mais, au lieu de le pousser en avant, il le fit basculer sur le côté. Austen se débattit comme une furie, battant l'air des jambes et des bras, tant et si bien qu'il parvint à se libérer de l'étreinte de Danny. Porté par la haine, Danny reprit le dessus. Il lui décocha un crochet dans le ventre, qui le fit se plier en deux, puis il le roua de coups de poing jusqu'à le faire rouler à terre.

Une paire de bras puissants le tira soudain en arrière.

— C'est bon, Danny, dit Jake. Tu l'as mis hors d'état de nuire. Calme-toi.

Essoufflé, il acquiesça tandis que l'officier Dwight Prentice passait les menottes à Austen, toujours à terre.

— C'est bon ?

— Oui, répondit-il.

Jake relâcha son emprise. Aussitôt libre, Danny courut jusqu'au bord du canyon et cria :

— Carrie !

Il s'agenouilla et, d'une main fébrile, vérifia les cordes.

— Austen a versé de l'acide dessus, dit-il en pointant du doigt l'endroit où l'acide avait rongé les fibres.

— Qu'est-ce qu'il se passe là-haut ?

Carrie. Sa voix tremblante était empreinte d'effroi. Danny s'allongea sur le ventre et la chercha du regard. Enfin, il l'aperçut qui levait la tête vers lui, son visage blême sous son casque orange.

— Tu as une corniche ou un point d'appui à proximité où poser les pieds ? s'enquit-il. Un endroit où donner du mou à la corde ?

Elle regarda autour d'elle.

— Je vois un rocher en surplomb.

— Tu crois qu'il peut supporter ton poids ?

— Je ne sais pas. Peut-être.

— Tu peux aller jusqu'à lui et t'y attacher ? Je descends te chercher.

Il repéra un deuxième jeu de cordes accroché à une paire d'ancres, à vingt mètres sur la gauche. Il tira sur la corde qui se souleva facilement et, avec l'aide de Jake, parvint à la hisser jusqu'en haut.

— L'alpiniste pour lequel vous avez été appelés est toujours en bas ? demanda Jake.

— Je n'en sais rien, répondit Danny. Mais il faut sortir Carrie de là.

— Et comment ? Tu n'as pas de matériel d'escalade, pointa Jake.

Il lança un coup d'œil au canyon, cherchant à évaluer la profondeur qui le séparait de Carrie. Quelqu'un comme Ryan ou Tony serait descendu sans problème, juste avec des cordes. Lui n'avait pas leur expérience.

— Carrie ! cria-t-il. Où en es-tu ?

— J'ai réussi à m'attacher au rocher. Pour le moment, je suis en sécurité.

— Tiens bon ! Nous arrivons dès que possible.

Un coup de klaxon leur fit tourner la tête d'un même mouvement vers la route. Sheri, Eldon, Hannah et Ryan arrivaient enfin ! Les premiers, Hannah et Ryan se précipitèrent vers eux.

— Vous avez apporté du matériel d'escalade ? demanda aussitôt Danny.

— Bien sûr, répondit Ryan.

— Où en est-on ? s'enquit Sheri qui arrivait en courant.

Elle baissa les yeux sur Austen que l'agent Prentice maintenait toujours au sol.

— Austen a versé de l'acide sur les cordes de Carrie, rapporta brièvement Danny. Elle a réussi à s'encorder à un éperon rocheux mais nous devons aller la tirer de là.

Sheri acquiesça puis se tourna vers Ryan qui s'approchait, des bobines de cordes sur les épaules. Tandis qu'ils se concertaient sur la meilleure stratégie à adopter, Danny demanda à Eldon :

— Comment ont-ils pu sortir du QG ?

— Gage Walker est venu et a défoncé la porte, répondit Eldon que ce souvenir fit rire. On se serait cru dans un film.

Un mauvais film que Danny aurait aimé ne jamais voir se dérouler.

Eldon pointa Austen du menton.

— C'était lui ?

— Oui. Et pour finir, il a essayé d'assassiner Carrie.

— Il a dit pourquoi il avait fait tout ça ?

— Non.

Il ferma les yeux. Il se fichait bien des motivations de ce fou. Lui, tout ce qu'il voulait, c'était que Carrie soit sauvée.

Pendant la demi-heure qui suivit, il ne put qu'attendre en rongeant son frein. Enfin, aidée des autres, Carrie émergea des profondeurs du canyon !

— Je vais bien, dit-elle alors que tous les membres de l'équipe faisaient cercle autour d'elle. C'était terrifiant mais je vais bien.

Elle sourit à Danny dont les jambes s'étaient mises à

trembler. Il lui ouvrit les bras. Elle vint à lui et se blottit contre son torse sans se soucier des autres.

Malheureusement, ce moment d'intimité ne dura que quelques secondes car, très vite, elle reprit son rôle de capitaine.

— Il faut aller porter secours à l'alpiniste blessé, dit-elle.

— Sheri est déjà descendue, répondit Ryan.

— Tu es certaine qu'il y a bien quelqu'un en bas ?

— Je l'ai moi-même entendu hurler de douleur, dit Carrie. Mais cela fait un bon moment qu'il ne crie plus. Il est peut-être trop tard.

Des voitures de police arrivèrent, suivies de près par une ambulance. Austen fut embarqué dans la voiture de patrouille de Dwight.

— Il nous accuse d'être responsables de la mort de sa fiancée, expliqua Carrie. Il a fait tout ça pour se venger de nous tous. S'il a rejoint le SRS, c'était juste pour attendre le moment favorable d'agir. Et parce qu'il savait que nous mettrions du temps à accepter l'idée que l'un d'entre nous soit le coupable. Ce qui lui laissait de la marge.

— Quelle histoire ! déplora Eldon.

— C'est sûr, renchérit Jake. Qui aurait pu penser ça de lui ?

Ils entendirent soudain le crépitement caractéristique de la radio annonçant une prise de parole.

— Il n'y a personne, les informa Sheri. En revanche, j'ai trouvé un gros magnétophone avec deux enceintes.

— Il a dû enregistrer les cris d'un blessé au cours d'une mission de sauvetage, dit Carrie. Et c'est ça que j'ai entendu.

— C'est lui aussi qui a alerté le service d'urgence de manière anonyme, pointa Jake. Il a manigancé tout ça pour te pousser à le rejoindre seule.

— Ces cris étaient tellement horribles, dit Carrie. N'importe qui s'y serait laissé prendre et aurait voulu agir.

— C'est ce sur quoi il comptait, dit Danny en l'enveloppant de nouveau de ses bras, dans un geste protecteur.

— Les serrures de toutes les portes du QG ont été trafiquées, ajouta Gage. Il avait probablement placé un bloqueur d'émetteur de service téléphonique dans le bâtiment. Acheté sans doute en ligne. Ni vu ni connu.

— Il s'est vraiment donné beaucoup de mal, répliqua Ryan. Quand j'y pense… Toute cette mise en scène. Il avait vraiment à cœur que son plan machiavélique marche.

— Il a dû planifier tout cela depuis un bon moment, dit Jake.

— Et l'adjoint envoyé par le shérif ? Qu'est-il devenu ?

— Austen l'a frappé à la tête, probablement avec une grosse pierre au moment où il lui tournait le dos, répondit Jake. Puis il l'a ligoté, bâillonné et enfermé dans le coffre de la voiture de patrouille. Il a été transporté à l'hôpital de Junction pour y être examiné mais, à première vue, il n'a subi aucun traumatisme.

Il s'interrompit pour poser une main amicale sur Carrie.

— Et toi ? Comment te sens-tu ?

— Bien. Je suis juste un peu secouée.

— Tu devrais rentrer chez toi, lui conseilla Ryan. Nous nous occuperons de rapporter le matériel au QG.

Elle redressa les épaules.

— Pour le moment, je suis toujours votre capitaine, dit-elle d'une voix assurée. Il n'est pas question que je quitte le navire.

— Ryan a raison, dit Gage. Laissez-les faire. D'autant que Danny et vous allez devoir passer au bureau du shérif faire votre déposition. Le plus tôt sera le mieux.

Carrie insista pour conduire elle-même sa voiture. Danny la laissa faire mais il la suivit de près dans son propre véhicule. Son esprit oscillait entre le soulagement de la voir vivante et l'horreur de ce qui aurait pu arriver.

Carrie passa l'heure suivante en pilote automatique. Elle ne se rappelait pas avoir effectué le trajet jusqu'au poste de police pas plus que, plus tard, elle ne se souviendrait du récit qu'elle fit des événements à Dwight Prentice. Elle lui raconta en détail le déroulement des événements depuis le moment où elle avait reçu l'appel du régulateur jusqu'à son arrivée sur les lieux de l'accident puis la tournure affreuse qu'avait prise sa descente dans le canyon. Elle parlait, parlait, consciente que sa voix prenait par moments des accents de bande-annonce de film tragique.

— Austen avait pourtant l'air si... normal. Si ordinaire. Il n'avait jamais exprimé aucune rancœur, aucune colère contre qui que ce soit. Je lui faisais une confiance absolue.

— Il n'y avait aucune raison pour que vous ne le fassiez pas, pointa Dwight. Si cela peut vous faire du bien de le savoir, aucun de nous ne l'a jamais soupçonné non plus. Il faut dire qu'il s'était appliqué à ne laisser derrière lui aucune preuve pouvant l'incriminer. Un vrai travail de pro.

Quand elle sortit du bureau de Dwight, Danny faisait les cent pas dans la salle d'attente. Aussitôt qu'il la vit, il se précipita vers elle et la prit dans ses bras, dans une étreinte où elle sentit passer plus que du soulagement. Elle ferma les yeux et laissa sa tête aller contre son torse. Elle était bien. Heureuse, aurait-elle dit.

Ils restèrent ainsi enlacés, immobiles et silencieux, un long moment avant qu'elle ne dise la première :

— Je n'ai pas eu le temps de t'en parler mais j'ai bien démarré la journée.

— Vraiment ?

— Oui. J'ai démissionné ce matin. Moi qui pensais que ce serait le fait marquant de cette journée ! J'étais loin du compte !

— Que dirais-tu d'un bon café, histoire de nous remettre les idées en place ?

— Volontiers.

Elle le suivit jusque dans sa voiture mais au lieu de la conduire chez Mo, comme elle s'y attendait, il se rendit à son appartement. Un court instant plus tard, ils étaient attablés dans la cuisine, devant une tasse de café fumant.

— Comment te sens-tu ?

Elle prit le temps de savourer la gorgée du liquide brûlant qui passait dans sa gorge puis répondit :

— Bien mieux.

Danny gardait les mains serrées autour de sa tasse mais il n'esquissa pas le geste de la porter à ses lèvres.

— Moi, j'en tremble encore, dit-il. Je n'ai jamais eu aussi peur de ma vie.

Touchée par cette confession, elle posa sa main sur la sienne et la pressa tendrement.

— Oh ! Danny… Je vais bien, maintenant, je t'assure.

Pour toute réponse, il acquiesça en silence et ferma les yeux. Elle aurait voulu trouver les mots qui l'auraient rassuré tout à fait mais ils restaient étranglés dans sa gorge tant elle aussi était émue.

Il finit par pousser un long soupir avant de prendre une gorgée de café. Quand il reposa sa tasse, il paraissait plus calme.

— Carrie, je suis incapable de m'engager dans une relation. Cela m'est tout simplement impossible. Je finis toujours par refouler mes sentiments parce que je crains trop de faire du mal aux gens que j'aime.

À travers ces mots, devait-elle comprendre qu'il cherchait à mettre un terme à leur relation ?

— C'est à cause de ta mère ? avança-t-elle prudemment.

Une mère atteinte d'une maladie mentale, sans doute incapable d'être là pour ses enfants, et les rôles étaient inversés. C'étaient aux enfants d'assurer le rôle de parents. Un rôle que Danny semblait prendre au sérieux et qui lui prenait beaucoup de temps.

— Oui. Il n'est pas nécessaire d'avoir fait des années de psychologie pour comprendre que si on ne peut pas compter sur les adultes censés s'occuper de vous, cela affecte pour la vie la relation que vous avez avec les autres.

— Danny, tu es une belle personne. Ne laisse quiconque, et surtout pas toi, te persuader du contraire. Tu passes ta vie à aider les autres. À risquer ta propre vie pour sauver des gens qui te sont de parfaits inconnus. Et tu voles au secours de ta mère dès que ta sœur t'appelle au secours.

— Je dirais plutôt que nous cherchons tous à combler des manques.

Était-ce ce qu'elle avait cherché, elle aussi, en intégrant le SRS ? À combler les manques d'un mariage raté et aujourd'hui d'une carrière professionnelle en faillite ?

— Que veux-tu dire ?

C'était le genre d'aveu intime qu'elle n'était pas sûre d'avoir le courage de partager.

Il exhala de nouveau un long soupir, comme pour se donner le courage de lui répondre en toute franchise.

— Qu'avec toi, les choses pourraient évoluer. Que cette fois, je pourrais peut-être envisager de me lancer dans une histoire amoureuse sérieuse. Mais je ne peux pas le garantir.

Il accrocha son regard, semblant se perdre dedans.

— Ce que je veux que tu saches, c'est que c'est un risque que je te ferais courir.

Son cœur cognait si fort dans sa poitrine qu'il lui faisait presque mal. Elle s'exhorta à refouler le mélange de peur et d'excitation qui l'avait envahie.

— Tu sais à quel point l'escalade n'est pas mon fort, commença-t-elle. Et les choses ne vont pas aller en s'arrangeant avec ce que je viens de vivre.

Il posa sur elle un regard interrogateur.

— Pourtant, je continuerai à m'y risquer à chaque fois, poursuivit-elle. Parce que je sais que c'est important et que c'est cette volonté qui fera la différence. Ce que je veux te dire, c'est que certains risques valent la peine d'être pris, même s'ils nous font peur.

Elle se rapprocha de lui et prit ses mains dans les siennes.

— Je crois que nous valons la peine de prendre ce risque, non ?

Pour toute réponse, il pressa ses lèvres sur les siennes, dans un baiser teinté d'une passion désespérée. Ses larmes se mélangèrent à celles de Danny. Elle était vivante. L'homme qu'elle aimait l'aimait en retour. Tout le reste lui paraissait tellement insignifiant !

Danny s'écarta le premier et plongea son regard dans le sien.

— Tu penses vraiment que nous pouvons y arriver ?

— J'en suis certaine, affirma-t-elle d'une voix forte.

Il l'embrassa de nouveau. Son téléphone se mit à sonner mais elle l'ignora.

— Tu ne réponds pas ? murmura-t-il contre sa bouche.

— Je suis sûre que ça peut attendre.

Rien ne pouvait justifier qu'elle interrompe un moment aussi parfait. À cet instant précis, elle n'avait besoin que de l'abri rassurant des bras enveloppants de Danny autour d'elle. Là où elle se sentait à sa place, peut-être jusqu'à la fin de ses jours. Cette perspective n'était pas si effrayante, après tout.

Épilogue

— Votre attention, s'il vous plaît !

Sheri s'avança, une bouteille de champagne ornée de rubans à la main. Souriant aux objectifs qui étaient braqués sur elle, elle posa la bouteille sur le capot de la jeep jaune flambant neuve garée devant le bâtiment du service de Recherche et de Sauvetage.

— Je te baptise « La Bête II », proclama-t-elle.

Carrie joignit ses applaudissements à ceux des membres du groupe qui, tous, avaient répondu présents pour assister à cet événement exceptionnel. Deux mois s'étaient écoulés depuis l'arrestation d'Austen. Chacun s'exhortait à laisser derrière lui le souvenir de ce sinistre épisode. Trois nouvelles recrues étaient venues grossir le groupe. Tony avait repris du service à temps partiel. Ted avait endossé avec fierté son rôle d'écrivain. Il avait commencé à écrire son livre, basé sur les archives du SRS et sur les témoignages des membres, toujours prompts à narrer leurs aventures.

Sheri avait été nommée capitaine après que Carrie avait refusé de continuer à assumer ce rôle. Elle avait un cabinet d'architecte à lancer, et le reste de son temps elle le partageait entre ses enfants et Danny. Tout marchait si bien entre eux ! Dire qu'elle avait cru que la présence constante d'un homme à ses côtés lui pèserait ! Aujourd'hui, elle devait bien reconnaître qu'ils s'entendaient à merveille. Jusque-là, aucun nuage n'était venu obscurcir l'horizon de leur amour.

Ils cherchaient une maison où s'installer tous ensemble, à l'exception de Becky qui semblait heureuse de retrouver une certaine indépendance. Le poste de superviseur que Danny avait fini par accepter lui avait donné un nouvel élan en même temps que la possibilité de convaincre sa banque de le suivre dans leur future acquisition. Dylan et Amber étaient tout excités par la présence de Danny dans leur vie, de même que par tous les changements que cette présence occasionnait.

Elle regarda Danny venir vers elle, une coupe de champagne à la main.

— Tu as l'air heureuse, dit-il en lui tendant la coupe.

— C'est parce que je le suis.

Plus heureuse, même, qu'elle ne l'avait jamais été.

— Je viens de parler à Jake. Il m'a informé que le juge avait enfin fixé une date pour le procès d'Austen.

— Bonne nouvelle.

Austen avait été inculpé de deux tentatives d'assassinat, d'un incendie criminel et de vol. En attendant que son procès ait lieu, il était incarcéré à la prison de Denver.

— Nous serons sans doute appelés à témoigner, ajouta-t-il. Tu n'y vois pas d'objection ?

— Non. Cette perspective ne me réjouit pas vraiment mais j'arriverai à gérer.

C'était de cette manière qu'elle avait décidé d'aborder la vie, désormais. Au lieu de chercher à fuir les situations inconfortables, elle choisissait de les affronter ; d'aller de l'avant. C'est ainsi que, forte de cette résolution, elle s'était prêtée à trois exercices d'escalade depuis ce qu'elle nommait, comme Ryan l'avait fait avant elle, « l'accident ». Chacun se révélant moins éprouvant que le précédent.

Elle avait également surmonté sa crainte de l'échec pour aller approcher des promoteurs et des agents immobiliers à qui elle avait proposé ses talents d'architecte. Ses efforts s'étaient révélés payants : elle avait plus de travail qu'elle ne pouvait en gérer. Elle s'était donc payé le luxe d'embaucher une assistante et un stagiaire.

Dans un geste plein d'amour et de tendresse, Danny enroula un bras autour de ses épaules.

— Tu m'inspires, lui murmura-t-il à l'oreille.

Ce qui, dans sa bouche, sonnait comme le comble des compliments. Un sourire heureux se dessina sur ses lèvres. Elle était bien loin de la jeune femme qui avait pris la parole pour la première fois au sein du SRS. Mais avec Danny à ses côtés, elle comptait bien aller encore beaucoup plus loin.

Vous avez aimé ce livre ?
Retrouvez en numérique les premiers tomes de votre série
« Missions en montagne » :

1. *Le risque en embuscade*
2. *À la recherche d'une enfant*
3. *Terreur au sommet*
4. *Le cœur des glaces*

NICOLE HELM

Recherches à haut risque

Traduction française de
CAROLE PAUWELS

BLACK ROSE

HARLEQUIN

Titre original :
SMALL TOWN VANISHING

1

Kate Phillips avait l'habitude d'être seule. Quand son père avait disparu avec une de ses amies de seize ans, toute la ville de Wilde, dans le Wyoming – qui la traitait avant cela comme une charmante excentrique – en avait fait une paria par association.

Sa mère ne lui avait pas été d'une grande aide. Marjorie Phillips avait reproché à qui voulait l'entendre la disparition de son mari, à grands coups de hurlements théâtraux, et s'était évidemment mis tout le monde à dos.

Une fois encore, ç'avait fait de Kate une coupable par association – ou tout au moins quelqu'un à éviter. Et ça durait depuis dix ans.

Kate était certaine qu'elle aurait pu surmonter cette situation, si elle n'avait pas ce faisant perdu ses meilleures amies. En fait, il s'agissait de ses seules amies. Même si elles étaient très différentes, les triplées Hart et elle formaient un groupe inséparable, ne se quittant pas d'une semelle.

Mais, quand son père avait disparu le même jour qu'Amber, et que la rumeur d'une liaison avait couru à travers toute la ville, Hazel et Zara avaient commencé à la traiter différemment.

Petit à petit, Hazel était revenue vers elle. Il aurait été compliqué pour elle de ne pas le faire, puisqu'elles travaillaient toutes les deux à Fort Dry, l'unique site historique de Wilde. Hazel était l'assistante de recherche de M. Field, un vieil homme excentrique propriétaire du fort, tandis que Kate y officiait comme guide touristique, et interprète de spectacle historique.

Mais Zara continuait à l'ignorer. De façon délibérée.

La vie de Kate se résumait donc aujourd'hui à deux choses : sa mère hystérique et son travail.

Au moins, elle aimait son travail. C'était la seule chose qui lui semblait normale dans une vie qui avait été complètement bouleversée dix ans plus tôt.

Quoi de plus normal en effet que d'habiller des mannequins le lendemain de Noël, dans un vieux bâtiment quelque peu délabré et plein de courants d'air, planté au milieu d'une lande fantomatique, et qui ne verrait probablement pas de visiteurs avant l'été prochain ?

Néanmoins, elle aimait changer les expositions. Se concentrer sur le passé plutôt que sur son présent.

M. Field se trouvait dans son bureau, elle n'était donc pas totalement seule. N'étant pas du genre bavard, il était rare qu'il lui adresse plus de deux mots par jour, mais ça lui faisait toujours plus de compagnie qu'elle n'en avait dans sa petite chambre sous les toits chez sa mère.

La maison familiale étant vraiment immense, il était rare que leurs chemins se croisent, d'autant que sa mère faisait tout pour l'éviter.

Et c'était bien ainsi. Kate était beaucoup plus heureuse depuis qu'elles avaient tacitement accepté de garder leurs distances – à condition, ça allait de soi, qu'elle fasse les courses, les corvées, et tout ce qu'on attendait d'elle.

Tout aurait été parfait s'il n'y avait pas eu cette solitude… Kate aurait bien pris un animal de compagnie mais, avec ses allergies, c'était compliqué.

Elle soupira.

Généralement, elle s'accommodait plutôt bien de la solitude. Ce n'était pas si difficile que ça. Mais, être seule à Noël – une fête que sa mère n'avait plus célébrée depuis dix ans –, c'était une forme de solitude différente. Plus profonde. Et elle avait hâte que le calendrier bascule au 1er janvier pour que ce dixième anniversaire soit enfin derrière elle.

Elle entendit la porte s'ouvrir dans un grincement, et s'obligea à finir de nouer le tablier sur le mannequin, au lieu de courir voir qui était le visiteur, comme une pauvre fille désespérément avide de compagnie.

— Tu es au courant ?

La voix de Hazel lui parvint quelques secondes avant qu'elle n'apparaisse, tout en superpositions de vêtements pastel, et cascade de boucles brunes en désordre.

— On a retrouvé Eli Mayfield.

Le jeune garçon de sept ans avait disparu la veille de Noël. C'était en tout cas ce que Kate avait lu dans le journal. D'après la page Facebook de la ville, sporadiquement mise à jour, la police avait commencé à perdre espoir dans la nuit, en raison d'une chute drastique de la température, et du jeune âge de l'enfant. Immanquablement, ç'avait rappelé à Kate combien une disparition pouvait bouleverser tout un chacun en ville.

— Sain et sauf, et juste à temps, continua Hazel.

Tout en parlant, elle déroulait une longue écharpe rose en laine mohair qu'elle avait probablement tricotée elle-même.

— Les médecins ont dit qu'il aurait pu mourir d'hypothermie s'il était resté exposé au froid quelques heures de plus.

— Quel soulagement !

Kate le pensait, naturellement, mais elle ne pouvait

s'empêcher de ressentir un peu d'amertume en songeant à son père, que personne n'avait jamais réussi à retrouver.

Était-il mort ? Vivant ?

Avait-il disparu volontairement ? L'avait-on enlevé ?

Ça faisait dix ans, et elle savait qu'elle ferait mieux de tourner la page. De laisser tomber. N'était-ce pas ce que sa mère lui répétait sans cesse ?

Mais elle ne pouvait s'y résoudre.

Et le fait d'avoir découvert la semaine dernière que les disparitions d'Amber et de son père le même jour n'étaient peut-être pas liées avait soulevé de nouvelles questions.

— Comment… comment a-t-il été retrouvé ? demanda Kate, en essayant de trouver la bonne façon d'évoquer le sujet.

Elle était soulagée, et ne ressentait aucune jalousie que ça n'ait pas été le cas de son père.

— C'est Brody, le frère de Jake, qui l'a découvert, dit Hazel.

Les six frères Thompson avaient acheté le ranch Hart et l'exploitaient depuis presque deux mois. Kate ne les connaissait pas tous par leur prénom, mais elle connaissait Jake, qui avait récemment aidé Hazel à se sortir d'une situation délicate.

Décembre avait été un mois riche en émotions pour les habitants de Wilde.

— Jake a dit à Zara que Brody avait un don spécial pour retrouver les personnes disparues. Je ne sais pas exactement comment Brody s'y est pris, mais il a passé toute la nuit dehors, et il a fini par découvrir le garçon.

Hazel joignit les mains avec enthousiasme.

— Je suis tellement contente. Apparemment, le pauvre Eli s'est perdu en essayant de prouver à son meilleur copain qu'il pouvait escalader le mont Hopkins.

Kate hocha la tête.

— Je suppose que c'est un soulagement pour tout le

monde qu'il se soit simplement égaré, et n'ait pas été enlevé, dit-elle.

— Je vais le dire à M. Field.

Tandis que sa collègue se ruait vers le bureau de leur employeur, Kate regarda d'un air absent le mannequin qu'elle achevait d'habiller.

Son esprit était ailleurs.

Elle pensait à son propre passé.

Quand quelque chose avait été perdu, au moment où Art Phillips s'était enfui avec une adolescente.

Mais, puisque le mystérieux Brody Thompson semblait posséder un don pour retrouver les personnes disparues, peut-être devrait-elle chercher à faire sa connaissance...

— Il fallait le faire.

Brody jeta un coup d'œil à Cal, qui grommelait sur le siège conducteur.

Après avoir passé quelques heures avec la police, et la famille Mayfield, qui ne savait comment lui exprimer sa reconnaissance, Brody avait besoin de calme, d'un repas chaud, et peut-être d'une bière.

Mais, toutes les questions que la police lui avait posées n'étaient qu'un début. Il lui restait encore à subir l'interrogatoire de son frère.

— On parle d'un enfant disparu, dit-il, pour se justifier.

— Je sais de quoi il est question !

Les doigts de Cal étaient tellement crispés autour du volant que ses jointures avaient blanchi.

— Je ne vois vraiment pas comment nous allons pouvoir rester ici, alors que Jake et toi n'arrêtez pas de faire parler de nous. On se retrouve même avec notre nom dans le journal

Bizarrement, la ville de Wilde, dans le Wyoming, dépendait

toujours de la gazette locale pour ses informations. Il faut dire que sa population ne devait pas excéder cinquante personnes, dont la plupart étaient d'ailleurs apparentées.

Cette nouvelle vie était pour Brody comme un bond dans le passé mais, étonnement, ça ne lui déplaisait pas. Et, tout comme leur frère, Jake, il avait envie de rester.

— Je te rappelle que tu as participé aux recherches, Cal.

Celui qui avait été leur commandant lorsqu'ils appartenaient tous les six à une unité spéciale de l'armée, la Team Breaker, devait aujourd'hui se faire passer pour l'un des frères Thompson, et heureux copropriétaire d'un ranch. Mais Cal avait du mal à s'intégrer, et à accepter qu'il n'eût plus autorité sur eux. La notion de grade avait disparu, ils étaient maintenant tous égaux.

Toutefois, Cal n'était pas aussi dur qu'il se plaisait à le croire. Même s'il ne s'en était pas vanté, Brody savait que Cal avait tenu tête au boss lorsque Jake s'était involontairement retrouvé mêlé à une enquête pour meurtre quelques semaines plus tôt. Non seulement Jake avait permis l'arrestation du coupable, mais il s'était comporté en héros en se jetant devant Cal, et en prenant ainsi la balle qui était destinée à ce dernier.

Tout allait pour le mieux aujourd'hui. Jake était vivant et complètement rétabli, et le boss n'était plus sur leurs dos.

Mais, ça risquait de ne pas durer maintenant que Brody s'était attiré une petite notoriété locale. Surtout aussi vite après Jake. Il n'était pas question que les habitants de Wilde commencent à se poser des questions sur eux, et se mettent à fouiller dans leur passé.

Une telle chose était totalement exclue.

Parce que les hommes de la Team Breaker – une unité qui avait été dissoute – étaient supposés se faire oublier.

Le général Wilks, qu'ils avaient l'habitude d'appeler le boss, était leur unique lien avec leur ancienne vie. Une vie qu'ils avaient dû quitter car ils étaient tous devenus des hommes à abattre. Destinés à mourir s'ils ne disparaissaient pas.

Mais il s'agissait d'un enfant.

— Le boss va devoir accepter que nous fassions partie de la communauté, quel que soit l'endroit où nous vivons. C'est une question d'écosystème, ni plus ni moins.

Cal marmonna quelques mots inintelligibles, mais n'opposa aucun argument.

Qui pouvait dire quoi que ce soit contre les écosystèmes ?

Cal s'engagea dans le chemin gravillonné menant au ranch. Brody était né et avait grandi à Chicago, et il en savait peut-être un peu plus sur l'existence de l'agriculture que son ami originaire de New York. Mais ça ne faisait pas une grande différence face à la réalité du fonctionnement d'un ranch.

Il avait appris. Il s'était attelé à la tâche avec opiniâtreté pour devenir un vrai rancher. Exactement comme il l'avait fait pour devenir un *army ranger*. L'ordinaire ne suffisait pas à Brody Calhoun – connu aujourd'hui sous le nom de Thompson. Ses parents, dépourvus de compétence et de volonté, se situaient tellement bas dans l'échelle sociale qu'il avait tout fait pour s'élever le plus possible.

Il était toujours le premier à se porter volontaire pour l'une ou l'autre des tâches que leur employée, Zara Hart, était obligée de leur apprendre. Pour le moment, c'était l'hiver, et il n'y avait pas trop à faire au ranch. Mais, quand viendrait le printemps, ils auraient intérêt à être au point.

Quoi qu'il fasse, Brody voulait tout connaître de son sujet, et que ce soit réalisé à la perfection.

Ils passèrent sous l'arche où figurait encore le nom Hart Ranch, même si la famille Hart ne le possédait plus. Ils avaient offert un emploi salarié à Zara, et lui louaient le vieux chalet construit par son arrière-grand-père, quand il s'était installé sur ces terres. Elle y vivait avec sa sœur, Hazel.

Tandis que Cal roulait sur le chemin sinueux, Brody s'absorba dans la contemplation du paysage.

C'était aussi vaste et magnifique que tout ce qu'on avait pu lui dire de l'Ouest sauvage quand il était enfant. Mais c'était la maison qui l'émouvait le plus.

Il avait grandi dans des appartements plus ou moins sordides, vécu plusieurs mois dans la rue quand sa mère était partie et que son père avait traversé une « mauvaise passe ».

La grande maison au charme désuet, située au cœur des collines et bordée au loin par l'imposante silhouette crénelée de la chaîne des montagnes Rocheuses, était au-delà de tout ce dont il avait pu rêver.

Il éprouvait un sentiment irrésistible pour cet endroit, et il avait l'impression qu'on lui arracherait le cœur si jamais il était contraint un jour de le quitter.

— Qui diable est cette personne ? s'exclama Cal, tandis qu'ils approchaient de la maison.

Une femme faisait les cent pas sous la galerie couverte, en serrant quelque chose dans ses mains.

Brody se renfrogna. Il se dégageait de leur visiteuse quelque chose de familier, mais il n'aurait su dire quoi. Méfiants, Cal et lui descendirent de voiture en même temps, tout en surveillant la femme de loin.

Elle cessa d'aller et venir, regardant droit dans leur direction, mais elle n'approcha ni ne les salua avant qu'ils commencent à monter les marches du perron.

Elle se tenait devant la porte, comme si elle était chez elle et accueillait des visiteurs imprévus. Elle finit par esquisser un sourire quand ils furent devant elle.

— Bonjour, dit-elle. Je suis Kate.

Brody et Cal échangèrent un regard perplexe.

— Kate Phillips ? Je travaille avec Hazel. La dernière fois que nous nous sommes rencontrés, j'étais costumée en pionnière.

Brody savait qu'il aurait été impoli de rire, mais il avait beaucoup de mal à s'en empêcher. Effectivement, elle reconstituait des saynètes historiques dans cet étrange petit fort perdu au milieu de nulle part. À l'occasion d'une représentation sur le thème de Noël, Jake, qui y allait avec Zara et Hazel, lui avait demandé de les accompagner. Brody avait accepté uniquement parce que Jake avait été blessé… et peut-être un peu aussi parce que la période de Noël avait le don de l'émouvoir.

Il se souvint qu'il s'était un peu intéressé au spectacle, contre sa volonté, et qu'il n'avait pas détesté non plus la façon dont Kate était vêtue. Cette superposition de jupons… et ce qui pouvait se cacher en dessous avaient quelque chose d'extrêmement captivant.

Mais Kate Phillips était tout aussi ravissante en jean et veste matelassée, là, sur son perron.

Étonnant, cette impression qu'il s'agissait de « son » perron.

— J'ai apporté des cookies, dit-elle, d'un ton brusque, tout en lui tendant une boîte en plastique.

— Pour Jake ? demanda Cal, visiblement surpris.

— Pas exactement.

Elle reprit son souffle et, se désintéressant de Cal, plongea dans les yeux de Brody, son regard brun vibrant de désespoir.

— J'ai besoin d'aide pour retrouver quelqu'un.

Brody resta impassible. Il avait été militaire suffisamment longtemps pour ne pas réagir ouvertement. Et puis, Cal s'exprimait largement assez pour deux.

— Je suis désolé, dit-il, d'un ton cassant. Ça ne va pas être possible.

Le visage de Kate se décomposa, mais elle fit un effort visible pour prendre sur elle.

Redressant les épaules, elle regarda froidement Cal.

— Ce n'était pas à vous que je m'adressais.

Cal ne put masquer sa surprise face à ce revirement d'attitude, et Brody eut du mal à retenir un sourire.

— Et si tu rentrais plutôt, Cal ? Je m'en occupe.

— Je n'en doute pas, grommela Cal.

Il jeta un regard dissuasif à Kate.

— Écoutez, mademoiselle, ce n'est pas parce que vous êtes une amie de Hazel…

— Cal, c'est une question de convivialité entre voisins. Va à l'intérieur, et réfléchis à ce que je t'ai dit à propos des écosystèmes.

Cal le regarda d'un air mauvais, secoua la tête, mais n'ajouta pas un mot avant de se ruer à l'intérieur, en claquant la porte derrière lui.

— Il est charmant, commenta Kate.

Brody ne dit pas ce qui lui brûlait la langue – qu'elle devrait le voir superviser une mission potentiellement mortelle au Moyen-Orient – parce qu'il n'était plus Brody Calhoun, *army ranger,* et Cal n'était plus Cal Young, commandant d'une mission secrète destinée à faire tomber une organisation terroriste.

Ils n'étaient que des ranchers désormais.

Alors, il sourit à Kate, et opta pour le sarcasme.

— D'une façon dévastatrice.

Brody étudia la boîte de cookies qu'elle lui avait mise de force dans les mains. Il était resté éveillé toute la nuit à chercher le petit Mayfield, et il commençait à avoir faim. Il ouvrit la boîte et prit un biscuit.

— Quelqu'un a disparu ? demanda-t-il.

— D'une certaine façon. En fait... Hazel à dit à Zara que Jake avait dit...

— Vous ne devriez peut-être pas prendre au pied de la lettre les on-dit.

Il mordit dans le biscuit, et eut tôt fait de le dévorer.

Très bon. Non, mieux que ça. Exceptionnel.

— On peut dire que vous savez faire la pâtisserie, Kate Phillips. C'est une façon de me soudoyer ?

— Oui, répondit-elle, solennellement. Est-ce que ça fonctionne ?

— On verra. Voulez-vous rentrer ? Nous serons mieux au chaud pour discuter.

Elle resserra plus étroitement sa veste autour d'elle.

— Je suis très bien ici.

— Cal ne vous mordra pas.

— Non, mais Zara le fera.

— Ah... Eh bien...

Brody ne savait pas quoi répondre à ça.

Même si Zara occupait officiellement le chalet sur la propriété, elle ne quittait plus la grande maison depuis que Jake était sorti de l'hôpital, répétant à qui voulait l'entendre que les hommes ne savaient pas s'occuper des convalescents.

Personne n'avait osé la contredire.

Brody ne s'expliquait pas pourquoi, étant donné qu'ils avaient tous les six eu affaire à plus forte partie qu'une employée de ranch au caractère bien trempé.

Mais Jake était amoureux de Zara, quoi que ça puisse vouloir dire.

— J'aimerais vous aider, dit-il, mais...

— Vous ne le ferez pas. À cause de Zara.

— Écoutez...

— Non. J'ai compris.

Le bousculant au passage pour descendre le perron, elle ajouta, d'une voix brisée :

— Croyez-moi, j'ai compris.

Brody avait eu le temps de voir briller des larmes dans les yeux de Kate, et ça suffit pour le faire craquer. Il pouvait supporter beaucoup de choses, mais pas de voir une femme pleurer. Surtout si elle retenait ses larmes.

— Vous ne m'avez même pas dit qui a disparu, cria-t-il, dans son dos.

Elle s'arrêta à côté de la petite voiture de ville, qui semblait tellement inadaptée aux rudes hivers du Wyoming.

— Mon père a disparu, il y a dix ans, s'époumona-t-elle. Avec la sœur de Zara. C'est en tout cas ce que disait la rumeur à l'époque. Aujourd'hui, nous savons qu'Amber est morte, et qu'elle n'était pas avec mon père. Je veux le retrouver. Mais si la Reine Zara dirige tout ici…

Brody entendit l'écran de la moustiquaire grincer dans son dos, et il sut, sans avoir à regarder, que Zara était là. Il lui suffit pour cela d'observer l'expression d'abord choquée et coupable, puis furieuse, qui déforma les traits ravissants de Kate.

— Je suis la reine de quoi ?

Kate resta immobile un moment, paraissant à la fois outrée et profondément blessée, puis elle monta dans sa voiture et claqua la portière. Elle ne démarra pas en trombe, mais elle partit rapidement.

Brody se tourna vers Zara.

— Tu m'expliques ce qui vient de se passer ?

Elle haussa les épaules, les yeux fixés sur la voiture qui filait sur le chemin.

— Laisse-moi deviner. Elle veut que tu retrouves son père.

— Oui.

— Tu devrais le faire.

— Pardon ?

Zara soupira.

— Écoute, je ne suis pas certaine que son père n'ait pas eu quelque chose à voir avec la disparition d'Amber. Mais il ne l'a pas tuée.

Pensive, elle fixa le chemin d'où la voiture de Kate avait désormais disparu.

— Ce n'est pas facile de tourner la page, mais Kate le mérite.

— Je ne crois pas être celui qui convient pour ça.

— Tu sais retrouver les gens, Brody.

Elle esquissa un sourire.

— C'était ton domaine de compétence, non ?

Du fait de sa relation avec Jake, Zara connaissait une partie de leur passé, et les raisons de leur installation à Wilde, mais elle était loin de tout savoir de leur ancienne vie.

— On peut dire ça, répondit-il.

Et il nota l'adresse que Zara lui donna, afin de rendre visite à Kate.

2

Ça faisait longtemps que Kate n'avait pas éprouvé un tel sentiment de paranoïa.

La première année, quand tout s'était effondré, elle s'était retrouvée à regarder autour d'elle à chaque coin de rue, et aussi par-dessus son épaule, en retenant son souffle en permanence, et en espérant voir son père sortir de l'ombre.

Sa scolarité en avait souffert. Sa vie en avait souffert. Mais elle s'en était sortie malgré tout. Essentiellement en prenant soin de sa mère, et en passant tout son temps libre à chercher son père.

Puis, absorbée par son travail au fort, elle en avait oublié son obsession, et avait fini par tourner la page de ce qui était le plus grand mystère de sa vie.

Mais, depuis que le cadavre d'Amber avait été retrouvé sur la propriété des Hart, quelques semaines plus tôt, Kate avait l'impression d'avoir seize ans à nouveau.

Sur les nerfs. Paranoïaque. Désespérée.

Elle s'était replongée dans ses vieilles recherches, essayant de reconstruire ce qu'elle savait, voulant se persuader que de nouvelles pistes pourraient l'aider à...

Elle se rendit à la supérette et acheta différentes choses dont sa mère avait besoin.

Rien n'était plus pareil depuis que la nouvelle de la mort

d'Amber s'était répandue. Les regards inquisiteurs étaient revenus. Et aussi les chuchotements sur son passage. Et comme sa mère avait tendance à crier, à accuser et à s'effondrer quand ça se produisait, tout le monde gardait ses distances.

Personne ne lui demandait comment elle allait. Absolument personne.

Elle s'efforça de respirer calmement et profondément.

Ce qui s'était passé ce mois-ci ne devait pas venir détruire tous les progrès personnels qu'elle avait accomplis. Elle n'avait pas besoin que ses concitoyens se soucient de ce qu'elle ressentait. Elle avait son travail et ses responsabilités. Des collègues à qui elle pouvait demander un service, du moment que M. Field n'avait pas besoin d'eux. Et surtout, elle avait Hazel, qui avait complètement oublié leur brouille passée.

Tout allait bien.

Qu'est-ce que ça pouvait faire si les gens la regardaient monter dans sa voiture ? Qu'est-ce que ça pouvait faire si sa mère allait lui hurler dessus parce qu'elle était en retard ?

Franchement, quelle importance ça avait ?

À la sortie de Main Street, elle emprunta la petite route de campagne qui menait à la maison, perchée sur une colline, comme si les Phillips étaient supérieurs aux autres.

Ni la maison ni le jardin n'avaient été correctement entretenus depuis le départ de son père. Elles auraient dû la vendre avant qu'elle n'atteigne ce stade de décrépitude. Sa mère avait refusé, et Kate ne gagnait pas assez bien sa vie pour payer les réparations.

Mais la maison tenait toujours debout, et ça représentait une sorte d'héritage. C'était en tout cas bien plus que ce que possédaient Zara et Hazel. Certes, elles pouvaient continuer à résider au ranch, mais il n'était plus à elles.

Kate sortit de voiture et attrapa le sac en papier brun rempli à ras bord. Il était beaucoup trop chargé, et elle devrait probablement le déposer dans un des grands cabas en toile qu'elle avait dans le coffre, mais...

Le fond céda, et des boîtes de conserve heurtèrent l'allée goudronnée dans un tintamarre de ferraille.

Kate parvint à en rattraper quelques-unes avant qu'elles ne tombent, mais certaines se mirent à rouler le long de l'allée, gagnant de la vitesse.

Elle se précipita pour en ramasser le plus possible, mais l'une d'elles lui échappa et dévala la pente, avant d'être arrêtée dans sa course par une botte.

Une botte de cow-boy.

Elle leva les yeux, surprise de découvrir Brody Thompson devant elle. Elle n'avait pas vu son pick-up, ne l'avait pas entendu approcher. Elle supposa qu'il avait laissé sa voiture tout en bas du chemin et qu'il était venu à pied.

— Qu'est-ce que vous faites là ?

Il se pencha pour ramasser la boîte de conserve sous son pied et la lui tendit. Elle la prit, mais ne sut pas vraiment quoi en faire.

Il balaya du regard la collection de boîtes répandues dans l'allée, puis il la fixa droit dans les yeux. Kate crut lire de la pitié dans ceux de Brody, mais ça ne ressemblait pas vraiment à la pitié qu'elle avait reçue. Et elle en avait largement eu sa part.

— Je suis prêt à vous aider, si je peux, dit-il posément et avec sérieux.

Elle l'observa longuement, en essayant de comprendre ce soudain changement d'avis.

Puis elle eut une illumination. Elle était si pitoyable que même Zara – qui la haïssait pour ce que son père avait prétendument fait avec Amber – avait donné son accord à Brody pour qu'il l'aide.

Elle aurait aimé être trop fière pour accepter, mais ce n'était pas le cas. Dix ans après les faits, elle était toujours aussi désespérément en quête de réponses qu'elle l'était alors.

Si elle savait enfin la vérité, même si celle-ci était effroyable, elle pourrait au moins clore ce chapitre de sa vie.

Et peut-être quitter Wilde…

Elle jeta un coup d'œil vers la maison. Sa mère ne serait jamais d'accord. Ils ne pouvaient pas avoir cette conversation ici.

Ce n'était pas parce que Zara avait donné son accord, qu'elle devait passer tout son temps au ranch Hart comme quand elle était petite.

— Nous pourrions peut-être en parler au fort ? suggéra-t-elle. Demain matin ?

Il fronça les sourcils, observant la vaste maison décrépite derrière elle.

— Vous vous cachez de quelqu'un ?

Comment expliquer ? Il n'y avait pas de réponse facile.

— Si c'est un mari ou un petit ami, je peux faire en sorte qu'il sache que…

— Un… petit ami, répéta Kate, stupéfaite.

Le mot lui semblait étranger. Comme s'il appartenait à un autre univers, totalement différent du sien.

Brody lui adressa un franc sourire.

— Si je vivais avec une jolie femme, je n'aimerais pas qu'elle donne rendez-vous à un inconnu dans un fort totalement coupé du monde.

Une jolie femme.

Le compliment laissa Kate sans voix.

Les mots avaient été prononcés avec une pointe d'accent régional qu'elle n'avait pas réussi à identifier.

Et ce sourire...

Elle aurait pu croire qu'il flirtait s'il s'était adressé à quelqu'un d'autre.

— En fait, je vis avec ma mère, expliqua-t-elle.

Il hocha la tête, comme si c'était aussi une réponse acceptable.

— Mouais... je ne suis pas très populaire avec les mères.

— Elle est... Elle ne voudrait pas...

Kate soupira. Si elle voulait être aidée, elle devait se ressaisir.

— Je préfère discuter de ça loin d'elle. Ça la perturbe, ce qui est compréhensible. En outre, je conserve toutes mes recherches dans mon bureau, au fort.

— Vos recherches ?

— Ça fait dix ans que j'essaie de retrouver mon père. Je croule sous les informations.

Brody eut une mimique dubitative.

— Ça fait longtemps. Vous avez énormément travaillé. Vous devez savoir que, même avec mon aide, les chances de le trouver sont minces.

— Je sais. Croyez-moi, beaucoup de personnes ont essayé et s'y sont cassé les dents. Je ne m'attends pas à un miracle. Mais je suis tout simplement incapable de...

Elle eut du mal à trouver ses mots. Laisser tomber ? Passer à autre chose ? Aller de l'avant ?

— Il faut que je tente absolument tout ce qui est possible pour résoudre cette affaire.

Et elle devait se concentrer sur les aspects pratiques, et non le complexe maelström d'émotions qui déferlait en elle.

— Je ne peux pas vous payer. Donc, si c'est une question d'argent...

Il jeta à nouveau un regard vers la maison, totalement indéchiffrable.

— Je n'ai pas besoin d'être payé. Sauf peut-être en biscuits. Nous dirons qu'il s'agit d'un service rendu à une amie.

— Je ne suis pas votre amie.

— Jake est complètement gaga de Zara, ce qui fait qu'elle est devenue une amie. Donc…

Il haussa les épaules, et Zara se demanda ce que ça faisait d'être l'objet d'une telle loyauté. Mais là n'était pas la question.

— Demain matin ? 8 heures, ça vous irait ?

— Bien sûr.

Il regarda les boîtes de conserve répandues autour d'eux.

— Vous avez besoin d'aide ?

De l'aide ?

Elle eut envie de rire. À quand remontait la dernière fois où quelqu'un avait proposé de l'aider ?

— Non, merci. Je m'en occupe.

Le lendemain matin, Brody se gara sur le parking du site historique de Fort Dry.

La neige s'amoncelait autour des trois bâtiments qui composaient le fort, mais les allées avaient été sommairement dégagées et salées pour empêcher le gel de se former.

Le fort se dressait au milieu d'une terre totalement plate et désertique, que la couche de neige qui la recouvrait faisait paraître encore plus vaste, et quelque peu fantomatique. Au loin, se devinait la chaîne montagneuse de Wind River.

Une porte s'ouvrit, et Kate apparut, lui faisant signe de venir. Elle portait un jean et un sweat-shirt, alors qu'il s'attendait presque à la voir dans une tenue historique.

L'étrange sensation qui s'insinuait en lui n'était pas autre chose que de la déception. Il la préférait en costume d'époque, tel un fantôme du passé.

— Je pensais que vous seriez habillée en pionnière, ne put-il s'empêcher de remarquer.

— L'ouverture officielle est à 10 heures, répondit-elle, d'un petit ton pincé.

Elle était obligée de lever la tête pour le regarder. Elle n'était pas si petite que ça, mais avec sa silhouette de géant, il la dominait de sa hauteur.

Ça n'avait pas l'air de la gêner. Pas plus que le fait d'être seule avec lui. Tandis que Hazel se recroquevillait telle une petite souris apeurée quand l'un de ses frères ou lui approchait, Kate ne semblait pas avoir peur de lui.

Elle le guida vers le plus petit des bâtiments, qui accueillait des bureaux. Le sien était minuscule, et il hésita à la suivre, étant donné qu'ils allaient se retrouver l'un sur l'autre.

Et cette perspective le troublait un peu trop.

Il resta sur le seuil, tandis qu'elle tirait un carton du dessous de son bureau. Puis elle se dirigea vers une armoire de classement et en retira une brassée de dossiers, qu'elle déposa sur le dessus du carton.

— C'est uniquement ce que j'ai imprimé, expliqua-t-elle. Je garde aussi certaines choses dans mon ordinateur.

Brody regarda le volume considérable d'informations. Kate en possédait plus sur la disparition de son père qu'il n'en avait jamais eu sur le leader de l'organisation terroriste que traquait Team Breaker.

— Kate...

— Je sais ce que vous pensez. Comme j'ai déjà fait tout ça, vous ne réussirez pas à le trouver.

— Ce n'est pas exactement ça.

Il excellait à retrouver les personnes disparues. Même quand les circonstances indiquaient que personne n'y parviendrait. Il y avait autre chose derrière tout ce travail et toutes ces heures consacrées à la disparition de son père : l'espoir qu'elle le retrouverait, et que tout se terminerait bien.

D'après son expérience, la fin n'était jamais heureuse après une si longue attente.

— Peut-être n'a-t-il pas envie d'être retrouvé, suggéra-t-il.

— Ou bien, il est mort, fit-elle d'une voix impassible, exprimant ce qu'il avait réellement voulu dire. Comme je l'ai dit, je n'espère pas de miracle. J'ai seulement besoin de réponses afin de pouvoir tourner la page.

Il hocha la tête.

— Très bien. Je vais voir ce que je peux faire. Ça vous ennuie que j'emporte tout ça chez moi ?

Elle hésita, se mordillant la lèvre inférieure.

Le geste avait quelque chose de légèrement troublant car elle avait une bouche très intéressante.

Oui, ça faisait un moment qu'il n'avait pas partagé la compagnie d'une femme. Mais Kate était du genre fragile, vulnérable et un peu naïve.

Pas du tout son genre.

Étrangement, son corps ne semblait pas capter l'information.

— Je préfère tout garder ici. C'est plus sûr. Nous pourrions étudier tout ça ensemble, et je vous expliquerais au fur et à mesure. Je sais que vous avez un ranch à gérer. Je ne m'attends pas à ce que vous passiez tout votre temps ici.

Avec un soupir, elle s'assit sur une chaise à l'aspect chancelant.

— Je n'aurais peut-être pas cherché à en savoir plus si le cadavre d'Amber n'avait pas été retrouvé.

Elle secoua la tête.

— C'était mon amie aussi, vous savez.

— Vous étiez proches des trois.

Brody n'avait pas besoin de poser la question. L'émotion palpable qui émanait de Kate parlait d'elle-même.

— Oui. Mais c'était avec Zara que j'avais le plus d'affinités. C'était ma meilleure amie.

Kate haussa les épaules, comme pour évacuer son émotion, mais celle-ci continua à hanter son regard.

— J'étais proche des triplées. Nous avons grandi ensemble. Mon père était professeur de musique au lycée. Il était très apprécié. Mes parents étaient en quelque sorte le couple idéal, à qui tout réussit. Ma mère venait d'un milieu aisé, mon père avait grandi dans un quartier défavorisé et avait tout fait pour s'élever au-dessus de sa condition.

Elle reprit son souffle.

— Je m'éloigne du sujet. Ça n'a rien à voir avec sa disparition.

— Tout est utile quand on recherche quelqu'un. On ne sait jamais quel détail peut mener à une piste.

— Un jour, papa n'est pas allé travailler. Et Amber a manqué les cours. Il n'y a jamais eu aucune preuve qu'ils étaient partis ensemble. Mais ils ont disparu le même jour et... je suppose qu'il est normal que les gens aient cru...

— Qu'ils avaient une liaison ?

Kate haussa à nouveau les épaules, mais le mouvement fut plus saccadé.

— Y avait-il des preuves de cette liaison présumée ?

— Rien de concret. Mais assez de petits détails pour que les gens se posent des questions. Par exemple, Amber aimait venir à la maison, même si nous avions plus de liberté au ranch. Elle prenait des cours de violon en cachette avec mon père, et il ne la faisait pas payer – probablement parce que M. Hart n'aurait jamais accepté. Il a toujours été près de ses sous, comme on dit par ici. Et il méprise tout ce qui a trait à l'art et à la culture. Mais les gens y ont vu d'autres raisons.

Ne sachant que répondre à cela, Brody garda le silence.

— Ma mère l'a nié farouchement, et moi aussi. Amber était... Elle aimait choquer. Surtout les hommes. Elle a dit certaines choses auxquelles je n'avais pas prêté attention plus que ça. Mais la police s'est engouffrée dans cette voie. Il n'en fallait pas plus pour que la ville rejette toute la famille.

— Coupable par association.

— C'est à peu près ça.

— Et je suppose que Zara n'a pas blâmé votre père. C'est à vous qu'elle en a voulu.

— Ce n'est pas aussi simple.

Elle sélectionna un dossier.

— Ce sont les rapports initiaux concernant mon père et Amber.

Brody lut les documents en diagonale. Rien ne liait les deux affaires, en dehors du jour de leur disparition. Ils n'avaient rien laissé à leurs proches, pas de mot, pas d'indication. Ils semblaient s'être tout simplement volatilisés.

Relevant les yeux, il vit Kate qui se tenait toute raide devant lui, les mains nouées si fort que ses articulations avaient blanchi.

Son expression fermée suggérait qu'elle prenait sur elle pour ne pas craquer, et qu'elle en avait une longue habitude.

Brody ne parvenait pas à cerner Kate Phillips. Elle ne rentrait dans aucune case – tour à tour bizarre, nerveuse, amère, déterminée...

— Vous avez sûrement une petite idée, non ?

Elle sursauta, paraissant médusée, ses grands yeux sombres écarquillés cherchant les siens.

— Moi ?

— Évidemment. Depuis le début, vous êtes au cœur de l'affaire.

3

Kate eut du mal à refouler les émotions qui menaçaient de l'engloutir tout entière. Elle ne connaissait pas Brody Thompson, et il ne la connaissait pas.

C'était sans doute pour cette raison qu'il pouvait aborder la situation avec une telle impartialité.

Au cœur de l'affaire ?

Elle secoua la tête.

— Ce n'est pas aussi simple.

— Ça me paraît au contraire très simple. Votre père et votre amie ont disparu. Une bonne partie de la ville a été choquée et a reporté la critique sur vous. Dès qu'il se passe quelque chose dans une petite communauté, tout le monde a son mot à dire, et son opinion bien arrêtée.

— Êtes-vous familier des petites villes ?

Il eut un sourire énigmatique.

— On peut dire ça.

Il souleva le carton sans effort.

— Vous n'avez pas un endroit avec un peu plus d'espace pour travailler ?

— Il y a une salle de conférences à l'arrière.

D'un mouvement de menton, il lui fit signe de lui indiquer le chemin.

Il portait la lourde caisse surmontée d'une volumineuse

pile de documents comme si ça ne pesait rien, et Kate en éprouva un curieux pincement au creux de l'estomac.

Pendant un bref instant, elle eut l'étrange impression d'avoir franchi la porte d'un monde enchanté.

Ça ne pouvait pas être vrai.

Elle obtenait de l'aide de la part d'un homme extrêmement séduisant. Qui était aussi amical et poli, et qui était supposé savoir comment retrouver les personnes disparues.

Dix ans que personne ne l'avait aidée.

Dix ans que personne n'avait fait preuve de politesse à son égard.

Elle cilla quand elle le vit hausser un sourcil d'un air interrogateur.

La salle de conférences.

Elle avait failli oublier.

Elle quitta son bureau, contournant Brody en passant au large, dans la mesure du possible. Elle avait peur, si elle l'approchait, si elle le regardait, qu'il disparaisse dans un nuage de fumée, comme le mirage qu'il devait être.

Elle le guida vers la salle de conférences et alluma les rampes de néon. Il faisait un froid polaire dans la pièce.

— Je peux aller chercher le radiateur portatif de mon bureau, proposa-t-elle.

Il balaya la proposition d'un geste de la main.

— Ça va.

Il déposa le carton sur la longue table, et réfléchit quelques instants, avant de donner ses instructions.

— Tout ce qui se rapporte au jour de la disparition ici, dit-il, en désignant un emplacement sur la table. Rapports de police là.

Il se déplaça de quelques pas.

— Ensemble des pistes de ce côté.

Et il continua ainsi, de façon que les documents soient répartis en cinq piles.

— Ce n'est pas comme ça que je me serais organisée, fit remarquer Kate.

Brody haussa les épaules.

— C'est comme ça que j'ai besoin de m'organiser, rétorqua-t-il.

Et il resta là, à attendre qu'elle se mette au travail.

Elle ne pouvait pas dire qu'elle aimait recevoir des ordres, mais elle en avait l'habitude. Réorganiser sa vie, remodeler sa personnalité pour se plier aux besoins de tout le monde autour d'elle.

Surtout sa mère.

Et elle avait survécu en acceptant tout ça. Aussi s'avança-t-elle et commença à tout organiser comme Brody le lui avait demandé.

Mais Brody ne resta pas assis sans rien faire.

Il l'aida, créant une chaîne humaine. Elle lui disait où tel dossier, tel document devait aller, et il le disposait à l'endroit approprié.

Ils avaient presque terminé lorsque Kate jeta un coup d'œil à la pendule fixée au mur.

— Je dois me préparer pour les visites.

— Oui, allez-y, répondit Brody, en la chassant d'un petit geste de la main.

— Vous voulez… rester ?

— Je viens de commencer. Je vous préviendrai quand je m'en irai.

— Il faudra que tout soit débarrassé et rangé. Je ne pense pas qu'un groupe ait réservé la salle, mais…

Il agita à nouveau la main.

— Je m'en occupe.

Je m'en occupe.

Quelqu'un lui avait-il dit ça depuis ce jour fatal, il y a dix ans ? Parce qu'il lui semblait que c'était toujours à elle qu'il revenait de tout prendre en charge depuis la disparition de son père.

Mais Brody Thompson allait s'occuper de tout, et Kate ne savait pas comment réagir.

Une fois que Brody eut tout installé comme il le souhaitait, il commença à passer en revue les documents de Kate.

Elle avait rédigé des mémos méticuleux, ne se contentant pas des rapports de police et des relevés de cartes bancaires, mais prenant des notes sur les personnes avec qui elle s'était entretenue.

C'était impressionnant, vraiment.

Obsessionnel, peut-être.

Mais Brody avait lui-même une personnalité méticuleuse. Et comme ça lui rendait les choses plus faciles, il n'y voyait pas d'inconvénient.

Il s'absorba complètement dans sa tâche, s'imaginant le déroulement de la journée où Amber Hart et Art Phillips avaient disparu.

Il prit ses propres notes, commença à compiler ses propres théories, et en vint à quelques conclusions.

Une crampe commença à lui torturer le cou, lui rappelant qu'il n'était plus aussi jeune que ça.

Quand il releva la tête pour faire quelques exercices destinés à détendre ses muscles, il découvrit Kate sur le seuil.

Elle portait son costume, tout en superposition d'étoffes, longues jupes, et même un bonnet.

Son cœur s'emballa, cognant fort contre sa poitrine. Généralement, ça se produisait quand il pressentait qu'une mission allait mal se passer.

Mais il ne faisait plus partie de l'armée. Il vivait dans une ville minuscule du Wyoming, sous un faux nom, et il aidait une femme – vêtue comme si elle s'apprêtait à embarquer dans un chariot de pionniers – à retrouver son père qui, selon toute vraisemblance, avait disparu de son plein gré.

— Je dois fermer le bâtiment, annonça Kate.

Elle le regardait d'un air renfrogné, comme si elle ne savait pas ce qu'il faisait là, alors que c'était elle qui lui avait demandé de l'aider.

— Vous y avez passé toute la journée, et...

Brody consulta sa montre. Interrompu dans sa concentration, il réalisait maintenant qu'il avait terriblement faim.

— Avez-vous au moins mangé quelque chose ?

Brody se passa la main dans les cheveux.

Il avait besoin de quelques secondes pour émerger de l'affaire dans laquelle il s'était profondément plongé, et se reconnecter au présent.

— En fait, non. Je me suis complètement laissé absorber par les recherches.

— Je sais ce que c'est, mais vous devez vous nourrir.

Elle observa la table, mais ne fit pas de commentaire.

Il était évident qu'elle ne lui demanderait pas s'il avait trouvé quelque chose, et il décida de ne pas la laisser plus longtemps dans l'incertitude. Ce faisant, il se voyait comme quelqu'un de sympathique, alors que ça ne changerait rien pour lui s'il essayait de la réconforter.

— Je crois que j'ai une piste, annonça-t-il.

— Une piste ? Vraiment ? Aussi vite ?

Il haussa les épaules, ne voulant pas lui donner trop d'espoir. Mais il voyait bien les efforts qu'elle faisait pour ne pas s'enthousiasmer trop vite. C'était la réaction d'une femme qui avait été cruellement déçue un peu trop souvent.

Ce qui voulait dire qu'il jouait avec le feu.

Il s'était promis de ne plus le faire, mais les vieilles habitudes ne se perdaient pas aussi facilement.

— Dites-moi, Kate, vous avez vraiment examiné ses finances ?

— Bien sûr. Il avait plusieurs cartes de crédit, et j'ai épluché toutes ses dépenses, j'ai pointé ses relevés bancaires… Je n'ai rien remarqué qui sortait de l'ordinaire.

Brody aurait aimé être du même avis.

— Malheureusement, il y a quelques règlements sur cette carte qui paraissent étranges.

— C'est impossible !

Brody ne réagit pas.

Kate n'avait pas envie de le croire ?

Très bien. Ce n'était pas son problème. Alors, il se contenta d'attendre.

Elle ferma les paupières et soupira, posant le bout de ses doigts sur ses tempes.

— Pas impossible, bien sûr, mais je… j'ai passé tellement de temps dessus.

— Il a fait de nombreux achats chez Stanley Music.

— Mon père était professeur de musique. Qu'il fasse des achats dans un endroit en lien avec la musique ne me paraît pas incongru.

— Sans doute, mais j'ai cherché une boutique du nom de Stanley Music, et je n'en ai pas trouvé. Ni dans le Wyoming, ni nulle part dans le pays tout entier.

— Ils ont peut-être cessé leur activité.

Comme si Brody n'y avait pas pensé et n'avait pas fait des recherches en ce sens.

Mais il voyait bien que Kate avait besoin de formuler cette suggestion. Alors, il se contenta de hausser les épaules.

— Peut-être.

— Mais vous ne le pensez pas. Vous êtes persuadé que ça signifie quelque chose.

— Je pense que c'est une piste à explorer. Rien de plus.

Elle soupira. Puis elle fit un effort visible pour esquisser un sourire qui ne reflétait que de la tristesse.

— Très bien. Alors, nous l'explorerons. Mais d'abord, je vous dois un repas. Vous devez mourir de faim.

— Vous avez dit que vous ne pouviez pas me payer.

— C'est vrai. Mais je peux vous nourrir.

4

Il y avait une petite cuisine à l'arrière du bâtiment principal du fort, et comme M. Field ne s'était pas montré de la journée, Kate n'avait pas à se demander comment lui expliquer la présence de Brody.

— Mettez-vous à l'aise. Je vais me changer, et je vous préparerai quelque chose en moins de dix minutes.

— Vous n'avez pas à faire ça.

— Ce n'est rien du tout. Je garde toujours quelques provisions ici, au cas où je serais coincée par la neige.

— Avec cette minuscule voiture, ça ne m'étonne pas.

— Je sais qu'un 4x4 serait plus adapté, mais je ne peux pas me le permettre. Et puis, j'aime bien rester ici de temps en temps. C'est un peu comme…

Elle ne termina pas sa phrase, consciente de la chaleur qui montait à ses joues.

Brody était très gentil, mais ce n'était pas pour autant qu'elle devait lui confier les aspects pathétiques de sa vie solitaire.

— Je reviens très vite, dit-elle, en s'empressant de quitter la pièce.

Lorsque Kate revint, Brody était au téléphone, et ne lui prêta pas attention. Elle sortit une poêle pour cuire des aiguillettes de poulet, et mit au micro-ondes un mélange de légumes surgelés.

Finalement, elle adorait rester bloquée ici à cause de la neige. Ça signifiait qu'elle n'avait pas à retrouver les fantômes de son père partout dans la maison, et la colère de sa mère, qui imprégnait l'atmosphère, même si elles gardaient toutes les deux leurs distances.

Ici, elle pouvait s'imaginer qu'elle avait choisi une vie d'aventures et de possibilités infinies, et que sa solitude n'était qu'un élément nécessaire à ce rêve de Far West.

— M. Field ou Hazel ne proposent jamais de vous reconduire chez vous quand le temps est trop mauvais ?

— M. Field n'habite pas loin, et il se déplace en motoneige. Ou alors, il reste chez lui si le cœur lui en dit. Hazel ne conduit pas beaucoup, et le pick-up appartient à Zara. De plus, elle est l'assistante de recherches de M. Field, et n'est pas attachée au fort, ce qui lui permet de travailler à domicile quand elle le souhaite.

Elle haussa les épaules.

— Mais ça ne me dérange pas, je vous assure.

— Je pensais que les ruraux s'entraidaient entre voisins.

— Ils le font, dit Kate.

Elle ajouta les légumes dans la poêle, où cuisaient déjà les aiguillettes de poulet.

— Mais je suis compliquée.

— Je ne crois pas que ce soit vous le problème.

— Peut-être. En tout cas, si vous rencontriez ma mère, vous sauriez pourquoi les gens préfèrent ne pas se mêler de notre vie.

Tandis qu'elle faisait glisser la nourriture de la poêle dans une assiette, Kate sentit, sans avoir besoin de croiser son regard, que Brody était en train de la jauger, d'essayer de la comprendre.

Eh bien, elle lui souhaitait bonne chance.

— Ma mère n'était pas très appréciée, donc je suppose que je peux comprendre, marmonna-t-il.

Il l'observait alors avec une telle intensité que Kate garda les yeux baissés vers l'assiette, tandis qu'elle la posait devant lui.

Avant qu'elle ait eu le temps de s'écarter, peut-être en prenant pour excuse le fait qu'elle devait ranger, il lui saisit le poignet.

Ç'aurait sans doute dû l'alarmer, plutôt que de lui procurer une sensation de trouble.

Je n'ai absolument pas de vie...

— Vous allez vous asseoir et manger aussi. Allez vous chercher une assiette.

— Je n'ai pas vraiment...

Il haussa un sourcil, l'air sévère, et elle soupira.

— Vous avez l'habitude de dire aux autres ce qu'ils doivent faire, n'est-ce pas ?

— C'est vrai, reconnut-il.

Mais son sourire était amical, comme s'ils partageaient un bon moment ensemble. Il libéra son poignet et, comme elle avait toujours été un bon petit soldat, elle prit une assiette, et laissa Brody la servir.

Il lui fit signe de prendre place en face de lui à la petite table, et elle s'assit. Il lui rendait service, après tout, et sans se faire payer. Pourquoi ne ferait-elle pas ce qu'il lui demandait ?

Et puis, elle avait faim.

Elle prit quelques bouchées et le regarda.

Les frères Thompson étaient le mystère de Wilde. Personne ne savait d'où ils venaient, ce qui les avait conduits là, ni pourquoi il n'y avait aucune ressemblance entre eux.

— Comment avez-vous atterri dans le Wyoming ? demanda-t-elle, d'un ton détaché.

— Oh ! un peu par hasard. Cal a toujours été le leader de la famille. Là où il va, nous le suivons.

— Vous n'avez pas le même accent que lui.

— Ah bon ?

Il haussa les épaules.

— Nous n'avons pas été élevés ensemble. Nous sommes le produit de familles recomposées : demi-frères, frères par alliance, ou adoptés. C'est sans doute pour ça qu'on ne se quitte plus aujourd'hui.

— C'est... mignon.

Il haussa les sourcils une seconde, puis se détendit, lui offrant un sourire radieux.

— Ce n'est pas quelque chose dont on nous accuse souvent.

Elle songea aux six frères. Ils étaient tous grands, avec un air intimidant, même si certains d'entre eux se donnaient du mal pour se montrer amicaux lors de leurs échanges avec les habitants de la ville. Il y avait quelque chose de... différent chez eux, et ce n'était pas seulement parce qu'ils n'étaient pas du coin.

— Eh bien, si vous continuez à cuisiner comme ça pour moi, je pourrais bien être obligé de vous épouser, constata Brody.

Kate essaya de rire, mais le son résonna étrangement, même à ses propres oreilles.

Elle ne savait jamais comment réagir quand quelqu'un faisait une plaisanterie, et encore moins quand il s'agissait d'un homme comme Brady Thompson. Il était tellement grand. Et musclé.

La plupart des hommes qu'elle connaissait étaient plutôt élancés, sauf les vieux ranchers dont l'abdomen débordait largement au-dessus de leur ceinture. Mais Brody était bâti comme un personnage de superhéros. Et puis, il y avait ses yeux, d'une étonnante couleur noisette pailletée d'or...

Ils finirent leur repas, et Kate s'empressa de faire une vaisselle rapide. Elle sentit le regard de Brody sur elle tout le temps que ça dura.

Elle aurait pu se laisser aller à rêver qu'il la regardait parce qu'il aimait ce qu'il voyait. Mais elle n'était pas naïve à ce point.

Il essayait de la cerner. Elle était une énigme pour lui. C'était l'unique raison pour laquelle il acceptait de l'aider. Et peut-être un peu aussi parce qu'il avait pitié d'elle.

Mais, sans qu'elle ait eu à le demander, il s'avança pour essuyer la vaisselle.

— Je vais devoir retourner au ranch, dit-il, mais je vais me pencher davantage sur le mystère Stanley Music. Il y a peut-être une explication parfaitement innocente.

Ou peut-être pas.

— Quelle que soit la réponse, bonne ou mauvaise, je veux savoir. Je peux y faire face.

Il l'observa, et elle se sentit évaluée. Comme s'il voulait s'assurer par lui-même qu'elle en était capable.

Après quelques secondes, il hocha la tête. Selon toute vraisemblance, elle ne devait pas en attendre plus en matière d'accord.

Elle lui fit à nouveau traverser le bâtiment, et le guida vers la sortie.

Ils émergèrent dans la nuit glacée. Kate verrouilla la porte et, quand elle se retourna, elle vit de gros flocons tomber du ciel en rangs serrés. Le chemin était déjà recouvert par la nouvelle chute de neige. Le parebrise du pick-up de Brody avait disparu sous une épaisse couche blanche.

— Laissez-moi vous conduire chez vous, suggéra Brody.

— Ne vous inquiétez pas pour moi.

— Ça ne me dérange pas. Avec ma voiture, ce sera facile.

— C'est gentil, mais je vais rester ici cette nuit.

Elle désigna le plus petit des bâtiments.

— J'ai encore du rangement à faire.

— Mais, je...

— Merci pour votre aide aujourd'hui.

Elle lui tendit la main.

Il s'agissait bien d'une relation professionnelle, non ?

D'accord, elle ne le payait pas. Mais il lui rendait service, et elle trouverait toujours un moyen ou un autre de compenser le temps qu'il lui accordait.

Les commissures de ses lèvres s'incurvèrent à peine, comme s'il comprenait qu'elle prenait congé de lui, mais ça l'amusait plus que ça ne le frustrait.

Il lui prit la main, la serra, mais ne la libéra pas tout de suite.

— Je reviendrai demain pour finir de consulter vos recherches, dit-il.

Kate pouvait à peine se concentrer sur les mots, alors que sa main était engloutie par celle de Brody, dont la chaleur lui paraissait si incongrue par cette glaciale nuit d'hiver qui les enveloppait.

Il finit par libérer sa main, la livrant au froid.

— Mais je reste ici, en attendant que vous soyez en sécurité à l'intérieur.

Kate leva les yeux au ciel, même si elle ne détestait pas qu'il se comporte en gentleman.

C'était comme si quelqu'un se souciait d'elle. Elle savait que ce n'était pas le cas. Il était quasiment un inconnu. Il s'agissait de courtoisie élémentaire, ou quelque chose comme ça.

Mais même ça, c'était rare dans sa vie.

Après avoir regardé Kate se hâter vers le plus petit des bâtiments, où se trouvait son bureau, Brody se mit au volant, tout en se reprochant de ne pas avoir insisté davantage pour la raccompagner chez elle, et prit la direction du ranch.

Il avait du mal à accepter que la fragile Kate Phillips passe la nuit seule dans ce vieux fort planté au milieu de nulle part. Ça pouvait être dangereux.

Tu n'es plus à Chicago, se morigéna-t-il, *et tu n'es pas responsable d'elle.*

Mais elle semblait tellement… résignée à être cette personne solitaire, presque marginale. Alors qu'elle était tellement… tellement… Il ne savait pas encore comment la qualifier.

Et c'était peut-être mieux qu'il ne cherche pas, et qu'il se concentre sur sa mission.

Il avait une piste, un fil sur lequel tirer qui déviderait peut-être toute la pelote de laine, le conduisant à la solution. C'était l'unique chose qui devait le concerner.

La neige redoubla d'intensité et, quand il arriva au ranch, Brody se réjouit de ne pas avoir pris la route plus tard.

D'un autre côté, s'il avait attendu, il serait resté coincé là-bas, et Kate ne serait pas toute seule.

Il grommela en son for intérieur. Rien ne l'obligeait à sauver toutes les damoiselles en détresse. Sinon, il pourrait bien se retrouver comme Jake avec une balle dans le ventre.

Il se gara et, la tête baissée, pressa le pas pour traverser le tourbillon de flocons qui s'abattait sur lui.

Après avoir frappé les semelles de ses bottes contre les marches pour en évacuer le plus de neige possible, il essuya ses semelles sur le paillasson, et entra dans la maison, où régnait une agréable chaleur.

Mon foyer, murmura une petite voix en lui.

Une ambiance chaleureuse. Le murmure des voix provenant de la cuisine. Sa famille, pas celle où il était né, mais celle qui s'était formée dans la chaleur et le danger d'un désert du Moyen-Orient.

Il ôta tout son attirail hivernal, suspendant et posant tout avec soin, pas parce qu'il était particulièrement minutieux, mais parce qu'il avait vite appris, s'il ne le faisait pas, qu'il se retrouverait le lendemain avec des bottes et des vêtements humides.

Il entra dans la cuisine, où tout le monde, y compris Zara, était groupé autour de la petite table fermière. Il leur en fallait une plus grande, et aussi quelqu'un qui sache cuisiner autre chose que des repas surgelés.

Son petit doigt lui disait que Zara était meilleure cuisinière qu'elle le prétendait, mais qu'elle n'avait pas envie de les nourrir tous.

Le plat de lasagnes semblait avoir subi l'attaque d'une meute affamée. Il n'en restait plus qu'une part minuscule.

— Dépêche-toi de venir t'asseoir pendant qu'il en reste, dit Landon.

Expert en informatique, il était le seul d'entre eux à sourire et à plaisanter en permanence. Il agissait souvent comme porte-parole des frères Thompson auprès des villageois, tandis que le visage renfrogné et le ton bourru de Cal avaient du mal à passer.

— J'ai déjà dîné, répondit Brody.

— Ah bon ? s'étonna Cal. Où ça ?

— Vous avez besoin de mon itinéraire minute par minute, mon commandant ?

Cal se rembrunit. C'était son grade quand ils étaient des membres actifs de Team Breaker, et il avait beaucoup de mal à renoncer à ses anciennes prérogatives.

On entendit des raclements de chaises sur le sol, des murmures à propos de choses à faire.

Zara aida Jake à se lever. Il n'avait pas encore pleinement retrouvé son autonomie, mais il allait de mieux en mieux chaque jour.

À peine deux minutes plus tard, Brody se retrouva seul avec Cal, mais il n'était pas d'humeur à se faire taper sur les doigts.

Il décida donc de prendre les devants.

— Cal, j'ai compris. Je ne fais pas ça pour te contrarier.

— Ah, non ?

Cal était toujours assis, tel un patriarche dominant la tablée, et Brody avait un peu l'impression d'être un adolescent à qui on faisait la leçon.

— C'est un heureux concours de circonstances ? dit Cal, d'un ton narquois.

— On nous a arrachés à notre environnement, répondit Brody. On nous a balancés ici, au milieu de nulle part.

— Pour nous sauver la vie, Brody.

— Peut-être, mais je ne me suis pas engagé dans l'armée pour qu'on efface mon ancienne vie. J'ai signé pour aider les autres. Et il se trouve que Kate a besoin d'aide. En plus, ça n'a rien de compliqué pour moi. Tu sais que c'est mon domaine de compétence et que j'y excelle, sinon je n'aurais pas été recruté dans l'équipe.

— On parle déjà de toi dans le journal. Tu veux que tous les habitants de la ville qui ont un problème à résoudre s'adressent à toi ?

— Et pourquoi pas ? Je n'ai pas choisi de vivre ici, et de cette façon. Mais je l'accepte, à condition de pouvoir aider ceux qui ont besoin de moi.

Sur ces mots, il tourna le dos à Cal et quitta la pièce.

Zara descendait l'escalier alors qu'il approchait la première marche.

— Tu rentres chez toi ? demanda-t-il.

Elle secoua la tête.

— Je vais probablement rester.

— Ça t'arrive de retourner au chalet, parfois ?

Brody avait voulu plaisanter, mais il y avait encore dans sa voix un peu de l'agacement provoqué par sa conversation avec Cal, et sa remarque n'eut pas l'effet escompté.

Zara s'arrêta au milieu de l'escalier, l'empêchant de monter.

— Rarement. Ça te pose un problème ?

Brody soupira, se sentant idiot.

— Non, pas du tout.

— Tant mieux.

Mais Zara ne bougea pas, l'observant en fronçant les sourcils.

— Tu sais, Kate ne devrait pas...

Elle se dandina, mal à l'aise, ce qu'il n'avait jamais vu chez Zara, celle-ci paraissant toujours sûre d'elle.

— Si tu as besoin d'un endroit pour travailler, Kate ne devrait pas avoir le sentiment que ça ne peut pas être ici.

— C'est exactement ce qu'elle ressent. Je me demande bien pourquoi.

Brody ne savait pas pourquoi il prenait la défense de Kate. Il connaissait Zara depuis plus longtemps, et il l'appréciait énormément. Mais Zara était tellement... forte, et Kate était si seule.

L'attitude de Zara changea aussitôt. Elle dévala l'escalier, bousculant Brody au passage.

— Tu ne sais rien du tout, Brody. Essaie de garder ça en tête.

— Je sais au moins une chose, Zara. Kate a besoin d'un ami et elle n'en a aucun. Toi, en revanche, tu n'en manques pas.

Brody n'attendit pas de voir si ce commentaire avait atteint sa cible. Ça ne le regardait pas, après tout.

Un jour, il faudrait qu'il apprenne à s'occuper uniquement de ses propres affaires.

5

Kate chantonnait toute seule, tandis qu'elle se préparait un bol de gruau d'avoine au micro-ondes. La neige suffirait à rebuter les visiteurs ce matin, et elle était presque certaine que M. Field ne mettrait pas le nez dehors.

Elle avait toute la matinée à elle pour profiter du fort.

Seule ? Peut-être. Mais au moins était-elle entourée de choses qu'elle aimait.

Quand elle aurait terminé de déneiger les allées, elle apporterait une dernière touche à la nouvelle exposition, et elle mettrait à jour le site web du fort.

Elle avait cet endroit chargé d'histoire pour elle seule, et c'était une raison de se réjouir et de chantonner.

Tandis qu'elle retournait vers son bureau, son bol à la main, le soleil commença à apparaître au-dessus des montagnes. Elle fit le tour du bâtiment, sachant que la vue y serait meilleure.

Qu'y avait-il de plus agréable que de déguster son bol de gruau d'avoine bien chaud, là dans le froid de l'hiver, en regardant le soleil se lever ?

C'était fantastique.

Elle se sentait presque heureuse. Mais, à mesure que la lumière du jour se répandait sur le monde autour d'elle, quelque chose d'étrange attira son attention.

Des traces de motoneige qui montaient tout droit vers le petit bâtiment administratif où elle avait dormi.

C'était curieux.

Peut-être M. Field était-il venu la nuit dernière et s'était rendu compte qu'il avait oublié ses clés ? Mais il aurait vu sa voiture sur le parking, et aurait probablement frappé à la porte.

Kate sortit son téléphone de sa poche pour vérifier ses messages. Si son employeur était venu jusqu'ici en pleine nuit, et s'était rendu directement au bureau plutôt qu'au bâtiment principal, n'aurait-il pas cherché à prendre contact avec elle ?

Observant l'immensité immaculée autour d'elle, Kate ressentit un frisson, en dépit de la beauté du lever de soleil.

C'était ridicule, bien sûr, mais elle retrouvait cette impression paranoïaque d'être observée, comme lorsqu'elle pensait à la disparition de son père.

Quoi qu'il en soit, elle était maintenant incapable d'admirer le lever de soleil. Elle fit donc demi-tour et se dirigea vers la porte d'entrée...

Qu'elle n'avait pas verrouillée quand elle s'était rendue au bâtiment principal.

Kate s'arrêta net. Si quelqu'un était venu de ce côté, il pouvait très bien se trouver à l'intérieur.

Ne te fais pas à nouveau subir ça, murmura une petite voix dans sa tête.

Kate ferma les paupières et contrôla sa respiration.

Elle ne voulait plus être cette fille qu'elle était quand son père avait disparu. Elle ne pouvait pas s'autoriser à tomber à nouveau dans ces pièges terrifiants qui la rendaient malade.

— Kate.

Elle cria, puis reconnut la voix. Elle n'avait pas envie

de se retrouver face au propriétaire, mais elle pouvait difficilement s'enfuir.

Avec un soupir, elle ouvrit les yeux.

— Vous allez bien ? demanda Brody, l'air inquiet.

Kate essaya de sourire, mais n'y parvint pas.

— Bien sûr. Vous m'avez fait peur, c'est tout.

— Je pensais que vous m'auriez entendu arriver.

Elle n'aurait rien pu entendre avec les battements frénétiques de son cœur.

— J'étais perdue dans mes pensées. C'est une belle matinée.

D'un ample geste du bras, elle désigna le soleil et les montagnes au loin.

Brody regarda, mais elle le vit prendre note des traces de motoneige, des empreintes de pas. Il étudia les environs d'un regard froid et scrutateur qui laissa Kate médusée pendant une seconde.

Puis il agit si vite qu'elle n'eut pas le temps de lui demander ce qu'il faisait avant qu'il lui prenne le bras et l'entraîne vers la porte.

— Allons à l'intérieur, Kate.

Même si elle ne comprenait pas ce qu'elle faisait, ni pourquoi, elle ne protesta pas.

Il ouvrit la porte en marmonnant quelque chose à propos des petites villes, et des portes jamais fermées.

— Et alors ? demanda Kate.

— Et alors ? est la question qui s'impose. Que se passe-t-il ici ?

— Eh bien, je voulais prendre mon petit déjeuner dehors, en admirant le lever du soleil.

— Et en voyant des traces de motoneige et des empreintes de pas de trois personnes différentes, vous êtes restée là sans bouger, faisant une cible parfaite.

Kate cilla. Elle n'avait pas remarqué que les empreintes de pas étaient différentes. Mais ça ne voulait pas dire pour autant…

Elle s'éclaircit la gorge et essaya de faire preuve d'autorité.

— Il y a d'autres explications possibles, si vous voulez bien les écouter au lieu de surréagir.

Il eut l'air médusé.

— Je ne surréagis pas.

— On pourrait s'y méprendre.

Il resta bouche bée, et elle ne put retenir un sourire. Elle était capable de laisser sans voix un homme comme Brody Thompson. Ce n'était pas une mauvaise façon de commencer la journée.

— C'était probablement M. Field. Je l'appellerai plus tard pour m'en assurer, mais il passe souvent à l'improviste. Et il est du genre tête en l'air. Si Hazel n'est pas là pour tout organiser à sa place, il oublie tout. Il n'avait sûrement pas pris ses clés. Ou alors, une autre idée lui est passée par la tête. Avec lui, on ne sait jamais à quoi s'en tenir.

— Vous aviez peur, remarqua Brody, d'une voix étrangement dénuée d'émotion.

— J'étais peut-être un peu nerveuse, mais je sais que je suis en sécurité ici.

— M. Field ne peut pas avoir laissé trois jeux d'empreintes.

— Vous voulez vraiment me faire peur, on dirait.

Elle se rendit compte qu'elle avait parlé un peu trop sèchement, compte tenu du fait que Brody ne cherchait qu'à l'aider.

Elle reprit son souffle, et fit un effort pour sourire.

— Écoutez, je vais bien, c'est promis. Si vous me disiez plutôt ce que vous faites ici.

— Je voulais finir de consulter vos recherches. Je vous avais dit que je reviendrais.

— Je sais. Mais je me suis dit qu'avec la neige… Les routes ne doivent pas être très praticables.

Brody enfonça les mains dans ses poches.

— Ça allait. Ce n'était pas si compliqué que ça.

Kate ne le crut pas. Et elle ne comprenait pas non plus pourquoi il avait bravé les intempéries pour l'aider.

En tout cas, il était là.

Peut-être était-ce un homme qui allait jusqu'au bout, à partir du moment où il avait engagé une démarche.

— J'apprécie votre persévérance, dit-elle, avec un ton peut-être un peu trop guindé.

— Conservez-vous des choses de valeur ici ?

Elle résista à l'envie de lever les yeux au ciel, puisqu'il était visiblement déterminé à ne pas lâcher.

— Probablement pas de la façon dont vous l'entendez. Nous avons des documents uniques et quelques artefacts, mais ils ne valent pas une fortune. Croyez-moi, c'était M. Field, ou bien des randonneurs égarés cherchant un abri. Il n'y a rien ici qui pourrait intéresser qui que ce soit.

— En êtes-vous vraiment sûre ? Et les recherches que vous avez passé dix ans à compiler ?

Brody n'était pas fier de lui. Elle avait blêmi aussitôt devant lui.

Comment se faisait-il que les gens d'ici ne verrouillent pas leur porte, laissant le danger leur sauter à la gorge, plutôt que de le combattre dès les premiers signes ?

— Je fais ça depuis dix ans. J'ai parlé à chaque policier, à chaque détective privé dans un rayon de cinquante kilomètres. Rien n'a jamais abouti à une quelconque piste.

— Vous ne savez pas ce qu'est Stanley Music.

— C'est un magasin d'articles de musique ! s'exclama-t-elle

avec force. Il y a des factures avec une adresse et un numéro de téléphone.

— Des factures ?

Brody plissa le front et réfléchit à tout ce qu'il avait consulté la veille.

— Je n'ai pas vu de factures.

— Elles étaient avec les reçus de carte bancaire. J'ai tout regroupé.

— Je vous assure qu'il n'y avait pas de factures pour Stanley Music.

— Vous vous trompez.

Kate redressa les épaules, la colère apportant un peu de couleur à ses joues, en contraste avec son visage livide.

Tournant les talons, elle se précipita vers son bureau.

Brody la suivit à distance. Il avait soigneusement étudié tous les documents financiers. Il était possible que Kate ait mal classé quelque chose, mais elle était pourtant très pointilleuse.

Elle commença à parcourir les dossiers. Quand elle trouva celui qu'elle voulait, elle l'ouvrit et feuilleta les relevés de compte, les reçus de carte bancaire et autres documents retenus ensemble par un trombone. Puis elle passa au deuxième dossier, et au troisième, avec des mouvements de plus en plus brusques et nerveux.

— Je ne les trouve pas. J'ai dû les mettre ailleurs.

Elle contrôla sa respiration, dans un effort visible pour ne pas paniquer. Mais son affolement se lisait dans ses yeux, chargeant la pièce d'une atmosphère électrique.

— Il va falloir que je vérifie tout. Ça doit être là.

Elle relâcha son souffle très lentement.

— Je dois les avoir déplacées. Ou alors, c'est vous qui les avez mises dans un autre dossier, avec votre organisation bizarre...

Elle leva les yeux vers lui.

— Elles étaient là.

— Je vous crois.

Non seulement il le pensait, mais il voyait bien qu'elle avait besoin d'être rassurée.

— On va tout reprendre depuis le début, suggéra-t-il.

Elle hocha la tête un peu trop vigoureusement.

Ils passèrent des heures à vérifier minutieusement chaque dossier, chaque bout de papier.

Brody fit une pause pour leur chercher un repas en ville. Malgré ses encouragements répétés, Kate ne toucha pas à son sandwich.

Sa détermination obsessionnelle le mettait un peu mal à l'aise, car ça pouvait évoluer vers des comportements... disons, contreproductifs. Mais elle n'était pas dans l'armée. Elle n'avait pas à contrôler son investissement personnel.

C'était sa vie. Son père. C'était d'ordre privé, et il n'avait pas à lui dire de garder son calme et de prendre la situation avec recul.

Après qu'ils eurent vérifié tous les dossiers, Kate mit son bureau sens dessus dessous, certaine que les factures étaient tombées derrière un tiroir, ou sous sa table de travail, ou s'étaient retrouvées coincées entre les pages d'un livre.

— Elles sont sûrement à la maison, conclut-elle, assise au milieu d'un invraisemblable désordre. Il le faut. Elles y sont forcément.

Brody songea à sa petite voiture de ville et à toute cette neige. Quand il était sorti, il avait pu constater que les déneigeuses étaient passées, mais les routes restaient mauvaises. De toute évidence, Kate ne se calmerait pas tant qu'elle ne serait pas allée vérifier chez elle. Mais il était quant à lui persuadé que les factures avaient disparu.

Et Kate allait devoir se faire une raison. Mais elle n'y était pas encore prête.

— Je peux vous conduire, proposa-t-il.

Elle avait commencé à essayer de remettre de l'ordre dans son bureau, et s'arrêta net.

— Non. Non, c'est de la folie. Vous me faites faire des choses complètement folles.

Il ne fit pas remarquer qu'il n'avait aucune responsabilité dans la disparition des factures. Il voyait bien que Kate était sur le point de craquer. Il s'étonnait même que ça ne se soit pas produit plus tôt. Mais il était certain que le moindre commentaire de sa part la ferait basculer.

— Je ne peux pas faire ça à nouveau, murmura-t-elle, comme si elle se parlait à elle-même. Je ne le ferai pas.

— De quoi parlez-vous ?

Elle leva les yeux et cilla, comme surprise de le trouver là.

— De rien. Ce n'est pas important.

Elle reprit son souffle.

— Je me suis affolée pour rien. Il est évident qu'elles ont été mal rangées. Comment l'expliquer autrement ?

— Les traces de motoneige, les empreintes de pas, le fait que personne ne ferme sa porte dans le coin...

Elle écarquilla les yeux.

— Vous pensez qu'on aurait pu me les voler ?

— Pourquoi pas ?

— Ils auraient fouillé toutes mes affaires et volé uniquement ça ? Ça représente quoi ? Trois factures ?

— Peut-être que ces trois factures sont les seules pièces incriminantes.

— Ça n'a aucun sens. Non, je suis désolée. Je ne peux pas vous suivre sur cette hypothèse. J'apprécie votre aide, vraiment. Et quand je serai de retour chez moi, je vérifierai dans ma chambre. Je suis persuadée qu'elles y sont. Tout s'arrangera et...

Elle faisait un effort visible pour reprendre le contrôle d'elle-même, et elle avait du mal à y parvenir.

— Je ne peux pas me laisser aller à ça de nouveau. Je dois lâcher prise.

Elle mit les mains sur les hanches, en hochant la tête.

— Le moment est venu de passer à autre chose.

— Vous allez renoncer comme ça ?

Brody était vraiment surpris. Mais ce n'était probablement qu'un passage à vide. S'arrêter là après le travail de fourmi qu'elle avait effectué pendant dix ans n'avait pas de sens.

Finalement, elle reprit le rangement de son bureau, gesticulant en tous sens.

— Merci pour votre aide, dit-elle, sans le regarder, mais je suis sûre que vous avez des choses plus importantes à faire au ranch.

Elle le mettait à la porte.

Brody éclata de rire, d'un air peut-être un peu trop supérieur. Mais s'il y avait quelque chose qu'il ne supportait pas, c'était qu'on s'adresse à lui sans prendre de gants.

— Il n'est pas question que vous restiez seule ici.

Elle interrompit ce qu'elle faisait, et se redressa.

— Je vous demande pardon ?

— Appelez M. Field, et demandez-lui s'il est venu. Votre père a disparu, Kate. Vous avez peut-être envie de croire que c'était volontaire. Mais je sens quand quelque chose ne tourne pas rond. Et c'est le cas.

— Vous êtes paranoïaque, murmura-t-elle, comme si cette prise de conscience la laissait sous le choc.

— Et vous ne l'êtes pas assez.

— J'ai connu ça. Je me suis engouffrée sur ce chemin, j'ai failli m'y perdre, et...

Elle secoua violemment la tête, tout en fermant les yeux.

— C'est trop, murmura-t-elle.

Puis elle rouvrit les paupières et le fixa.

— Brody, j'apprécie votre aide, mais je ne peux pas. Mon père est parti. Je n'ai pas très bien géré ça quand c'est arrivé. Je pensais que tout le monde voulait s'en prendre à moi. J'avais l'impression qu'on me suivait. Ça a duré deux ans, et puis...

Brody sentit que tout en lui se figeait.

— Quelqu'un vous a suivie quand vous aviez seize ans,

— Ce n'est pas ce que j'ai dit. J'ai dit que je le pensais. Je délirais. J'étais en deuil, et inquiète à propos de toutes sortes de choses. J'étais seule et déséquilibrée. J'aurais dû consulter un thérapeute, mais ma mère a dit que j'irais mieux si j'arrêtais d'y penser.

— Mais vous n'avez pas pu.

— J'ai essayé. Ça m'a pris du temps pour trouver un équilibre. Je n'ai pas totalement renoncé, mais j'ai arrêté de laisser cette obsession diriger ma vie. Je n'ai pas envie de retourner en arrière.

— Et moi, je ne peux pas m'en aller en sachant que vous êtes probablement en danger.

6

Kate n'aurait pu dire combien de temps elle resta bouche bée. Elle ne savait pas à quoi elle s'attendait en faisant appel à Brody, mais certainement pas à ça.

— Je suppose que vous plaisantez.

— Pourquoi je plaisanterais ?

— Pourquoi je serais en danger ?

Il soupira, comme si elle était une fillette qui ne pouvait pas comprendre un problème très complexe. Et qu'il n'avait pas les mots pour l'expliquer.

— J'ai l'habitude d'analyser les situations, dit-il. De percevoir les menaces, et de reconnaître les signes de danger.

— Comment ?

Il resta muet pendant un moment, restant immobile comme s'il avait été gelé sur place. Puis il grommela :

— Faites-moi confiance.

On ne pouvait pas faire de réponse plus absurde.

Faire confiance à un homme qu'elle connaissait à peine, et dont le passé était auréolé de mystère ?

— Pourquoi ?

— Vous êtes toujours aussi désagréable ?

— Au contraire, je le suis très rarement. Je suis aimable et normale. Et cette conversation n'a rien de normal. Vous devez partir.

L'expression de Brody ne changea pas réellement. Elle se radoucit peut-être un peu, mais il lui barrait toujours stoïquement le passage.

Kate chercha son souffle, ne sachant pas ce qu'elle ferait s'il refusait. Mais il laissa retomber les bras qu'il avait croisés sur son torse.

— Bien, dit-il.

— Donc, vous partez ?

Il pivota sur ses talons et s'avança vers la porte.

— On ne peut pas dire ça.

Kate se précipita derrière lui.

Il était déjà dehors.

— Qu'est-ce que ça veut dire ? cria-t-elle dans son dos.

Il s'arrêta et se retourna.

— Je vais rester assis dans ma voiture, si vous ne voulez pas de moi à l'intérieur. Mais je n'irai nulle part tant que vous persisterez à rester ici toute seule, avec trois personnes qui rôdent dans les parages.

Puis il s'engouffra dans sa voiture et claqua la portière, laissant Kate médusée.

— Je ne suis pas en danger, marmonna-t-elle pour elle-même.

Comment pourrait-elle être en danger ? Ça faisait des années qu'elle se consacrait à ça, et rien n'avait jamais disparu. Ni la police ni les détectives privés n'avaient remarqué d'anomalies avec Stanley Music. Et pourtant, ils avaient eu les factures en main.

Et qui se serait penché là-dessus ? Elle-même ne l'avait pas fait, parce qu'il lui paraissait tout à fait normal que son père ait fait des achats dans un magasin en rapport avec la musique.

L'avait-on vraiment suivie quand elle avait seize ans ?

Tout le monde avait dit que c'était son imagination. Et

il ne s'était jamais rien passé. Donc, ils avaient raison, et Brody… Eh bien, il allait trop loin.

Brody se trompait complètement. Ce type avait peut-être un problème. Ou alors, Zara l'avait envoyé pour la provoquer et l'induire en erreur.

D'accord, c'était peut-être un peu tiré par les cheveux.

Même si Zara avait balayé d'un revers de main leur amitié, ce n'était pas une personne mesquine.

En tout cas, il fallait que Brody s'en aille. Il n'avait plus rien à faire ici.

Elle allait lui dire de partir. Il fallait que ce soit clair.

Kate enfila son manteau et sortit. Il neigeait à nouveau. Ça voulait dire qu'elle allait devoir passer une autre nuit ici. Et maintenant, à cause des élucubrations de Brody, cette perspective la terrifiait.

Non, il n'allait pas gâcher sa tranquillité d'esprit, et rester sur ce parking, comme une sorte de baby-sitter qui n'aurait rien à faire là.

En tout cas, un baby-sitter vraiment sexy.

Cette pensée spontanée attisa un peu plus sa colère, tandis qu'elle chargeait vers la voiture, et tapait à la vitre.

Brody tourna la tête, baissa la vitre, et demanda, avec un charmant sourire :

— En quoi puis-je vous aider ?

— Je pourrais appeler la police.

— Pour leur dire quoi ?

— Qu'une personne à l'esprit dérangé prétend que je ne dois pas rester seule. Vous… vous me traquez !

Il sourit de plus belle.

— Je suis simplement assis dans ma voiture, sur un parking.

Elle voulut dire quelque chose, mais rien ne lui vint. Il allait vraiment rester là ? Même si elle appelait la police ?

— Qu'est-ce qui ne va pas chez vous ?

Il haussa les épaules.

— J'ai compris. Vous pensez que je surréagis, mais ce n'est pas le cas. Et s'il vous arrivait quelque chose parce que je suis rentré chez moi comme vous me l'avez demandé, je ne me le pardonnerais jamais. Je suis désolé si ça perturbe votre mode de vie, mais j'ai désormais l'intention de toujours agir selon ce que me dicte ma conscience.

Ce qui sous-entendait qu'il avait fait des choses qui le hantaient aujourd'hui, et qu'il avait du mal à assumer.

Kate faillit s'attendrir, même si elle savait qu'elle ne le devrait pas. Vraiment pas.

— Je peux vous conduire chez vous, dit-il, avec détermination. Ou bien chez Hazel, si vous préférez. Vous pourrez rester avec elle jusqu'à ce que les routes soient complètement dégagées, et qu'elle puisse vous ramener ici.

Il la fixa intensément.

— Je peux faire beaucoup de choses, mais je ne peux pas vous laisser toute seule. Parce que tout ce que j'ai observé me porte à croire qu'il est statistiquement hautement probable que vous soyez ciblée par une personne mal intentionnée.

— Vous parlez comme un flic.

Le sourire de Brody ne faiblit pas, mais quelque chose dans ses yeux s'éteignit.

— Je n'en suis pas un.

Kate pesa le pour et le contre. Si Brody la conduisait chez sa mère, elle aurait besoin de quelqu'un pour l'accompagner au fort demain. Mais elle aurait le temps de chercher les factures.

Tu sais très bien qu'elles n'y sont pas.

Elle soupira, tandis que la neige tourbillonnait autour d'elle.

Elle le savait d'autant mieux qu'elle prenait toujours

soin de ne rien apporter à la maison que sa mère pourrait trouver, et qui pourrait la perturber.

Elle prenait toujours soin que tout soit à sa place et parfaitement organisé. Elle était extrêmement minutieuse.

Ces factures avaient disparu, il lui était impossible de le nier.

Elle soupira.

— Bien. Je vais appeler Hazel, et m'assurer…

En voyant le sourire de Brody s'élargir, elle n'alla pas au bout de sa phrase.

— Vous lui avez déjà parlé !

— Juste par précaution.

Par précaution. Il avait un de ces toupets !

— D'accord, fit-elle, d'un ton résigné. Je vais aller chercher mes affaires. J'en ai pour quelques minutes.

Brody était assez content de lui. Mais beaucoup moins content de voir la neige redoubler d'intensité. Lorsque Kate réapparut avec un sac de voyage et sa besace, elle avait été couverte de flocons le temps de parcourir en courant la distance entre le bâtiment et son pick-up.

Elle se hissa dans la cabine, et jeta ses sacs sur la banquette arrière.

— Le temps ne s'arrange pas, décidément, constata-t-elle.

Brody observa le ciel, et le parking transformé en tapis blanc.

— On dirait.

Il fit marche arrière, les essuie-glaces réglés à la vitesse maximale.

— Vous avez appelé M. Field ?

— Non.

— Vous avez peur de la vérité ?

Brody ne pouvait pas la regarder pour analyser sa réaction. Ses yeux devaient rester sur la route – si tant est que le peu qu'il voyait pouvait être considéré comme une route. Ils n'avaient pas parcouru un kilomètre qu'il regrettait déjà sa décision.

— Brody, c'est vraiment épouvantable.

— Oui. Je me demande si je ne devrais pas faire demi-tour, et nous passerions la nuit dans votre bureau.

— Ce serait préférable. Mais faites attention. Il ne faudrait pas que vous restiez coincé dans une congère.

Brody n'entendit rien à cause du rugissement du vent. Il ne vit rien non plus, mais il sentit l'impact. Quelqu'un venait de les heurter. Le pick-up fit un bond en avant. Il essaya de freiner, mais ils furent à nouveau heurtés, et leur voiture commença à glisser.

Que se passait-il ?

Le conducteur de la voiture qui les suivait avait peut-être perdu conscience avec le pied sur l'accélérateur.

Ou alors, il était tellement paniqué par la tempête de neige qu'il ne réalisait pas qu'il devait ralentir.

Ou bien…

Brody ne voulait pas penser immédiatement à une collision délibérée. Avec une telle absence de visibilité, un accident était quasiment inévitable.

Mais il allait quand même prendre ses précautions.

Dans le rétroviseur, il ne distinguait pas grand-chose. Pas de phares. Mais peut-être la silhouette d'un autre pick-up ?

Le véhicule les dépassa et commença à les pousser sur le côté. S'il accélérait, peut-être pourrait-il se dégager avant de finir sur le bas-côté. Ils risquaient de déraper dans ces conditions, mais Brody pensait pouvoir gérer ça.

Kate était beaucoup trop silencieuse, mais il devait les

mettre hors de danger avant de prendre le risque de la regarder.

— Accrochez-vous, dit-il.

Il appuya sur l'accélérateur, et les pneus crissèrent, mais la voiture n'avança pas.

Ils étaient coincés. Dans la neige, ou peut-être dans la glace en dessous. Il n'y avait aucun moyen de se sortir de là.

Il entendit un froissement de métal, puis l'autre véhicule fit marche arrière.

Avec un peu de chance…

Mais ils furent à nouveau heurtés. Le métal crissa. Le choc était délibéré, et parfaitement calculé pour faire basculer leur véhicule dans un fossé.

— Accrochez-vous, répéta Brody, tandis que le pick-up tombait lourdement sur le côté.

Du verre vola en éclats, et quelque chose s'empala dans la vitre du côté conducteur. Brody eut le temps de se pencher en avant pour éviter d'être touché, mais il sentit quelque chose érafler son dos, lui provoquant une douleur violente.

Il s'efforça de défaire sa ceinture de sécurité, en s'accommodant de sa marge de mobilité réduite,

À présent, il voyait ce qui avait transpercé sa vitre : une borne kilométrique en métal rouillé et tordu.

Il jura férocement, parce qu'il n'était pas passé loin de la catastrophe et qu'il était sous le choc.

Puis il se ressaisit, et regarda Kate. Elle pendait mollement vers lui, sa ceinture de sécurité étant la seule chose qui l'empêchait de tomber sur lui. Un peu de sang coulait de son menton.

Sans perdre un instant, Brody passa à l'action. Il essaya de détacher la ceinture de Kate, puis il employa les grands moyens, se servant du couteau qui ne quittait jamais sa poche pour couper la sangle.

Il ne pourrait pas sortir par sa portière, donc il faudrait passer par celle de Kate.

— J'ai mal, murmura-t-elle.

— Je m'en doute. Pouvez-vous ouvrir les yeux ?

Elle grommela, cilla plusieurs fois, et finit par soulever les paupières.

— Essayez d'ouvrir votre portière.

Elle se tourna, parvint à tirer sur la poignée et à pousser la porte, mais celle-ci se referma aussitôt.

Brody essaya de se hisser un peu plus près.

— Essayez encore, dit-il, en serrant les dents contre la douleur dans son dos, et l'inconfort qu'il y avait à se contorsionner ainsi.

Kate fit une nouvelle tentative, et Brody parvint à retenir la portière cette fois.

— Bien. Maintenant, essayez de sortir si vous pouvez.

Kate lutta jusqu'à l'épuisement, d'abord pour se hisser hors de la cabine, puis pour sauter à terre.

Brody, qui tenait à bout de bras la portière ouverte, avait les muscles tétanisés. Il dut laisser la portière se refermer.

Secouant son bras pour en retrouver l'usage, il prit son arme dans la boîte à gants, s'assura que la sécurité était enclenchée, et la mit dans sa poche. Cal allait être furieux pour le pick-up, mais Brody se dit qu'il devait d'abord se sortir de là, avant de s'inquiéter de la colère de Cal.

Il se tourna vers l'arrière et récupéra les sacs de Kate – il ignorait ce qu'ils feraient ensuite, mais ce qu'elle avait empaqueté pourrait peut-être leur servir – puis il poussa la portière et balança les sacs dans la neige.

Kate avait pris appui contre la voiture, comme si elle avait du mal à tenir debout toute seule. Mais, quand elle l'entendit gémir de douleur, elle s'avança dans la neige pour lui tenir la portière ouverte, afin qu'il puisse s'extraire de la cabine.

Il laissa échapper une bordée de jurons, tandis que la douleur irradiait dans tout son corps, et semblait épuiser ses dernières forces.

Puis il regarda Kate. Elle avait une vilaine bosse sur la tempe, d'où coulait du sang.

Elle avait dû se cogner la tête contre la portière quand ils avaient été heurtés.

— J'imagine que vous n'avez pas de trousse de premiers secours dans vos sacs.

— Non.

Elle secoua la tête, mais ce geste la fit vaciller.

Brody parvint à la rattraper avant qu'elle ne s'effondre au sol.

— Je vous tiens.

— J'ai la tête qui tourne.

— Oui, c'est un signe de commotion cérébrale.

Tout en tenant Kate contre lui, Brody observa les alentours. Le monde n'était que blancheur. Le vent soufflait violemment, en émettant une longue plainte lugubre, et la neige continuait à s'amonceler. Personne n'était visible. Il n'y avait même plus de traces de pneus, car la neige avait déjà tout recouvert.

Il ne pouvait appeler personne. Même les services d'urgence ne parviendraient pas jusque-là.

— Nous allons devoir retourner au fort à pied. Je pense que nous sommes à moins d'un kilomètre, donc c'est faisable.

Il aurait préféré être habillé un peu chaudement, mais ça irait.

— Vous n'allez pas pouvoir me porter, murmura Kate, contre son épaule.

— Bien sûr que si !

Il avait porté son frère Dunne bien plus longtemps que ça dans une tempête de sable, alors que celui-ci avait été sévèrement blessé. Il pouvait bien porter une frêle jeune femme dans la neige.

Il devait simplement savoir où ils étaient, et de quel côté ils devaient se diriger.

Il sortit son couteau de sa poche. Une petite boussole s'y trouvait au centre. Ils avaient roulé vers l'ouest, mais il ne voyait pas la route.

— Brody, je peux me tenir debout.

— Je vais vous porter. Ce n'est pas un problème. Par hasard, vous ne sauriez pas de quel côté nous devons nous diriger ?

Elle tourna la tête, puis gémit et ferma les yeux.

Il prit ça pour un non.

Rassemblant les sacs de Kate, il grimaça un peu quand les sangles arrimées à son épaule frôlèrent la blessure dans son dos.

Il observa la position du pick-up. Logiquement, il devrait être tourné dans la direction qu'ils avaient prise, avec bien sûr une légère marge d'erreur due au dérapage. Mais s'il retrouvait la route à l'arrière du véhicule, il pourrait la suivre jusqu'au fort.

7

Il faisait froid. Un froid mordant et humide.

Son visage lui faisait mal. Sa tempe battait avec une régularité mécanique, et elle avait l'impression que son crâne résonnait comme une grosse caisse.

Elle avait mal aux bras à force de s'agripper au cou de Brody. Tout son corps souffrait d'avoir été ballotté et heurté.

Elle ne pouvait pas ouvrir les yeux. Elle essayait de ne penser à rien, mais une idée l'obsédait : il les conduisait vers une mort certaine.

Il n'était pas d'ici. Il était évident qu'il ne connaissait rien aux techniques de survie. Ils auraient dû rester dans la voiture, où il faisait chaud. Le moteur tournait toujours, même s'ils étaient tombés dans un fossé.

D'ailleurs, comment avaient-ils atterri là ? Elle se souvenait qu'un véhicule les avait heurtés – même si c'était assez peu probable d'avoir un accident de voiture en plein blizzard, dans un endroit désert – mais où était passé le chauffard ?

Elle essaya de se souvenir, mais c'était flou. Elle était à peu près sûre qu'elle avait perdu connaissance un moment, ce qui était particulièrement terrifiant. Elle n'avait jamais été malade, ne s'était jamais cassé quoi que ce soit, n'avait jamais été anesthésiée.

Et elle s'était évanouie pour un coup sur la tête ?

— Je vais mourir, gémit-elle.

— Ne dramatisez pas, répliqua Brody.

Et il avait l'air si sûr. Si fort.

Même si elle était transie de froid et avait mal partout, même si elle était persuadée qu'il ne pouvait pas aller dans la bonne direction, cette assurance dans la voix de son compagnon d'infortune l'apaisa quelque peu.

Peut-être savait-il ce qu'il faisait, après tout…

— Nous y sommes, annonça Brody.

Elle parvint à ouvrir les yeux, et pensa qu'elle venait de faire un effort surhumain, car elle avait l'impression d'avoir les cils collés par le gel.

Tout était blanc autour d'elle. Même Brody était couvert de blanc.

— Morts et montés au paradis ?

Il rit, et pourtant son intention n'était pas de faire une plaisanterie.

Puis elle le vit. Le mât avec le drapeau. Juste devant elle.

Brody le contourna et elle aperçut une protubérance qui ne pouvait être que sa voiture, car il en sortait un petit bout d'antenne.

— Je rêve. J'hallucine. Je suis en plein délire psychotique.

— Vous allez très bien, dit Brody, entre ses dents serrées. À part que vous êtes un peu stressée.

Elle rit nerveusement, ce qui conforta probablement Brody dans son impression.

— Évidemment que je suis stressée ! Il me manque des factures. Des gens m'espionnent. Vous insistez pour m'aider, alors que je vous connais à peine, et vous nous faites avoir un accident.

— Je ne suis pas responsable de l'accident, et vous le savez très bien. Les clés ?

— Quelles clés ?

— Celles du fort, Kate.

Les clés ? Les clés ?

— Oh ! les clés ! Dans mon sac. Mais, je n'ai…

Il la déposa avec précaution sur ses pieds et, un bras passé autour de sa taille la garda en appui contre lui.

Et c'était bien comme ça, car elle ne parvenait pas à trouver son équilibre. Le monde continuait à tourner autour d'elle. Elle dut fermer les paupières pour y mettre fin.

Tandis qu'il reprenait leur marche, elle entendit le hululement du vent, sentit le froid la pénétrer jusqu'aux os.

— Kate.

— J'ai envie de me coucher par terre.

— Je n'en doute pas. Mais, à moins que vous vouliez mourir congelée – ce qui, à mon avis, ne doit pas être une fin très agréable –, vous allez rester debout encore quelques minutes. Maintenant, ouvrez les yeux, et dites-moi de quelle clé il s'agit.

Avec un lourd soupir, elle parvint à ouvrir les yeux. Brody brandissait devant elle son porte-clés. Elle regarda la porte devant laquelle ils se trouvaient. Le bâtiment principal. Ses bras lui semblaient peser une tonne, mais elle parvint à désigner la bonne clé.

Brody ouvrit la porte, la soutenant toujours contre lui. Puis, une fois qu'ils furent dans le bâtiment, il la souleva dans ses bras.

Même si la position n'était pas la plus confortable du monde, c'était pourtant agréable de poser la tête sur son épaule, de savoir qu'il s'occupait de tout.

À quand remontait la dernière fois que quelqu'un avait tout pris en charge à sa place ?

Il actionna l'interrupteur à plusieurs, reprises, tout en pestant entre ses dents.

— Vous jurez beaucoup.

— Mouais. Je vous présenterai mes excuses plus tard.

— Il doit y avoir une coupure d'électricité. Ça arrive souvent pendant les blizzards.

— Fantastique !

Il marmonna quelque chose entre ses dents, mais elle ne comprit pas.

Finalement, il la déposa sur un banc, et s'accroupit devant elle, en la regardant dans les yeux.

— Il faut s'occuper de votre blessure à la tête. Où est la trousse de premiers secours ?

— Sous le comptoir de l'accueil. Je vais...

Elle essaya de se lever, mais la main de Brody posée sur son épaule la maintint immobile.

— J'y vais. Restez assise bien droite, et les yeux ouverts. C'est compris ?

— À vos ordres, sergent, dit-elle.

Essayant d'imiter un salut militaire, elle vacilla légèrement sur la droite.

Marmonnant entre ses dents, Brody activa la fonction torche de ton téléphone, disparut derrière le comptoir, et ne tarda pas à revenir avec la trousse.

Il se déplaçait rapidement et avec efficacité, comme s'il était habitué à ce genre de situations.

Il nettoya sa plaie, lui murmurant des paroles rassurantes quand elle siffla de douleur. Puis, avec douceur, bien que ses mains fussent larges et puissantes, il appliqua un onguent, et posa un pansement.

— Il y a de l'eau quelque part ?

— M. Field a un petit réfrigérateur dans son bureau.

Brody disparut à nouveau, et revint avec deux bouteilles d'eau minérale. Il avait déjà bu la moitié de la sienne en chemin, et tendit l'autre à Kate.

— Buvez le plus possible. Pas d'antalgique avant de connaître l'étendue de votre commotion cérébrale.

— Je n'en ai jamais eu.

— Tant mieux pour vous.

Kate but un peu d'eau, tout en regardant Brody étudier les lieux.

— Le troisième bâtiment, dit-elle.

— Pardon ?

— C'est un vieux chalet que nous utilisons pour des reconstitutions historiques. Nous pourrons faire du feu. Il y a un lit et de vieilles couvertures. Rien d'extraordinaire, mais ça nous permettra de passer la nuit à l'abri. Il devrait même y avoir tous les ingrédients pour faire du pain.

— Du pain ? répété Brady, surpris.

— Oui, nous faisons souvent des démonstrations sur la façon dont s'alimentaient les pionniers. Vous devriez retourner dans le bureau de M. Field prendre de l'eau, et tout ce que vous trouverez dans son réfrigérateur. Il y a des sacs sous le comptoir.

Elle essaya de se lever, et il fut aussitôt à côté d'elle.

— Je me sens encore un peu faible, mais je peux marcher. Vraiment.

Lentement, il la libéra, et elle parvint à appuyer ses dires en se levant toute seule et en faisant quelques pas. Il l'observa pendant une bonne minute, avant de décider qu'il était satisfait.

— Bien. Ne bougez pas. Ne portez rien. Il ne faut prendre aucun risque avec une commotion cérébrale. Restez là jusqu'à ce que j'aie tout rassemblé.

Brody retrouva Kate où il l'avait laissée. Elle était beaucoup trop pâle, mais elle tenait toujours debout.

Il ne pourrait pas la porter et transporter toutes les provisions en un seul voyage.

— Vous devriez attendre ici pendant que je...

Elle secoua la tête, puis grimaça et pressa une paume contre son front.

— Je ne dis pas que je suis en pleine forme, mais je peux marcher jusqu'au chalet.

Ça n'enchantait pas Brody. Mais, c'était ça ou la laisser toute seule ici le temps qu'il fasse l'aller-retour. Et ça ne lui plaisait pas non plus. Il n'avait remarqué personne durant leur longue marche jusqu'ici, mais ça ne voulait pas dire que le danger ne rôdait pas.

— Bien. Ouvrez la marche.

— Je peux porter...

— C'est moi qui porte tout, dit-il, d'un ton ferme. Vous vous contentez de me guider.

— Comme vous voudrez, dit-elle.

Mais il vit qu'elle n'avait pas l'air satisfaite.

Brody prit les sacs de Kate, qu'il avait sortis de la voiture, les sacs de nourriture et d'eau, et la trousse de premiers secours. Puis il la suivit dans l'immensité blanche, froide et aveuglante.

Il n'avait pas réalisé à quel point ce fichu vent était glacial, avant de se mettre à l'abri.

Il attendit que Kate verrouille la porte, et essaya de repérer le chalet. Il n'y voyait pas grand-chose dans toute cette blancheur.

— Il faut marcher tout droit, cria Kate, pour couvrir le bruit du vent. Restez derrière moi. Si nous dévions du tracé, ce sera catastrophique.

Brody ne s'inquiétait pas trop pour ça. Il pouvait retrouver des choses dans des circonstances pires que celle-ci. Mais il voulait laisser à Kate l'impression qu'elle contrôlait au moins un peu la situation.

Il suivit son pas lent et trébuchant, contenant sa frustration à la fois face à la lenteur, mais aussi en pensant à la douleur qu'elle devait ressentir.

Plusieurs fois, il dut se retenir de déposer ses sacs et de soulever Kate dans ses bras pour la porter jusqu'au chalet, et mettre ainsi fin à son calvaire.

Mais ils atteignirent enfin la maisonnette recouverte de neige. Kate défit le verrou, poussa la porte, et lui fit signe d'entrer.

Brody poussa le battant derrière lui, et tenta d'observer les lieux, mais il faisait trop sombre pour distinguer quoi que ce soit. Posant les sacs, il prit son téléphone pour se servir de la torche.

— Éclairez par-là, dit Kate, en lui prenant le bras pour le guider vers ce qu'il supposa être une cuisine.

Kate commença à faire le tour du chalet, et il lui fallut quelques secondes pour réaliser qu'elle allumait de vieilles lampes à huile.

Puis elle s'agenouilla devant le grand foyer central et commença à allumer un feu.

Brody y voyait maintenant assez clair pour distinguer que l'espace avait été divisé en différentes zones : une pièce commune, une cuisine et une chambre. Il y avait des meubles, mais ils étaient vieux, probablement appropriés à l'époque. En tout cas, ça donnait une idée assez précise de la rude vie des pionniers.

— Pourriez-vous aller me remplir cette marmite de neige, pour que je la fasse fondre ?

La voix de Kate le tira de sa rêverie, et il s'empressa d'obtempérer.

Quand il revint, Kate continuait à s'activer autour de la cuisine.

— Vous devriez vous asseoir un peu, dit-il, tandis qu'il déposait la lourde marmite sur le fourneau à bois. Vous avez besoin de repos.

— Est-ce que vous allez vous reposer ? demanda-t-elle, d'un ton acerbe.

— Je n'ai pas une commotion cérébrale.

Elle haussa les épaules.

— Qu'est-ce que vous y connaissez ? Vous êtes médecin ?

— Disons que j'ai quelques notions dans ce domaine. Vous allez vous épuiser si vous continuez comme ça.

Il rapprocha un rocking-chair du feu, et fit signe à Kate de s'asseoir.

— Si vous n'avez pas développé de nouveaux symptômes dans quelques heures, vous pourrez prendre un antalgique, à condition que vous ayez celui qui convient.

Elle s'assit à contrecœur.

— Vous n'avez pas été blessé aussi ?

— Quelques égratignures.

Il changea délibérément de sujet.

— J'ai faim. Pas vous ? Je vais nous chercher des snacks et de l'eau.

Il se tourna vers l'endroit où il avait déposé les sacs, et entendit Kate se lever d'un bond.

— Vous saignez.

Il balaya la remarque d'un geste de la main.

— Je vais bien.

— Brody, c'est une entaille profonde. Ça a déchiré votre manteau, votre chemise, votre peau. Vous devez me laisser désinfecter ça et y mettre un pansement. Vous aurez peut-être même besoin de sutures adhésives.

Il essaya de tourner sa tête suffisamment pour voir, mais

c'était trop bas, presque au niveau de la taille, d'après la localisation de la douleur.

Il doutait que ce soit aussi grave que le pensait Kate. Il avait survécu à pire que ça. Mais ce serait probablement mieux de désinfecter sa plaie. Les infections n'avaient rien de drôle – et il avait connu ça aussi.

— Bon sang, posez vos fesses sur cette chaise, et laissez-moi vous soigner !

Elle essaya de le pousser, mais il ne bougea pas d'un centimètre.

Il y avait des choses à faire, des mesures à prendre concernant leur sécurité…

— Je suis sérieuse, Brody. Je vais…

Elle regarda autour d'elle, visiblement à la recherche de quelque chose pour étayer sa menace.

— Je vais vous ligoter sur cette chaise s'il faut en arriver là.

Sérieusement ? Comme si elle le pouvait.

Il secoua la tête.

— Non, vous ne le ferez pas.

— Quand vous serez endormi, je pourrais très bien…

— Je ne dis pas que vous ne pouvez pas le faire. Je dis que vous ne le ferez pas. Mais si c'est tellement important pour vous…

Il se dirigea vers la chaise et s'y assit à califourchon, de façon à lui tourner le dos.

— Faites-vous plaisir.

Kate marmonna quelque chose d'inintelligible, et se dirigea vers les sacs, où elle trouva la trousse de premiers secours. Puis elle se plaça derrière lui pour observer son dos.

— Il va falloir que vous enleviez votre manteau, votre chemise, enfin… tout, dit-elle, au bout d'un moment.

Brody se défit de son manteau d'un coup d'épaule, et fit

passer son sweat-shirt et son T-shirt thermique à manches longues par-dessus sa tête.

Comme Kate ne disait rien et ne faisait rien, il la regarda par-dessus son épaule.

Elle observait son dos avec les yeux écarquillés. Mais sa blessure ne devait pas être si grave que ça, car elle ne semblait ni horrifiée ni apeurée.

Non, elle était plutôt… intéressée.

Il essaya de ne pas sourire.

— C'est si moche que ça ?

Elle sursauta

— Oh ! non ! Enfin, je veux dire, c'est assez sérieux quand même.

Elle se précipita vers le fourneau.

— Je vais devoir laver un peu avant de désinfecter.

Elle revint avec la lourde marmite remplie d'eau chaude, et la posa à côté du feu.

— Vous n'auriez pas dû, protesta Brody.

— Je me sens beaucoup mieux. Vraiment. J'ai mal à la tête, et je suis un peu nauséeuse, mais ma vision n'est plus du tout floue. Asseyez-vous.

Brody la regarda sévèrement. Mais elle était… lucide, se déplaçait aisément, et ce serait probablement préférable que sa plaie soit examinée.

Il s'assit et Kate se mit au travail. Elle avait une sorte de serviette – il espérait qu'il ne s'agissait pas d'un bout de vieille toile d'une autre époque – qu'elle trempa dans l'eau pour lui laver le dos.

Le silence était total dans la pièce. Brody entendait le souffle du blizzard dehors, mais ils en étaient isolés, et le feu, qui avait gagné en puissance, les réchauffait agréablement.

— Vous avez… beaucoup de cicatrices, murmura Kate.

Son souffle était comme une caresse sur la peau de son

dos, et la douceur qu'elle mettait à dessiner du bout des doigts lesdites cicatrices le troublait tellement qu'il avait envie de repousser brutalement ses mains.

À la place, il répondit d'un ton impatient.

— Oui, et alors ?

— Ça vient d'où ?

— De la vie, Kate.

Une vie qui n'avait jamais été tendre avec lui.

— Eh bien, je pense que ça vous en fera une de plus. Il faudra peut-être vous recoudre. Je ne sais pas...

— Contentez-vous de poser des sutures adhésives. Protégez-les par un carré de gaze, et faites un bandage autour de ma taille.

Elle soupira, et son souffle lui caressa à nouveau la peau, provoquant une réaction tout à fait inopportune.

Il essaya de penser à autre chose. Les planches disjointes qui recouvraient le sol. Le grincement des fenêtres malmenées par le vent. Des gens avaient vécu ici autrefois, sans eau courante, sans électricité et sans téléphone.

— Et voilà ! annonça finalement Kate. Demain, nous pourrons appeler le ranch et demander que quelqu'un vienne vous chercher pour vous conduire chez le médecin.

— Je suis certain que ce ne sera pas nécessaire.

Il se leva et ramassa son sweat-shirt. Il était sec grâce à l'épaisseur de son manteau, mais il y avait une grosse coulure de sang dans le dos.

— Je suppose que vous n'avez pas une chemise d'homme en grande taille qui traîne dans le coin ?

Il la regarda.

Elle ne croisa pas son regard. Elle avait les yeux fixés sur son torse. Elle ne répondit pas non plus à sa question, paraissant comme hypnotisée.

Il savait qu'il devait dire quelque chose. Se rhabiller. Faire autre chose que de rester là, à laisser son esprit emprunter des directions totalement interdites.

Kate Phillips était intouchable. Totalement hors limite.

Il commença à s'habiller, en essayant de ne pas grimacer sous l'effet de la douleur.

Elle cilla et leva finalement les yeux vers lui.

Ses joues avaient pris une charmante couleur rosée.

Non. Non. Non.

Brody s'éclaircit la gorge et fit un pas de côté.

— Je vais aller inspecter le périmètre.

8

Brody avait disparu avant que Kate ait trouvé quelque chose à dire.

Dehors, dans l'immensité glacée, sous le vent hurlant.

Inspecter le périmètre ?

Elle se surprit à prononcer les mots à voix haute.

Qui disait « inspecter le périmètre » ?

Et qu'y avait-il à inspecter, de toute façon ?

Elle y réfléchit tout en rangeant ce qui avait servi à le soigner. La longueur et la profondeur de sa blessure l'inquiétaient un peu. Ça lui fit penser à son dos… et, inévitablement, à son torse.

Le cœur battant, elle chercha à calmer sa respiration. Jamais auparavant elle n'avait été aussi proche du corps d'un homme, ni ne l'avait touché d'une façon… presque intime.

Il était tellement grand et fort. Et il était couvert de cicatrices, toutes de taille et de forme différentes… comme s'il avait été blessé à la guerre.

Cette considération lui fit interrompre ce qu'elle était en train de faire.

Il avait peut-être été soldat…

Elle connaissait quelques garçons de son lycée qui s'étaient engagés dans l'armée. C'était tout à fait plausible, et ça expliquerait tout.

Mais alors, pourquoi ne l'avait-il pas dit tout simplement, au lieu de faire des mystères ?

Peut-être avait-il vécu des choses terribles… Mais oui, il devait être atteint du syndrome de stress post-traumatique.

Le pauvre homme. Il voulait éviter le sujet, et…

Peut-être devrait-elle se concentrer davantage sur la façon de s'organiser pour la nuit, et beaucoup moins sur Brody Thompson…

Elle observa le chalet, et regretta de ne pas avoir plus de couvertures, d'autant que le manteau de Brody était déchiré. Mais, s'ils dormaient à tour de rôle et entretenaient le feu, on les retrouverait sans doute vivants demain matin.

Le pick-up de Brody devait être très endommagé, ce qui allait poser problème. Peut-être devrait-elle participer aux réparations ? D'un autre côté, c'était lui qui avait insisté pour la conduire. Elle n'aurait pas quitté le fort s'il n'avait pas tellement insisté…

La porte s'ouvrit brusquement et Brody entra, à nouveau couvert de neige.

— Ça continue de tomber fort, annonça-t-il. Je vais devoir appeler mes frères, leur dire où je suis, et les convaincre que nous pouvons rester ici pour la nuit. Vous ne pensez pas que votre mère essaierait de venir vous chercher, n'est-ce pas ?

Kate fut tellement surprise qu'elle éclata de rire.

Comme Brody fronçait les sourcils, elle parvint à retrouver son calme.

— Ça ne risque pas. Elle n'a pas pour habitude de s'inquiéter pour moi.

— Vous n'allez même pas l'appeler ?

— Non, c'est inutile.

Il eut l'air tellement abasourdi qu'elle ressentit le besoin de se justifier.

— Écoutez, nous n'avons pas une relation mère-fille

traditionnelle. Je ne vis pas avec elle parce que… c'est… compliqué. Elle se moque de savoir où je suis.

— Vous êtes sûre ?

— Certaine.

Elle hocha la tête en souriant, parce qu'elle était sûre, que tout allait bien, et que c'était sa vie.

— Appelez vos frères. Je vais voir ce que je peux préparer pour le dîner.

Elle vit qu'il regardait son front, là où il y avait le pansement. Ça lui faisait mal. Elle sentait son sang battre violemment derrière sa tempe, et elle était certaine de ne pas pouvoir dormir si elle ne prenait pas un antalgique. Mais elle était capable de se déplacer et de faire des choses.

— Ne vous inquiétez pas, je vais bien.

Personne ne s'inquiétait jamais pour elle, et elle allait toujours bien.

Tandis qu'il s'éloignait pour téléphoner, Kate s'activa en cuisine. Elle avait beaucoup d'ingrédients destinés aux démonstrations culinaires proposées aux visiteurs, mais ça lui semblait une perte de temps de confectionner des galettes cuites sous la cendre, quand elle pouvait utiliser ce qu'il y avait dans les sacs transportés par Brody. Faire réchauffer de la soupe en boîte sur le fourneau serait beaucoup plus facile et plus rapide.

— Oui, écoute, j'ai eu un petit accrochage, et je suis coincé ici. Il va falloir s'occuper du pick-up une fois que les routes seront dégagées. Je te tiens au courant, disait Brody au téléphone.

Quand elle regarda vers lui, il grimaça et agita la main, mimant la réprobation de son interlocuteur.

Elle essaya de sourire, vraiment, mais il lui était difficile de trouver quelque chose de drôle à la situation. À vrai dire, elle serait plutôt contente si quelqu'un se préoccupait suffisamment d'elle pour lui faire la leçon au téléphone.

Reportant son attention sur le fourneau, elle remua la soupe, qui commençait à frémir dans la marmite.

Quelques instants après elle entendit Brody approcher.

— Ça ne devrait pas tarder à être prêt, annonça-t-elle.

Il étudia avec curiosité le vieux fourneau à bois.

— Vous vous y connaissez dans tous ces trucs de pionniers, on dirait.

Kate hocha la tête.

— Je me suis toujours intéressée à l'histoire, et j'ai toujours aimé le fort. Ici, j'ai l'impression d'être connectée à mes ancêtres.

Elle haussa les épaules.

Elle n'avait pas vraiment envie de voir dans les yeux de Brody la consternation que lui opposaient la plupart des gens dès qu'elle commençait à parler d'histoire et de généalogie.

— Donc, conclut-elle, j'ai étudié ce qui m'intéressait.

Elle versa la soupe dans des répliques de bols historiques – dont les originaux se trouvaient dans une des vitrines du musée proprement dit – et les déposa sur la table chancelante. C'était étrange d'accomplir ces tâches dans ses vêtements modernes, mais elle retrouvait quand même sa routine.

— Mon père voulait que je sois professeur d'histoire, mais cette activité me convenait mieux que d'essayer de dompter des adolescents déchaînés. Je vis mon rêve de « petite maison dans la prairie », et je rentre chez moi pour prendre des bains et avoir accès à Internet.

— Le meilleur des deux mondes.

Il se dirigea vers les sacs et en sortit deux petites bouteilles d'eau minérale, qu'il déposa sur la table.

C'était un travail d'équipe, et ça semblait étrange à Kate.

Mais Brody attaqua sa soupe avec appétit, et elle se sentit bien.

C'était intime et plaisant… presque chaleureux. Blessures mises à part, bien sûr.

Elle se dit qu'elle devrait continuer à entretenir la conversation. Un plaisant échange ferait passer le temps plus vite.

— Hazel a dit que vous ne connaissiez rien aux activités agricoles, et que Zara a dû tout vous apprendre.

— Mmm. Nous sommes tous plus ou moins des citadins.

— Et, pourquoi avez-vous choisi le Wyoming ?

— Oh ! comme je l'ai dit, c'était la décision de Cal, et nous avons suivi.

Il balaya sa réponse d'un revers de la main, comme si c'était sans importance. Peut-être penserait-il que ça l'ennuierait, comme elle présumait toujours que les gens se lasseraient si elle leur racontait ses histoires.

— Étiez-vous dans l'armée, avant que vous ne décidiez tous de devenir ranchers ?

Le visage de Brody se figea, et elle vit dans ses yeux une étrange froideur qu'elle ne lui avait jamais connue.

— Pardon ?

— Je me suis seulement dit… peut-être. Les cicatrices… Et puis, vous avez employé le mot « périmètre ».

Elle s'empêcha de continuer à scander des informations d'un ton hésitant, sans former une véritable phrase.

— Enfin, ça n'a aucune importance.

— Ça remonte à longtemps.

— Oui. Bien sûr. Ça ne me regarde pas.

Elle se força à lui sourire, puis baissa la tête vers son bol et finit sa soupe.

Après un long silence oppressant, Brody prit la parole.

— J'étais effectivement dans l'armée.

Kate leva les yeux vers lui.

— Vous n'êtes pas obligé d'en parler. J'essayais seulement de faire la conversation.

— Je sais. C'est une période que je n'ai pas vraiment envie de me remémorer.

— Bien sûr. Je comprends.

Elle se leva d'un bond.

— Vous avez terminé ? demanda-t-elle, d'un ton agité. Je vais les laver.

Elle tendit le bras pour prendre le bol vide de Brody, mais il lui saisit le poignet avant qu'elle ait eu le temps d'aller jusqu'au bout de son geste.

— Je vous demanderai juste de n'en parler à personne. À propos de l'armée.

Elle cilla.

— C'est un secret ?

— En quelque sorte.

— D'accord. Bien sûr. Vous pouvez compter sur moi. Motus et bouche cousue.

Il libéra lentement son poignet, laissant glisser le bout de ses doigts sur le dessus de sa main.

Pourquoi fallait-il qu'il soit aussi séduisant ?

Et pourquoi fallait-il qu'elle soit tellement… elle ?

Normalement, Brody aurait proposé de tout nettoyer, puisque Kate avait préparé le repas. Mais il avait d'autres choses à faire, et il ne voulait pas qu'elle y prête trop d'attention. Par exemple, installer des signaux à tous les points d'entrée. Si un intrus essayait d'entrer par les fenêtres, il cognerait quelque chose qui ferait du bruit en tombant.

— Je me suis dit que nous pourrions dormir à tour de rôle, suggéra Kate, en désignant le lit dans un coin de la pièce.

Brody avait dormi dans des conditions bien pires, mais ce

n'était pas pour autant qu'il considérait un simple matelas de paille comme un vrai lit.

— Ah, vous croyez donc maintenant que le danger est bien réel ?

Il étudia le système de fermeture de la porte principale. Ce n'était pas assez sûr. Comment pourrait-il arranger ça ? Il regarda autour de lui à la recherche d'une solution, et vit que Kate le regardait avec stupéfaction.

— Je ne faisais pas allusion à un quelconque danger.

Elle désigna le foyer.

— Je m'inquiétais pour le feu.

— Ah.

— Vous ne croyez pas vraiment que nous sommes en danger, dit-elle, d'un ton incrédule.

Il pouvait la laisser vivre dans son univers de conte de fées. Lui faire croire que tout allait bien. Mais ça ne lui rendrait pas service. Mieux valait qu'elle sache qu'il y avait une menace quelque part dehors, et qu'elle prenne toutes les précautions pour se protéger.

— Que croyez-vous qu'il s'est passé tout à l'heure quand nous sommes partis dans le fossé ?

Kate plissa le front, puis elle porta la main à sa tempe blessée, comme si ça lui faisait mal.

— Vous avez dérapé sur la route à cause du mauvais temps.

Il haussa les sourcils.

— Et comment vous êtes-vous cognée ?

— C'est un peu confus. Mais, si la voiture s'est couchée sur le côté, c'est normal que je me sois cognée.

— Nous avons été heurtés par une autre voiture, Kate. Ça peut arriver par un temps pareil, bien que ce soit un peu étrange ici, au milieu de nulle part. J'ai quand même voulu croire que c'était un accident. Jusqu'à ce que l'autre conducteur recommence et finisse par nous pousser dans le fossé.

— Mais... Pourquoi ?

Il savait qu'elle était intelligente et capable, mais elle avait peur et elle était désorientée. Son entourage n'avait cessé de lui dire qu'elle se faisait des idées quand elle pensait être observée et suivie dans les premiers mois de la disparition de son père.

Peut-être quelqu'un avait-il voulu l'effrayer pour qu'elle cesse d'enquêter.

— Vous avez dit que vous pensiez être suivie quand tout a commencé.

Elle soupira.

— Brody. Honnêtement, il faut que vous compreniez. J'étais en deuil. Je ne dormais pas. Je n'arrêtais pas de solliciter la police et... je n'étais pas moi-même. Je ne contrôlais plus rien.

— Peut-être pas, mais ça ne veut pas dire que quelqu'un ne vous surveillait pas. Et, que s'est-il passé quand vous avez laissé tomber ? Ou que vous avez mieux caché ce que vous faisiez ?

Elle sembla interloquée.

— Vous faites comme si vous aviez renoncé. Mais toutes ces recherches n'ont pas été faites durant les premières années. Et vous avez fait appel à moi. Vous avez peut-être fait semblant de faire machine arrière, vous êtes restée en dessous des radars, mais vous n'avez jamais cessé de chercher votre père. Vous le faisiez discrètement. Puis je m'en suis mêlé, et ça n'a plus été aussi discret.

Kate ne disait toujours rien. Elle restait là comme changée en statue. Il savait que c'était dur à entendre, mais il n'était pas du genre à édulcorer la vérité.

Et puis, elle serait encore plus en danger si elle ne l'acceptait pas.

— Il y a quelque chose au sujet de Stanley Music qu'on veut vous empêcher de savoir, Kate.

— Mais...

Il était évident qu'elle ne trouvait pas de façon de le réfuter, même si elle en avait envie.

— Je suis désolée, mais vous voulez me faire croire, après dix ans passés à enquêter, que je n'ai pas trouvé ce que vous n'avez mis que quelques heures à découvrir.

Brody alla chercher la trousse de premiers secours, et fouilla dedans jusqu'à ce qu'il trouve des antalgiques sans danger pour sa commotion cérébrale.

— Très souvent, une enquête a besoin d'un œil neuf. Vous saviez que votre père était professeur de musique, donc les factures vous paraissaient normales. Pareil pour la police et les détectives privés. Ils cherchaient des irrégularités, et ça n'en n'était pas une.

— Dans ce cas, pourquoi cela vous a-t-il sauté aux yeux ?

Il lui tendit deux comprimés et une bouteille d'eau.

Elle les fixa avec suspicion.

— Vous avez mal à la tête. Vous vous sentirez mieux si vous les prenez.

Elle soupira et obtempéra. Puis elle s'assit sur une des chaises chancelantes, à la table de la cuisine.

— Vous essayez d'éviter la question, dit-elle, après quelques minutes de silence. Comment avez-vous trouvé ?

— Je ne savais pas à quoi m'attendre. Je cherchais, c'est tout.

— Arrêtez de me prendre pour une idiote ! s'exclama-t-elle. Pourquoi avez-vous trouvé là où tout le monde a échoué ?

Il n'avait pas à lui répondre. Il ne lui devait rien, mais il avait le sentiment que c'était pourtant le cas. En dépit de ce que son cerveau essayait de lui faire comprendre.

— J'ai été entraîné à regarder au-delà de l'évidence. Au-delà de ce que les gens veulent voir. Ce n'est pas comme le travail de la police, où vous vous en tenez aux faits et aux preuves. C'est… beaucoup plus compliqué.

— Entraîné, répéta-t-elle.

Elle leva vers lui ses doux yeux bruns.

— À l'armée ?

— Oui.

Il ressentait l'étrange besoin de tout lui dire. Tout ce qu'il avait été. Tout ce qu'il avait fait. C'était impossible, mais il en avait envie. Et il était plus perturbé par ce besoin qu'il ne voulait l'admettre.

— Pourquoi ne pas m'avoir menacée quand j'avais seize ans ? Pourquoi ne pas avoir embouti ma voiture, ou je ne sais quoi, quand j'étais triste et désespérée, et à peine sortie de l'adolescence ?

— Eh bien, le timing aurait éveillé les soupçons. En attendant, l'intérêt autour de l'enquête s'est amenuisé. Il n'y avait plus de raison de faire le lien entre les deux événements.

Mais ils auraient pu s'en prendre à Kate quand elle était seule. Et elle semblait être extrêmement seule et isolée.

À la place, ils avaient volé des factures, et attendu qu'elle soit avec quelqu'un d'autre pour essayer de causer quelques dommages.

— Ce n'est pas ce que vous croyez, dit Kate, comme si elle pouvait lire dans ses pensées. Vous avez une autre hypothèse.

Brody soupira.

— Votre père est peut-être parti, mais il reste votre père. Il n'aurait pas voulu qu'il vous arrive quelque chose de grave.

— Vous pensez que mon père…

— Je pense seulement qu'il est envisageable que l'homme qui a disparu soit impliqué dans… des activités peu recommandables qui se dissimuleraient derrière l'enseigne Stanley Music.

9

— Je suis très fatiguée, dit Kate.

Parce qu'elle l'était. Parce que l'épuisement plongeait ses griffes si profondément en elle qu'elle avait envie de pleurer.

Elle n'était pas en état d'assimiler ce rebondissement.

Son père serait en vie ?

Ce serait lui qui aurait volé les factures ?

Lui qui aurait fait en sorte de lui envoyer un avertissement, mais de ne pas lui faire de mal ?

En tout cas, pour la douleur c'était raté. Sa tête lui faisait un mal de chien. Son corps semblait avoir été roué de coups.

Tout était aberrant et complètement faux.

Et ce type qui se tenait devant elle, la regardant avec de la pitié dans ses ensorcelants yeux noisette. Il se trompait. Ce n'était pas à ça que ressemblait sa vie.

— Enlevez vos bottes et vos chaussettes, dit-il, et je vais essayer de les faire chauffer près du feu. Dormez un peu. Si possible pas plus de deux heures. Vous semblez en forme pour une commotion, mais nous devons être prudents.

« Nous. » Ça semblait un peu étrange. Mais elle hocha la tête et se leva. Elle se sentait comme un poids mort, et tout était trop compliqué pour y voir clair maintenant.

Peut-être que si elle se couchait, la nuit lui porterait conseil, et elle se réveillerait avec les idées claires.

Elle ôta ses bottes. Elles n'étaient pas en trop mauvais état. Mais si elles étaient bien sèches et chaudes demain quand elle se réveillerait, ce serait formidable. Ses chaussettes enlevées à leur tour, elle se glissa dans le lit.

Malgré toutes les mises en scènes historiques et reconstitutions qu'elle avait faites ici, elle ne s'était jamais couchée dans ce lit.

Même si elle adorait l'histoire, elle aimait aussi le confort moderne, et on ne pouvait pas dire que le matelas en paille, l'oreiller rempli d'herbes sèches et les couvertures rêches entraient dans cette catégorie. Mais elle était si fatiguée qu'elle allait probablement s'endormir en un rien de temps.

Brody s'accroupit à côté du lit, de façon à être à hauteur d'yeux avec elle.

— Je ne bouge pas d'ici, dit-il, avec le sérieux d'une promesse faite à un mourant. Je vais vous aider jusqu'à ce que vous ayez toutes les réponses.

— Pourquoi ?

Il l'observa, puis il tendit le bras et, avec beaucoup de douceur, repoussa derrière son oreille une mèche de cheveux qui lui tombait sur le visage.

La caresse de ses doigts sur sa peau l'émut au point que, si elle avait été debout, ses jambes se seraient dérobées sous elle.

— C'est la juste chose à faire.

Elle aurait préféré qu'il ne dise pas ça. La signification était trop importante pour elle. Ça provoquait un déluge d'émotions qu'elle n'identifiait pas bien.

Il se leva, et elle ferma les paupières.

Kate sentit qu'on la secouait, et elle eut l'impression que deux minutes seulement s'étaient écoulées depuis qu'elle s'était endormie.

— Allez, Kate. Réveillez-vous, maintenant.

Elle grommela. Elle avait envie de se tourner sur le côté et de tirer la couverture au-dessus de sa tête.

— Fatiguée, marmonna-t-elle.

— Je m'en doute. Mais vous devez vous lever. J'ai fait du café.

— Du café ?

Elle parvint à ouvrir les paupières. Brody était assis sur le lit, et la soulevait en position assise.

— Vous avez fait du café sur le fourneau ?

— J'ai beaucoup de ressources. Je suis presque un pionnier moi-même. C'est prodigieux ce qu'ils arrivaient à faire avec aussi peu de choses, non ?

— C'est exactement ce que je pense.

Tous les jours au travail, elle s'émerveillait de ce mode de vie à la fois si simple et si ingénieux. Elle aimait découvrir toutes les façons dont les gens avaient persévéré avec si peu, et elle aimait plus encore transmettre ce savoir aux visiteurs.

Parce que les humains avaient survécu à l'impensable depuis le début, et avaient trouvé des façons de vivre et d'aimer malgré les périodes les plus sombres.

Brody la souleva pour qu'elle se mette debout. Elle vacilla. Ses pieds étaient fermement posés au sol, mais sa vision resta troublée quelques secondes.

Brody la tint par les coudes, la maintenant droite.

— Vous me direz quand vous vous sentirez stable.

Kate le regarda. Il l'avait réveillée à cause de la commotion cérébrale. Il la soutenait en attendant qu'elle ait retrouvé son équilibre. Il y avait une ombre de barbe sur son visage – plus sombre que ses cheveux bruns – qui lui donnait un air de *bad boy*. Mais il la tenait aussi délicatement que si elle avait été en porcelaine.

Sans réfléchir, elle leva la main et lui toucha la joue.

— Ça pique.

Il haussa les sourcils, et ses lèvres s'incurvèrent. Quelque part, au fond de son esprit, Kate se dit que c'était déplacé. Mais elle était trop fatiguée pour ressentir un quelconque embarras.

— Café, dit-elle.

Quand il voulut la guider jusqu'à la chaise, elle libéra un bras et lui tapota l'épaule.

— Je suis stable, maintenant.

Il la laissa faire, mais elle remarqua qu'il restait juste derrière elle tandis qu'elle se dirigeait vers la table de la cuisine.

Quand elle fut assise, il alla chercher la cafetière et versa le liquide dans des tasses en fer-blanc. Le café semblait un peu épais, et elle le préférait avec de la crème et du sucre. Mais ils n'en avaient pas, et elle allait devoir s'en contenter.

— Comment vous sentez-vous ? demanda-t-il, en l'observant.

— Comme si j'étais morte.

Il rit.

— Vous avez probablement besoin de dormir.

— Non, ça va.

Il s'assit sur la chaise en face d'elle. La seule lumière provenait du foyer et des lanternes que Kate avait allumées la nuit dernière.

Il faisait maintenant une température agréable dans le chalet, et ils se sentaient totalement protégés du monde qui se déchaînait à l'extérieur.

Ça ne pouvait pourtant pas durer. Elle avait beau être fatiguée – et probablement délirante à cause du coup qu'elle avait reçu à la tête – elle comprenait que ce n'était qu'une parenthèse de répit avant ce qui allait suivre.

Si Brody avait raison, et si quelqu'un les avait percutés délibérément, elle était en danger.

Ce n'était pas facile de l'accepter, et pourtant...

Elle observa Brody, qui sirotait son café noir sans grimacer. Elle ne doutait pas qu'il soit capable d'affronter le danger. Et il semblait déterminé à l'aider. Même si elle ne comprenait pas pourquoi, elle y croyait.

— Que va-t-il se passer ensuite ? demanda-t-elle.

Il ne fit pas mine de ne pas la comprendre. Il posa sa tasse et, les coudes appuyés sur la table, réfléchit.

— Quand il fera jour, je pense que nous devrions retourner à votre bureau. Les factures ont peut-être disparu, mais nous avons toujours les reçus de carte bancaire. Il va falloir que je trouve un moyen d'enquêter sur Stanley Music sans attirer l'attention.

Il observa une courte pause.

— Une fois que nous serons sortis d'ici, je pense que... vous ne devriez pas être seule tant que nous ne saurons pas qui nous a percutés.

— Mais je suis toujours seule.

Il fronça les sourcils.

— Je croyais que vous viviez avec votre mère.

— Eh bien, oui, mais...

— Je peux comprendre que vous ne vouliez pas la mettre en danger. Cependant...

— Je ne sais pas si vous faites exprès de vous méprendre, ou si c'est inconcevable pour vous, mais ma mère ne m'aime pas. Elle ne passe pas de temps avec moi. Nous vivons dans la même maison, mais dans des ailes séparées. Nous existons dans des univers parallèles. Elle fait ce qu'elle veut, et je m'occupe de tout, en évitant de me faire remarquer.

— C'est incroyablement cruel, Kate. Au moins, ma mère

est partie quand elle en a eu assez de moi, mais je n'ai pas eu à m'occuper d'elle.

D'une certaine façon, en dépit du fait qu'il était un ex-soldat à la musculature impressionnante – qui l'avait portée à travers une tempête de neige, et qui avait promis de résoudre un mystère vieux de dix ans, parce que ça lui semblait juste –, elle n'avait aucun mal à imaginer le petit garçon abandonné par sa mère qu'il avait été.

— Je ne sais pas pourquoi nous parlons de ça, dit-elle, en se massant le front. Je ne suis pas moi-même.

— Il me semble au contraire que vous êtes exactement vous-même. C'est quand vous vous cachez derrière une apparence amicale et douce que vous n'êtes pas vous-même.

Elle eut un rire amer.

— Ah, bon ? Comment ça ?

— Si vous étiez amicale, vous auriez des amis. Un tissu relationnel. Un écosystème.

Il balaya la pièce d'un grand geste du bras.

— Mais vous avez ce travail que vous aimez, et vous avez réussi à vous fabriquer une petite vie qui vous convient, malgré le drame que vous avez vécu.

Kate le regardait avec intensité, et Brody ne savait pas ce qu'elle voyait.

Il aurait voulu lui faciliter les choses, mais il avait l'impression que sa soudaine implication avait réveillé l'intérêt que quelqu'un lui portait.

Si elle était devenue une cible, c'était en partie sa faute, et il assumerait sa responsabilité jusqu'au bout, en veillant à sa sécurité.

— Je devrais peut-être être un peu plus aimable de façon

à avoir un écosystème, dit-elle finalement. D'ailleurs, qui emploie le terme écosystème ?

— Quelqu'un qui a étudié les gens et les groupes, et qui sait comment ils fonctionnent et interagissent.

Brody s'efforçait de ne pas perdre patience. Elle était blessée à la tête, et avait été précipitée dans quelque chose qu'elle ne comprenait pas et ne pouvait pas comprendre.

— Je sais que vous êtes bouleversée.

Il cessa de tapoter du bout des doigts sur la table, et posa sa main sur celle de Kate. Elle ne broncha pas, et il s'efforça de ne pas se sentir flatté par sa réaction.

— Ça fait beaucoup, ajouta-t-il. Mais nous trouverons la solution. Je vous le promets.

— Si…

Elle chercha son regard et ne retira pas sa main, la laissant sous la sienne – petite et fine, mais pas fragile – sans paraître éprouver la moindre gêne.

— Si mon père a volé les factures, il est là. Tout près. Et s'il cache quelque chose de plus grave que sa disparition…

Elle ferma un instant les paupières et reprit son souffle.

— Je voulais seulement le retrouver. Pour pouvoir tourner la page. Pour savoir ce qu'il avait vraiment fait… à Amber ou à quelqu'un d'autre. C'était tout ce que je voulais. Et, au lieu de ça, j'ai ouvert la boîte de Pandore.

— Peut-être. Mais vous aurez enfin la réponse que vous attendez depuis dix ans.

— J'ai l'impression d'avoir à nouveau seize ans. Que je perds tout ce que je croyais connaître, et que je me retrouve seule.

Brody lui pressa la main.

— Vous n'êtes plus seule cette fois.

— Pourquoi ?

— Parce que vous avez demandé mon aide.

— Ça ne garantit pas que l'aide durera. J'en sais quelque chose.

— Ça ne marche pas comme ça avec moi, Kate. Quand je m'engage, je vais jusqu'au bout. Et puis… je vous aime bien. Vous ne vous en rendez peut-être pas compte vous-même, mais je vois une femme qui a construit la vie qu'elle voulait et qui lui convenait, avec le peu qu'on lui a donné. Un peu comme ces pionniers que vous aimez temps.

Après un moment de silence abasourdi, Kate retira sa main. Il dut résister à l'envie de la retenir et, embarrassé par cette impulsion, il croisa les mains derrière sa tête.

— Je commence à croire que c'est trop beau pour être vrai, dit Kate, en l'observant avec suspicion. Quel secret cachez-vous ?

— Aucun, je vous assure.

Mais il avait bel et bien un secret, qu'il avait parfois du mal à ne pas révéler.

Quand on les avait envoyés ici, il s'était dit que ce serait facile de prétendre être quelqu'un d'autre. Après tout, n'en avait-il pas fait une carrière ?

Mais c'était différent quand il s'agissait d'une mission. Au bout d'un certain temps, il cessait de jouer un rôle, et il pouvait redevenir lui-même. Là, il était coincé pour toujours dans la peau de Brody Thompson, rancher dans le Wyoming.

— Je sais que ce n'est pas encore le matin, remarqua Kate, mais vous avez pris des torches, n'est-ce pas ?

— Oui.

— Dans ce cas, allons au bureau maintenant pour prendre les dossiers. À quoi ça me sert de rester ici à siroter du café, en me lamentant sur mon sort ?

Brody secoua la tête.

— Ce n'est pas une bonne idée. Nous ne savons pas qui

est dehors. Sortir dans le noir avec des torches, c'est nous désigner comme cibles.

Elle soupira.

— Que sommes-nous supposés faire ici toute la nuit ? Rester assis près du feu et tricoter ?

Brody eut envie de dire quelque chose qu'il ne devait absolument pas dire, ou penser, ou même autoriser son cerveau à en former les mots.

— Je crois que je vais faire un petit somme, si vous êtes d'accord.

Elle le regarda avec curiosité, mais hocha la tête. Alors, il se leva et se dirigea vers l'étrange lit de pionnier. Ça lui ferait du bien de se reposer, puisqu'il n'avait rien d'autre à faire. Le matin venu, il serait au contraire très occupé, et mieux vaudrait qu'il ait l'esprit clair.

Fermant les yeux, il fit appel à ses vieux trucs de l'armée pour s'endormir dans des conditions d'inconfort ou de stress, et sombra dans le sommeil en quelques secondes.

Quand Brody se réveilla, Kate se déplaçait silencieusement autour du fourneau. Elle donnait l'impression de préparer le petit déjeuner, et d'ailleurs il flottait une odeur appétissante dans la pièce.

Même si le feu et les lampes à huile fournissaient l'essentiel de la lumière, on voyait que le jour commençait à se lever.

Il s'assit et, même si Kate ne regarda pas par-dessus son épaule, elle avait dû l'entendre bouger.

— Vous avez parlé dans votre sommeil, dit-elle.

Sa voix était soigneusement dépourvue de la moindre inflexion qui aurait pu lui donner une idée de quoi il avait parlé.

Il se leva et s'étira.

— Ah bon, et de quoi ? demanda-t-il, avec un détachement qu'il était loin de ressentir.

— Je n'ai pas tout compris.

Elle se tourna, posa un plat de nourriture sur la table, et lui fit signe de s'approcher.

— Mais vous avez beaucoup mentionné Cal.

Brody tiqua tandis qu'il marchait vers la table.

— C'est une incursion dans ma psyché dont je me serais volontiers passé, marmonna-t-il. Est-ce que ce sont des biscuits faits maison ?

— J'avais toute la nuit. C'était ça, ou de la lecture.

Elle désigna un opuscule sur la table, qui ressemblait à une sorte de journal intime.

— J'ai bien dû le lire un million de fois, et je le connais par cœur. Donc, je me suis dit que ce serait plus utile de cuisiner.

— C'est intéressant ?

— Pour certaines personnes. C'est le journal de la première propriétaire de ce chalet. Enfin, c'est une réplique, bien sûr. Nous conservons l'original dans de meilleures conditions d'archivage. Mais la rédactrice s'appelait Sarah Marks. J'en lis des passages aux visiteurs pour leur donner une idée de ce qu'était sa vie au quotidien.

— Et c'était comment ?

— Difficile. Solitaire. Sarah a quitté tout ce qu'elle avait dans l'Est, puis elle a perdu son mari et son bébé.

— Ça semble déprimant.

— C'est plus mélancolique que déprimant.

Kate prit sa propre assiette et s'assit en face de Brody.

— Il y a aussi quelque chose de réconfortant. Enfin… ce que je veux dire, c'est qu'il est difficile de se lamenter sur son sort quand vous savez que lutter fait tout simplement partie de la vie.

Ne trouvant rien à répondre à cela, Brody croqua dans un biscuit.

— Ils sont excellents, Kate.

— Vous dites ça parce que vous avez faim.

— Les cookies aussi étaient délicieux.

Elle baissa les yeux vers son assiette, mais elle ne put totalement dissimuler un sourire de plaisir.

— J'aime cuisiner, dit-elle simplement.

Puis elle changea de sujet.

— J'ai jeté un coup d'œil dehors, et je ne pense pas que nous pourrons partir aujourd'hui.

— Les conditions sont mauvaises à ce point ?

— Je ne me souviens pas avoir déjà vu autant de neige. Et même si vos frères pouvaient venir jusqu'ici, ils doivent être débordés avec le bétail.

— Tant que nous pouvons crapahuter jusqu'au bureau et faire quelques recherches, tout n'est pas perdu. Et puis, l'avantage du mauvais temps, c'est qu'il tiendra nos poursuivants à distance.

10

C'était plutôt agréable de prendre le petit déjeuner avec quelqu'un. Et Brody n'aborda pas le sujet de son père et des factures. Il posa des questions sur Sarah et le chalet, comme si ça l'intéressait réellement.

Elle avait conscience qu'elle ne devait pas se lancer dans une de ses longues explications que seuls M. Field et Hazel appréciaient. Mais Brody posait de bonnes questions. Des questions qui témoignaient de son intérêt. Et ça lui faisait chaud au cœur.

Ils nettoyèrent après le petit déjeuner, se tenant hanche contre hanche tandis qu'ils utilisaient de la neige bouillie pour tout laver. Intimidée par cette proximité, Kate se montra un peu maladroite, mais n'osa pas regarder Brody pour voir sa réaction.

Il était gentil. Il devait avoir le complexe du superhéros qui se croyait obligé de sauver toutes les femmes en détresse. Or, il se trouvait qu'elle avait besoin d'aide. Mais elle ne devait pas se faire d'idées. S'il l'aimait bien, comme il l'avait dit, c'était amicalement. Probablement comme une sorte de petite sœur.

— Quel âge avez-vous ? demanda-t-elle, avant même d'avoir pris le temps de réfléchir.

— Trente ans. Et vous ?

— Vingt-six.

— Ce n'est pas si éloigné.

La réponse la surprit suffisamment pour qu'elle lève les yeux vers lui. Il la regardait, et... elle s'éloigna, trouvant mille choses à faire : ranger les assiettes et les accessoires de cuisine... et surtout rester le plus loin possible de lui.

— Puisque nous avons presque le même âge, je me disais que ce serait plus sympa de se tutoyer, suggéra-t-il.

— Si vous... si tu veux, balbutia-t-elle.

Et, d'un ton un peu trop enjoué, elle ajouta :

— Le soleil ne devrait pas tarder à se lever, maintenant.

Brody approuva, et ils enfilèrent toutes les couches de vêtements qu'ils avaient, utilisant même les couvertures pour leur servir de cape.

Brody vida soigneusement son sac à dos et l'emporta, au cas où ils auraient besoin de rapporter d'autres choses.

Elle ouvrit la porte et grimaça face à la luminosité et au vent.

— J'imagine que tu ne sais pas te servir d'une arme, dit-il.

— Bien sûr que si. À condition que ce soit un fusil ou un pistolet du XIXe siècle.

Brody éclata de rire, ce qui lui fit froncer les sourcils.

— Je ne vois pas ce qu'il y a de drôle.

— Désolé. Je viens d'avoir une image de toi dans ta tenue de pionnière, jupons soulevés par le vent, pointant une carabine sur un bandit, comme dans les vieux westerns.

— Et c'est drôle ?

— C'est beaucoup trop attirant, Kate.

Ça la fit taire car elle ne savait pas quoi répondre à ça. Attirant ? Elle ne voyait vraiment pas en quoi.

— Je suppose que tu n'as pas d'armes qui traînent dans le coin ?

— Dans le bâtiment principal. Sous clé, évidemment. Tu ne crois pas vraiment que nous allons avoir besoin...

Elle ne termina pas sa phrase quand elle vit le pistolet de Brody. De ce siècle.

— Oh !

— Juste une précaution.

— Bien sûr !

— Ça te rend nerveuse ?

— L'arme, non. Mais la raison pour laquelle tu la tiens, oui.

— Je voudrais que tu restes tranquille juste une minute, le temps que je jette un rapide coup d'œil aux alentours.

— Brody...

— Juste par précaution. Tu peux laisser la porte ouverte, mais ne sors pas encore. Je vais faire le tour du chalet pour voir s'il y a des traces de la présence de quelqu'un.

— D'accord, dit-elle à contrecœur.

Il hocha la tête et s'avança dans la neige, qui lui arrivait jusqu'aux genoux. Elle le regarda disparaître à l'angle du chalet, son arme à la main, semblant à la fois menaçant et tout à fait à sa place.

Elle soupira et observa la volute de buée sortir de sa bouche et disparaître. Puis elle regarda en direction du fort et du bâtiment administratif. Ce n'était pas une longue marche, mais ça prendrait plus de temps avec la neige.

Ce qui la frappa, dans ce rare moment de quiétude, c'était l'insanité de tout ça. Impossible de croire que son père volait des éléments de ses recherches, ou que quelqu'un essayait de la tuer. Encore plus chimérique de s'imaginer que Brody Thompson – ancien soldat, actuel rancher, et beaucoup trop séduisant pour la tranquillité d'esprit de qui que ce soit – l'aidait, lui disait qu'il l'aimait bien et la trouvait attirante.

Elle était en pleine crise psychotique.

Mais au bout de quelques minutes, Brody réapparut. Tenant toujours son arme. Et toujours aussi sexy.

— Tout a l'air normal. Allons-y.

Après une longue et éprouvante marche dans la neige, ils arrivèrent au bâtiment administratif. Kate plongea la main dans sa poche pour y prendre la clé et ouvrit la porte.

Ils s'avancèrent dans l'édifice plongé dans l'obscurité. Elle actionna un interrupteur, et rien ne se passa.

— L'électricité est toujours coupée. Ça veut dire, pas d'Internet.

Brody exprima sa frustration par un juron.

— Tant que nous ne pouvons pas obtenir davantage d'informations sur Stanley Music, nous sommes dans une impasse.

Kate relâcha son souffle.

— J'ai peut-être quelque chose à propos d'eux dans un dossier que nous n'aurions pas vu la première fois.

Elle en doutait, mais elle se précipita quand même dans son bureau. Elle avait passé dix ans à compiler tous ses dossiers. Peut-être ne se souvenait-elle pas de tout, mais elle se serait rappelé celui-là, ou y aurait regardé à deux fois.

Ses pensées cessèrent de divaguer quand elle regarda son bureau. Il n'était pas exactement en désordre, mais elle pouvait dire qu'il n'était pas comme elle l'avait laissé en partant.

Tu étais en colère contre Brody. Tu ne faisais pas attention. Ne sombre pas à nouveau dans la paranoïa.

C'était la voix de sa mère dans sa tête, et c'était sensé, bien sûr.

Elle avait une commotion cérébrale. Ses pensées n'étaient pas claires. Et Brody ne l'aidait pas avec ses histoires de collision volontaire...

— Qu'y a-t-il ?

Kate inhala brutalement. Car elle ne respirait pas. Elle était en apnée, tandis que son esprit ruminait en boucle. Elle détestait quand ça lui arrivait.

— Je suis partie tellement précipitamment que je ne me suis pas rendu compte dans quel état j'ai laissé le bureau.

Elle essaya de penser. De vraiment penser. À autre chose que l'accident de voiture. À autre chose que toutes les idées que Brody lui avait mises dans la tête.

Il posa une main sur son épaule. La pression qu'il exerçait était douce mais stabilisante, un peu comme s'il lui donnait un ancrage.

— Kate.

Elle leva les yeux vers lui, et elle aurait voulu être capable de lui dire que tout allait bien. Comme ç'aurait dû être le cas. Mais il avait l'air… inquiet pour elle. Et toutes les fois où sa mère lui avait dit qu'elle perdait la tête, qu'elle sombrait dans la paranoïa, ce n'était pas de l'inquiétude qu'elle exprimait.

Kate avait essayé de s'en convaincre, même si sa mère n'avait jamais caché à quel point elle lui en voulait d'une trahison dont elle n'était en rien responsable.

Mais Brody se souciait bien plus d'elle que sa mère ne l'avait jamais démontré. Son père, au contraire, était empli de compassion. Toute la joie et la chaleur de sa jeunesse venaient de lui. Et puis, il était parti.

— Des choses ont été déplacées, dit Kate, très calmement.

Si Brody lui disait qu'elle se faisait des idées, elle risquait de craquer.

Mais il soutint son regard avec sérieux.

— Quoi, exactement ?

— Je ne sais pas. Des petites choses. Mon fauteuil devrait

être glissé sous mon bureau. D'habitude, l'écran de mon ordinateur n'est pas tourné de cette façon-là...

— Viens avec moi.

Il ne lui laissa pas le choix, la tirant déjà par la main vers la porte principale. Là, il la libéra et ouvrit la porte, qu'il étudia des deux côtés, s'accroupissant le nez à hauteur de la poignée.

— Quelqu'un est entré, confirma-t-il. Mais la personne s'est donné beaucoup de mal pour faire croire que non.

Kate se laissa tomber sur une chaise.

Ce n'était pas possible.

Mais, pourquoi Brody mentirait-il ? Pourquoi essayerait-il de confirmer ses pires pensées ?

À moins qu'elles n'aient toujours été vraies.

— Je n'étais pas paranoïaque. Je n'étais pas désaxée. Pendant tout ce temps, quelqu'un me surveillait.

Elle plongea son visage dans ses mains.

Savoir qu'elle ne s'était pas trompée, qu'elle ne délirait pas... ce n'était pas tout à fait comme mettre un point final à cette histoire. Mais, pour la première fois en dix ans, elle se sentait plus légère. Plus sûre d'elle.

Elle avait raison. Depuis tout ce temps.

— Ça ne peut pas être lié à Amber, dit-elle. Nous savons qu'il ne l'a pas tuée, que leurs chemins se sont séparés à un moment – si toutefois ils sont vraiment partis ensemble.

La voix de Kate vibrait d'enthousiasme.

— Il ne couvre pas un meurtre, mais il essaie de cacher quelque chose. Et il le fait depuis dix ans.

Dix ans.

Elle aurait bien aimé pouvoir courir jusqu'à la maison et tout dire à sa mère maintenant.

J'avais raison. J'avais raison depuis toujours.

Elle avait envie de rire, mais ce ne fut pas ce qui monta

dans sa gorge. Ça ressemblait plus à un sanglot. Et ses yeux se remplirent de larmes, et…

Oh ! bon sang.

— Hé, tout va bien. Ne pleure pas.

Brody lui tapota l'épaule maladroitement, ce qui la fit rire. Elle s'essuya le visage du bout des doigts, et essaya de retrouver le contrôle d'elle-même.

— Ce ne sont pas exactement des larmes d'inquiétude ou de tristesse.

Elle prit une profonde inspiration et relâcha son souffle.

— Juste du soulagement après dix ans à douter de moi.

— Tu avais raison.

Elle leva les yeux vers lui et réussit à sourire.

— J'avais raison. Quand tout le monde essayait de me convaincre que je me trompais, c'était moi qui étais dans le vrai. Ça ne dénoue pas tous les nœuds, mais ça apporte un éclairage nouveau sur certaines choses. C'est un soulagement immense. Après tout ce temps. On dirait qu'on m'a retiré une partie du poids qui pesait sur mes épaules.

Mais il restait encore un point délicat.

— Tu penses que c'était mon père.

— Je pense que ça doit l'engager d'une certaine façon. Quelqu'un a gardé un œil sur toi, sans jamais te faire de mal, tout au moins jusqu'à ce que j'entre dans la danse.

— Ou alors, c'est Stanley Music qui est impliqué.

Brody hocha la tête.

— Bien vu. Nous devons élucider ce point. Mais je crois que l'univers est contre nous en ce moment.

— J'ai attendu dix ans. Je peux encore attendre quelques jours.

— Écoute, c'est à toi de voir, mais Landon ne se débrouille pas mal en informatique. S'ils ont encore de l'électricité, et s'ils ne sont pas débordés avec le bétail, je peux lui demander d'y jeter un œil pendant que nous sommes coincés ici.

Kate se mordilla la lèvre inférieure.

— Est-ce que ça fera de lui une sorte de cible ?

— Il est capable de faire ça discrètement.

— Si tu penses qu'il peut nous aider, alors c'est d'accord.

Brody sortit son téléphone de sa poche.

— Je n'ai plus beaucoup de batterie. Et toi ?

— Plein. Tu veux utiliser le mien ?

— Oui, merci.

Il prit le téléphone et appela son frère, tandis que Kate, les yeux fixés sur la porte, se demandait ce qui allait se passer maintenant qu'il était établi qu'elle avait raison depuis le début.

— Ça ne va pas plaire à Cal.

Brody grommela dans le téléphone.

— Tu peux me dire ce qui plaît à Cal ?

Landon ricana.

— Bien vu. Je vais voir ce que je peux faire une fois que l'électricité sera rétablie. Zara nous mène la vie dure avec les soins spéciaux au bétail par ce temps. Je ne serai pas de retour à la maison avant au moins deux heures. Et je ne vois pas comment venir vous chercher aujourd'hui. Les routes sont dangereuses, et tu as pris notre meilleur véhicule.

— Nous pouvons tenir encore un jour ou deux ici. Mais j'aimerais que Kate soit examinée par un médecin. Elle a une vilaine bosse.

— Nous t'enverrons quelqu'un demain à coup sûr. Mais tu sais comment t'occuper d'une bosse.

— Mouais.

— Bonne année 1895, dit Landon, en riant.

— Bonne année ?

— Tu as perdu la notion du temps ? Nous sommesle 31 décembre, frérot. On se voit l'année prochaine.

— OK. On fait le point demain.

Il mit fin à la communication, et se tourna vers Kate.

— Eh bien, je pense que nous allons fêter le nouvel an ensemble.

Elle rit, ce qu'il ne comprit pas, mais cette perspective semblait beaucoup l'amuser.

— Tu vas rater une grande soirée ?

— Oh oui, ça me ressemble tellement de faire la fête au lieu de rester toute seule à la maison devant la télévision, en dévorant tout un gâteau à moi toute seule.

— Seule ? Vraiment ?

— Je prendrais bien un chat, mais je suis allergique.

— Kate...

— Est-ce que j'ai donné l'impression que j'avais des amis ? Hazel est la personne qui s'en rapproche le plus, et c'est compliqué. Certainement trop compliqué pour faire ensemble le décompte avant minuit.

Mais elle n'avait pas l'air de s'en plaindre, ou d'exprimer un sentiment de solitude.

— Et toi ? Tu fais quoi le nouvel an, d'habitude ?

La plupart de sa vie d'adulte s'était passée en déploiements dans des pays en guerre, ou en cantonnements dans des baraquements militaires. Il n'avait jamais eu de vraies raisons de demander une permission. C'était pour ça qu'il avait voulu intégrer l'unité Team Breaker.

— Je ne me souviens pas d'un nouvel an que j'aurais passé sans mes frères.

— J'ai toujours voulu avoir des sœurs. Comme les Hart. Elles ont toujours été là l'une pour l'autre.

Pour la première fois, elle semblait mélancolique.

Brody sentit son cœur se serrer. La solitude de Kate ressemblait beaucoup à celle qu'il avait connue en grandissant. Comme elle, il avait trouvé un but dans son métier. Mais, au contraire d'elle, il avait trouvé une famille.

— Je suppose que tu n'as pas une bouteille de champagne qui traîne dans le coin ?

— J'en doute, mais on peut faire un raid dans la cuisine et voir ce que nous pourrons y trouver.

Elle soupira.

— Qu'espéraient-ils découvrir dans mon bureau, Brody ?

— Je ne sais pas, mais je pense que tu avais – ou que tu as toujours – quelque chose qu'ils veulent. Nous pouvons essayer de voir s'il manque quelque chose.

Ils retournèrent à son bureau, et Kate observa tout d'un œil critique.

Elle s'assit dans son fauteuil de bureau et fouilla ses tiroirs.

Brody la laissa faire et observa la pièce d'un regard externe. Ce serait facile de prendre quelque chose qui n'avait pas de lien direct avec son travail au fort. Tout était parfaitement étiqueté et organisé.

Mais pourquoi maintenant ?

Il était persuadé que ç'avait un rapport avec Stanley Music.

— Je sais ce qui manque, déclara soudain Kate. J'avais un agenda de papa avec toutes ses leçons particulières – les dates, les noms, ce que devaient ses élèves et s'ils avaient payé.

Brody prit appui contre l'encadrement de la porte et réfléchit à cette nouvelle information.

— Ils ne savent pas exactement ce qu'ils cherchent, ou bien ils l'auraient pris la première fois.

Kate se mordilla la lèvre inférieure.

— Donc, ce n'est probablement pas mon père, et ils pourraient revenir.

— Les deux possibilités sont vraisemblables. En tout cas, quelque chose ne colle pas avec les leçons de musique de ton père.

Elle leva les yeux vers lui, surprise.

— Pourtant, il enseignait vraiment la musique. Et il donnait des leçons particulières. J'ai appris à jouer du violon avec lui, et Amber aussi. Même s'ils avaient une liaison, elle prenait vraiment des leçons particulières.

— Et ses autres élèves, tu les connaissais ?

— Non, mais je ne surveillais pas son emploi du temps.

— Je pense que ça pourrait être une couverture.

— Pour dissimuler quoi ?

— Je ne sais pas ce que tu as entendu dire à propos du meurtre d'Amber, mais elle faisait partie d'une organisation criminelle qui vendait de la drogue et des médicaments extorqués à des médecins. On sait qu'Amber a été tuée par un médecin qui a découvert son petit manège. En effet, elle se faisait passer pour Hazel, avec qui il avait eu une liaison.

— Mais toute la bande n'a-t-elle pas été arrêtée lors du coup de filet où Jake a été blessé ?

— Supposément. Mais il suffit que le dirigeant n'ait pas été pris pour que le trafic reprenne avec d'autres exécutants. Et c'est assez fréquent, car ces types vont rarement sur le terrain. C'est un système de groupes.

— Un écosystème ?

Il fit mine de paraître vexé, mais le rôle était difficile à tenir quand elle lui souriait. Se moquait de lui.

— Quelque chose comme ça, dit-il. Rassemblons tout ce qui concerne la musique. Nous allons l'emmener avec nous. Mais nous laisserons tout comme c'était quand nous sommes arrivés. De cette façon, s'ils reviennent, ils ne remarqueront pas que nous avons pris des choses.

Ils travaillèrent quelques heures, séparant et compilant. Quand ils eurent fait le tour de la question, et mis de côté ce dont ils avaient besoin, Brody consulta sa montre.

— Nous ne devons pas tarder à retourner au chalet. La lumière du jour va bientôt diminuer. Allons dévaliser la cuisine.

Kate hocha la tête, et ils revêtirent les couches de vêtements dont ils s'étaient débarrassés un peu plus tôt.

Quand ils sortirent, le ciel était d'un rose profond et vibrant, zébré d'or, tandis que les nuages d'un rose layette donnaient du relief à l'ensemble. Au loin, la montagne baignait dans cet or, qui semblait la faire vibrer.

Kate s'arrêta un instant, et Brody l'imita, émerveillé par ce coucher de soleil.

— C'est pour ça qu'ils sont restés, dit Kate.

Et il eut l'impression qu'elle se parlait à elle-même, plutôt que d'essayer de lui expliquer quelque chose. Mais il écouta quand même.

— Dures journées. Blizzards épouvantables. Tu es fatigué, tu as faim, mais tu es venu jusqu'ici, et finalement tu vois ça pour te rappeler que tu avais une raison d'entreprendre ce périple.

Il y avait une vérité dans les paroles de Kate qui résonna en lui. Mais seulement quelques instants. Ils ne devaient pas oublier qu'ils étaient des cibles. N'importe qui pouvait se trouver là, rôdant dans ce monde merveilleux qui était celui de Kate.

— Comment les pionniers célébraient-ils le nouvel an ? demanda-t-il.

Tout en parlant, il l'avait entraînée avec lui pour qu'ils puissent avancer.

— Pas vraiment d'une façon différente des autres jours. C'était difficile de faire venir quelque chose de spécial ici.

Ou de se rendre visite entre voisins. De gros efforts avaient été faits pour Noël, et les moyens financiers étaient limités. De plus, ils avaient des corvées à effectuer au lever du soleil, et rares étaient ceux qui pouvaient s'offrir le luxe de rester éveillés jusqu'à minuit. Différentes traditions ont pu être apportées selon le pays d'origine des colons, mais pour Sarah Marks, c'était juste un jour comme les autres.

Un jour comme les autres. Brody comprenait cela.

Mais ça ne semblait pas juste de le considérer de cette façon, alors que Kate ne sortait jamais, n'avait pas d'amis, et ne pouvait même pas compter sur le soutien de sa mère.

Elle était seule.

Il savait par expérience que, même quand il était plus confortable d'être seule, c'était toujours une solution de facilité.

Kate sortit ses clés de sa poche, et en inséra une dans la serrure.

Elle la tourna et s'immobilisa.

— Brody.

Elle leva la tête vers lui, en maintenant la clé dans la serrure, sans pousser le battant.

Ses yeux étaient écarquillés et inquiets.

— Ce n'était pas verrouillé.

11

Kate vit la main de Brody s'abattre sur la sienne, qui tenait toujours les clés. De l'autre, il sortit son arme.

Elle sentait des frissons nerveux courir le long de sa colonne vertébrale. Mais elle prit sur elle pour ne pas céder à la panique. Quoi qu'il arrive, elle saurait se montrer courageuse.

Elle pouvait être comme Brody. Stoïque et sûre d'elle.

— Je ne vois pas de traces, remarqua-t-elle. Et toi ?

Ils observèrent la neige autour d'eux. Même si le vent ne soufflait pas aussi fort que la veille, il modelait la neige en creux et en monticules qui pouvaient masquer des empreintes de pas.

Quand elle regarda derrière elle, elle vit que même les leurs, en provenance du bâtiment administratif, avaient presque disparu. Il restait encore quelques creux, mais il était difficile de dire combien de personnes étaient passées par là.

— Je ne vois rien non plus, dit Brody.

Soudain, ses paupières s'étrécirent. Il fixait quelque chose à l'angle de la bâtisse.

— Ne bouge pas, d'accord ?

Elle hocha la tête et il libéra sa main. Puis il se déplaça le long du mur du chalet et jeta un coup d'œil derrière, avant de rejeter immédiatement sa tête en arrière.

Il revint vers Kate, l'air sombre et inquiet.

— Va au chalet, dit-il. Aussi vite que tu peux.

Sa voix ne s'élevait pas au-dessus du murmure.

— Verrouille tout ce que tu peux et barricade le reste.

— Et toi ?

— J'ai une arme, et j'ai l'expérience du combat. S'il y a quelqu'un à l'intérieur, je sais quoi faire. Et s'il n'y a personne, je te rejoindrai dès que j'aurai fait un nouveau plein de provisions.

Kate avait du mal à accepter cet ordre.

Après tout, Brody se retrouvait dans cette situation uniquement à cause d'elle. Mais il possédait une expérience qu'elle n'avait pas.

Il avait été soldat. Il savait se battre et se servir d'une arme. Il savait gérer une menace.

— Qu'est-ce que tu as vu ?

— Je n'en suis pas sûr, mais il pourrait s'agir de traces de motoneige. Va au chalet.

Kate observa le long chemin à parcourir. Là-bas, ils étaient en sécurité, et il y faisait chaud. Mais elle n'avait pas envie d'y aller sans Brody.

Elle se tourna pour lui faire face.

— Dis-moi la vérité. Est-ce que seul ce n'est pas plus dangereux qu'ensemble ?

— Non, je te le promets. S'il y a quelqu'un à l'intérieur, c'est une menace que je peux gérer. Mais pas si je dois m'inquiéter pour toi.

Kate hésitait encore. Elle avait envie d'écouter Brody, parce qu'il semblait plus sûr d'aller au chalet que de l'encombrer en traînant derrière lui. Mais elle ne pouvait négliger le risque qu'il se retrouve blessé. Cette déchirure dans son dos était déjà assez inquiétante. S'il rentrait dans ce bâtiment tout seul...

Il sortit la clé de la serrure et plaça le trousseau dans sa main.

— Maintenant, Kate.

Elle pourrait argumenter. Dire qu'elle était capable de se défendre aussi. Elle pourrait écouter sa conscience et ne pas le laisser gérer ça tout seul. Mais ce seraient des choix stupides, qui les mettraient tous les deux en danger.

Elle devait lui faire confiance.

— Sois prudent. Ne prends pas de risques inutiles. Nous voulons juste être en sécurité. Tu n'as pas besoin d'être un superhéros.

Quelque chose dans l'expression de Brody changea. Elle ne parvenait pas à identifier ce que c'était, mais il y avait une sorte de douceur sur son visage.

— Vas-y. Aussi vite que tu peux. Je ne rentrerai pas dans le bâtiment tant que tu ne seras pas en sécurité à l'intérieur du chalet.

Elle hocha la tête et se mit en route.

La couche de neige était si haute qu'elle l'empêchait de courir, mais elle faisait aussi vite que ses jambes en étaient capables.

Tout le long du chemin, elle se persuada que ce n'était qu'une simple précaution. Brody ouvrirait le bâtiment principal et, même si quelqu'un y était entré auparavant, il n'y aurait plus personne.

Quand ils se trouvaient dans le bâtiment administratif, ils auraient forcément entendu le moteur de la motoneige.

Si elle était venue la nuit dernière dans le blizzard, pendant qu'ils étaient réfugiés dans le chalet, ils ne se seraient rendu compte de rien. Mais, ce matin ?

Il était impossible que quelqu'un se soit faufilé à leur insu. Il n'y avait personne dans le bâtiment.

En outre, il était impossible que quelqu'un soit monté jusqu'ici la nuit dernière, en pleine tempête de neige.

Elle tourna la tête dans la direction de Brody.

Il attendait toujours devant la porte, une main sur la poignée, son arme dans l'autre.

La scène aurait pu paraître incongrue, mais Brody semblait parfaitement à sa place.

C'était un ancien militaire, et il savait se battre. Il avait toutes ces cicatrices, et pourtant il était toujours vivant.

Parce qu'il savait ce qu'il faisait. Il ne se contentait pas de la protéger elle, il les protégeait tous les deux. Elle avait demandé son aide et, dans l'esprit de Brody, ça voulait dire répondre toujours présent jusqu'à ce que le problème soit résolu.

Elle ne connaissait pas d'hommes comme ça. Elle ne s'était jamais imaginé qu'ils pouvaient exister.

Enfin, elle arriva devant la porte du chalet. Essoufflée, mais bien là.

Elle déverrouilla la porte et adressa à Brody un dernier regard. Il n'était à cette distance qu'une silhouette dont elle ne pouvait voir l'expression.

Elle s'efforça d'oublier sa peur, son anxiété. Pour la première fois, elle plaçait toute sa confiance en quelqu'un, et elle espérait ne pas être déçue.

Kate entra dans le chalet. Brody lui avait dit de se barricader, mais elle avait envie de laisser la porte ouverte. Quand Brody reviendrait, elle voulait qu'il puisse entrer rapidement.

Avant qu'elle ait eu le temps d'allumer les lampes à pétrole, un homme sortit du recoin entre le mur et le fourneau, une arme dans chaque main.

Elle cria.

— Ne bouge pas, dit-il.

Elle ne le reconnaissait pas. Rien dans ce visage tanné et creusé de rides profondes, ces longs cheveux poivre et sel, et cette barbe en broussaille ne lui était familier.

Mais cette voix… Elle connaissait cette voix.

— Papa ?

Il bascula son chapeau en arrière pour qu'elle puisse voir ses yeux. Les mêmes yeux sombres que les siens.

Elle avait du mal à respirer soudain, et ses yeux étaient emplis de larmes.

Ce n'était pas possible. Il ne pouvait pas être là, à pointer des armes sur elle.

Et pourtant… c'était son papa. Il était là. Après être restée sans nouvelle de lui depuis dix ans, elle se trouvait dans la même pièce que son père.

— Kate, tu dois arrêter ça.

— Arrêter quoi ?

De pleurer ? Quelques larmes avaient roulé sur ses joues, et il ne la prenait même pas dans ses bras. Il se tenait au loin, et n'avait pas lâché ses armes, même s'il les pointait maintenant vers le sol.

— Tout. Ton enquête. Cet ami à toi qui fouine dans mes affaires. Je t'ai protégée toutes ces années, mais je ne pourrai plus le faire si tu t'entêtes dans tes recherches. Ils te tueront. Et, s'il s'avise de nous traquer, ils le tueront aussi.

Eux et nous. Kate ne comprenait pas ce qu'il fallait en déduire.

D'ailleurs, elle ne comprenait rien du tout.

— Tu as disparu sans un mot, sans laisser de traces.

— Oui, et je pensais que ça résoudrait tout. Mais tu n'as

pas voulu abandonner. Il a donc fallu que j'emploie les grands moyens. Il faut que tu arrêtes, Kate. C'est ta dernière chance. Ton seul avertissement.

— Papa, tu es là.

Oui, son père était là. Elle pouvait s'avancer et le toucher. Lui faire une longue et tendre accolade. Mais il était armé et elle n'osa pas.

Ce n'était même pas par peur, mais elle sentait un mur entre eux. Dix ans, et des tonnes de secrets.

— Tu arrêtes, Kate. Et tu ne dis à personne que tu m'a vu. Même pas à ton ami. Tu as compris ?

— Non. Je ne comprends rien à tout ça.

— Il faut que j'y aille. Je suis désolé. Sincèrement.

Il se dirigea vers la porte si rapidement qu'elle n'eut pas le temps de le retenir au passage.

Elle courut derrière lui.

— Papa.

Il marchait à grandes enjambées, dans la direction opposée au bâtiment principal.

— Papa ! répéta-t-elle plus fort.

Mais il ne regarda pas derrière lui.

Kate fit deux pas puis s'arrêta

Il ne voulait pas qu'elle le suive.

Il ne voulait pas d'elle.

Tout ce qu'il voulait, c'était qu'elle arrête.

Brody n'entendit pas les cris. Il était déjà dans le bâtiment.

C'était tellement silencieux qu'on se serait cru dans une tombe. Et l'absence d'électricité ne faisait que renforcer cette impression.

Mais il n'y avait pas à s'y tromper. Quelqu'un avait forcé

la serrure. L'intrus était peut-être parti depuis, mais Brody devait s'en assurer.

Les derniers rayons du soleil se réverbéraient sur la neige immaculée, offrant un vague éclairage qui lui permit de faire le tour de la salle principale, où étaient exposés des mannequins. Vêtus de tenues d'époque, et disposés de façon à représenter des scènes de la vie au fort dans les années 1800, ils offraient une caractéristique particulièrement dérangeante : les visages façonnés dans une toile de lin rembourrée n'avaient pas d'yeux.

Brody ne put s'empêcher de frissonner. Il n'était pas spécialement impressionnable, mais il trouva ça vraiment glauque dans le lourd silence qui semblait peser comme une chappe sur la pièce.

C'était difficile pour lui d'évaluer si quelque chose était différent.

Il ne connaissait pas assez bien l'endroit pour noter de subtiles irrégularités, et il ne savait pas non plus ce que ces gens cherchaient, alors qu'ils avaient déjà fouillé le bureau de Kate.

Mais il chercha, déterminé à ne pas partir avant d'avoir tout inspecté.

Il termina par l'arrière du bâtiment, où se trouvaient la kitchenette, des vestiaires pour se changer, et une sortie de secours.

S'ils avaient choisi d'entrer par effraction par la porte principale, ils étaient peut-être repartis par l'arrière du bâtiment.

Il passa la tête dans l'embrasure d'un des vestiaires, puis s'immobilisa et retint son souffle, concentrant toute son énergie à écouter.

Il entendit quelque chose. Un bruit très, très léger, qui

pouvait être une souris ou le vent. Mais ça suffisait pour le mettre en alerte.

Il se déplaça vers l'autre loge, en ne faisant absolument aucun bruit.

Il l'entendit à nouveau.

Le craquement d'un plancher en bois, pas très fort, presque étouffé. Mais incontestablement fait par quelqu'un de plus lourd qu'une souris.

Il suivit le bruit. La kitchenette était une petite pièce encombrée – il le savait de la veille – et c'était là que se trouvait la sortie de secours.

Il s'avança vers l'arche qui lui permettrait de voir dans la pièce, marquant une pause après chaque pas.

Il se pencha pour apercevoir la porte. Elle était fermée. Il ne vit personne.

Alors, il continua à avancer.

Un homme se trouvait dans la pièce et enfouissait quelque chose dans un sac à dos.

Brody leva son arme.

— Restez où vous êtes, dit-il, en pointant son arme dans le dos de l'homme.

Mais ce dernier pivota, tenant une arme à la main, et visa Brody, qui n'eut que le temps de s'accroupir le long du réfrigérateur.

L'homme tira à plusieurs reprises, et Brody se maudit intérieurement. Il n'avait pas voulu tirer le premier, mais il aurait pu attaquer l'homme par-derrière avant de signaler sa présence, et le neutraliser.

Son instinct devait être rouillé.

Finalement, les coups de feu s'arrêtèrent.

Brody attendit quelques instants avant d'incliner la tête pour voir où le tireur était passé.

La porte de l'issue de secours était ouverte.

Il s'était enfui.

Brody s'avança vers la porte, toujours prudemment et en alerte, de crainte qu'il ne s'agisse d'un piège.

Mais lorsqu'il regarda dehors, il vit l'homme filer sur une motoneige.

Le bruit d'un deuxième moteur rugit dans l'air, et une autre motoneige, comme sortie de nulle part alla rejoindre la première.

En quelques secondes, ils disparurent, et tout redevint calme.

Brody soupira. Ils étaient partis – plus motivés à s'enfuir qu'à le blesser.

Il devait aller rejoindre Kate et voir avec elle s'ils avaient pris quelque chose.

Kate.

Il se rua vers la porte principale du bâtiment et l'ouvrit à la volée.

Après avoir fait quelques pas dans la neige, il put voir le chalet.

Kate était dehors.

12

Son père était parti, mais elle restait là, immobile, persuadée qu'il allait revenir. Il allait certainement se passer quelque chose. Mais il s'était évanoui dans l'immensité blanche qui les entourait, et…

Elle sursauta en entendant un coup de feu.

Aussitôt, elle tourna la tête vers le bâtiment principal.

Brody.

Son père avait dit « s'il s'avise de nous traquer, ils le tueront ».

Non, non, non.

Ce n'était pas possible.

Plusieurs coups de feu se succédèrent.

Si Brody était… Elle devait…

Arrête de paniquer, s'exhorta-t-elle. *Réfléchis.*

Elle ne pouvait pas courir là-bas. Elle n'avait pas d'arme.

Elle n'avait rien.

Si, elle avait son téléphone. Elle pouvait appeler à l'aide. Les routes étaient peut-être mauvaises, mais s'il y avait des coups de feu quelqu'un viendrait forcément.

Elle fouilla dans la poche de son manteau, la main tellement tremblante qu'elle eut du mal à se saisir du téléphone. Mais, avant qu'elle ait eu le temps de composer un numéro, elle entendit une porte claquer.

Relevant la tête, elle regarda vers le fort.

C'était Brody.

Elle ne pouvait pas voir son expression à cette distance, mais il se mit aussitôt en marche dans sa direction.

Il ne semblait pas blessé.

Elle courut vers lui, et il se rua vers elle. Et quand ils furent face à face, elle ne put s'empêcher de jeter ses bras autour de lui, et il fit spontanément la même chose.

Il allait bien. Il était en un seul morceau. Sa vision de lui ensanglanté au milieu des mannequins ne s'était pas réalisée.

— J'ai entendu des coups de feu. J'ai pensé...

Brody l'écarta de lui, la tenant par les coudes.

— Tu aurais dû rester à l'intérieur, et ne pas bouger, comme je te l'avais dit.

Il y avait de la colère dans sa voix, dans ses yeux, mais ses mains n'exerçaient aucune pression. Elle eut l'impression qu'il avait envie de la secouer pour faire entrer un peu de bon sens dans sa tête, mais il ne le fit pas.

— J'ai entendu des coups de feu, répéta-t-elle.

Il soupira.

— Ils ne venaient pas de moi. Rentrons.

Il laissa retomber un de ses bras, mais pas l'autre. La neige avait été assez piétinée pour qu'elle n'ait pas besoin d'aide, mais pourtant il la soutint et ils entrèrent ensemble dans le chalet.

Il y faisait à nouveau froid après tant d'heures sans feu.

— Je n'ai pas la moindre idée de ce qui se passe, reconnut Brody, en s'avançant vers le foyer.

À la grande surprise de Kate, il s'employa à faire redémarrer le feu avec l'aisance de quelqu'un qui en avait l'habitude.

— Il faudra que tu ailles au bâtiment principal voir ce qu'ils ont pris. Le tireur avait un sac à dos, et il a mis quelque chose dedans. Il n'était pas seul. Il y avait une deuxième motoneige.

Kate se demanda si l'un d'eux était son père. Elle avait désespérément envie de dire à Brody qu'elle l'avait vu. Mais son père lui avait ordonné de ne pas le faire.

Elle regarda Brody. Il était tellement fort et sûr de lui. Et c'était un ancien militaire. Il pouvait sûrement gérer ce dans quoi son père trempait.

Mais elle pensa aux armes avec lesquelles il l'avait menacée. Elle, sa propre fille. Et il y avait aussi ce qu'il avait dit.

« Si tu t'entêtes dans tes recherches. Ils te tueront. Et, s'il s'avise de nous traquer, ils le tueront aussi. »

Son père était vivant. Il était venu pour la protéger, d'après ses dires. Elle ne pouvait pas entraîner Brody dans cette histoire. Ce n'était pas sa famille, ni son combat. S'il l'aidait, il pouvait être blessé... ou pire. Elle devait le protéger.

Les émotions qui se déchaînaient en elle étaient trop fortes, mais elle devait les contrôler.

Elle ne pouvait pas dire à Brody qu'elle avait vu son père. Il fallait qu'elle trouve un moyen de se dépêtrer de tout ça.

— Je suppose que nous ne pouvons plus rien faire maintenant. Il commence à faire nuit et... tu dis qu'ils ont juste tiré sur toi et qu'ils sont partis ?

— Oui, confirma Brody.

Son expression était si crispée qu'elle lui créait des rides aux coins de la bouche.

— Ils ont filé comme des lâches.

— Peut-être...

Kate reprit son souffle.

— Peut-être qu'ils voulaient juste ce qu'ils ont récupéré. Il est évident qu'ils ne veulent pas vraiment nous faire de mal.

Le regard de Brody se concentra sur elle, intense, et pas du tout intéressé par sa suggestion.

— Ils nous ont poussés dans un fossé. Et, même si aucune de ces balles ne m'a atteint, elles étaient bien réelles. Tu vas avoir besoin d'un nouveau réfrigérateur pour ta kitchenette.

Kate frissonna. Selon toute vraisemblance, le réfrigérateur était la seule chose qui avait empêché les balles d'atteindre Brody.

Elle faillit s'approcher de lui. Elle ne savait même pas ce qu'elle avait l'intention de faire. Le serrer dans ses bras ? Simplement le toucher ? C'était tellement stupide.

Il fallait qu'elle mette un terme à tout ça. C'était ce que son père avait dit.

— Ça va trop loin. Si ça déclenche tellement d'ennuis de chercher mon père, d'enquêter sur Stanley Music, nous devrions arrêter.

— Arrêter ? répéta Brody, comme s'il ne comprenait pas le mot.

— Si nous laissons tomber…

Elle n'en avait aucune envie. Elle voulait savoir et comprendre ce qui se passait. Pourquoi son père était venu et reparti sans réelle explication.

— Je ne veux pas…

Elle s'empêcha de dire qu'elle ne voulait pas qu'il soit pris dans cette histoire qui ne le concernait pas.

C'était vrai, mais elle savait aussi qu'il n'accepterait pas cela comme une raison valable. Il ne se considérerait pas comme étant en danger.

Mais elle croyait à la menace de son père si Brody persistait à se mêler de l'enquête. C'était son problème à elle. Son mystère. Son père. Et même sa menace.

— Je ne veux pas être en danger pour ces réponses. J'aurais juste aimé savoir où il était allé, mais si c'est trop risqué, tant pis. Ça fait dix ans que j'ai appris à vivre sans lui. Il est temps de passer à autre chose.

Brody l'observa un long moment avant de parler.

— C'est vraiment ce que tu veux ?

Elle soutint son regard, et eut l'horrible sensation qu'elle le décevait. C'était absurde. Premièrement, elle le sauvait en agissant ainsi, donc ce qu'il pensait n'avait pas d'importance. Deuxièmement, elle avait cessé de se préoccuper des autres depuis longtemps.

Avant qu'elle puisse répondre, il posa une main sur son épaule. Tellement doucement.

— Je sais que tu es effrayée, Kate. Et tu as toutes les raisons de l'être. Il n'y a pas de quoi être embarrassée.

Kate eut envie de rire. Elle ressentait beaucoup d'embarras à propos de quantité de choses. Mais il valait mieux que Brody le voit ainsi, plutôt que de comprendre ce qui s'était réellement passé.

Il lui pressa l'épaule.

— J'ai promis de te protéger. Et je tiens toujours mes promesses.

Cette fois, elle allait vraiment pleurer.

Non. Non.

Elle avait déjà pleuré devant lui aujourd'hui. Elle allait être forte et affronter ça.

Elle s'obligea à sourire. À poser sa main sur celle de Brody, et à la tapoter amicalement.

— J'en suis certaine. Tu es un homme bon.

La suite fut plus douloureuse à dire.

— Mais tu n'es pas responsable de moi, Brody. Je ne veux pas ça. Ce n'est pas ce que j'ai demandé.

Elle prit une profonde inspiration et relâcha son souffle. Ce faisant, elle recula d'un pas, et sa main tomba de l'épaule de Brody. Elle maintint toutefois un contact visuel, même si ça lui faisait mal.

— C'est terminé. J'arrête.

Brody eut l'impression que ça lui prit une bonne minute pour comprendre.

Terminé ?

— Sans réponse ? Sans mot de la fin ?

Ça ne ressemblait pas à la femme qu'il avait appris à connaître durant ces heures passées ensemble. Elle avait simplement peur. Elle était bouleversée. Il était certain qu'elle allait se ressaisir et y voir plus clair.

Quelque chose vacilla dans son regard.

— Oui, dit-elle, d'un ton absolument certain.

Mais ses yeux racontaient une autre histoire. Une bataille entre son cœur et sa raison faisait rage en elle.

Elle n'était pas sûre du tout.

Il avait envie d'insister, mais il s'obligea à garder le silence. On venait de lui tirer dessus, mais il était habitué à ce genre de situations. Et puis, ce n'était pas si grave quand il s'agissait seulement de deux lâches qui essayaient de s'enfuir. C'était bien pire quand quelqu'un essayait de mettre un terme à votre vie.

Mais Kate n'était pas habituée aux coups de feu. Elle vivait dans un cocon. Il allait se mettre en retrait pour ce soir, lui laisser penser que tout était terminé, et qu'elle était en sécurité.

S'il pouvait retourner au ranch demain matin, ils auraient une nouvelle discussion.

Ou alors, il la cacherait quelqu'un part où elle serait en sécurité, et il s'occuperait de tout.

Kate ne pouvait pas tout abandonner. Elle avait seulement besoin de temps pour accepter ou croire qu'il veillerait à sa sécurité. Ce n'était pas grave. Il devait se rappeler qu'elle était une civile et pas un soldat.

— Très bien, Kate, finit-il par dire, en veillant à adopter un ton neutre. Si c'est ce que tu veux.

Elle hocha vigoureusement la tête.

Il essaya de sourire, mais ne fut pas sûr que ses muscles suivirent le mouvement. Il se sentait un peu pétrifié et bizarre. Pour un homme comme lui, ces sensations étaient étranges.

— Eh bien, nous allons à nouveau rester coincés ici pour la nuit, remarqua-t-il, cherchant quelque chose à dire.

Il cherchait un moyen de se distraire de l'étrange déception qui s'était nichée autour de ses poumons et semblait les compresser.

— Ça va être un nouvel an superbe, conclut-il, ironique.

— Je vais faire des galettes à la cendre.

— Ne le prends pas mal, mais ça n'a pas l'air très appétissant.

Elle rit, et il la laissa expliquer qu'il s'agissait en fait de galettes cuites sous la cendre, et prêta une oreille plus ou moins attentive à la recette.

Puis il barricada les fenêtres en poussant des meubles devant, et en y ajoutant des objets lourds. La porte n'était pas bloquée, mais simplement fermée à clé. Ce n'était pas un problème. Il n'avait pas l'intention de dormir cette nuit.

Il était possible que leurs assaillants d'aujourd'hui ne reviennent pas. Ce qu'ils recherchaient, c'était l'information, et non pas blesser quelqu'un.

Mais ça ne voulait pas dire que leur mot d'ordre ne changerait pas.

Brody accepta avec un sourire l'assiette de galettes que lui tendait Kate.

— C'est vrai que ça ne ressemble pas à de la cendre.

Elle leva les yeux au ciel, tandis qu'elle s'asseyait à côté de lui près du feu, sa propre assiette sur les genoux.

— Je t'ai dit que ce n'était pas fait avec des cendres. C'est complètement enveloppé et cuit sous la cendre.

— Oui. Oui.

Même si la construction était ancienne et un peu de guingois, ce n'était pas aussi rustique que ce à quoi il s'attendait. En tout cas, c'est bien mieux que de dormir sous une tente dans le désert.

Observant Kate du coin de l'œil, il vit qu'elle était nerveuse. Dans un sens, c'était positif. Elle n'avait pas l'air se souffrir de vertige ou d'avoir mal à la tête, des suites de sa commotion. Il faudrait quand même qu'il change son pansement. Mais il allait d'abord lui laisser déguster ses galettes.

En attendant, s'il pouvait trouver un moyen de la rassurer...

— Je sais qu'une fusillade n'est pas ce qu'il y a de plus plaisant, commença-t-il.

Kate se redressa aussitôt sur sa chaise, le regard impérieux.

— Ce n'était qu'un détournement d'attention pour s'enfuir. S'ils avaient vraiment voulu me blesser, ou pire, ils l'auraient fait.

— Et c'est censé me rassurer ?

— Est-ce que par hasard tu tiendrais à moi, Kate ?

— Je te suis très reconnaissante, dit-elle solennellement, en soutenant son regard.

Ce n'était pas exactement la réponse qu'il attendait, aussi étrange que ça puisse paraître, mais c'était sans doute préférable pour tous les deux.

— Ce serait probablement une bonne idée de refaire ton pansement, suggéra-t-il.

— Chouette ! Un nouveau pansement pour le nouvel an, plaisanta-t-elle.

Il se leva pour aller chercher la trousse de premiers secours.

— Je devrais aussi m'occuper de ton dos. J'aurais d'ailleurs dû y penser avant. Tu dois avoir mal.

Il posa une main sur son épaule, afin qu'elle ne bondisse pas de sa chaise pour s'agiter autour de lui.

— Je te l'aurais dit s'il y avait un problème. Inutile de prendre des risques par fierté. Maintenant, reste assise sans bouger.

Quand son pansement fut fait, Kate se leva.

— À ton tour, dit-elle, fermement, en désignant la chaise.

— C'est inutile.

— Tu ne peux pas changer d'année avec un vieux pansement ensanglanté. Ça porte malheur.

Elle consulta sa montre.

— Il ne te reste que dix minutes.

Brody ne vit pas de raison de protester. Il aurait pu tenir encore un jour avec le même pansement. Mais si ça pouvait la rassurer...

Il avait déjà ôté son manteau un peu plus tôt, quand le feu avait suffisamment réchauffé le chalet, et il ne lui restait qu'à se défaire de son sweat-shirt et de son T-shirt thermique à manches longues.

Il ne lui restait plus qu'à s'asseoir en tournant le dos à Kate.

Aussitôt, elle poussa un cri de détresse.

— Oh ! Brody !

Elle effleura du bout des doigts son épaule – bien plus haut que l'endroit où se trouvait sa blessure.

— J'aurais dû faire ça ce matin. Ça a saigné à nouveau.

Elle fit à nouveau fondre de la neige sur le fourneau, et revint avec un linge. Il ne savait pas si elle était irritée contre lui pour ne pas s'être plaint, ou contre elle pour ne pas avoir songé plus tôt à refaire son pansement.

Il était prêt à parier qu'elle s'en voulait à elle-même, ce qui lui procura un sentiment de culpabilité.

— Je me ferai examiner demain, dit-il.

S'il avait vraiment besoin de points de sutures, Dunne s'en occuperait.

— Je t'assure que tout va bien.

— Et moi, qui peux voir beaucoup mieux que toi, je t'assure que ça ne va pas bien du tout. Et maintenant, ne bouge plus. Je vais tout nettoyer et changer le pansement.

— Bien, madame.

Elle garda le silence pendant un moment, lui lavant le dos avec son morceau d'étoffe, une main posée sur son épaule comme pour garder l'équilibre.

Comme s'il était son ancrage.

De toute évidence, il avait perdu beaucoup de sang s'il pensait en métaphores aussi ridicules.

— Tu t'es fait toutes ces cicatrices à l'armée ? demanda-t-elle, d'une voix douce et un peu triste.

Elle semblait s'inquiéter pour lui, alors que ces cicatrices étaient si anciennes qu'il ne se rappelait plus laquelle venait d'oû. En tout cas, celles de son dos.

Il eut d'abord envie de plaisanter sur son intérêt excessif pour ses cicatrices. Puis il se rendit compte qu'il avait tout simplement envie de lui dire la vérité.

— La plupart. J'étais un garçon livré à lui-même, et je me suis pas mal bagarré. J'ai réussi à bien me faire amocher avant de m'engager dans l'armée. Je l'ai fait dès que j'ai eu l'âge, et je me suis porté volontaire pour tous les déploiements à l'étranger.

— Tu n'avais pas envie de rester chez toi ?

— Au début, c'était ma principale motivation. Et puis, ça permettait de voir du pays gratuitement. Mais je me suis vite rendu compte que ce que je faisais était utile

— Si ça te plaisait tant, pourquoi as-tu arrêté ?

Cette fois, Brody ne pouvait pas lui dire la vérité. Le risque était trop grand, et les enjeux trop élevés. Mais il lui fallait trouver une réponse plus forte que « J'avais le sentiment d'avoir fait le tour de la question. »

— Dunne a été blessé, et il a eu besoin de quelqu'un pour s'occuper de lui.

— Je ne comprends pas comment tu peux être si proche de tes frères, si tu as grandi seul.

Il esquissa un sourire.

— Ça, c'est parce que tu n'as pas de frères.

Elle soupira, et Brody eut l'impression qu'elle était triste. Puis elle termina ses soins et lui tapota l'épaule.

— C'est fini.

Il se leva et se tourna vers elle au moment où elle lui tendait son T-shirt.

Il le prit et l'enfila sans tiquer, mais seulement parce qu'elle l'observait attentivement.

Avec intérêt.

Apparemment, elle aimait bien son corps, et il se sentit un peu trop satisfait que ce soit le cas.

Mais soudain elle fronça les sourcils.

— Tu ne devrais pas faire autant de mouvements, sinon ta plaie va recommencer à saigner. Attends.

Elle prit son sweat-shirt et écarta l'encolure – comme s'il était un petit garçon qui avait besoin d'aide pour s'habiller.

C'était... mignon. Un geste maternel qu'on n'avait jamais eu pour lui. Alors, il se pencha pour passer sa tête dans l'encolure, puis il glissa ses bras dans les manches.

— Et voilà ! dit-elle, avec un hochement de tête approbateur.

Elle lui donna une petite tape sur le torse, et sa main resta là.

Il posa la sienne dessus.

Elle prit une grande inspiration, et parut retenir son souffle.

Il aurait dû libérer la main de Kate, et certainement pas la retourner pour lire l'heure dessus. Encore moins caresser de son pouce l'intérieur de son poignet, dans le même geste.

Elle relâcha son souffle, d'une façon légèrement tremblante.

Elle ne retira pas sa main, et il était presque minuit.

Il pourrait l'embrasser.

C'était la tradition, après tout. Une façon de se souhaiter bonne chance. Rien de plus.

Elle leva les yeux vers lui. Sa respiration donnait à sa poitrine un mouvement hypnotisant. Et elle ne chercha pas à s'écarter. Au contraire, elle se pencha vers lui.

Alors, il passa un bras autour de sa taille et l'attira contre lui.

Il prit son temps. D'abord parce que c'était plaisant de faire durer l'attente. Et puis, parce que ça lui laissait le temps de refuser si elle le souhaitait.

Elle ne le fit pas, et il inclina sa bouche vers celle de Kate.

Ce ne devait être qu'un simple effleurement de lèvres, un baiser léger, à peine ébauché. Mais elle s'agrippa à lui.

Se croyant alors autorisé à un contact plus intime, il la plaqua contre son corps, et donna à son baiser un élan plus sensuel. Mais la façon dont elle se crispa, au lieu de partager avec lui ce moment d'intimité, l'incita à s'écarter aussitôt.

Elle le regarda avec ses grands yeux bruns écarquillés, comme si elle ne savait pas quoi faire. Comment réagir.

Visiblement, elle était perdue, et Brody ne savait pas comment arranger les choses.

— Bonne année, dit-il.

— Oui, c'est vrai. Bonne… année.

Sa voix n'était qu'un murmure mal assuré.

Il la repoussa tout doucement.

— Tu devrais aller dormir, Kate. Je vais surveiller le feu.

Elle hocha la tête et se dirigea vers le rudimentaire matelas de paille, tandis qu'il s'installait dans le rocking-chair pour une longue et inconfortable nuit.

13

Kate ne dormit pas bien.

Comment une personne était-elle censée dormir sereinement après avoir été embrassée comme ça ?

Tous les baisers ne devaient certainement pas avoir le pouvoir de bouleverser quelqu'un au point que plus rien ne soit pareil après.

Encore qu'elle n'en savait rien, puisque c'était la première fois qu'on l'embrassait. Sauf si on comptait Tim Fletch, qui avait mis sa bouche baveuse sur la sienne à l'école primaire. Mais Zara l'avait poussé et lui avait donné un coup de poing pour elle.

Elle avait toujours eu quelqu'un pour mener ses combats à sa place. Mais pas cette fois.

Baiser ou pas. Confusion ou pas, elle ne laisserait pas Brody être pris dans le feu croisé de ses propres problèmes.

Si elle devait prendre une bonne résolution pour la nouvelle année, ce serait celle-là.

Ce qui voulait dire qu'elle ne pouvait pas embrasser Brody à nouveau. Encore qu'il n'en n'aurait peut-être pas envie. Il l'avait embrassée parce que c'était le nouvel an. C'est tout.

Il n'était pas intéressé.

Et s'il était vraiment intéressé ?

Son cœur fit un bond dans sa poitrine, parce que les filles

solitaires, qui avaient été mises à l'écart dès l'âge de seize ans, avaient une imagination très développée.

Et Brody semblait être l'incarnation de ses rêves les plus fous.

Beau et fort. Doux et protecteur. D'une bonté peu commune. Honnête et loyal. Elle ne savait pas comment un tel homme pouvait exister.

Mais elle devait bien se mettre en tête qu'il n'était pas pour elle.

Surtout maintenant. Elle devait le tenir éloigné de tout ce qui était en rapport avec son père.

Quand elle considéra que l'heure, bien que très matinale, était acceptable pour se lever, Kate essaya de se faufiler hors du lit, persuadée que Brody s'était endormi dans le rocking-chair.

Mais il était assis, et suivait des yeux tous ses mouvements, dans la pénombre du jour qui se levait.

— Tu n'as pas dormi, dit-elle, d'une voix qui parut étranglée, même à ses propres oreilles.

— De temps en temps.

Il sourit et agita son téléphone.

— Un de mes frères devrait être là dans quelques minutes. Il va monter avec le pick-up de Zara aussi loin que possible, puis il utilisera une motoneige pour faire le reste du chemin. Il nous emmènera à la voiture, et nous rentrerons au ranch.

Le ranch. Puis la maison. C'en était bientôt fini de leur vie de pionniers au cœur d'un chalet isolé.

Et c'était bien comme ça. Brody avait une blessure sérieuse, et elle une commotion cérébrale. Les médecins et la maison. Sa mère. Le retour à la normale.

Et l'occasion de laisser Brody en dehors de son drame

familial. Parce qu'il ne voudrait pas mettre un terme à la mission qu'il s'était fixée tout seul.

Elle allait devoir employer toute sa force de conviction à lui faire comprendre qu'il devait laisser tomber.

Quelle ironie ! Elle avait enfin un homme dans sa vie – en quelque sorte – et elle avait envie de le garder, mais elle était obligée de le chasser. Pour son bien à lui.

— Quelle bonne nouvelle, lui répondit-elle. Il faut vraiment que tu fasses examiner ton dos.

Il se leva lentement. Même s'il avait passé la nuit dans ce fauteuil inconfortable, il semblait parfaitement reposé. C'était d'autant plus étonnant qu'il avait cette horrible coupure dans le dos. Elle avait tendance à l'oublier car il se déplaçait comme si ça ne le dérangeait pas du tout.

Et il l'avait embrassée. Vraiment embrassée. Parce qu'il en avait envie, et pas seulement pour la réconforter. Même s'il l'avait fait pour le nouvel an, c'était quand même parce qu'il en avait éprouvé le souhait.

— Nous devrions tout empaqueter, dit-il.

Kate réalisa alors qu'elle restait là, à le dévorer des yeux.

— Tu as raison.

Elle passa aussitôt à l'action, se déplaçant peut-être beaucoup plus vite que nécessaire. Mais elle sentait le regard de Brody sur elle tandis qu'elle allait et venait, rangeant ses affaires dans des sacs, remettant le chalet dans son état d'origine.

Quand elle eut terminé, elle déposa les sacs près de la porte et joignit les mains.

— Eh bien, j'espère que tu as apprécié ton voyage en 1872.

Elle lui sourit comme elle l'aurait fait avec n'importe quel visiteur du fort. En tout cas, elle avait essayé.

Il la regardait avec un peu trop d'intensité, et se tenait plus près d'elle qu'elle ne l'avait réalisé.

— Beaucoup, dit-il.

Il s'avança, en soutenant son regard de la même façon que la veille, et elle savait ce qui allait suivre.

Elle aurait dû s'éloigner, mais elle en était incapable.

Quand il posa sa bouche sur la sienne, elle lui rendit son baiser, nouant les bras autour de son cou.

Si le premier avait été une introduction, un test, cette fois c'était comme une détonation.

Il la tenait serrée contre son corps. Sa langue faisait des choses qu'elle n'avait fait que lire. C'était éblouissant, comme le disaient tous les romans d'amour qu'elle dévorait.

Alors, elle répondit à cette soif dévorante, à cette urgence qu'elle sentait dans le baiser de Brody, avec une ardeur qu'elle ne se connaissait pas.

Dans un état second, elle réalisa vaguement que la porte dans son dos… vibrait.

Quelqu'un était en train de frapper au battant.

Elle essaya de repousser Brody, mais il faisait glisser ses lèvres le long de son cou et… oh, c'était vraiment…

Mais on tambourinait maintenant à la porte, en criant le nom de Brody.

Kate s'éclaircit la gorge et, les mains plaquées contre son torse, lui donna une poussée tout à fait inefficace.

— Brody !

— Quoi ?

— Je crois que ton frère est là.

— Ça ne pouvait pas mieux tomber, marmonna-t-il.

Puis il la poussa gentiment sur le côté pour pouvoir ouvrir la porte.

Landon se trouvait de l'autre côté. Il nota l'expression ombrageuse de Brody, puis il regarda Kate. Elle ne sut pas ce qu'il vit, mais il esquissa un sourire.

Kate ne se sentait même pas gênée. Brody l'avait embrassée, sans compte à rebours avant minuit.

Parce qu'il en avait envie. Parce que ça lui plaisait.

Ça la laissait pantoise.

— Bon, allez, on embarque, dit Landon.

Il avait une pointe d'accent traînant du Sud, et ne ressemblait absolument pas à Brody. Ni à Cal ni à Jake, d'ailleurs. Landon avait les cheveux blonds et les yeux bleus. Il était athlétique aussi, mais sa silhouette était plus élancée, moins compacte.

Même si Brody lui avait expliqué qu'ils n'avaient pas tous un lien biologique, Kate se demanda si cette histoire de frères ne serait pas née à l'armée. Après tout, ne disait-on pas « frères d'armes » ?

Brody et Landon portèrent tout à l'extérieur et attendirent que Kate verrouille la porte.

Il y avait deux motoneiges dehors. Une était vide, vraisemblablement celle de Landon, l'autre avait un conducteur emmitouflé de la tête aux pieds en tenue d'hiver.

D'après Kate, ça ne pouvait pas être Jake, qui était encore en convalescence, ni Dunne, qui était affligé d'une claudication dont elle ne savait rien, à part que ça l'empêchait de monter à cheval. Compte tenu du caractère irascible de Cal, il était peu probable qu'il ait fait le déplacement. Il ne restait donc que Henry.

Brody l'aida à prendre place sur la motoneige derrière Landon.

— On se parle à la maison, lui murmura-t-il à l'oreille.

Parler. Mais, à propos de quoi ?

Brody avait déjà pris place derrière Henry, et ils filèrent comme l'éclair.

La blancheur était si aveuglante que Kate dut fermer les yeux jusqu'à ce qu'ils s'arrêtent.

Un pick-up les attendait.

Kate tiqua en découvrant qui était sorti du côté conducteur pour assister à leur arrivée.

Tandis qu'elle descendait de la motoneige, elle ne quitta pas Zara des yeux.

Et, pendant que les hommes transportaient ses sacs et chargeaient les motoneiges sur la remorque tractée par le pick-up, Kate resta plantée au beau milieu ne sachant que faire ou dire.

Zara avait été sa meilleure amie, mais elle avait toujours eu aussi une notion très rigide du bien et du mal. Ce qui se faisait, et ce qui ne se faisait pas. La disparition présumée d'Amber avec son père l'avait placée, aux yeux de Zara, du côté du mal.

— Viens, dit Brody, en la prenant gentiment par le coude. Tout va bien ?

Kate hocha la tête et le laissa l'entraîner vers le pick-up.

Zara prit place au volant sans un mot, et Henry monta à côté d'elle.

Landon, Kate et Brody furent relégués à l'arrière, et c'était drôle de voir ce dernier recroquevillé dans une position inconfortable pour parvenir à caler son imposante silhouette sur l'étroite banquette.

Le trajet jusqu'au ranch Hart se déroula en silence. Kate avait l'impression que Landon avait envie de dire quelque chose, mais ne savait pas comment se lancer avec cette tension presque palpable qui régnait dans l'air.

Les routes étaient encore mauvaises. Zara roulait lentement et prudemment, dérapant quelques fois, mais gardant la voiture sur la route, avec les mains crispées et les dents serrées.

Quand elle s'arrêta devant la maison principale, il y eut un sentiment général de soulagement. Ils y étaient arrivés.

Kate savait qu'elle aurait dû remercier Zara à sa descente de voiture, mais elle ne pensait qu'à s'échapper.

Elle descendit dans la neige glacée, et serra les dents. Puis elle fit le tour du pick-up et trouva Brody et Landon qui sortaient ses affaires comme s'ils allaient les emporter à l'intérieur.

Elle ne pouvait pas les laisser faire ça.

— Je te remercie vraiment pour tout, Brody, mais je devrais rentrer à la maison.

Brody secoua la tête.

— C'est impossible, Kate.

— Mais...

Il fit signe à Landon, qui se dirigea vers la maison après Zara et Henry, les laissant seuls dans la cour.

— Je pense que tu devrais rester avec nous quelques jours, dit Brody. Jusqu'à ce que nous soyons sûrs que ces types ne reviendront pas. Zara reste souvent dormir ici depuis que Jake est en convalescence, et Hazel peut nous rejoindre, si ça peut t'aider à te sentir à l'aise. Mais je ne peux pas te laisser rentrer chez toi avant que nous sachions qui a tiré sur nous.

— Nous n'avons pas besoin de le savoir, fit Kate, et elle se rendit compte qu'elle donnait l'impression d'être désespérée. S'ils arrêtent de s'en prendre à nous.

— Mais rien ne nous dit qu'ils vont en rester là.

Kate n'avait aucun argument à lui opposer. Parce que, pour lui prouver qu'elle était complètement en sécurité, elle devrait lui dire la vérité sur son père.

Alors, elle se résolut à accepter. Elle se ferait discrète au ranch Hart pendant un moment et, voyant que personne ne venait la chercher, Brody la laisserait partir.

Il le fallait.

Brody remarqua l'étrange façon dont Kate regardait la maison, et songea à son différend avec Zara. Le fait de vivre quelque temps sous le même toit permettrait peut-être d'apaiser les choses entre elles.

Après tout, c'était Zara qui les avaient encouragés à aider Kate. Il y avait de toute évidence des sentiments non résolus entre les deux femmes, et si Kate y mettait du sien, elle pourrait peut-être résoudre le problème.

En outre, elle serait en sécurité, et peut-être pourrait-il trouver les réponses pour elle. Elle avait peur de les connaître, c'était certain, mais ça ne signifiait pas pour autant qu'elle était en sécurité si elle les ignorait. Il ne voulait pas l'inquiéter avec cet aspect des choses, donc il le gérerait.

Il fit entrer Kate, et la guida jusqu'à sa chambre.

— Tu peux dormir ici cette nuit.

— C'est ta chambre ?

— J'irai dormir ailleurs.

Il posa ses bagages.

— Je vais essayer de te trouver une consultation virtuelle avec un médecin.

— Et ton dos ?

— Je vais demander à Dunne d'y jeter un œil. Il a quelques connaissances médicales.

Kate fronça les sourcils.

— « Quelques », ce n'est pas très rassurant.

— Il sait ce qu'il fait, je te promets. Tu devrais te reposer un peu.

— Tu n'as pas dormi, la nuit dernière.

La nuit dernière. Ça réveillait des pensées à propos de ce baiser. Il y avait aussi celui de ce matin… ce n'était pas pour cette raison qu'elle était là, et il ne pouvait pas se permettre d'y penser.

Même s'il en avait terriblement envie.

Les joues de Kate avaient pris de la couleur, et elle avait les yeux rivés sur ses lèvres.

Elle y pensait aussi.

Il devait sortir de là très vite.

— Étends-toi juste un moment, suggéra-t-il.

À moins qu'il ne s'agisse d'une instruction. Il n'eut pas le temps de s'en assurer, car il fila comme s'il avait le diable aux trousses.

Rien ne devait le détourner de la mission qu'il s'était fixée. Et cette mission était de savoir qui avait tiré sur lui, et ce qui se tramait avec son père.

Il se mit à la recherche de Landon pour parler de ce que ce dernier avait trouvé sur Stanley Music. Il se préoccuperait de son dos et demanderait l'avis de Dunne plus tard.

Kate voulait tout arrêter, et il le comprenait.

Mais elle ne savait pas que Landon avait la capacité de découvrir des choses sans que la personne concernée s'en rende compte. Elle ne réalisait pas jusqu'où ses frères et lui pouvaient aller pour assurer sa sécurité.

Et il pouvait l'aider sans qu'elle le sache.

Même si elle pensait ne pas vouloir de son aide.

Il grimaça car il eut l'impression de ressembler à Cal. Prenant avec autorité des décisions pour elle sans qu'elle le sache. Mais il ne la laisserait pas éternellement dans l'ignorance.

Il attendrait simplement qu'elle soit prête à affronter les faits.

Il n'était pas fier de sa façon d'agir, mais ça ne l'arrêta pas.

Brody trouva Landon dans la cuisine, en train de boire un café.

— Il va falloir que je retourne aider Cal avec les vaches, dit-il. Zara est en communication avec un médecin en ville, pour voir s'il peut venir examiner Kate.

Brody hocha la tête.

— Tu as quelque chose sur Stanley Music ?

— Je n'ai pas eu beaucoup de temps, mais j'ai commencé à fouiner. Je ne sais pas qui ils sont vraiment, mais ils ont un système de protection informatique qui n'a aucun sens pour des vendeurs de pianos. J'essaierai d'en savoir plus quand j'aurai plus de temps.

Brody ne laissa rien paraître de sa frustration.

— Qu'est-ce que je peux faire ?

— Te faire examiner.

— Qu'est-ce que tu veux dire ?

— Je te connais depuis trop longtemps. Je t'ai vu souffrir trop souvent. J'ai vu aussi dans quel état dans la voiture. Et je sais quand ça ne va pas.

— J'ai juste une coupure dans le dos.

— En gros, tu te vides de ton sang ? répliqua Landon, avec un sourire.

D'un geste du menton, il désigna la chambre de Dunne, qui servait aussi d'infirmerie en cas de besoin.

— Il t'attend.

Brody regimba.

— J'ai des trucs à faire.

— Je n'en doute pas. Mais tu vas y aller, ou je t'y traîne de force. Et comme je sais que tu es blessé, j'ai un gros avantage sur toi.

Brody soupira et se dirigea vers la porte de Dunne.

Il frappa et entra sans attendre la réponse.

Pour une fois, on y voyait clair dans la pièce, les rideaux

étant ouverts. C'était une chambre sobre et d'une propreté irréprochable – presque une cellule monacale. Dunne avait l'armée chevillée au corps. Son père aussi avait été militaire.

Dans un coin de la pièce aux vastes dimensions, qui avait dû être un salon autrefois, du matériel médical était préparé.

— Assieds-toi, dit Dunne.

Brody obéit.

Parmi eux, c'était pour Dunne qu'il s'inquiétait le plus. Tout comme Cal, il s'accrochait à l'idée qu'il pouvait tout contrôler, alors que la vie leur donnait chaque jour des preuves que c'était impossible.

Quand Dunne lui demanda de retirer ses vêtements, il le fit.

Le juron qu'il entendit proférer à mi-voix était le premier qu'il entendait de son frère en six mois.

— Il faut recoudre.

— Je m'en doutais, dit Brody, avec un soupir.

14

Kate eut du mal à trouver le repos. Spécialement ici, dans la maison des Hart, où elle avait passé tant d'heures dans son enfance avec ses amies.

Une des triplées était morte, l'autre ne lui adressait plus la parole, et elle côtoyait la troisième dans le cadre de son travail mais leur relation n'était plus tout à fait la même.

Elle n'avait pas envie d'être là.

Ce qu'elle voulait, c'était rentrer chez elle et être seule. Se débrouiller seule comme elle le faisait depuis dix ans.

Mais elle était dans l'impossibilité de quitter cet endroit.

Si elle demandait à Zara, peut-être celle-ci accepterait-elle de la conduire. Il était évident que Zara n'avait pas envie de sa présence au ranch.

Oui, elle allait faire ça.

Elle brancha son téléphone, et changea de sweat-shirt, car elle en avait un dans son sac de voyage.

Avant qu'elle ait pu faire quoi que ce soit d'autre, Zara entra comme un tourbillon dans la pièce.

Elle n'avait pas frappé à la porte. C'était typique d'elle.

Elle avait son téléphone à l'oreille.

— Est-ce que tu as des vertiges ?

— Quoi ? Non.

— Pas de vertige. Apparemment, elle est lucide. Quel jour sommes-nous ?

— Quoi ?

Zara leva les yeux au ciel.

— Quel jour sommes-nous ?

— Le 1er janvier, répliqua Kate en croisant les bras, dans une attitude irritée.

— Oui, elle va bien. D'accord.

Zara échangea encore quelques instants avec son interlocuteur, le remercia, et glissa son téléphone dans sa poche.

— Le médecin dit que tout va bien. Repose-toi. Tu peux prendre du paracétamol si tu as mal à la tête. Si tu as de nouveaux symptômes, ou si ta bosse ne dégonfle pas, tu devras y aller, ou appeler, en fonction des conditions météo.

— Super, marmonna Kate.

— J'ai vu l'état de la voiture. Vous avez eu de la chance tous les deux.

— Oui.

— Je vais préparer le dîner. Tu veux m'aider ?

— Tu fais le dîner ?

— Je sais cuisiner.

— Je sais que tu peux le faire. Mais tu détestes ça.

Zara haussa les épaules, et fit signe à Kate de la suivre.

— Et si tu me reconduisais plutôt chez moi ? Comme ça, je ne serai pas une charge supplémentaire.

Zara l'observa depuis le haut de l'escalier.

— On t'a tiré dessus.

— Non, c'est à Brody que c'est arrivé.

— Brody peut bien supporter ça, déclara Zara, avant de commencer à descendre quelques marches.

— Je sais qu'il était dans l'armée, mais...

Zara s'arrêta net et lui lança un regard surpris par-dessus son épaule.

— Il t'a dit ça ?

Kate tiqua.

Brody lui avait dit de n'en parler à personne. Elle n'avait pas pensé que ça valait aussi pour Zara. Ou alors, elle n'avait pas pensé du tout.

— Je suis au courant parce que Jake me l'a dit, continua Zara, en guidant Kate vers la cuisine. Ne te sens pas coupable de me l'avoir dit. Mais je suis surprise parce qu'ils n'aiment pas en parler.

— Il ne m'a pas dit grand-chose.

— Non, je m'en doute.

Zara se déplaça vers le réfrigérateur, et commença à sortir des ingrédients.

— Assieds-toi, Miss Commotion cérébrale. Tu vas pouvoir éplucher et couper.

Kate était bien meilleure cuisinière, mais elle ne vit pas l'intérêt de parlementer avec Zara, qui déposa une planche à découper et des légumes devant elle.

— Au travail.

Kate obtempéra, et elles travaillèrent en silence, Zara debout devant l'îlot central, et Kate assise à la table.

Zara fut la première à rompre le silence, et Kate fut médusée par ce qu'elle dit.

— Je ne peux pas rattraper dix ans.

Dix ans.

Kate lutta contre une vague de tristesse, et la transforma en colère.

— Ça ne ferait probablement pas de mal d'essayer.

Un autre silence suivit, et Kate se dit que ça en resterait là. Mais Zara soupira.

— Je ne t'ai jamais détestée, Kate. J'ai détesté… tout ce qui est arrivé.

Kate leva les yeux vers Zara, qui grimaçait en découpant un poulet.

— On peut dire que ta façon de le montrer était plutôt bizarre.

— Je n'ai jamais été douée pour les condoléances, ou la sympathie… Enfin, tu me connais.

Elle haussa les épaules et déposa les morceaux de poulet dans une poêle.

Kate soupira et se leva puis se dirigea vers l'endroit où elle savait qu'étaient rangées les épices.

Elle sélectionna quelques flacons et commença à assaisonner le poulet, épaule contre épaule avec son ancienne meilleure amie qui, pour la première fois en dix ans, venait de faire un geste de réconciliation.

Kate aurait voulu se monter plus dure, plus en colère. Mais elle savait que Zara ne pardonnait pas facilement, et qu'elle ne tendrait pas symboliquement un rameau d'olivier si elle ne se sentait pas vraiment malheureuse à propos de ce qui était arrivé.

— Je n'ai pas essayé non plus.

— Ce n'était pas à toi de le faire.

— Non, mais… Écoute, nous avions seize ans. Nous n'avions pas la maturité pour comprendre la situation. Nous avons été bêtes.

Zara éclata de rire.

— Oui, surtout moi. Mais j'aurais dû te soutenir. Ta mère n'était déjà pas facile avant ça, et je t'ai laissée avec elle. C'était un peu comme t'abandonner à une meute de loups.

— Peut-être. Mais tu avais tes propres démons, avec la disparition d'Amber.

Kate alla chercher la planche à découper et la tendit à Zara, qui fit glisser les légumes dans la poêle.

— Trouve-moi un couvercle, dit Kate.

Et Zara s'exécuta.

Puis elles restèrent debout, côte à côte, à regarder cuire le repas.

Kate ne pouvait pas dire qu'elles avaient effacé dix ans de peines et de rancœurs, mais c'était un premier pas.

— Écoute, tu penses que tu pourrais me conduire à la maison ? Je sais que Brody me croit en danger, mais je suis persuadée du contraire.

— Et que fais-tu de l'accident de voiture et des coups de feu ?

Kate eut un soupir de frustration.

— Je ne veux pas qu'il se sente responsable de moi.

Zara la regarda en fronçant les sourcils.

— Brody est un type bien.

— Je sais.

Beaucoup trop bien, en fait.

— Si quelqu'un peut t'aider, c'est lui. C'est toute la fratrie.

— Je ne veux peut-être pas d'aide.

— Sûrement.

Zara l'observa, et elle n'aurait pas dû être capable de la cerner, après dix ans sans la côtoyer, mais Kate eut l'intuition qu'elle la comprenait trop bien.

— Mais, est-ce que tu ne veux pas d'aide parce que c'est comme ça, ça fait partie de ton caractère ? Ou bien parce qu'après dix ans à être rejetée par tout le monde tu n'as plus confiance en la nature humaine ?

Kate resta sans voix, car cette remarque lui causa une terrible douleur dans la poitrine.

Elle voulait protéger Brody, c'était vrai. Mais il était possible qu'elle ne soit pas tout à fait sûre que son aide servirait à quelque chose. Parce que, pendant dix ans, personne n'avait jamais proposé de l'aider.

— Je suis passée par là, dit Zara. Donc, j'en reconnais les signes. Mais Jake n'a jamais renoncé. Il a toujours été là pour moi, faisant tout pour m'aider. Parce que… je ne sais pas, ils ont ça en eux. C'est ce qu'ils sont.

Kate se dit que Zara n'avait pas idée qu'elle remuait le couteau dans la plaie en disant une chose pareille.

— Je ne peux pas te reconduire chez toi, fit Zara. J'ai confiance dans le jugement de Brody. Tu n'es pas en sécurité.

Zara la scruta avec une intensité que Kate n'apprécia pas, mais qu'elle ne pouvait éviter. Parce qu'elle n'était pas mystérieuse à ce point.

Elle n'avait pas beaucoup changé, finalement.

— D'abord, je crois que tu sous-estimes ce dont Brody est capable. Je l'ai vu à l'œuvre, et tu sais qu'il n'y a pas grand-chose qui m'impressionne. Ensuite, il ne voudrait pas que ce soit toi qui le protèges, pour toutes sortes de raisons.

Zara toucha l'épaule de Kate, ce qu'elle ne faisait pas souvent, même quand elles étaient amies.

— Si tu as des sentiments pour Brody, quels qu'ils soient, tu dois lui dire la vérité. Il le mérite, et il peut le gérer.

Kate recula d'un pas, et la main de Zara retomba.

— La vérité, c'est que ce serait préférable pour tout le monde si j'arrêtais de vouloir élucider la disparition de mon père.

Zara hocha la tête.

— Alors, tu dois le lui dire, et lui expliquer pourquoi. La seule façon d'arrêter Brody, c'est de lui dire la vérité.

Kate rumina quelques instants cette recommandation, et finit par hocher la tête.

— Je vais lui parler.

D'un signe de tête, Zara indiqua à Kate de regarder derrière elle.

Brody et Dunne se tenaient dans le couloir qui menait à l'unique chambre située au rez-de-chaussée.

Kate prit une profonde inspiration pour se donner du courage, puis elle se précipita vers Brody et le prit par le bras.

— Suis-moi.

Elle l'entraîna à l'étage, lui demanda où était sa chambre et ferma la porte derrière eux.

— Tu es toujours en train d'enquêter, n'est-ce pas ?

Brody écarquilla les yeux, mais il enfouit les mains dans ses poches, et bascula d'avant en arrière sur les talons de ses bottes de cow-boy.

— Eh bien…

— Je t'ai dit d'arrêter !

— Je sais, Kate. Mais j'ai besoin de savoir.

— Tu m'as fait beaucoup de promesses, Brody. Tu n'aurais pas dû. Je ne suis rien pour toi.

— Ce n'est pas vrai du tout.

Il lui prit les mains et soutint son regard.

— Je te l'ai dit. Je t'aime bien, Kate.

Il était si sérieux. Si honnête.

Elle aurait presque préféré qu'il ne l'apprécie pas. Ça lui aurait facilité les choses.

Kate libéra ses mains et se mit à faire les cent pas dans la pièce.

Brody voyait bien que Kate était stressée, et ça l'inquiétait. Quand il la vit se murmurer des choses à elle-même, il comprit qu'elle avait des choses à dire et attendit.

— Tu ne peux pas traquer mon père. Tu ne peux pas

enquêter sur Stanley Music. Je sais que tu en as envie. Je sais que tu penses que c'est ce qu'il faut faire.

Elle se tourna vers lui, affichant une expression désespérée.

— Peux-tu me faire confiance si je te dis que c'est tout le contraire ?

Brody ne comprenait pas sa peur. Il essayait, vraiment. Mais ce n'était pas facile de se mettre dans la peau d'un civil, qu'un coup de feu pouvait effrayer au point de faire machine arrière.

Cependant, Kate s'était montrée si tenace pendant dix ans que sa décision de tout arrêter maintenant était incompréhensible.

— Ce n'est pas que je ne te fais pas confiance, Kate, c'est que je ne comprends pas ce qui se passe. De quoi s'agit-il ? Vraiment ?

Son visage se décomposa. Pas comme si elle allait pleurer, mais comme si le poids qui pesait sur elle était trop lourd.

— Kate ?

— J'ai vu mon père, dit-elle comme ça, sans préambule.

Ses mots n'avaient aucun sens pour Brody.

— Que veux-tu dire ?

Elle soupira, et ses yeux brillaient de larmes contenues.

— Quand tu m'as dit de m'enfermer dans le chalet, il était là.

Brody se dit qu'il devait y avoir un tremblement de terre juste sous ses pieds. C'était le seul moyen d'expliquer cette soudaine sensation de déséquilibre.

— Là ? Dans le chalet ? Avec toi ?

Elle hocha la tête.

— Pourquoi ne me l'as-tu pas dit ? Où est-il allé ? J'aurais pu le suivre.

Il s'avança vers elle, ne comprenant pas les émotions qui

bouillonnaient en lui. Colère, frustration, et une blessure d'amour-propre totalement déplacée.

— Tu étais seule avec lui ?

— Il voulait juste... Il était là et m'a demandé d'arrêter d'enquêter. De tourner la page une bonne fois pour toutes.

— Oh ! Eh bien, dans ce cas, laissons tomber, naturellement ! lâcha Brody, d'un ton sarcastique.

— Il a dit...

Kate s'éclaircit la gorge.

— Brody, il a dit qu'il me protégeait depuis toutes ces années, mais qu'il ne pourrait plus le faire si je persistais à enquêter. Et aussi qu'ils te tueraient si tu continuais à les traquer.

L'hésitation et la tristesse de Kate se transformèrent en colère.

— Comment aurais-je pu te dire ça, en sachant que tu aurais été prêt à continuer, même avec une menace de mort planant sur toi ?

— Alors, en fait... ça veut dire que tu essayes de me protéger ?

C'était un sentiment très étrange, et il fallut un moment à Brody pour comprendre ce que ça lui inspirait.

— Je sais que tu penses être capable de gérer ça. Zara le pense. Tout le monde le pense. Et c'est peut-être vrai. Mais moi, qu'est-ce que j'en sais ? Rien. À part que je ne le supporterais pas s'il t'arrivait quelque chose.

Brody traversa la pièce.

Peut-être aurait-il dû garder ses distances. Il était suffisamment déstabilisé pour faire une erreur.

Mais elle semblait tellement désespérée, et inquiète...

L'attirant dans ses bras, il posa un baiser sur ses lèvres, pensant que ce serait léger et doux. Rassurant.

Mais il fut incapable de s'écarter. Il voulait la garder

contre lui, n'imaginant personne d'autre qu'elle dont la place serait dans ses bras.

Ce baiser fut un monde de perfection et de douceur, à l'écart de tout ce qui se passait d'autre autour d'eux, et il aurait été heureux d'y rester.

Mais, qu'on le veuille ou non, la vie ne cessait de se rappeler à soi.

Il soupira contre sa bouche, et rejeta légèrement sa tête en arrière.

Ils avaient besoin d'espace. Ils avaient besoin de se concentrer.

Mais quand il la regarda, la seule chose à laquelle il pensa, c'était qu'il la voulait dans son lit.

— Je pensais que tu m'en voudrais de t'avoir menti, dit-elle, en le regardant avec un mélange de désir et d'incompréhension.

— Nous mentons tous, Kate.

N'était-il pas plus ou moins en train de lui mentir en ce moment ?

S'il lui disait tout ce qu'il avait fait dans sa carrière militaire, le croirait-elle capable d'affronter son père et ses complices ?

Assurément. Mais certains mensonges étaient nécessaires.

— C'est la première fois que quelqu'un ment pour me protéger, reconnut-il.

L'expression de Kate se fit suppliante.

— Si nous arrêtons, il nous laissera tranquilles. Il est vivant, c'est tout ce qui importe pour moi. Nous n'avons pas besoin de savoir dans quoi il est impliqué. Je suis en sécurité. Tu es en sécurité. C'est tout ce qui compte.

Brody aurait aimé que ce soit vrai.

Il aurait aimé pouvoir laisser croire à Kate que c'était vrai.

Mais elle se trompait du tout au tout. Et s'il n'agissait pas, ils pourraient bien y laisser la vie tous les deux.

— Kate, ils continuent à voler des informations que tu possèdes.

Il se passa la main dans les cheveux, cherchant ses mots pour ne pas l'effrayer exagérément, tout en lui faisant ouvrir les yeux sur la réalité du danger qu'elle courait.

— À un moment, ils vont se demander de quoi tu peux témoigner, même sans les preuves qu'ils ont volées.

15

Kate avait envie de s'immerger dans la chaleur que le corps de Brody lui procurait, mais ses paroles étaient un froid rappel que sa vraie vie était quelque chose de… tordu, laid, et empli de confusion.

La seule façon qu'elle avait trouvée de survivre, ç'avait été de se retirer en elle-même. Maintenant, elle avait Brody qui l'embrassait, et Zara qui s'excusait. On se ralliait autour d'elle pour l'aider.

Brody déposa un baiser sur sa tempe.

— Viens. Allons dîner.

Elle essaya de sourire, tandis qu'elle hochait la tête. Et elle laissa Brody lui tenir la main en descendant vers la cuisine.

C'était une façon de la rassurer, sans doute.

Il était là. Il ne lui en voulait pas d'avoir menti. Il avait été bouleversé qu'elle tienne suffisamment à lui pour le protéger.

Ils se ressemblaient peut-être plus qu'elle ne le pensait, et peut-être… C'était en tout cas quelque chose qui lui donnait de l'espoir.

Brody avait grandi en se sentant seul, abandonné, mais il s'était créé une autre vie en tant qu'adulte avec ses frères. De toute évidence il excellait dans l'armée. Et quand Dunne avait été blessé, dans des circonstances qu'elle ignorait, il avait rejoint ses frères pour s'installer ici.

Ils cuisinaient à tour de rôle et, apparemment, ils prenaient toujours leurs repas ensemble.

Quand Brody la fit entrer dans la cuisine, les autres frères étaient déjà là.

Zara était devant la gazinière, et il fallait espérer qu'elle n'allait pas gâcher le repas que Kate l'avait aidée à préparer.

Henry était à côté d'elle et remplissait des tasses de lait.

Dunne et Jake étaient assis côte à côte et discutaient à voix basse.

Landon était assis également, mais il avait un ordinateur devant lui, et tapait frénétiquement sur le clavier.

Cal était appuyé contre la porte de service, l'air bougon. Mais Kate n'était pas sûre de l'avoir jamais vu autrement qu'avec cette attitude-là.

— Comment va la tête, Kate ? demanda Jake.

Elle parvint à sourire.

— Pas trop mal.

Brody lui tira une chaise, et il prit celle d'à côté.

Zara posa la poêle sur un repose-plat au milieu de la table, et Henry fit la distribution des verres de lait.

Cal vint finalement s'asseoir à côté de Landon.

— Tu as pris ma place, grommela-t-il.

— Premier arrivé, premier servi, mon vieux.

Zara fit passer les assiettes et les couverts et alla s'asseoir à côté de Jake. Au passage, elle lui caressa l'épaule, et il lui tira sa chaise. Elle lui tendit une serviette, et il lui tendit une cuillère de service.

C'était une danse curieuse et fascinante. Zara avait toujours été si farouchement indépendante, réfractaire à toute aide. Elle faisait toujours tout pour tout le monde.

Et maintenant, elle tenait la main d'un homme sous la table.

Kate glissa un regard vers Brody. Il regardait l'écran de l'ordinateur de Landon en fronçant les sourcils. Mais on voyait qu'il était à l'aise, entouré par ses frères, à une table où Kate avait pris de nombreux repas avec les triplées, avant le décès de leur mère.

Il y avait une ambiance similaire à l'époque. La famille. La chaleur. Les discussions. C'était bien différent chez Kate, même avant la disparition de son père.

C'était assez surprenant que Zara ait trouvé un moyen de faire revivre ça.

Ils commencèrent à dîner, et Landon fit le point sur ce qu'il avait pu trouver à propos de Stanley Music, au grand dam de Kate, qui se demanda si elle ne les mettait pas tous en danger.

— La sécurité mise en place autour de cette compagnie est de la haute technologie. Ce n'est pas un magasin d'accessoires de musique. Ça cache autre chose. Mais il va me falloir du temps pour creuser sans que personne ne s'en rende compte.

Kate voulut lui dire que ce n'était pas la peine de se donner tout ce mal pour elle, mais Brody la fit taire d'un regard désapprobateur.

— Je ferai tes corvées demain, proposa-t-il, ça te donnera du temps.

Landon hocha la tête, mais Dunne désapprouva.

— Avec tes points de suture, tu ne dois pas faire d'efforts pendant quelques jours, cow-boy.

— Bienvenue dans l'équipe des blessés, dit Jake, en levant son verre d'un air moqueur.

— Kate pourrait au moins rester ici jusqu'à ce que nous soyons sûrs qu'elle n'est plus en danger, proposa Brody.

Tous les yeux, sauf ceux de Brody, se tournèrent vers Cal, qui avait l'air revêche, comme d'habitude.

Il devait y avoir une chaîne de commandement implicite. Ils n'attendaient pas vraiment de permission, d'après elle. Elle n'imaginait pas Cal refuser et Brody hausser les épaules en disant « Très bien, Kate, rentre chez toi. » Ils attendaient plutôt… eh bien… une sorte de chamaillerie bon enfant.

Cal dut le sentir car son expression changea. Il devait essayer de sourire, mais le résultat n'était pas très convaincant.

— Bien sûr qu'elle peut rester. À votre service, Kate.

Dunne ricana. Landon sourit. Et Brody sembla partagé entre irritation et amusement.

C'était le genre de famille qu'elle avait toujours imaginé durant les repas inconfortablement silencieux avec ses parents. Pas seulement de la joie et de l'entrain, mais une vraie interaction. Un lien.

C'était ce qu'elle avait avec les triplées Hart.

Avant.

Le repas terminé, tandis qu'elle montait l'escalier, fatiguée et prête à aller se coucher, Kate réalisa que, grâce à Zara, mais aussi aux frères Thompson, elle avait oublié son père, et toutes ces histoires de commotion, de points de suture et de coups de feu.

Elle avait apprécié sa vie, et apprécié aussi la compagnie d'autres personnes.

Elle entra dans la chambre de Brody – qui avait été celle d'Amber quand elle avait dix ou onze ans, avant qu'elle ne convainque Hazel de faire l'échange avec la sienne, qui permettait plus facilement de se faufiler dehors.

Mais Kate n'avait pas envie de penser à Amber ou Hazel.

Ce qui l'intéressait, c'était elle, Kate Phillips. La personne qu'elle avait toujours été, mais dont elle avait perdu la trace.

Elle aimait cette personne-là, et l'avenir qu'elle semblait avoir maintenant.

Elle se tourna vers Brody, qui se tenait hésitant sur le seuil.

Étrangement, son incertitude à cet instant lui donna du courage.

Elle lui prit la main et leva vers lui un regard empli de confiance.

— Reste avec moi.

Il se crispa, et elle faillit sourire de la façon dont il se contenait.

— Je peux dormir par terre, si tu veux...

— Brody, ne fais pas celui qui ne comprend pas.

— Ce n'est pas ça. J'essaie de me montrer chevaleresque.

Elle sourit.

— N'essaie pas.

Brody se réveilla dans le lit du ranch Hart, qu'il avait pris l'habitude d'appeler le sien. Mais s'il s'y réveillait avec Kate tous les matins, il allait devoir changer d'appellation.

Elle dormait encore, les cheveux en désordre sur son épaule à lui. Il se dit qu'il devrait peut-être ressentir un peu de culpabilité, mais il n'en trouvait pas. Parce qu'il avait des sentiments pour elle. Très profonds. Et il savait, quoi qu'il arrive, qu'il ferait tout pour lui apporter des réponses, pour qu'elle soit toujours en sécurité.

Il se glissa hors du lit, en espérant ne pas la réveiller. Elle marmonna quelque chose, roula sur le côté, et se rendormit profondément.

Désormais, elle faisait partie de sa vie. Cette vie qu'il s'était bâtie en dehors de l'armée.

Aujourd'hui, pour la première fois, il savait ce que c'était que d'être vraiment lui-même.

Longtemps, il avait eu besoin de se mesurer à la structure militaire, pour se prouver qu'il était meilleur que le milieu d'où il venait.

Puis il y avait eu le ranch, où il avait trouvé un épanouissement qu'il était loin d'imaginer.

Et Kate était la pièce finale. La clé de tout.

Une fois habillé, il se glissa hors de la chambre. Il avait besoin d'un café et d'une discussion avec Landon à propos de Stanley Music.

Quand Brody entra sans la cuisine, Landon se trouvait déjà à table, son ordinateur devant lui, et une tasse de café à portée de main.

Brody se servit et vint s'asseoir à côté de lui.

— Du nouveau ?

— Des bribes par-ci, par-là, mais rien de concret. Stanley Music est assurément une couverture. Pour quoi et pour qui ? Je cherche encore.

— Tu es sûr que personne ne sait ce que tu fais ?

Landon lui lança un regard offensé, et Brody leva les mains pour s'excuser.

— Kate est en danger. La prudence est de mise.

L'expression de Landon se fit ironique.

— Qu'est-ce qui se passe entre vous ?

Brody haussa les épaules, et fixa son café.

— Jake et toi êtes aussi subtils que des éléphants dans un magasin de porcelaine.

Brody lui lança un regard d'avertissement.

Landon leva les yeux au ciel et soupira.

— Ah, les jolies jeunes femmes ! Comment y résister ?

— C'est toi que je ne trouve pas très subtil, Landon.

— Écoute, j'ai le temps de travailler sur ton enquête

aujourd'hui. Zara a dit que le blizzard était définitivement derrière nous et que le troupeau avait moins besoin d'attention. En plus, il paraît que les routes sont bien dégagées. Cal ne va pas m'en vouloir si je me défile pour une journée.

— Sauf que ça fait trois personnes qui manquent pour les travaux de la ferme.

— Tu sais qu'il ronchonne uniquement parce que vous avez tous les deux été blessés sous sa responsabilité.

— Quelle responsabilité ? À un moment, il va bien devoir comprendre que nous ne sommes plus sous ses ordres.

— Ce n'est pas toi qui nous dis tout le temps qu'il faut lui laisser du temps pour s'adapter ?

— Ouais, ouais.

— Il y a un truc que tu peux faire, si Dunne t'autorise à conduire. J'ai appelé le bureau du comté hier, pour vérifier une immatriculation au registre du commerce. Mais on m'a dit que je devais venir sur place. Si tu pouvais t'en occuper, ça m'arrangerait.

— Avec plaisir !

Brody avait déjà bondi sur ses pieds, prêt à partir.

— Vois d'abord avec Dunne si c'est d'accord.

Brody hocha la tête, bien qu'il n'en ait aucunement l'intention.

Avant de partir, il devait parler à Kate... Enfin, il ne lui dirait peut-être pas tout.

Elle prenait plaisir à se sentir à nouveau normale, et s'il pouvait élucider tout seul le mystère qui entourait son père sans qu'elle ait à s'en inquiéter... eh bien, ne serait-ce pas formidable ?

Il chercha une tasse propre, la remplit de café, et fit le chemin à l'envers jusqu'à sa chambre.

Kate était assise dans le lit et passait ses mains dans ses cheveux emmêlés. Elle lui lança un regard ensommeillé.

— Bonjour. Je t'ai apporté du café. Je n'ai mis ni crème ni sucre, mais je suppose qu'une pionnière de ta trempe boit son café noir.

Elle sourit.

— Tu te trompes complètement. Mais je te pardonne pour ce matin.

Il s'avança et lui tendit prudemment sa tasse et, comme il ne pouvait pas s'en empêcher, il déposa un bref baiser sur sa bouche.

— Je vais aider un peu au ranch ce matin, fit-il.

Kate haussa les sourcils.

— Je pensais que Dunne avait dit de te ménager.

— Cal m'a trouvé des tâches pas trop fatigantes.

— Comment je peux aider ?

— En te reposant.

Elle fit la tête.

— Je n'ai peut-être pas grandi dans un ranch, mais je connais deux ou trois trucs...

— Il vaut mieux que tu te reposes. Tu dois rester prudente avec ta commotion. En plus, la compagnie de Cal peut être un vrai calvaire, crois-moi. On verra demain si tu peux participer. D'ailleurs, je vais lui suggérer subtilement. Demain il aura du travail pour toi, et il pensera même que l'idée vient de lui. Rien ne réjouit autant Cal que de croire qu'il pense à tout.

— Mais, qu'est-ce que je vais faire ?

— Ce que tu veux. Lire. Regarder la télévision...

Il s'assit à côté d'elle sur le lit.

— J'aimerais bien te conduire au fort pour que tu puisses travailler, mais ce n'est pas sûr. Pas encore.

— Non, je sais.

Elle secoua la tête et lui sourit.

— Je trouverai bien quelque chose à faire… Oh ! j'ai une idée. Je pourrais préparer un grand repas pour tout le monde.

Il lui prit la main et déposa un baiser sur le dessus.

— Tu seras considérée comme une déesse parmi nous, simples mortels.

Elle éclata de rire.

— Très bien alors. Je n'ai rien contre l'idée d'être considérée comme une déesse.

Brody se leva, pressé de se mettre en route. Il en avait au moins pour une heure de trajet.

— Brody, à propos de la nuit dernière…

Il se crispa, traversé par une crainte soudaine. Avait-elle des regrets ? Allait-elle lui dire qu'elle voulait en rester là ?

— C'était bien, n'est-ce pas ?

Il se tourna et lui caressa la joue.

— C'était mieux que bien.

Elle sourit.

— Tu dormiras avec moi, cette nuit ?

— Autant de nuits que tu voudras.

16

Kate s'ennuyait tellement qu'elle aurait pu crier de frustration.

Elle avait réussi à s'occuper en rêvassant à Brody pendant une bonne heure. Puis, ne tenant soudain plus en place, elle avait récuré la cuisine de fond en comble, avant de préparer une soupe, qui mijotait maintenant sur le feu. Elle avait aussi préparé des sandwichs. Et elle était allée voir Jake, qu'elle connaissait à peine, pour lui demander s'il avait besoin de quelque chose pendant que Zara était sortie travailler.

Mais rien n'avait vraiment besoin d'être fait, et elle n'était pas chez elle et n'avait pas ses affaires.

Elle avait besoin de faire un saut à la maison. De prendre quelques vêtements, des chaussures, son ordinateur...

Et puis, elle ne laissait jamais passer plus de deux ou trois jours sans demander à sa mère si elle avait besoin de quelque chose. Il était fort probable que cette dernière n'ait pas remarqué son absence, mais elle se sentait coupable malgré tout.

Elle balaya du regard la cuisine, et décida que le moment n'était pas plus mal choisi qu'un autre.

Elle sortit son téléphone de sa poche et appela Zara.

— Oui, Kate ? Qu'est-ce qu'il y a ?

Kate entendait le vent siffler en arrière-plan. Zara était dehors en train de travailler, et elle l'enviait. Ça rendait sa décision encore plus nécessaire.

— Je peux t'emprunter ta voiture ? Je veux juste faire un saut chez moi, chercher des tenues de rechange. Et peut-être aller en ville et passer à l'épicerie. J'ai préparé des sandwichs et de la soupe pour le déjeuner, parce qu'il n'y avait rien de décongelé, mais je voudrais faire un vrai dîner ce soir.

— C'est au tour de Cal de cuisiner, répliqua Zara. Donc, si tu veux prendre le relais, pour qu'on ne se retrouve pas avec une pizza brûlée, je n'y vois pas d'inconvénient. Brody est d'accord pour que tu sortes ?

Kate savait qu'elle ne devrait pas mentir, mais la réponse sortit de sa bouche avant qu'elle ait pu s'en empêcher.

— Évidemment.

— Le double des clés est dans le sas d'entrée.

— Merci.

— Pas de problème.

Kate mit fin à la communication, prit les clés et son sac, et se précipita vers la voiture de Zara. Les frères rentreraient déjeuner dans deux heures, elle avait donc largement le temps de faire un aller-retour sans que personne ne s'en rende compte.

Elle chantonnait en se mettant au volant du pick-up de Zara. Ça pourrait être ça, sa vie. Une vie normale. Qu'importe ce qu'en pensait Brody, elle n'avait plus besoin de réponses. Elle savait que son père était en vie, et qu'il avait choisi de partir. Le reste ne l'intéressait pas.

Elle tourna la clé de contact et soupira, se sentant légèrement coupable. Et si Brody rentrait plus tôt et ne la trouvait pas ? Il s'inquiéterait forcément. Et ensuite elle lui devrait une explication.

Pourquoi pas un SMS ?

Suis passée prendre quelques affaires chez moi, et faire un saut à l'épicerie. De retour avant le déjeuner.

Elle le relut. Réfléchit. Peut-être ferait-elle mieux de rester ici. D'attendre Brody…

Oh ! pour l'amour du ciel, personne ne s'en était pris à elle. C'était sur lui qu'on avait tiré. C'est lui qui devrait s'inquiéter.

Elle appuya sur « envoyer » et s'engagea dans le chemin du ranch.

Deux secondes plus tard, son téléphone sonnait. Elle soupira et répondit.

— Allô, dit-elle, d'un ton joyeux.

— Bon sang, Kate ! cria Brody.

Elle conserva un ton léger et insouciant.

— Je vais juste chez moi et à l'épicerie. Je n'en ai pas pour longtemps.

— Non. Absolument pas. Rentre à la maison.

Elle ne sut pas pourquoi, mais ça lui réchauffa le cœur qu'il désigne le ranch Hart comme sa maison.

— Je prends juste quelques vêtements, et je dis bonjour à ma mère. Brody, tu ne peux pas me garder prisonnière. Il faut que je puisse faire des choses.

Il y eut un long silence, pendant lequel Kate continua à conduire, en faisant très attention.

— Tu ne peux pas me traiter comme une poupée de porcelaine, dit-elle avec sérieux. Ni croire que je suis perpétuellement en danger mortel. C'est excessif, et je crois que tu le sais.

— D'accord. Mais si tu sens que quelque chose ne va pas, que tu es suivie, ou n'importe quoi, tu m'appelles. Ou tu appelles la police, si tu préfères. En tout cas, tu fais ce qu'il faut pour rester en vie.

Ça tombait bien, elle n'avait aucune envie de mourir. Elle voulait juste changer de vêtements, et être un peu seule pour réfléchir.

— Très bien.

— Tu promets ?

— Oui, c'est promis. En plus, il se trouve que j'ai des projets pour ce soir.

Il rit.

— J'espère que c'est avec moi.

— Bien sûr.

Il soupira.

— Je crois que j'ai quelque chose à avouer.

Kate gara le pick-up le long du trottoir. Sa mère en ferait tout un drame si une vieille voiture rouillée et cabossée s'arrêtait dans son allée.

— Je t'écoute, dit-elle, en descendant de la cabine.

— Je fais une course pour Landon. Il veut que je vérifie un enregistrement au registre du commerce pour Stanley Music.

Kate s'arrêta net !

— Brody !

— Ce n'est rien.

— C'est de la recherche. Ils t'ont menacé tout autant, si ce n'est plus, que moi. Fais demi-tour et rentre au ranch tout de suite.

— Je te propose un truc. Nous faisons tous les deux ce que nous avions prévu de faire, en se mentant l'un à l'autre, et ce soir on se montre à quel point nous sommes désolés.

C'était absurde. Elle devrait être furieuse contre lui. Mais elle souriait en marchant vers la maison.

— J'espère que tu es vraiment désolé.

— Extrêmement. Je pourrais même l'être deux ou trois fois.

Elle rit. Elle se sentait tellement heureuse.

— D'accord. Mais tu dois me promettre la même chose. Si quelque chose tourne mal, tu appelles à l'aide.

— Oui, madame.

Elle soupira et testa le mot qu'il avait dit lui-même.

— On se retrouve à la maison.

— Le plus vite possible.

Elle mit fin à la communication, glissa le téléphone dans sa poche, et leva les yeux vers la maison sur la colline. Elle semblait plus sombre et abandonnée que jamais.

Kate avait appris à accepter que cette maison existât dans l'esprit de sa mère comme une sorte d'étrange mausolée à la mémoire de son mari disparu.

Mais sa cohabitation avec Brody dans le chalet historique, et dans le ranch des Hart bourré à craquer de monde, lui avait fait réaliser combien cette maison était triste.

Avec un soupir, elle considéra les deux entrées de la maison. Celle sur le côté la mènerait directement à sa chambre, où sa mère n'allait jamais. Mais si elle passait par la porte principale, elle trouverait sa mère et pourrait lui demander si elle avait besoin de quelque chose.

Elle n'en avait pas envie, mais la culpabilité l'y poussait.

Elle ne savait pas pourquoi elle se sentait coupable. Sa mère ne ressentait jamais rien. Mais Kate ne pouvait pas s'empêcher de s'occuper d'elle, même si elle ne recevait jamais rien en retour.

Elle déverrouilla la porte d'entrée, et fronça les sourcils.

Des voix provenaient du salon. Une masculine et une féminine.

Ces voix lui étaient familières, et un frisson courut le long de sa colonne vertébrale.

Elle devait se faire des idées.

Mais quand elle entra dans le salon, ses deux parents s'y

trouvaient. Ils étaient en train de se disputer. Pendant un instant, Kate crut avoir fait un bond dans le passé.

Puis elle vit les armes dans les mains de son père.

Brody ne connaissait pas l'impatience. C'était quelque chose que l'armée avait fait disparaître chez lui. Les choses prenaient le temps qu'elles prenaient. Un soldat devait être patient. Un soldat d'élite ne laissait ni la tension ni l'adrénaline le détourner de son objectif.

Mais il commençait à bouillir d'agacement, en attendant que l'apathique employé du comté lève ses fesses et aille chercher ce qu'il lui avait demandé. C'était bien simple, il avait envie de bondir par-dessus le comptoir et de s'en occuper lui-même.

Mais il resta assis sur sa chaise en plastique dur, dans un petit bâtiment qui sentait le nettoyant industriel, et attendit.

Au bout d'une éternité, l'employé, qui avait fini par se lever de son siège, revint en traînant les pieds. Il tenait à la main une feuille de papier extra-fine.

— Je vous ai fait une copie, annonça-t-il. C'est détenu par une SARL, Stanley, Inc.

Il déposa le papier sur le comptoir.

— Ça fera quinze dollars.

Brody trouva ça un peu raide, d'autant plus qu'il n'avait pas demandé de copie. Il compta quand même sa monnaie, prit le document, et sortit.

Dehors, le soleil était aveuglant avec toute cette neige autour, mais il ne faisait plus aussi froid qu'avant.

Brody regagna sa voiture et appela Landon, en le mettant sur haut-parleur tandis qu'il s'engageait sur l'autoroute.

— Détenu par une SARL. Pas de nom de personne. Juste Stanley, Inc.

— Bizarre. Je n'ai pas trouvé ça en ligne. Mais c'est une base de travail. Donne-moi quelques minutes pour comprendre.

Brody continua à rouler, tandis que Landon tapait sur son clavier.

— Propriétaire : Jonas Lantsey, annonça Landon.

S'ensuivit un silence ponctué d'un cliquètement de touches de clavier.

— Mort depuis vingt ans. C'est tout ce que j'ai, mais je vais chercher. J'aurai peut-être quelque chose quand tu seras rentré.

— Kate est là ?

— Je ne crois pas.

Brody tiqua.

— Je suis sur le chemin du retour. Appelle-moi si tu trouves quelque chose de vraiment intéressant.

— Vous pouvez compter sur moi, boss.

Brody secoua la tête et raccrocha. Puis il chercha le numéro de Kate dans ses contacts.

S'il n'était pas déjà en route vers le ranch, il se serait arrêté chez les Phillips et il aurait suivi Kate jusqu'à la maison, histoire de s'assurer que tout allait bien.

Mieux valait être trop prudent qu'insouciant.

C'était quelque chose que Kate devrait apprendre. Ou peut-être pourrait-elle accepter sa protection temporaire, jusqu'à ce que l'enquête soit résolue.

Il n'allait pas laisser quelque chose lui arriver, uniquement parce qu'elle ne comprenait pas l'étendue de la menace. Il en était incapable. Et elle devait le comprendre, puis qu'elle avait voulu tout abandonner pour le protéger.

Il appela le numéro de Kate, et rongea son frein pendant que ça sonnait. Sa voix s'éleva, encourageant à lui laisser un message.

Elle n'avait pas répondu, et un élan de panique lui noua l'estomac.

Tandis qu'il accélérait vers Wilde, un SMS de Kate arriva.

Je déjeune avec maman. Te rappelle bientôt.

Il supposa que c'était une raison valable pour ne pas prendre son appel.

Mais, pourquoi déjeunait-elle avec sa mère, qui ne savait même pas qu'elle avait déserté la maison ces derniers jours ?

17

Kate se sentait un peu étourdie.

Elle avait été surprise et choquée de découvrir ses parents ensemble, et ensuite... elle ne savait plus très bien ce qui s'était passé.

Elle avait très mal à la tête et, quand elle ouvrit les yeux, elle réalisa qu'elle était ligotée sur une chaise.

Elle s'était évanouie. Non... non, il s'était produit quelque chose.

Elle força son esprit à franchir le brouillard qui semblait l'envelopper.

Elle se tenait là, fixant ses parents avec stupeur. Ils étaient tous les deux dans la même pièce. Puis sa mère s'était avancée, et...

Quelque chose l'avait frappée à la tête. Durement. Puis tout était devenu noir.

Elle essaya de lever la main pour toucher sa tête, mais l'absence de mobilité lui rappela qu'elle était ligotée. À une chaise.

Elle regarda autour d'elle. Toujours le salon. Toujours ses parents.

Ensemble, dans la même pièce, comme si dix ans ne s'étaient pas écoulés. Comme si son père n'avait jamais disparu.

— Tu n'aurais pas dû la frapper aussi fort, dit son père à sa mère.

Sa mère l'avait frappée ? Sa propre mère.

Et son père ne protestait pas parce qu'elle l'avait frappée, mais simplement de l'avoir fait trop fort.

— J'ai fait le travail, non ? répliqua sa mère.

— Que se passe-t-il ? demanda Kate, surprise par la sécheresse de sa gorge.

Ils tournèrent tous les deux la tête vers elle.

Sa mère paraissait furieuse. Son père… il était comme il s'était montré au chalet. En colère. Inquiet. Frustré.

Il portait une étrange tenue militaire, avec des armes à la ceinture. Son père. Le doux et chaleureux professeur de musique.

— Tu es arrivée à la maison au mauvais moment. Mais il fallait s'y attendre. Tu m'as toujours compliqué la vie.

C'était bien la voix de sa mère. Ça ressemblait à ce qu'elle aurait dit normalement.

Mais pourquoi l'avait-elle frappée, alors qu'elle était sans défense, attachée à une chaise ? D'ailleurs, qui l'avait attachée ? Et pourquoi ?

— Je ne comprends pas, dit-elle.

Sa mère leva les yeux au ciel.

— Personne ne te l'a demandé, Katherine.

Kate ferma les yeux. Tout tanguait autour d'elle, et rien n'avait de sens. Elle voulait seulement… dormir. Laisser arriver ce qui arrivait. S'abandonner à ce qui se passait.

La sonnerie de son téléphone la fit sortir d'un bond de l'hébétement dans lequel elle se trouvait.

— Brody, dit sa mère, en regardant son téléphone. C'est lui avec qui elle était au fort ? demanda-t-elle à son père.

Celui-ci haussa les épaules.

— Je ne connais pas son nom. Mais elle ne parle pas à grand monde.

Ils la regardèrent tous les deux.

— Qui est-ce ?

Kate n'ouvrit même pas la bouche. Elle ne leur dirait rien. Ils ne devaient pas savoir qui était Brody. Jamais.

Brody ! Il savait où elle était. Il allait venir la chercher puisqu'elle ne répondait pas.

Elle se sentit soulagée. Elle avait eu peur pour lui, mais elle savait qu'il pourrait s'occuper de ses parents. Quoi qu'il se passe, il pouvait la sauver de cette bizarre tournure des événements. Et ce n'était pas seulement qu'il le pouvait. Il le ferait.

— À quoi rime ce sourire ? demanda sa mère.

— Je ne souris pas.

Involontairement, Kate avait parlé d'une voix d'enfant coupable.

— Elle n'a jamais su mentir, lança sa mère. Il doit savoir où elle est, et elle est assez stupide pour croire qu'il va venir la chercher.

— Ça doit être le même type, alors, dit son père, paraissant fatigué. Il vaut mieux l'éviter si nous pouvons. Il est plutôt costaud, et il a de la ressource.

Sa mère hocha la tête.

— Nous avons appris la leçon avec les autres, le mois dernier.

Les autres ? Quels autres ?

Sa mère tapa quelque chose sur son téléphone, puis elle braqua l'écran devant les yeux de Kate.

— Ça va nous laisser un peu de temps, tu ne crois pas ?

Je déjeune avec maman. Te rappelle bientôt.

Kate n'était pas rassurée du tout.

— Du temps pour quoi ? demanda-t-elle.

Elle se sentait nauséeuse. Sa tête lui faisait si mal qu'elle avait envie de pleurer.

— Ne t'inquiète pas pour ça, dit sa mère, avec un sourire. C'est la dernière fois que tu ruines mes plans.

Elle se tourna vers son mari.

— Nous devons la tuer.

Kate sut qu'elle avait poussé un cri, mais ses parents faisaient comme s'ils n'avaient rien entendu. Ils parlaient de la tuer, comme ils auraient discuté du menu pour le repas du soir.

— Elle ne sait rien, protesta son père.

— Elle en sait suffisamment. Il faut l'éliminer. Ce qui résoudra aussi le problème de ce type, Brody. Nous lui ferons porter le chapeau pour le meurtre. Ça ne devrait pas être compliqué. Comme ça, nous serons débarrassés des deux.

— Mais enfin, Marjorie, tu ne vas pas tuer notre fille ?

— Bien sûr que non. Tuer, c'est ton boulot.

— Je ne le ferai pas.

— Tu préfères gâcher quinze années de travail ?

— Elle pourrait nous rejoindre, suggéra son père.

Sa mère éclata de rire.

— Nous rejoindre ? Ce n'était pas envisageable autrefois, et ça l'est encore moins aujourd'hui. Elle a toujours été tellement coincée.

— Je ne la tuerai pas, Marjorie. J'ai tué beaucoup de gens, mais je ne tuerai pas ma fille.

— Tu sais ce qui va se passer, alors.

— Qu'il en soit ainsi.

Son père avait tué ? L'homme qui lui avait enseigné le violon ? Qui l'accompagnait à ses cours d'équitation ? Qui la conduisait à l'école, en mettant une cassette des Beatles dans l'autoradio ?

Elle avait peine à y croire.

Étrangement, le comportement de sa mère la choquait beaucoup moins. Elle savait que sa mère ne l'aimait pas – elle n'avait probablement pas désiré l'avoir – et qu'il ne fallait pas compter sur elle pour être encouragée ou réconfortée.

Sa mère prit son propre téléphone et le porta à son oreille.

— On va avoir besoin de toi, dit-elle. Art refuse de faire le travail. Nous sommes à la maison.

Elle glissa le téléphone dans sa poche.

— Et maintenant, il ne reste plus qu'à attendre.

Kate regarda ses parents.

Attendre de mourir ? Non.

Elle allait trouver un moyen de sortir de là.

Il le fallait. Pour elle. Pour Brody.

Brody rentra au ranch Hart, et s'inquiéta quand il vit que le pick-up de Zara n'était pas là. Il était possible que Kate soit rentrée, et que Zara ait eu besoin de sa voiture, mais il en doutait.

Kate avait dit qu'elle déjeunait avec sa mère. Il devrait la laisser vivre sa vie. Il avait promis de lui laisser de l'espace.

L'instinct qu'il avait développé à l'armée lui disait de ne pas en tenir compte.

Mais il n'était plus à l'armée. Et même si Kate était menacée, ce n'était pas par des groupes terroristes déterminés à détruire des villes entières ou des pays. C'était par son propre père, qui baignait peut-être dans des affaires louches, mais qui avait affirmé la protéger malgré tout.

Il se força à descendre de la voiture et à rentrer dans la maison. Il allait faire un point avec Landon sur ce Jonas Lantsey. Et après seulement il prendrait des nouvelles de Kate. Si elle ne répondait pas au téléphone, il irait jusqu'à la maison des Phillips.

Zara et Hazel étaient dans la cuisine quand Brody y entra, et il réalisa, malgré le différend qui les avait opposées, que les deux femmes connaissaient bien Kate. Qui elle était et comment elle se comportait.

— D'après vous, est-ce que Kate déjeunerait avec sa mère ? demanda-t-il.

Elle ne lui aurait pas menti. Ça pourrait être un code. Mais, quel genre de code ?

Zara et Hazel échangèrent un regard, avant de se tourner vers lui, l'air surpris.

— Elle pourrait, dit Zara. Marjorie a toujours eu le don de culpabiliser sa fille.

Hazel ne semblait pas d'accord.

— C'était vrai quand nous étions plus jeunes. Mais Kate ne se laisse plus faire maintenant. Et puis, Marjorie ne partage jamais rien avec sa fille. Elle se contente de lui donner des ordres et de garder ses distances.

— Pourtant, Kate m'a envoyé un SMS disant qu'elle déjeunait avec sa mère.

— Si elle t'a écrit ça, je suppose que c'est vrai, mais…

Hazel fut interrompue par le téléphone de Brody qui vibrait.

Il le sortit de sa poche. Un nouveau message de Kate.

Quelques courses à faire pour ma mère. Je te préviens dès que j'ai fini.

Elle faisait des courses pour sa mère, il le savait. Il voulait éviter de sombrer dans la paranoïa. Et puis, à quoi servirait de la suivre partout ? À lui faire peur ? Elle gardait le contact avec lui, et elle avait promis d'appeler de l'aide si elle soupçonnait quoi que ce soit.

— Je pense que je dramatise, dit-il. Elle va faire des courses pour sa mère.

— Mais tu as l'impression que quelque chose ne va pas, insista Zara.

— Je ne sais pas.

Ce n'était pas quelque chose de facile à admettre pour lui.

Landon entra dans la cuisine, fit un signe de tête aux sœurs Hart, et se tourna vers Brody.

— J'ai des informations sur Jonas Lantsey. Mais je ne suis pas sûr que ça t'aide. Il est mort bien avant la création de Stanley Music.

— Jonas Lantsey ? répéta Hazel.

— Tu le connais ? demanda Landon, surpris.

— En quelque sorte. C'était le grand-père de Kate, le père de Marjorie. Il est mort quand nous étions petites. N'est-ce pas, Zara ?

— Oui, je m'en souviens. Kate n'était pas proche de lui, mais c'était un des hommes les plus riches de la ville. Il était propriétaire d'une banque et plein d'autres choses. Ses funérailles ont créé l'événement en ville.

— Donc, il est lié aux parents de Kate, murmura Brody, pensif. Je n'aime pas ça. Ça m'a l'air beaucoup plus compliqué que les crimes ordinaires dans les petites villes.

18

Kate ne savait pas combien de temps s'était écoulé.

Elle ne voulait pas s'en inquiéter. Toute son attention devait se porter sur ses liens et sur la façon de s'en débarrasser.

Ceux autour de ses poignets étaient plus lâches que ceux autour de ses chevilles, ce qui pourrait jouer en sa faveur.

Elle espérait de toutes ses forces qu'elle s'en sortirait.

Elle y parviendrait. Brody l'avait dit lui-même, elle était comme les pionnières dont elle aimait tant étudier la vie : pleine de ressources et résistante. Elle suivrait leur exemple.

Sa mère était calmement assise sur un canapé ancien, où Kate n'avait jamais eu le droit de s'asseoir. Son père se tenait debout dans un coin, les bras croisés, l'air en colère mais résigné.

De temps en temps, sa mère l'observait, puis elle consultait sa montre. Kate s'immobilisait alors, et attendait que le moment passe. Puis, dès que sa mère regardait ailleurs, elle se remettait au travail, essayant de desserrer les nœuds qui liaient ses mains dans son dos. Elle progressait, mais elle était loin d'avoir terminé.

Soudain, sa mère se leva.

— Il est là.

Son père laissa retomber ses bras, abandonnant sa posture guerrière, et son visage se fit impassible. Sa mère se recoiffa, mais Kate n'en était plus à une chose incompréhensible près.

Au loin dans la maison, on entendit de lourds bruits de pas.

Après quelques secondes d'attente, un homme âgé entra dans la pièce. Il n'était pas très grand, sa silhouette était frêle, et il portait un chapeau noir à larges bords, qui cachait son visage.

Kate ne voyait que son menton et ses mains déformées. Il n'était ni jeune ni fort, et ne semblait pas armé.

Sa mère le regardait avec admiration et respect, ce qui était très rare chez Marjorie Phillips.

Son père le regardait avec méfiance et inquiétude, et ça ne rassurait pas Kate.

— Vous savez quel risque je prends en venant ici ? demanda l'homme, en retirant son chapeau.

Kate écarquilla les yeux en découvrant son visage.

Elle n'y croyait pas. C'était impossible.

Cet homme était mort vingt ans plus tôt. Il avait l'air beaucoup plus vieux aujourd'hui, mais Kate n'avait jamais oublié cette expression autoritaire que son grand-père avait toujours arborée. Elle était sur son visage à présent, tandis qu'il l'observait.

— Honnêtement, Marjorie, je t'ai dit, il y a des années, qu'elle ne convenait pas.

Tout en parlant, il observait Kate avec un dédain non dissimulé.

— Elle est tellement émotive.

— Elle n'a jamais causé aucun problème, et elle n'en causera jamais.

C'était étrange de voir son père prendre sa défense, comme il l'avait toujours fait. Pour cette raison, elle l'avait toujours considéré comme un héros.

Mais il était armé. Sa mère et son grand-père censé être

mort n'avaient pas d'arme. Même s'il prenait sa défense, son père n'était pas un héros.

— Vous savez quoi ? dit Zara. Je vais lui envoyer un message pour lui demander de ramener mon pick-up ici.

Déjà, elle avait sorti son téléphone de sa poche.

— Une urgence au ranch. Si elle ne dit pas qu'elle arrive immédiatement, nous partons à sa recherche.

Brody ne réagit pas tout de suite, luttant contre son instinct. Kate lui avait demandé de lui laisser de l'espace. Elle avait envie de vivre une vie normale. Il se rappelait sa façon de sourire la nuit dernière, quand elle lui avait dit qu'elle avait vraiment découvert qui elle était au bout de dix ans.

S'il débarquait manu militari, il gâcherait tout.

À moins qu'elle ne soit en danger.

Zara n'avait pas attendu son approbation. Elle envoya le message d'un geste décidé, et ils attendirent.

— Elle écrit, dit Zara.

Puis elle se rembrunit.

— Elle a arrêté.

Elle fixa son écran, et Brody eut le sentiment qu'ils l'exhortaient tous à répondre.

Zara se mordillait la lèvre. Hazel se tordait les doigts, et il n'y avait toujours pas de message.

— Tant pis, dit Brody. J'y vais.

Il se rua hors de la cuisine, sans savoir ce que les sœurs Hart en pensaient.

Il n'avait plus qu'une idée en tête : s'assurer que Kate allait bien.

En se mettant au volant, il se sentait coupable. Kate voulait de l'espace, de la liberté. Il comprenait cela. Probablement plus qu'elle ne l'imaginait. Il savait combien il était important de trouver un moyen de gérer les passages les plus difficiles de sa vie.

D'un autre côté, il devait s'assurer qu'elle n'était pas en danger. Tant pis si Kate lui en voulait. Il s'excuserait et lui expliquerait pourquoi il avait pris cette décision.

Il était sur le point d'appuyer sur l'accélérateur, lorsque Cal apparut devant le capot de la voiture, l'air désapprobateur et bougon.

— On a besoin de la voiture, dit-il.

— Dommage.

Brody fit vrombir le moteur, mais Cal ne bougea pas. Et il ne pouvait pas reculer car il y avait un arbre derrière.

— Je sais que tu veux résoudre le mystère de Kate, mais nous avons un ranch à faire tourner. Tu ne peux pas...

— Kate est partie chercher quelque chose chez elle, et elle n'est toujours pas revenue. Et elle ne répond pas à mes appels. Je veux m'assurer qu'il ne lui est rien arrivé.

Cal l'observa, les sourcils froncés.

— Attends deux minutes.

— Cal...

— Ne bouge pas de là.

Il disparut et ne tarda pas à revenir avec Landon et Henry. Cal s'installa sur le siège passager, et les deux autres se tassèrent à l'arrière.

— Vous n'êtes pas obligés de tous venir. Si ça se trouve, elle ne court aucun danger.

Landon haussa les épaules.

— Et si ça se trouve, elle a un gros problème. Auquel cas, tu as besoin de nous. Tu es un très mauvais tireur.

— Faux !

— Comparé à Henry, tu es nul.

— Comparé à Henry, tout le monde est nul, marmonna Brody, en appuyant sur l'accélérateur.

Henry porta deux doigts à son chapeau de cow-boy, qu'il portait très en avant sur le front. Parce que ça cachait son visage, et ça décourageait la conversation.

— C'est peut-être excessif, marmonna Brody, tout en roulant vers la maison des Phillips.

Kate allait bien. Il était un idiot.

— Ton instinct te dit le contraire, rétorqua fermement Cal. Et il ne t'a jamais trompé jusqu'ici.

— Nous ne sommes plus dans l'armée, Cal. C'est la vie normale.

— Dis ça à Jake, qui a été blessé en voulant sauver la vie de Cal, remarqua Landon.

— Personne ne sera blessé sous mon commandement, dit Cal, en observant d'un air sombre la maison des Phillips. Ni nous ni personne d'autre.

Brody se sentit à nouveau en mission.

Tous les quatre. Le danger. L'inquiétude. Mais aussi la calme détermination de résoudre la situation sans pertes humaines.

19

Kate ne ratait pas un mot des informations échangées entre ses parents et son grand-père.

Et pourtant, si on y pensait, c'était absurde à en rire. Ou peut-être à en pleurer.

En tout cas, elle devait rester immobile, contrôler sa respiration, et garder les yeux fermés, comme si elle avait perdu connaissance.

Ils parlaient froidement de la façon de la tuer. Et c'était pour eux étonnamment simple : une balle dans la tête.

Kate aurait presque pu croire qu'ils discutaient de quelqu'un d'autre. En fait, elle essayait de se représenter une autre personne.

Mais ils avaient du mal à trouver un moyen de faire porter le chapeau à Brody, et ça lui faisait gagner du temps.

— Tu as pris contact avec lui par téléphone ? demanda Jonas. Nous la tuerons dans sa chambre, et nous l'y ferons monter.

— Ça pourrait être un meurtre-suicide, suggéra sa mère.

— Il faut que tu calcules précisément le timing. La police peut établir facilement les heures de décès. Et comme tout le monde sait que tu ne quittes jamais la maison, il faut expliquer pourquoi tu n'auras rien entendu.

— Je prendrai un somnifère. Et comme Art ne veut s'occuper de rien, c'est toi qui le feras.

Jonas grommela, irrité par cette idée.

— Nous n'avons qu'à le tuer aussi, pendant qu'on y est.

— Tu ne peux pas faire ça à notre fille, plaida Art.

— Tu te souciais moins d'elle quand tu couchais avec son amie, qui n'avait que seize ans.

Kate se crispa. Elle attendit que son père proteste. La rumeur avait couru en ville, et elle-même avait fini par y croire. Mais quand on avait retrouvé le cadavre d'Amber le mois dernier, sans que son père n'ait rien à y voir, le vrai coupable ayant avoué, elle avait pensé que c'était une erreur.

— Amber n'a rien à voir avec tout ça, dit posément son père.

— De toute façon, on ne va pas revenir là-dessus. Je crois ce que dit mon père, et je n'ai jamais caché que je suivrais toujours aveuglément ses décisions.

— On pourrait la laisser partir. Tu la connais. Elle ne dira rien à personne. Elle fera ce qu'on lui dit. Elle nous a toujours obéi.

Marjorie ricana.

— Mon pauvre ami, tu vis en pleine illusion.

Pour une fois, Kate était d'accord avec sa mère. Oui, elle avait écouté son père, mais elle n'avait jamais été totalement docile. Par exemple, elle n'était pas devenue professeure d'histoire comme il le voulait, et elle avait choisi un métier qui lui plaisait vraiment.

Comme l'avait fait remarquer, Brody, elle avait choisi la vie qu'elle voulait, avec les moyens dont elle disposait.

Elle ne devait pas perdre courage, et se convaincre qu'elle pouvait encore remporter une victoire. La plus importante : rester en vie.

Discrètement, elle continuait à tirer sur les nœuds qui

gardaient ses mains prisonnières. Elle était proche du but. Proche de la liberté.

Elle parvint finalement à défaire complètement un nœud.

— Bon, assez tergiversé, décréta Jonas. Je m'occupe de Kate, et toi, Art, tu te charges du type. Sinon, c'est nous qui nous occuperons de toi.

— D'accord, marmonna Art.

Kate devait se rappeler en permanence de ne pas réagir.

Elle ne devait pas laisser son chagrin et toute cette confusion se lire sur ses traits, et elle ne devait pas faire le moindre bruit. Il fallait vraiment qu'ils la croient évanouie.

S'ils la laissaient seule deux minutes, elle pourrait libérer ses pieds et s'enfuir.

— Il faut tout préparer dans la pièce, dit Jonas. Puis envoyer un message au type. Le faire venir ici. Tuer Kate. Le tuer. Je veux être proche des cibles, mais pas trop proche…

Kate se demanda comment elle pouvait descendre de personnes comme celles-ci, qui programmaient froidement un meurtre comme d'autres familles auraient préparé leurs vacances.

— On va aller voir dans sa chambre comment organiser les choses, dit Marjorie.

Kate entendit des bruits de pas. Allaient-ils tous partir et lui laisser sa chance ?

— Toi aussi, Art, dit Marjorie, d'un ton sec.

— Et Kate ?

— Eh bien quoi, Kate ? dit Jonas. Même si elle se réveille, où veux-tu qu'elle aille ?

Kate resta absolument immobile.

Mais à l'intérieur, elle souriait.

Ça, c'est ce que tu crois.

Brody se gara derrière le pick-up de Zara, dans la rue plutôt que dans l'allée qui menait à la maison, et il ne savait pas si c'était un signe ou pas que quelque chose allait mal.

— Je devrais peut-être aller sonner à la porte et voir ce qui se passe.

— Et si, justement, il se passe quelque chose ? dit Cal.

— Je ne pense pas qu'on va me tirer dessus sur le perron. Ils auraient un peu de mal à s'en sortir avec cette méthode.

Mais Brody leva les yeux vers la maison fantomatique et ne put réprimer un frisson.

— Belle façon de tenter le destin, dit Landon, avec son accent traînant.

— D'accord. On y va tous. Mais vous restez derrière moi.

— On pourrait peut-être se disperser, suggéra Henry.

Brody secoua la tête.

— C'est ridicule. Nous sommes dans le monde réel. Je n'ai pas envie de mener ma vie comme une mission militaire.

— Et pourquoi pas ? dit Cal.

Brody n'avait pas le temps de débattre sur le sujet, mais il se réjouissait de ne pas être seul.

Henry étudia le pick-up de Zara, et observa la neige autour.

— Le moteur est froid, et on dirait que la voiture n'a pas bougé. Soit Kate s'est garée une seule fois, et elle est là depuis un moment. Soit elle s'est garée à un autre endroit la première fois.

Brody prit son téléphone et composa le numéro de Kate. C'était sa dernière tentative de s'assurer que tout allait bien, avant de débarquer en force.

Il jura.

— Directement sur la messagerie.

— On va se déployer autour de la maison, décida Cal.

Brody secoua la tête.

— Je vais juste sonner à la porte, Kate ouvrira et me dira que je dramatise.

— On va quand même assurer tes arrières, en restant hors de vue, dit Landon.

— Depuis quand tu es d'accord avec Cal ?

— Depuis qu'on a trouvé une femme morte sur notre propriété le mois dernier. Depuis que Jake a été blessé par balle. Depuis qu'on t'a poussé dans le fossé. Tu veux que je continue ?

Brody soupira.

— C'est bon. Faites comme vous voulez.

Il se dirigea vers la maison, tandis que ses frères se dispersaient. Il ne lui avait pas échappé qu'ils étaient tous armés.

L'allée était longue et sinueuse. Quand il arriva enfin à la porte, il hésita.

C'était une sensation nouvelle. L'hésitation. L'incertitude.

Son téléphone vibra avant qu'il ait eu le temps de sonner.

Ce n'était pas un SMS de Kate, comme il l'espérait, mais un message de Cal.

Deux véhicules derrière. Une motoneige et une Cadillac.

Une photo accompagnait le texte, mais elle était sombre et un peu floue car elle avait été prise à travers la vitre d'un garage.

Posséder une motoneige était courant dans la région, mais si Kate en avait eu une, elle aurait suggéré de l'utiliser. De ce qu'il savait de sa mère, il ne l'imaginait pas piloter un tel engin.

La Cadillac semblait encore plus déplacée. Elle n'aurait rien eu de choquant si elle avait vingt ans, et correspondait à l'époque où la maison était encore cossue. Mais c'était un modèle récent.

Brody leva les yeux vers la porte.

Quelque chose ne tournait décidément pas rond ici.

Soudain, il ne fut plus question d'incertitude.

Il allait faire sortir Kate de là tout de suite.

Mais, avant qu'il ait eu le temps d'agir, la porte s'entrebâilla. Juste d'un centimètre ou deux. Puis plus rien ne bougea.

Brody se déplaça le long du mur jusqu'à l'angle, là où on ne pouvait pas le voir, et tendit l'oreille.

20

Kate attendit, en comptant les secondes dans sa tête.

Elle avait entendu des bruits de pas s'éloigner, mais il était difficile de différencier trois personnes. Quelqu'un avait pu rester.

Elle ouvrit prudemment un œil.

La pièce semblait vide.

Elle laissa glisser la corde le long de ses poignets et se pencha pour libérer ses chevilles.

Ses doigts étaient gourds, elle avait mal à la tête et au cou, et elle se sentait nauséeuse.

Une fois qu'elle se fut libérée, des larmes de soulagement lui montèrent aux yeux.

Mais elle n'était pas encore tirée d'affaire.

Elle se leva, et faillit tomber. Mélange de vertige et de jambes ankylosées. Elle parvint à se rattraper à la table basse.

Le claquement de ses mains sur la surface de la table fut bruyant, mais pas autant que si elle était tombée. De plus, ils se trouvaient tous dans sa chambre, située à l'autre bout de la maison.

Elle se tint quelques instants, essayant de contrôler sa respiration et d'accommoder sa vision, mais elle savait qu'elle n'avait pas beaucoup de temps.

Elle se redressa lentement, et mit prudemment un pied

devant l'autre, pour s'assurer que ses jambes allaient bien la soutenir.

Elle ne pouvait pas appeler à l'aide, sa mère avait pris son téléphone. Mais si elle pouvait aller jusqu'à la voiture…

S'appuyant contre le mur, elle parvint à quitter le salon, en ne poursuivant qu'un seul but : arriver à la voiture.

Elle se souvint alors qu'elle n'avait pas son sac. Ce qui voulait dire pas de clé.

Si elle ne pouvait pas conduire, elle allait devoir courir. Elle était même prête à ramper s'il le fallait, mais elle ne resterait pas ici, à attendre de se faire tuer par sa famille.

Elle pouvait voir la porte à présent.

Elle y était presque.

Dehors, c'était la liberté. À portée de main.

Elle n'entendit rien d'autre que son propre cœur qui battait à tout rompre, et sa respiration hachée.

Elle faillit crier de soulagement quand sa main se posa sur la poignée de la porte.

Elle avait envie de pleurer de joie. Mais, si les larmes commençaient à jaillir, elle cilla pour les évacuer.

Elle entrebâillait la porte quand elle entendit des bruits de pas.

— Ne fais pas ça, dit son père.

Kate se retourna lentement.

Il était à l'autre bout du couloir. Il avait une arme à la main.

Qu'il pointait sur elle.

Kate essaya de voir derrière lui.

Personne. Ni sa mère, ni Jonas.

Il n'y avait que son père.

— Il faut que tu me laisses partir, papa, dit-elle.

Et même si ses larmes continuaient à couler, sa voix était ferme. Presque autoritaire.

Il avança de quelques pas, mais il y avait une incertitude en lui qui donna de l'espoir à Kate.

Peut-être allait-il la laisser partir.

Il ne voulait pas la tuer. Il était sa seule chance.

— Tu as juste à faire demi-tour et à me laisser partir, insista-t-elle.

Il secoua la tête.

— Si je fais ça, ils me tueront. Je ne peux pas te laisser partir, Kate.

Brody n'entendait pas distinctement ce qui se disait, mais il avait reconnu la voix de Kate.

Il se rapprocha de la porte, et la poussa légèrement.

« Si je fais ça, ils me tueront. Je ne peux pas te laisser partir, Kate. »

Brody envoya un message collectif pour demander à ses frères de le rejoindre devant la maison. Il ne savait pas ce qui se passait, mais ce n'était certainement pas le déjeuner avec sa mère annoncé par Kate.

Au même moment, la porte s'ouvrit à la volée, et Kate fonça directement sur lui, manquant de le faire tomber.

Son instinct prit le dessus, et il parvint à l'intercepter, tout en pivotant avec elle pour qu'ils ne tombent pas ensemble.

Un coup de feu partit de l'intérieur de la maison, les manquant tous les deux.

— Brody, dit Kate, à bout de souffle.

Elle s'agrippa à ses bras.

— Tu es là.

— Que se passe-t-il ?

— Il faut s'enfuir. Ils veulent me tuer. Nous devons…

Elle essaya de l'entraîner avec elle, au moment où Cal, Henry et Landon apparaissaient.

— Tu es venu avec tout le monde, dit-elle.

— À terre ! cria Henry.

Et par pur instinct, pour avoir travaillé avec ses frères pendant des années, Brody fit tomber Kate dans la neige, tandis que les balles sifflaient autour d'eux.

Brody leva les yeux et vit un homme sortir sur le perron, mais avant qu'il ait eu le temps de faire feu à nouveau, Henry tira dans la main qui tenait l'arme. Dans un hululement de douleur, et un jet de sang, le métal de l'arme claqua sur le perron.

Poussant Kate de côté, Brody plongea pour la ramasser, et mit l'homme en joue. Puis il cria à Cal :

— Il a une autre arme sur lui. Tu as quelque chose pour le menotter ?

— Oui. J'ai déjà appelé les flics. Ils doivent être en route.

Brody regarda Kate. Elle était trop pâle. Du sang coulait de sa tempe, comme si elle s'était blessée à nouveau à cet endroit. Elle était appuyée contre le mur de la maison, comme si c'était la seule chose qui pouvait la faire tenir debout.

Avant que Brody ait pu lui demander si ça allait, un coup de feu partit d'ailleurs.

Henry commença à crier des ordres à Landon, et ils se cachèrent derrière leurs voitures dans la rue. Cal, Brody et Kate étaient protégés par l'auvent au-dessus du perron, mais ça voulait dire que Brody ne pouvait pas voir où se trouvait le tireur.

On entendait des sirènes au loin, mais la police ne serait pas là avant quelques minutes.

Il y eut un autre tir, et la vitre du pick-up explosa.

— Oh ! mon Dieu ! cria Kate. Ils vont les tuer. Ils vont tous nous tuer.

— Mais non, dit Brody. Combien sont-ils ?

— Quoi ?

— Combien y a-t-il de personnes dans la maison ?

— Seulement deux, je crois. Ma mère et mon grand-père. Ils voulaient me tuer. Mon père n'était pas d'accord, mais ils l'ont menacé.

Des larmes roulaient sur ses joues, et elle hoquetait tellement entre deux mots que Brody ne comprenait pas tout ce qu'elle disait.

Les voitures de police se rapprochaient. Ils avaient tout l'équipement nécessaire, et aussi l'entraînement adapté.

Mais Cal et lui étaient encore plus performants.

Il regarda du côté de Cal, qui avait menotté le tireur.

Était-ce le père de Kate ?

Il n'avait pas le temps de poser la question.

— On peut les prendre avant même que les flics arrivent, dit Cal.

— Tu lis dans mes pensées.

Il se tourna vers Kate.

— Regarde-moi.

Ses yeux semblaient dans le vague, mais elle se tourna dans sa direction.

— Où sont les personnes qui tirent ? demanda-t-il gentiment.

Elle cilla à plusieurs reprises.

— Je ne sais pas. Il faudrait que je voie la fenêtre où ils sont postés.

Elle cilla à nouveau, et son regard se fixa enfin.

— Tu devrais laisser la police s'en occuper.

Brody déposa un baiser délicat sur sa joue.

— Nous pouvons faire ça mieux qu'eux, Kate. Promis.

Il s'écarta.

— Tu me fais confiance, hein ?

Elle hocha la tête.

— Il faudrait que je sache quelle fenêtre.

Le tireur prit la parole.

— Ils sont dans le grenier. Deuxième étage, la porte au bout du couloir. Et ensuite un escalier.

— On peut lui faire confiance ? demanda Cal.

Brody lança un regard interrogateur à Kate.

— Confiance ? Non. Mais il ne laisserait jamais les autres s'en sortir et lui faire porter le chapeau.

— Bien. Tu ne bouges pas d'ici, d'accord ? Landon ou Henry viendront te chercher quand ils le pourront. Ou bien, tu peux aller avec la police quand elle arrivera. Ne rentre surtout pas dans la maison.

— Je la connais par cœur. Je pourrais vous aider.

— Nous trouverons bien comment aller au grenier.

— C'est une grande maison. Emmène-moi avec toi.

Un autre coup de feu fit exploser une deuxième vitre du pick-up de Zara.

— Nous n'avons pas le temps de parlementer, dit Cal.

— De toute façon, je vais vous suivre, lâcha Kate, avec entêtement.

Brody n'avait pas le temps de discuter. Chaque tir endommageait un peu plus le pick-up derrière lequel Landon et Henry avaient trouvé refuge. Ils n'avaient aucun autre endroit où aller et, tant que Henry n'aurait pas un angle de tir tangible, ils faisaient des cibles idéales.

— Allons-y, dit Brody.

— Attends, donne-moi son arme, fit Kate, en désignant le tireur à terre.

— Tu sais t'en servir ? demanda Cal.

— Je trouverai bien comment faire.

21

Ça semblait complètement fou, mais Kate suivit Brody et Cal dans la maison où elle avait grandi.

Une arme à la main.

Elle n'avait plus de vertiges, et elle tenait fermement sur ses jambes.

Le choc avait laissé place à la colère. À la rage.

Elle avait été déclarée sans valeur par sa famille. Jetable, même. Sans le moindre état d'âme, ils avaient décidé de l'éliminer.

Eh bien, ils allaient payer.

Ils iraient en prison. Là où était leur place à tous les trois.

Cal et Brody avaient accepté de la laisser entrer avec eux, mais elle ne leur était pas indispensable. Ils auraient très bien pu se repérer seuls. La seule chose qu'elle pouvait faire, c'était leur faire gagner un peu de temps, et ainsi peut-être aider Landon et Henry, et même la police locale qui ne s'attendait peut-être pas à un tireur dans le grenier.

Elle se déplaçait devant Brody, glissant à pas de loup. Elle connaissait suffisamment cette maison pour pouvoir s'y déplacer les yeux fermés et en silence. Comme un fantôme.

Elle avait toujours été à peine plus qu'un fantôme ici.

Maintenant, elle comprenait pourquoi. Enfin, comprendre

n'était pas le mot juste. Rien de tout ça n'avait de sens pour elle. Mais elle savait au moins ce qu'elle avait à faire.

Un premier escalier, puis un second. Toutes les portes du deuxième étage étaient fermées, sauf une au milieu.

C'était inhabituel.

D'habitude, l'étage était condamné. Sa mère affirmait qu'elle ne l'utilisait pas, et Kate ne venait jamais de ce côté de la maison.

Elle se tourna vers Brody et Cal et leur fit signe d'approcher.

— D'habitude, c'est fermé, ici. Mais cette chambre est ouverte.

Les deux hommes hochèrent la tête, et Brody fit passer Kate derrière eux.

C'étaient eux qui étaient à la manœuvre, maintenant.

Ils avancèrent accroupis, tenant leur arme à deux mains, et Kate eut l'impression de regarder un film d'action.

Elle les imita, essayant d'être prête aussi, de façon à ne pas être une entrave pour eux.

Cal entra dans la pièce, suivi de Brody. C'était comme une danse. Comme elle ne connaissait pas les pas, Kate resta dans le couloir.

Ils firent le tour de la pièce en silence, regardant dans les placards et sous les meubles.

Brody secoua la tête tandis qu'il revenait vers la porte.

Le plafond craqua au-dessus d'eux, et il y eut un autre coup de feu.

Le tireur était bel et bien dans le grenier.

Brody et Cal avancèrent à nouveau, cette fois vers la porte du grenier.

Elle était fermée, et Kate savait qu'elle grincerait s'ils essayaient de l'ouvrir. Mais, si le plafond craquait à chaque fois que le tireur se préparait à faire feu, ils n'avaient qu'à se synchroniser.

Elle fit signe à Brody de s'approcher, et le lui chuchota à l'oreille. Il hocha la tête, puis il sortit son téléphone de sa poche et envoya un SMS à quelqu'un.

Kate supposa que c'était à Landon et Henry. Quand elle entendit l'écho d'un coup de feu à l'extérieur, puis le craquement du sol au-dessus, elle comprit.

Il avait demandé à Henry de tirer, même s'il n'avait aucune chance d'atteindre sa cible, pour profiter de la riposte et ouvrir la porte. Ce que fit Cal.

— Tu restes là, murmura Cal à l'oreille de Kate. Surveille tous les accès. Si quelqu'un apparaît que tu ne reconnais pas, tire.

Kate hocha la tête sans hésiter. Elle pouvait le faire.

Pas seulement pour Brody, mais pour elle-même. Pour prouver quelque chose.

Elle n'était pas celle qu'elle s'était imaginé être pendant toutes ces années de solitude, à enquêter sur la disparition de son père, afin de prouver que ce n'était pas la sordide histoire colportée par tout le monde.

Elle était forte. Elle s'était construit la vie qu'elle voulait. Elle s'en était sortie, et maintenant elle allait aider à faire en sorte que sa famille ne puisse plus jamais faire de mal à personne.

Brody s'était souvent trouvé dans des bâtiments vétustes, surtout avec Cal, pour être capable d'emprunter un escalier bruyant sans que personne ne se rende compte de rien. Il fallait avoir le pied léger, savoir où le poser et, même en étant un homme à la taille imposante, faire preuve de grâce et d'agilité.

Cal et lui prirent leur temps. Peu importait ce qui se passait dehors, ils ne devaient se concentrer que sur l'intérieur.

L'ici et le maintenant.

Une arrivée-surprise.

Cal était devant mais, arrivés sur le palier, ils se mirent épaule contre épaule, pour donner l'assaut en même temps.

Ils se regardèrent, hochèrent la tête et entrèrent, arme à la main.

Brody ne vit qu'un homme, accroupi devant une fenêtre, qui se retourna, les yeux écarquillés par la surprise.

Le tireur était âgé. Il semblait à peine capable de marcher sans assistance.

Brody fut tellement surpris qu'il ne tira pas. Mais les yeux de l'homme se firent de glace, et Brody savait reconnaître un tireur dénué de conscience quand il y était confronté.

Il tira, se rappelant que l'âge de l'homme ne changeait rien à l'affaire.

Cal s'approcha de l'adversaire effondré au sol et lui prit son arme.

— Il reste encore la mère, dit Brody. Remets ce type à la police, et je me charge de la trouver.

Kate se concentrait sur sa respiration. Cal et Brody assuraient la partie dangereuse, et elle ne risquait rien.

Elle ne serait pas obligée de tirer. Tout irait bien.

L'espace d'un instant, elle ferma les paupières. Quand tout serait fini, sa vie en serait irrévocablement changée. Et cette pensée était vertigineuse.

Elle rouvrit les yeux, et ressentit une certaine fébrilité. Quelque chose dans l'air. Quelque chose autour d'elle.

Elle se sentait observée.

Elle fronça les sourcils, jeta un œil au bout du couloir. Rien.

Mais le silence était oppressant, et son pouls s'accéléra.

Elle regarda vers la porte du grenier.

Cal et Brody l’avaient laissée légèrement entrebâillée, mais pas assez pour qu’elle puisse suivre leur progression.

Kate relâcha son souffle.

Elle devenait paranoïaque.

Une porte au bout du couloir s’ouvrit dans un grincement.

Kate rajusta sa prise sur son arme et visa dans la direction de la chambre, le cœur battant soudain à tout rompre.

Elle garderait son calme. Il le fallait.

Elle s’avança lentement, d’un pied léger, évitant les endroits dont elle savait qu’ils craqueraient.

Une tête s’avança dans l’embrasure. Juste assez pour qu’elle reconnaisse la coiffure toujours soignée de sa mère.

— Stop ! ordonna-t-elle.

Parce que c’était-elle qui commandait maintenant.

Et qui avait une arme.

Sa mère tourna lentement la tête vers elle, et eut un sourire narquois.

— Tu ne tireras pas sur moi.

Kate cilla sous l’effet de la surprise.

Sa mère n’avait pas peur.

— Tu es une faible et une lâche. Pose cette arme Katherine, avant que tu ne te blesses.

Sa mère s’avança vers elle calmement, la mettant au défi de réagir.

— Tu as raison, dit Kate. Je ne vais probablement pas tirer. Parce que je ne suis pas assez douée pour seulement te blesser. Car, contrairement à toi, je ne veux tuer personne. Mais c’est vrai que toi non plus, tu n’as jamais tué personne. Tu as toujours fait faire le sale boulot à papa et à grand-père.

L’air dédaigneux, sa mère plongea la main dans la poche de sa veste, et en sortit un très petit revolver, qu’elle pointa vers Kate.

— C'est là que tu te trompes, vois-tu. Mais il est vrai que tu n'as jamais été très maligne.

Si elle voulait sauver sa peau, Kate savait qu'elle devait tirer maintenant. Mais elle ne voulait tuer personne. Même pas cette femme sans cœur qui lui avait donné la vie et voulait la lui reprendre.

Un coup de feu partit et, par pur instinct, Kate se jeta au sol.

Mais ce n'était pas sa mère qui avait tiré. Le coup de feu venait d'en haut.

Elle savait qu'elle n'avait pas le temps de paniquer pour Brody ou Cal.

Sa mère, qui était restée debout avait levé les yeux vers le plafond.

C'était le moment ou jamais.

Kate tira.

22

Tout ce qui suivit était un peu flou dans l'esprit de Kate.

Sa famille fut prise en charge par des ambulances. Brody insista pour la conduire à l'hôpital, même si elle se sentait bien. Peut-être un peu faible et confuse, mais elle avait survécu. Et c'était la plus puissante des forces pour guérir et se reconstruire.

À l'hôpital, on l'examina, palpa, testa et questionna jusqu'à ce que tout ne soit plus qu'une cacophonie bourdonnante de bruits.

Elle s'évanouit, ce qui lui valut un scanner et une nuit sous surveillance à l'hôpital.

Une fois qu'elle fut installée dans une chambre, ce fut un défilé incessant de policiers appartenant à diverses unités et juridictions.

On lui posa des questions auxquelles elle fut incapable de répondre. Tout ce qu'elle savait, c'était que sa famille avait voulu la tuer pour cacher leurs activités, quelles qu'elles soient.

Un autre visiteur entra, qu'elle reconnut. Thomas Hart était le shérif adjoint du comté de Bent, et le cousin des sœurs Hart.

Ils avaient tous grandi ensemble et, même s'ils n'étaient pas proches aujourd'hui, elle savait qu'il lui donnerait quelques informations que les autres ne lui communiqueraient pas.

— Comment vas-tu, Kate ?

— Bien. Que peux-tu me dire ?

Il se passa la main dans les cheveux, visiblement gêné.

— C'est un peu compliqué.

— Je sais que les membres de ma famille sont de mauvaises personnes. Tu n'as pas besoin de prendre des pincettes avec moi. Ils ont voulu me tuer.

— Je ne peux pas tout te dire. Des agences fédérales ont fait le déplacement et, même moi, je n'ai pas accès à tout. Mais Zara m'a appelé et m'a demandé de faire un point avec toi.

Zara avait appelé. Zara se souciait d'elle. Kate avait peut-être perdu sa famille, mais elle avait trouvé Brody et regagné l'amitié de son amie d'enfance.

— Ton grand-père avait créé un réseau de vente de drogue, repris ensuite par ta mère. Amber y était mêlée. Nous avons fait tomber une bande le mois dernier, mais il y en a d'autres, toutes dirigées par ta mère. Ton père était impliqué aussi. S'il a disparu, il y a dix ans, c'est parce qu'il avait été informé que les fédéraux enquêtaient sur lui, et il ne voulait pas risquer une arrestation.

Kate comprenait tous les mots, mais elle avait l'impression que c'était l'histoire de quelqu'un d'autre.

— Mon grand-père, qui a mis en scène sa mort, ma mère et mon père vendaient tous de la drogue ?

— Pas exactement. Ils dirigeaient des organisations qui en vendaient. Ils ont amassé une fortune. Sans le vouloir, tu as fait tomber un énorme réseau, Kate.

— Je n'ai pas fait grand-chose. À part tirer sur ma mère.

Elle attendait toujours de se sentir coupable de ce geste,

mais ses émotions étaient trop complexes et trop partagées pour cela.

— Je peux voir Brody, maintenant ?

— Ça dépend du médecin, mais je vais voir ce que je peux faire.

Elle esquissa un petit sourire, puis se cala dans l'inconfortable lit d'hôpital.

Elle avait tellement envie de rentrer, non pas chez elle, mais dans son nouveau foyer. Au ranch Hart.

Quand la porte s'ouvrit, ce fut enfin lui. Il avait l'air épuisé.

Pourtant, ce fut à lui qu'elle osa poser la question qu'elle n'avait pu poser à personne d'autre.

— Comment va ma mère ?

— Elle est en vie. D'après les informations que j'ai pu obtenir, l'opération s'est bien passée, et ses jours ne sont plus en danger.

Kate hocha la tête.

— Je ne veux plus jamais la revoir. Mais je suis contente qu'elle s'en soit sortie.

Brody s'assit délicatement à côté d'elle sur le lit, et passa un bras autour de ses épaules.

Elle lui sourit tendrement.

— Brody, tu m'as sauvé la vie.

— J'y ai contribué, mais tu as fait le plus gros.

Elle prit appui contre lui et soupira.

— Tu es venu. J'avais peur que tu ne viennes pas à cause de tous ces SMS qu'elle t'a envoyés.

— Je me suis interdit de venir un million de fois. Donc, ne me remercie pas trop.

Elle posa une main sur sa joue.

— Mais tu es venu. Personne n'a jamais fait ça pour moi.

— Je le ferai toujours.

Kate le crut.

— Oui, je sais que tu le feras.

— Tu devrais probablement rester au ranch avec moi pendant un moment. Le temps que les choses se calment un peu. Les fédéraux vont envahir ta maison et la passer au peigne fin. Ça va durer des semaines. Peut-être des mois.

— Tu me demandes d'emménager avec toi ?

— Je suppose que oui. Mais il s'agit juste de partager une chambre. Pour le reste, ce sera comme une colocation avec cinq types invivables.

— J'ai toujours rêvé d'avoir une grande famille.

Brody déposa un baiser sur le dessus de sa tête.

— Tu l'as. Et tu m'as moi.

— Je crois que je fais une bonne affaire, dit-elle, en se blottissant contre lui.

Le lendemain, Brody fut autorisé à emmener Kate au ranch Hart qui, il l'espérait bien, un jour finirait par devenir le ranch Thompson.

Il se gara devant la maison et l'aida à descendre du pick-up.

Elle posa sa tête sur son épaule tandis qu'ils avançaient jusqu'au perron.

— J'ai toujours aimé cette maison, dit-elle.

— Eh bien, c'est la tienne, tant que tu le souhaiteras.

Ils entrèrent, et tout le monde était là pour l'accueillir.

Kate se dirigea vers Zara et Hazel, et les serra toutes les deux dans ses bras.

Zara eut l'air un peu mal à l'aise, mais elle tapota l'épaule de Kate, tandis que Hazel reniflait et marmonnait quelque chose d'inintelligible.

— Reste autant que tu veux, Kate, dit Cal, comme s'il parlait au nom de tout le monde.

— Merci, vraiment. Merci à tous.

Après ces heureuses retrouvailles, Brody l'accompagna à l'étage, pour qu'elle puisse se reposer.

— Je ne sais pas comment ça se fait, dit-elle, en bâillant, mais je suis vraiment fatiguée.

— Tu as traversé beaucoup d'épreuves, Kate, et je ne pense pas que tu aies bien dormi dans ce lit d'hôpital. Tu devrais te coucher maintenant, et en profiter pour rattraper tout ton sommeil en retard.

Il l'aida à se mettre au lit, et remonta la couverture sur elle.

— Je sais que tu as probablement un million de choses à faire, dit-elle, mais j'aimerais que tu restes quelques minutes. Le temps que je m'endorme.

— Je t'aime, Kate.

Ses paupières se fermaient déjà toutes seules, mais elle les rouvrit, les yeux écarquillés, sous le choc.

— Oh ? Tu es sûr ?

— Sûr et certain.

Elle se redressa en position assise et passa les bras autour de son cou.

— Moi aussi, je t'aime, Brody. Personne ne m'a jamais vue comme tu me vois. Et tu m'as fait comprendre la personne que j'étais vraiment.

Ils échangèrent un baiser, et Kate essuya ses larmes.

— Je sais qu'il va me falloir du temps pour réaliser ce que ma famille a fait, et ce que ça signifie pour moi de les avoir perdus. Mais je t'ai. J'ai Zara et Hazel. Et tes frères. Je suis sûre que tout ira bien. Mais je ne veux plus de mensonges. Plus de secrets. Juste la vie normale.

Brody tiqua. Des secrets, il en avait. Mais comment les garder pour lui après ça ?

— Il y a quelque chose que je dois te dire.

— Oui ?

Il lui prit les mains, tandis qu'il cherchait les mots justes.

Il ne pouvait pas tout lui dire. Certaines informations relevaient du secret-défense.

— Kate, il y a des choses que je ne pourrai jamais te dire à propos de mon passé militaire. Sur les raisons qui ont fait que nous nous sommes installés ici.

Il savait qu'il en disait déjà trop en commençant comme ça.

— Nous faisions partie d'une unité d'élite, tous issus de différents corps de l'armée, avec des compétences différentes. Nous avons été recrutés pour mener des missions dangereuses. Principalement parce que nous étions des soldats d'élite sans famille pour nous retenir. Nous avons fait ça pendant des années. Il y a eu une fuite au niveau du renseignement militaire, et nos identités ont été révélées. Bref, l'armé a mis en scène notre mort et nous a donné de nouvelles identités et une nouvelle vie.

— Donc, tu ne t'appelles pas Brody ?

— Adam Brody Calhoun. Mais je ne suis plus vraiment lui, maintenant. Cet homme est mort. Ça n'a probablement aucun sens pour toi, mais...

Il secoua la tête.

— Je suis désolé, Kate. J'aurais dû te le dire avant.

Elle lui caressa la joue.

— Je suis contente que tu me le dises maintenant. Ça me permet de mieux te comprendre.

Elle lui sourit quand il osa enfin la regarder.

— C'est le genre de secret qui n'a pas d'importance, parce que c'est ton passé. Je n'ai pas besoin des détails. J'ai seulement besoin de toi. Et de l'avenir que nous aurons ensemble.

— Je n'ai jamais pensé à mon avenir, mais c'est plus que je pouvais en demander.

— Je crois que nous avons tous les deux droit à un peu plus que ce à quoi nous avions rêvé.